マヤ探検記

人類史を書きかえた偉大なる冒険

上

ウィリアム・カールセン
William Carlsen
森夏樹 訳
Mori Natsuki

青土社

右：ジョン・ロイド・スティーブンズのポートレート。1854年にロンドンで出版された『中央アメリカ、チアパス、ユカタン旅行の出来事』の改訂版に収録されている。この本は、フレデリック・キャザウッドがスティーブンズの文章を削って、簡略版として出版したもの。ポートレートは扉の口絵として使われた。キャザウッドはこの絵を、スティーブンズのダゲレオタイプをもとにして描いたと言っている。ダゲレオタイプはおそらく、1842年のユカタン遠征のときに、キャザウッド自身によって撮影されたものだろう。長年、旅の道連れとしてスティーブンズに付き添ってきたキャザウッドは、彼の人となりを熟知していた。したがって、このポートレートはおそらく、スティーブンズを描いた数少ない既存の肖像画の中でも、もっとも正確に彼を描いたものにちがいない。2年前に亡くなった古い友だちの第一の特徴を、強い決断力だと見ていたキャザウッドは、それが十分にうかがえるスティーブンズの表情をみごとにとらえている。

左：このぼんやりとした不明瞭な絵は、フレデリック・キャザウッドの現存する唯一の「ポートレート」だ。奇妙なことだが、彼は生涯で、たくさんの画家と付き合っていながら、これ以外に、彼を描いた絵がまったく見つかっていない。加えて、彼自身が自画像にまったく関心がなかったようだ。そのことがいっそう、不可思議なオーラを彼のまわりに漂わせることになった。これは彼がユカタンのトゥルム遺跡で描いた絵で、部分を拡大したもの。彼とスティーブンズ（あるいはカボット？）が石造建造物の長さを計測していて、キャザウッドは巻き尺を手にしている。が、そこに描かれた人たちは、絵を見る人に、建物の大きさを感じてもらうために添えられた背景にすぎない。

以下の15ページにわたって掲載されたイラストは、フレデリック・キャザウッドの『中央アメリカ、チアパス、ユカタンの古代遺跡の景観』から取ったもの。彼はこの大型本を1844年にニューヨークで出版した。部数は300部。25枚のリトグラフが収められている。300部の内、250部には明るいブルーまたは茶色の色が付けられていた。残りの50部には手で色付けがされていて、本書の口絵はその中から取られている。今日では、手づから色付けされた50部はきわめて希少だ。（カラー口絵のイラストの掲載は、ペンシルベニア大学考古学人類学博物館内の博物館図書館の厚意によるもの）

コパンのステラ

上：ピラミッドと彫像の破片（コパン）
下：破損したステラ（コパン）

ステラと祭壇（コパン）

上：パレンケ全景
下：神殿の中庭（パレンケ）

上：ウシュマル全景。作業人を指揮するスティーブンズ
下：「総督の館」と「鳩の家」の全景（ウシュマル）

「総督の家」の精緻な装飾とアーチ道

上：カバー全景。作業人を指揮するスティーブンズ
下：ラブナのアーチ道

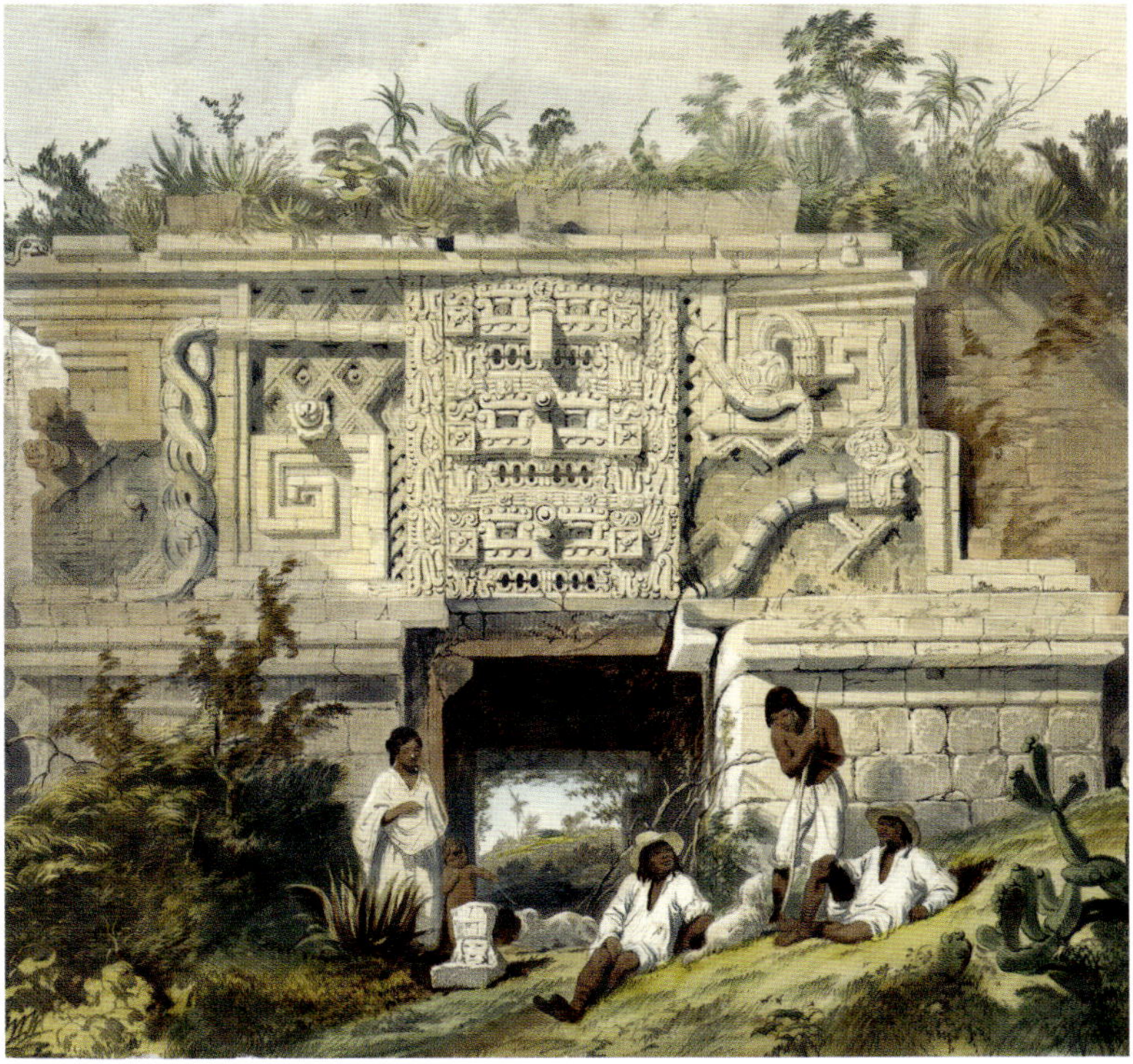

「尼僧院」の装飾ファサードの部分（ウシュマル）

「尼僧院」の部分（ウシュマル）

カバーの建造物の内部。装飾のついた階段が見える

ボロンチェンの洞窟

上：チチェン・イッツァの主ピラミッド
下：精緻な装飾が施された「尼僧院」（チチェン・イッツァ）

「カスティーヨ」（城）の階段（トゥルム）

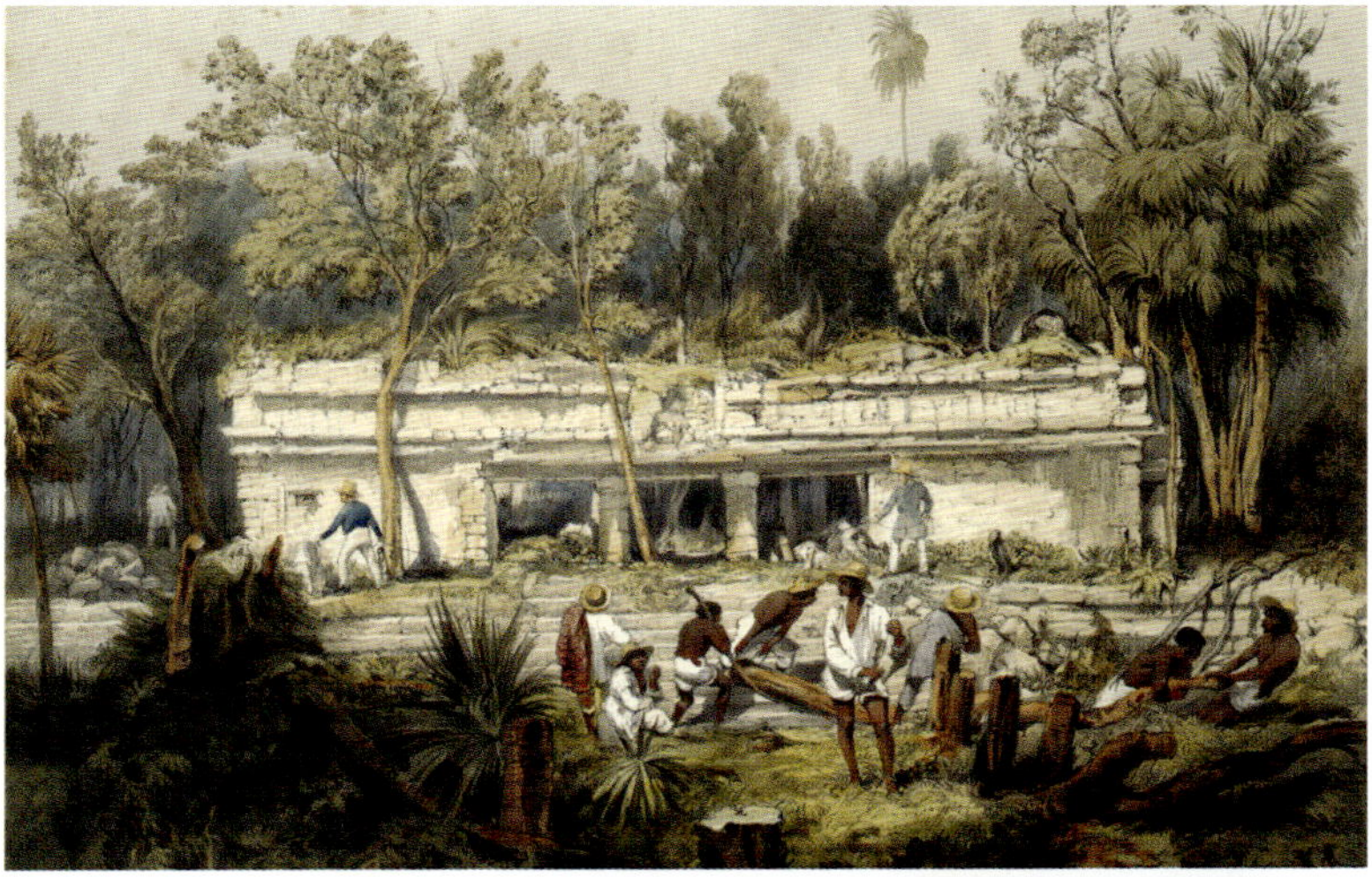

上：トゥルムの神殿。右にキャザウッド、左にスティーブンズあるいはカボットが、巻き尺を手にした姿で描かれている。
下：巨大なしっくいの頭部（ユカタンのイサマル）

現在のパレンケの神殿（カールセン撮影）

マヤ探検記（上）　目次

下巻目次

マヤ探検記　人類史を書きかえた偉大なる冒険（上）

キャスリーン・オシェアのために

序

グアテマラで最大の湖を横切って渡り、イサバルの村を間近に見たとき、コンクリートブロックのまばらな家々や小屋が散在するこの場所が、かつて一九世紀に、中央アメリカへ入る主要な通関港だったとは、とても想像できなかった。往時、丘の頂では城壁をめぐらした要塞があたりを見下ろしていたが、今はそれも、乱雑に散らばった石のかたまりと化していた。中央広場は荒れ果てたサッカー場となっていたし、墓はもちろん、港の共同墓地を示す標識も草に覆われ埋もれていた。

私がこの村にやってきたのは、一八三九年に二人の男が上陸し、人類史の見方を大きく変えることになった現場を、じかにこの目で確かめてみたかったからだ。ジョン・ロイド・スティーブンズとフレデリック・キャザウッドの組み合わせは、さまざまな点でたしかにミスマッチだった。どう見てもこの二人は、こんな画期的な旅を連れ立ってする男たちには見えない。一人は赤いあごひげを生やした、社交好きなニューヨークの法律家だし、もう一人は無口なイギリスの建築家にしてビジネスマンで、いつもきれいにひげを剃っている。しかし二人は以前、別々に、ギリシアやパレスチナやエジプトの古代遺跡を旅していて、それがこれから行なう、ふつうでは考えられないような考古学上の旅行を彼らに準備させた。そして二人のみごとなまでにマッチしたすぐれた技量――スティーブンズの文章とキャザウッドのイラスト――が、彼らを、間近に迫った発見を記録し、それを理解するにふさわしい候補者にしていた。

私は上陸の季節を一年の内でも、一七〇年前に二人が上陸した時期に合わせた。それは雨期が終わりに近づいた頃だった。彼らが旅行記に書いていた通り、うだるような、そして息がつまるような暑さの中で、私は疲れ果ててしまった。時の流れはイサバルの町をはるか昔に通り過ぎていた――グアテマラの主要なカリブ海の港は、今では北東一〇〇マイルの場所に移動している――が、周囲の風景は昔と変わらない。町のうしろにそびえる山の尾根は、変わらずに外部から町へ侵入する者の障害となっていたし、雨に濡れた斜面は今もなお、密生したジャングル（密林地帯）で覆われていた。地元の人々は何代にもわたって、同じ暮らしをくりかえしている。その多くはシュロ葺き屋根の小屋に住み、土地に根ざした変わることのない暮らしぶりだ。自給自足の熱帯農業とイサバル湖の漁で日々を送っていた。

スティーブンズとキャザウッドの跡を追って、これから私は、グアテマラ、ホンジュラス、メキシコへと、山々やジャングルを通り抜け、二五〇〇マイルの旅を続けようとしている。二人はラバの背にまたがって旅をしたが、私は自分の粗野な動物とも言うべき、オンボロのトヨタカローラ（一九八五年製）に乗って行く。ブルーの車にはラジオもなければエアコンもない。スティーブンズたちは、ラバ追い連中のいざこざに不満を漏らしたり、ラバの健康状態にやきもきしたが、私は、わだちのできた、かたかたと音を立てる砂利道や、泥だらけのジャングルの道を車で走りながら、日本の組み立てラインの工場で二〇年も前に、このトヨタ車のボルト締め作業をした人々のことを思っていた。そして彼らが、どうかしっかりと仕事をしてくれているようにと祈るばかりだった。

中央アメリカを巡る二人の旅と私の旅は、おおよその点で似通っている。だが、私が到着したイサバルは、スティーブンズやキャザウッドの発見によって、すでにさま変わりした世界の中にあった。二人は生い茂ったジャングルの密林の中を、困難と闘いながら進んだ——たまに見つかるものと言えば、理解しがたい彫刻を施した山積みの石や、一見、未完成に見える不可思議な建造物などである。一方、私がやってきた所は、十分に発掘が行なわれ、修復も終えた遺跡の発掘現場だ。そこには壮大なピラミッドや神殿、宮殿などがある。目に入る細工や聖刻文字《ヒエログリフ》は、この文明が驚くべき洗練さと複雑さを備えていたことを示している。さらに私は、何が自分をこの旅に駆り立てたのかを知っていた——それは二人の男がいったい何者なのか、そして、とてもありえないような困難を、二人がどのようにしてしのいだのか、それを知りたいという強い思いだった。ところが、正気とは思えない危険な任務に、なぜ彼らが当たろうとしたのか、そのとどまることのない憧れについては、私もまだ理解できないでいた。

また、彼らが頭の中で思い描き、ともに携えていた世界観についても、私は理解ができていない。二人がこの地に到着したときは、チャールズ・ダーウィンが『種の起源』を刊行するまでに、まだ二〇年の歳月があった。西洋ではなお、聖書が歴史の基本的な枠組みと見なされていた。したがって、キリスト教徒たちはそのほとんどが、世界の年齢を六〇〇〇年に満たないものと信じていた。コロンブスや彼の後継者たちが「新世界」へやってきたときに、そこで目にしたのは、洗練とはほど遠い未開の野蛮人たちだった。新来者の目には彼らが、まばらに散らばって住み、日々の糧をこの土地から得ながら、かつかつの状態で生きながらえている先住民の部族に映ったし、石を積んだ塚の上で、人間を神に捧げて血まみれの供犠を行なう、偶像神の崇拝者たちに見えた。

だが、一八三九年を境にして、これまでの——アメリカ大陸には未発達で、劣った人間がつねに住んでいたという——世界観が一変した。それに代わって登場したのが次の仮説だ。書くことや計算、それに天文学、芸術、巨大建築——つまり文明そのもの——は、「旧世界」のある地域から他の地域へ、そして文明化された「旧世界」から文明化されていない「新世界」へと、いわゆる「拡散」することによって、はじめて成り立ちえたという説。だが、スティーブンズとキャザウッドによる歴史的な旅は、人間の進化に関する考え方を根本から変えた。彼らの発見によって、文明は人間に本来備わっている文化的発展の特質で、おそらくそれは、われわれの遺伝子に組み込まれているにちがいない、と考えられるようになった。つまりその特質によって——一万五〇〇〇年以上もの間、世界の他の地域から隔離されていた、中央アメリカや西半球の地で起こったように——、人間社会は原始社会から脱皮して、進歩した社会へと発展することが可能になった。それも他の社会とはいっさい接触することなく独立した形で、しかも有機的に。したがって、旧世界の古代文明で見られたように、進歩した中央アメリカの社会もやがては、光輝く過去の面影だけをあとに残して崩壊していくことになる。

スティーブンズとキャザウッドが飛び込んでいったのは、内戦で疲弊した地域だった。二人は絶え間なく襲う熱帯熱の発作や、危機一髪の状況、それに肉体的な苦痛を耐え忍んでぶじに帰還した。そして、のちに二冊のベストセラーを出した。この二冊はアメリカ考古学の黎明を告げる書物となったが、その魅力的な記述と、すばらしい挿絵のために、古典的な名著として、現在もなお出版され続けている。一八三九年に二人は、その後マヤ文明として知られる遺跡群を見つけるのだが、それは単なる発見にとどまらず、発見の意味を理解することへと移行していく。そして、その理解は彼らを、従来の考え方に大きく逆らう結論へと導き、のちの一世紀半に及ぶ発掘と調査の口火を切ることになった。そして、マヤ遺跡の発掘作業は今もなお続けられている。彼らの本が出版されたあとでは、中央アメリカの不可思議な石の遺跡や、インカ人によって縦横に張り巡らされた南アメリカの道路網、さらには、アステカ人が作り上げたモニュメント（記念碑）や神殿などが、失われたイスラエルの十支族や、古代の海洋民族フェニキア人、それに、失われたアトランティス大陸から逃れた人々の遺物と見なされることは、もはや不可能になった。その起源はもっぱら土着のもので、アメリカ先住民の想像力と知能と創造の力が作り上げたものとされた。

『マヤ探検記』が語るのは、このような発見へと導くことになる悲惨な探険旅行と、それをなしとげた二人の驚くべき男たちの物語だ。この本は、彼らの探検とその後の重要な業績を語ることで、これまでほとんど知られることのなかった、二人の伝記をもまた紡いでいく。スティーブンズは二度にわたってイギリス帝国に打ち勝ち、その成功は、一九世紀に台頭しつつあったアメリカの象徴となった。本書はマヤ地方のこれまでの探検史や、二人が行なったマヤ文明発見の状況と背景、さらには、マヤの芸術及び建築上の驚異を世界に知らしめるために、二人が演じたイギリスとの思いがけない発見競争など、さまざまな要素を結び合わせながら論じたはじめての試みである。

「現地で」描かれたキャザウッドのデッサンは、写真術がなかった時代に、失われた世界をはじめて正確に、それも驚くほど詳細に再現したものだ。この時代はちょうど探検の黄金時代に当たり、中央アフリカではナイル川の水源が、ペルーではマチュピチュが発見され、北極や南極へも探検隊が派遣された。そんな発見の時代でもなお、スティーブンズとキャザウッドの成功は際立っていた。今日、考古学者の間では、マヤ研究の創始者として知られる二人だが、彼らがなしとげた仕事はそれをはるかに越えている。やがて登場するダーウィンのように、二人は過去の独断的な解釈を打破して、考古学という新しい科学の基礎を築くのにひと役買った。そして、発見のロマンスやミステリー、それにその興奮を、生きいきと力強く記録して形あるものにした。それは未来の探検者たちにとって大きな励ましとなった。さらに二人は、古代アメリカ先住民が作り上げた文明の、豊かな芸術的・文化的王国を世界にはじめて知らしめた。その文明は想像を絶するもので、毎年、何百万の観光客を引きつけ、今日もなおわれわれに多くのことを教えている。

*

クリストファー・コロンブスやヨーロッパの後継者たちが、一五世紀末に「新世界」と呼ばれた土地へやってきたとき、西半球には先進社会と呼べるものがいくつも存在した。中でも、エルナン・コルテスやスペインのコンキスタドール（征服者）たちが驚いたのは、今はメキシコシティの下に埋もれている、アステカ帝国の首都テノチティトランの洗練された美しさだった。しかし、コンキスタドールたちが関心を抱いたのはもっぱら黄金で、考古学上の発見ではない。彼らは先住民を従属させることに心を砕いた。異教を崇拝する先住民に「文明化した」キリスト教をむりやり押しつけると、神殿を打ち壊しては、新しい都市を建設した。そして、先住民たちをスペイン国王のために働かせた。コンキスタドールたちはメキシコやペルーで、高度な文明と洗練された社会を目の当たりにしたが、彼らはそれを胸に秘めて口外せず、ほぼ三世紀の長きにわたって、スペイン語圏のアメリカを、世界の他の地域から用心深く隔離した。

スペインの征服がはじまった頃、アステカ人は中央メキシコを支配していたし、インカ人はペルーのアンデス山脈に本拠を置いて、広大な帝国を統治していた。しかしこの時点で、高度に進化したマヤ文明はすでに消滅し、古代史の領域に属している。今日のわれわれにとって、アステカやインカの帝国はたしかに遠い存在だ。だが、マヤ文明も同じように歴史的に見ると、アステカやインカの人々にとっては遠い歴史になっていた。かつてマヤの都市はまばゆいばかりの繁栄を誇り、そこには多くの人々が住んでいた。だが、その廃墟はすでに、ジャングルの中で草木に覆い尽くされていたのである。

都市を統治していた王、書記官、天文学者、建築家、芸術家、職人、戦士、商人などは不思議なことにすべて消え失せていた。たとえアステカ人が、マヤの遺跡を知っていたとしても――地理的にはたしかに、アステカはマヤの中心部からわずか数百マイルしか離れていない――、彼らには古代のマヤ人がいったい何者なのか、それを歴史的に理解することなど、ほとんど、あるいはまったくできなかったにちがいない。マヤ人は、自分たちの一〇〇〇年にわたる歴史を書き残している。それはくずおれたモニュメントにヒエログリフで彫り込まれていた。だが、それをアステカ人は読むことができなかった。

マヤ文明の絶頂期（古典期）は、およそ四世紀（三〇〇年）から一〇世紀（九〇〇年）までで六〇〇年ほど続いた。その期間中、マヤ人はアメリカ大陸でもずば抜けた存在だった。遠い昔に栄えたアメリカ先住民の文化の中には、マヤ人に先行するものがいくつかある。だが、それを跡づける研究を行なっている考古学者たちも、古典期のマヤに見られた特質――政治の複雑性と巧緻な機構、文字、数学や天文学の知識、建築上の識見、それに何よりもその寿命――に比肩しうるものを、他に見つけることはできなかった。長きにわたって続いた文明の期間に、マヤ人は四〇以上もの有力な都市国家を打ち立てた。ユカタン半島や、今はグアテマラ、メキシコ、ホンジュラス、エルサルバドルとなっている低地の熱帯雨林地方には、当時一〇〇〇万もの人々が住んでいたと推測されている。それにくらべると、今日、エル・ペテン（古代にはマヤの中心地だった）として知られるグアテマラの一地方に住む人の数は、せいぜい五〇万を越える程度だろう。

それにしても、マヤ文明は異常なほど長く続いた。マヤ人は紀元前一五〇〇年にはすでに、太平洋岸やグアテマラの高地にやってきていて、北の低地の熱帯性湿地帯へと広がりを見せていた。そののち、次の一〇〇〇年紀に、豆、カボチャ、中でももっとも重要なトウモロコシなどの収獲に精を出し、徐々に複雑な農業社会を発展させた。古典期のギリシア文明が花開いた頃（紀元前四〇〇年）、マヤ人はすでに、ピラミッドや神殿を中央広場の周辺に建造している。そして、それから数百年経つかたたずの内に、建物のスケールは何百万の人手と、技術や組織に関する専門知識を必要とするほど巨大なものになった。彼らは金属の道具や車を持たない状態で、一〇〇〇ポンドもの石塊を採石場から切り出し、ジャングルの林冠から突き出るほど高いピラミッドを作り上げた。

そして次の一〇〇〇年紀には、数多くの都市国家がさらなる進化を見せる。それぞれの都市は強力な王たちによって統治され——中には当時のヨーロッパの都市より、人口が多い所もあった——、各都市の間は、砕いた石灰岩で舗装した道路によってつながれていた。王朝同士はしばしば争ったが、それでもマヤ人は、一つにまとまった宇宙観や一連の共通した神々、それに創造神話や共通の芸術的・建築的ビジョンなどを発展させた。彼らはしっくいや石でモニュメントや浅彫りの像を作り、手の込んだ典雅なヒエログリフを彫り入れた。神殿には人目を引くほど輝かしい色を塗り、宮殿は石のモザイクで飾った。宮殿の壁には、生きいきとした物語が描かれた。マヤ人はまた天体観測所を作って夜空について学び、組み合わせて使用する、世界でもっとも複雑な暦を作った。そして数学的に見ても、

初期文明の年表

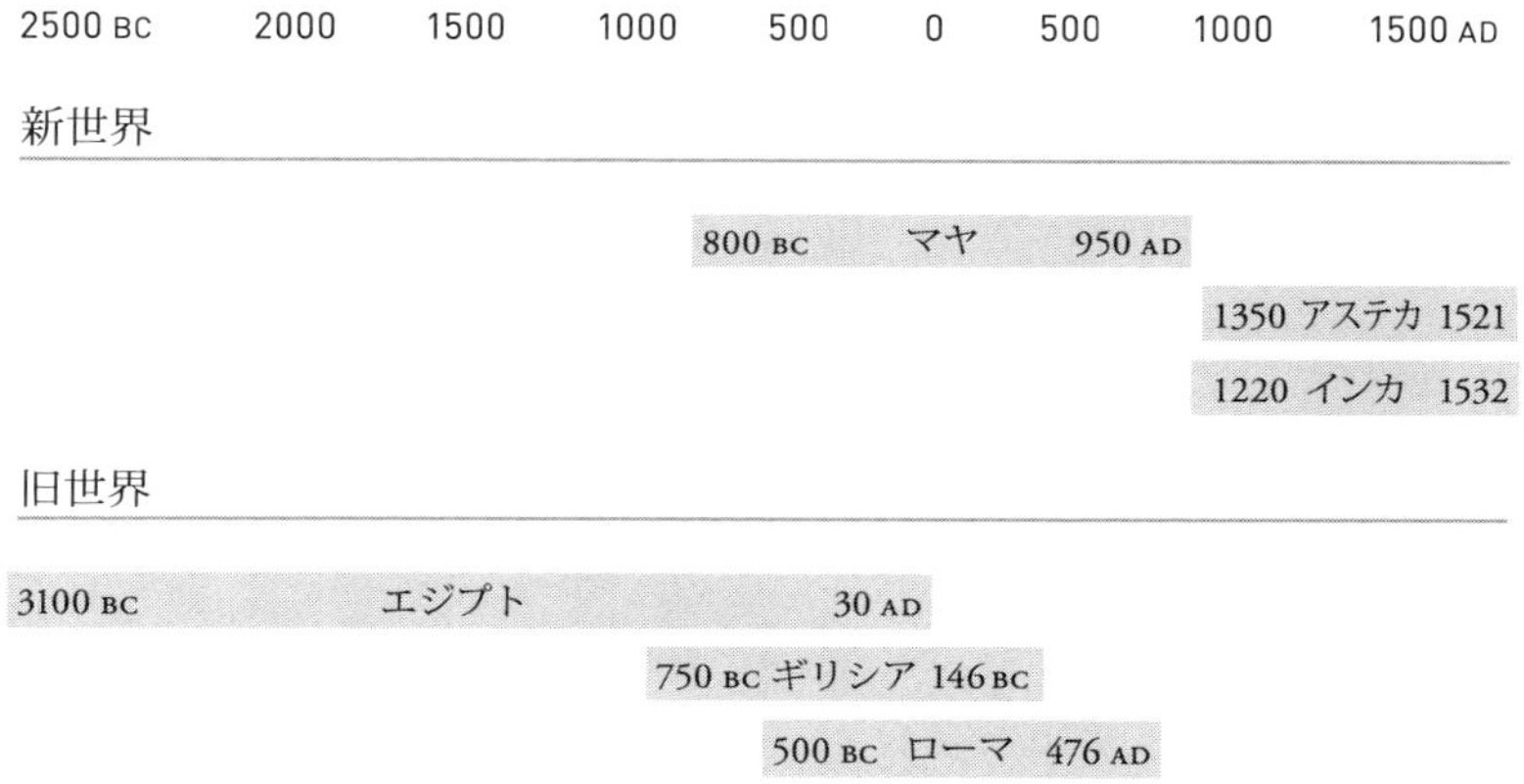

きわめて大きな時のサイクルを案出し——その過程で「ゼロ」の概念を発見している——、アメリカ大陸で唯一の書記システムを使って、彼らの歴史を記録した。マヤ人はこのシステムによって、伝えたいことを自由に文字で書き表わすことができた。

　しかし、やがてはすべてに終わりがやってくる。偉大なマヤの文明——古代世界でもっとも複雑にして、もっとも進化した文明——は崩壊し、それが作り上げたものは、石のジャングルだけをあとに残して、熱帯雨林の中に埋め尽くされてしまった。そしていつの日にか二人の探検家が、世界の目をそこに向けさせ、マヤの信じがたいほどすばらしい物語をひもとくことになる。

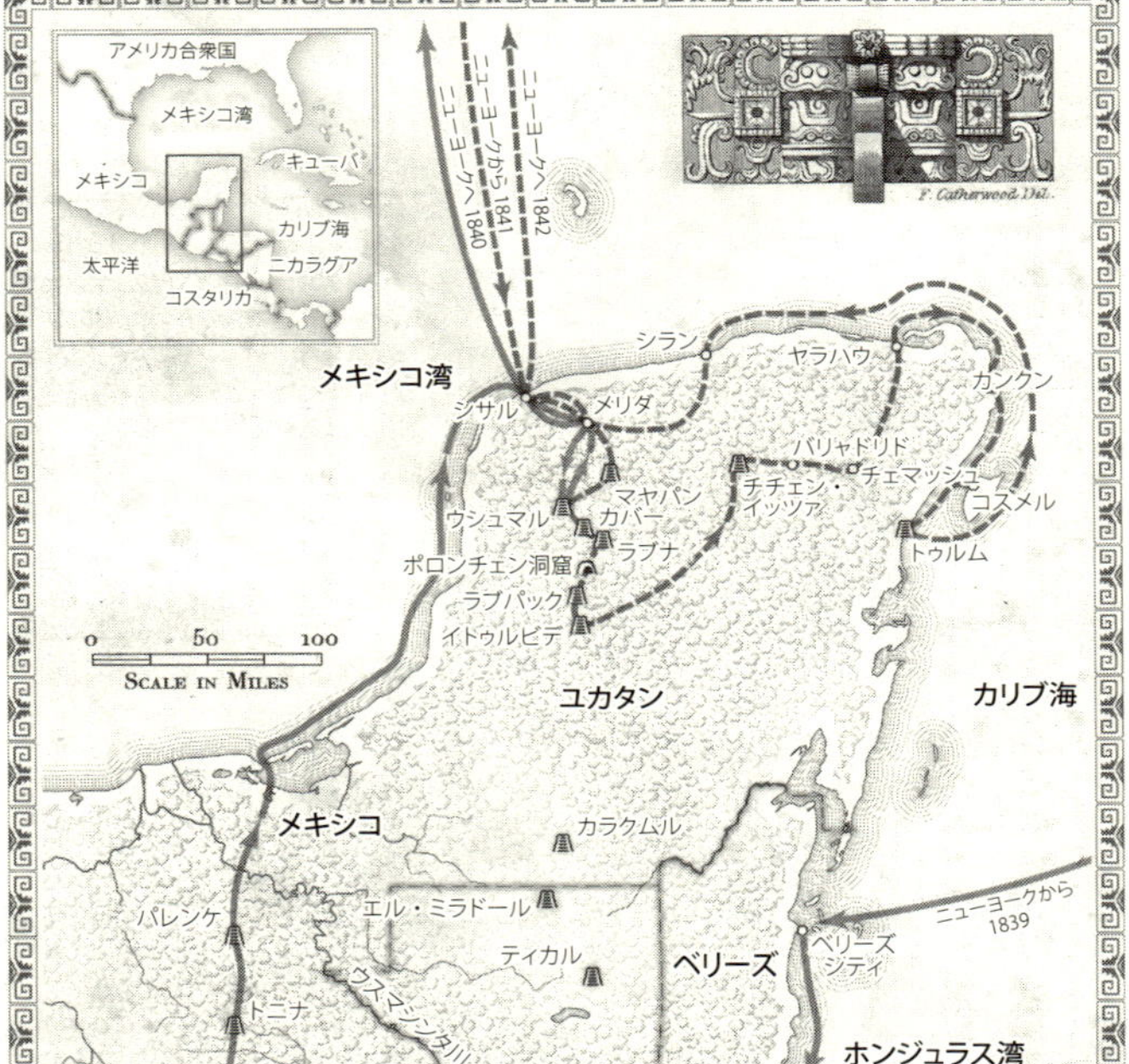
アメリカ合衆国
メキシコ湾
キューバ
メキシコ
カリブ海
太平洋
ニカラグア
コスタリカ
ニューヨークへ 1842
ニューヨークから 1841
ニューヨークへ 1840
F. Catherwood Del.
メキシコ湾
シラン
ヤラハウ
カンクン
シサル
メリダ
バリャドリド
チチェン・イッツァ
チェマッシュ
マヤパン
ウシュマル
カバー
コスメル
ラブナ
トゥルム
ポロンチェン洞窟
ラブパック
イトゥルビデ
0 50 100
Scale in Miles
ユカタン
カリブ海
メキシコ
カラクムル
エル・ミラドール
ニューヨークから 1839
パレンケ
ベリーズシティ
ティカル
ベリーズ
ウスマシンタ川
トニナ
ホンジュラス湾
コミタン
グアテマラ
リオ・ドゥルセへ
イサバル湖
キリグア
カモタン
イシムチェ
コパン
ケツァルテナンゴ
アティトラン湖
グアテマラシティ
ホンジュラス
太平洋
エルサルバドル
ソンソナテ
サンサルバドル
スティーブンス コスタリカ、ニカラグアへ
ニカラグア
UXMAL
F. Catherwood Del.

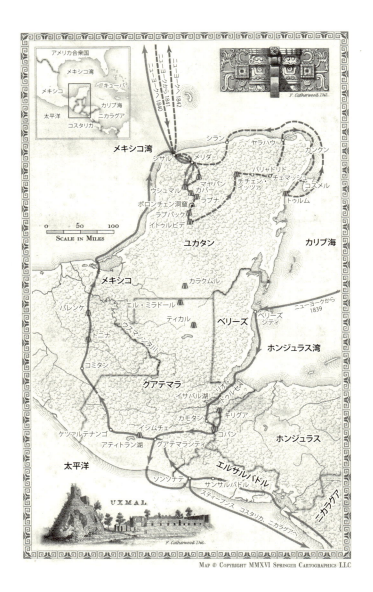

プロローグ

ジョン・ロイド・スティーブンズは疲れ切っていた。一八五二年四月のことである。この時代の、もっとも無謀な事業の最高責任者となって、すでに二年目を迎えていた。その事業とは、狭くて危険で、とても通り抜けられそうもないパナマ地峡に鉄道を通そうという計画だ。世界の二大大洋をつなぐ手立てを見つけること、そしてそれを具体化することは、探検家や交易人たちが何世紀にもわたって抱き続けた夢だった。運河を掘ろうという提案はこれまでにもいくつかあった。だが、現われてはすぐに立ち消えた。あまりにも費用がかかりすぎるのと、技術がそこまで到達していなかったからだ。しかし、今、気運は盛り上がり、時節が到来したかに見えた。世紀の半ばに至って、中央アメリカのどこかを、運河がだめなら鉄道で突っ切って、西半球を貫き通したいという熱望が極限に達していた。そこには、カリフォルニア州シエラ山脈の金鉱へ殺到しようとする熱狂的な衝動もあった。あたかも世は汽船と鉄道と電信の時代、つまり時間と空間を縮めようとする時代だった。技術的にはどんなことでも、実現することが可能に見えたのである。

四月のはじめ、スティーブンズは過労で弱っていた。肝臓は四六時中ぶり返すマラリアの発作で痛めつけられ、もはや仕事を続けられる状態ではなかった。鉄道の敷設については当初の計画から、すでに数年の遅れが生じている。金まわりのいい彼のビジネス・パートナーたちは、ニューヨークでぬくぬくと暮らしていたが、スティーブンズはこの三年の間、そのほとんどをパナマで過ごした。体つきは人目を引くほど堂々としていたわけではないが、もともと肉体は頑強にできていた。これまでも、病気が蔓延している地方へ何度も旅をしたが、想像しうる肉体的な困難はすべて、ものともせずに退けてきた。それに中央アメリカの山々や、ジャングルが危険なことは十分に承知している。だが、パナマの熱帯雨林は今までとは違っていた。そこは暗くてサディスティックで、これまで経験したことがないほど見通しが悪く執念深い場所だった。

はじめから、あらゆることがうまく行かない。当初の計画では、地峡の中央部から鉄道を敷設する予定だった。そこは海抜が高く、乾燥していて作業に好ましかった。だが、計画は変更されて、カリブ海岸のマングローブが生えた沼に浮かぶ小島から、敷設作業を進めざるをえなくなった。作業員たちは、そこからジャングルを切り開き、太平洋へ向かって一歩ずつ進む。ワニや毒ヘビがいる沼を胸まで水に浸かりながら歩いた。沼が終わったと思ったら、今度は流砂や泥がはじまる。病気を運ぶ蚊が群がり飛んでいて、空が暗くなるほどだった。恐ろしい量の雨が降り注ぎ、それは人間の理解をはるかに越えている。間をおいて、わずかに雨がやむときがあったが、そのときは、耐えがたいほど暑い太陽が照りつけた。[1]

作業現場にはときおり、病と死しかないように思えた。マラリアや他の熱帯病――ひとまとめにして「チャグレス熱」という恐ろしい名で呼ばれている――がおびただしい数の人命を奪った。作業員全員を元気で働かせることが、ときどき不可能になることもあった。そしてそれは、兵士が上官に背く反乱以上に、スティーブンズにはこたえた。仲間が死んだり、病に倒れてもはや働くことができなくなると、同じ作業員たちの健康状態や、その後の生活に大きな影響が生じる。中には気が触れてしまう者もいたし、カリフォルニアの金鉱地へ向かう者も出た。また、現場から逃げ出したい一心で、自分で身銭を切って故郷へ帰ろうとする者も現れた。その後、一八五二年の半ばになると、地峡はコレラの流行に見舞われる。そして数週間後、新たに数百人の死者を出してコレラは通り過ぎた。

鉄道は埋め立てた沼を通り越して、二〇マイルほど先へ伸びた。天気のよい日が続くと、狂気じみた計画も、もしかするとうまく行くかもしれないと思う。だが、ほんの数カ月前、すでに資金が枯渇しはじめていた。スティーブンズは、自分がこの事業全体を背負って進めていることに、徐々に負担を感じはじめる。以前、友人たちに宛てた手紙で、一八五二年までには鉄道が大陸分水界を突破して、パナマシティや太平洋へ近づいていると思う、と彼は予告した。鉄道の距離は結局のところ、五〇マイル足らずにすぎないからだ。だが、ここにきて、彼はもはや予告を何一つしなくなっていた。苦難、労働、病気、死の三年間が過ぎて、鉄路はまだ全体の半分にも達していない。最大の障害物とされているチャグレス川を越えることができないでいる。川は雨期になると「神の怒り」のように荒れ狂う。大西洋と太平洋の分水界を二分する頂上はなお何マイルも先に霞んでいた。

スティーブンズはめったに不平を言う男ではなかった。だが、長生きをして、西半球ではじめての大陸横断列車が、海から海へ走るのを何とか見届けたいと、それとなく言うようになった。四六歳のときに彼は健康を害して倒れた。思えば地峡の横断をどれくらいくりかえしたことか、自分でも数え切れないほどだった。やがて雨期がやってくるだろう。そうすれば、仕事のスピードは落ちざるをえない。家へ帰る時期が来ていた。

汽船に乗ってニューヨークへ向かう時点で、彼の健康状態がどんな具合だったのか、それを示す正確な記録はない。だが、出発する直前に、手紙で父親に心情を吐露している。「年を取ってしまいました。いろいろ困難なことが続いたり、やっかいな仕事で疲れ果てています。しかし、これも自分が耐え忍ばなくてはならないことで、お父さんに気苦労をかけて心配してもらったり、責任を負ってもらう筋合いのものではありません」(2)。すぐにお父さんの元へ戻りますと彼は付け加えた。

鉄道――パナマを横断する鉄道――は開通するだろう、とスティーブンズは確信していた。彼はこれまで、信じられないほどの苦難や障害に直面し、そのつどそれに打ち勝ってきた。明確なビジョンを持つ彼は、中央アメリカに打ち負かされたことなど一度もなかった。ジャングルでは、ほとんどの人が見たこともないものを見たし、驚くべき発見もした。そして、信じがたいような物語を持ち帰ってきた。人類史に対する世界の見方を変える報告を携えて――世紀の発見は彼を金持ちにし有名にした。

そして――ほんの一時だが――世間の喝采を浴びた。

そんな彼が今、実現を信じているのは新たな夢(まさしくアメリカン・ドリーム)だ。雨期が終われば、自分がはじめた仕事をぶじに完成させるために、パナマへ戻らなくてはならない。それを押しとどめるものなど何一つない、とスティーブンズは信じていた。

1851 年のマンハッタン

Ⅰ 探検

1　一八三九年、南へ

あのときからさかのぼること一三年。夜明け前だ。スティーブンズはイギリスのブリッグ（二本マストの帆船）に乗り込んだ。生涯でもっとも大胆な、そしてこの上なく並外れた旅へ向かうためである。早朝、ニューヨークのハドソン川埠頭で潮が引きはじめると、凪いだ空気の中で、帆をたるませていたマリアン号が、係船岸から滑り出した。「街路や波止場は静かだった」とスティーブンズは書いている。「マンハッタン島南端のバッテリーにはひとけがなかった。そこを離れて、帰還もままならぬ旅へ出発するときになってはじめて、バッテリーが以前にもまして美しく見えた」[1]。それは一八三九年一〇月三日のことである。

船はキャッスル・ガーデンのあたりで引き潮に乗った。キャッスル・ガーデンはかつての砦で、もとはバッテリーからちょっと離れた海の中にあった。ガヴァナーズ島の近くへ来ると、船は大西洋へ向かう大型の捕鯨船とならんで、ゆっくりと進んでいく。マリアン号に乗船したスティーブンズには、一人だけだが同乗者がいた。イギリス人の画家で建築家のフレデリック・キャザウッドだ。スティーブンズは三四歳になろうとしていたが、キャザウッドは相方にくらべると背が高く、やせ気味で、年は六歳年長だった。二人は多くの点で正反対の特徴を持つ奇妙なペアだが、たがいに仲はよかった。そして今二人は、書面による同意によって仕事仲間でもある。弁護士のスティーブンズは、あまり見なれない契約書の下書きを自分で作成していた。

友だちが数人、ブルックリンの先のナローズまでいっしょに乗ってきて、二人を見送った。そして、この海峡で別れを告げると下船した。港の水先人が同船してきたが、これも一時間後には船を降りた。今はマリアン号の船長と数人の乗組員を除くと、スティーブンズとキャザウッドだけしかいない。二人は風が吹きはじめるのを待っていた。やがて帆が風を孕んで、ゆっくりと二本マストの船を東の方角へ、大西洋へと向かわせた。そして最後に船がサンデーフック岬をまわると、二人は、ニュージャージーの高地が太陽といっしょに、西方の水平線へ沈んでいくのをじっと眺めていた。翌朝、彼らは完全に海の上にいた。

二人が目指していたのはホンジュラス湾だ。当時、ホンジュラス湾は、北アメリカの人々にはほとんど知られていなかった。南へ向かうアメリカ合衆国の交易路は、おおむねカリブ海の島々に集中していた。それは西インド諸島、キューバ、ジャマイカなどで、すべてがホンジュラス湾の東側に位置している。海路はカリブ海を通って南下し続け、南アメリカの東部近くを通って、大陸の南端ホーン岬まで下り、太平洋へと向かう。

角度の鈍い三角形をしたホンジュラス湾は、メキシコの真南に当たる中央アメリカの側面へ切り込んでいて、アメリカの海上交通路からは遠く隔たっていた。だが、これには理由がある。三〇〇年以上も前、コロンブスがホンジュラス湾を横切って、新世界へ最後の航海をしてから間もない一五〇二年に、巨大なカーテンがメキシコの南と中南米大陸の間に引かれた。コロンブスのあとに続いたコンキスタドールや、スペインにいた彼らの支配者たちは、スペイン語圏のアメリカを世界の他の地域から隔離した。(2) が、この状況に変化が現われはじめたのは、一九世紀への変わり目に、ヨーロッパで起きた政変による。フランス革命とナポレオン・ボナパルトの台頭が、スペイン帝国の崩壊を引き起こした。アメリカにあったスペインの植民地が、一つまた一つとスペインのくびきから解き放たれ、カーテンが上がりはじめた。そして長い年月、北アメリカ人に閉ざされたままで、謎めいていた南の土地がようやくその姿を現わした。

アメリカの交易人たちは、新たな土地を開拓するのに手間どったが、自国の境界を広げようとしていたライバルのイギリス人は、すでにホンジュラス湾の片側に沿って足場を作りつつあった。彼らはユカタン半島の縁を切り開いて、そこにベリーズと呼ばれる植民地を築いた。この植民地は、延々と続く珊瑚礁と小さな島々に守られていて、島々は何百年もの間、イギリスの海賊たちの隠れ家になっていた。海賊たちは、中央アメリカとスペインの間を行き来するスペインのガレオン船を襲って、もっぱらこれを餌食にした。

ベリーズの真南の方角に、三角形をした湾が一点に狭まる地点がある。ユカタン半島の付け根に当たる部分で、そこにはリオ・ドゥルセ（甘い川）が流れていた。スペインの交易は大半が、この川を上り下りして行なわれた。スティーブンズとキャザウッドが向かったのもこの地点で、彼らの最終目的地はさらに内陸のグアテマラシティだ。この町は以前、スペインが中央アメリカに持っていた植民地の首都である。スティーブンズは合衆国国務長官ジョン・フォーサイスから、ある使命を託されていた。大統領のマーティン・ヴァン・ビューレンによって、代理公使と密使に任命されたスティーブンズは、近年結成されたばかりの、中央アメリカ諸州連合（一八二四年から中央アメリカ連邦共和国と呼ばれる」の指導者たちと会って、通商協定を締結せよという指令を受けていた[3]。だが、そこには一つ問題があった。二人が上陸した地域は内戦で引き裂かれていて、スティーブンズが外交上の任務を果たせるかどうか、ひいき目に見ても可能性は不確かだった。

しかし、彼とキャザウッドにはもう一つ別の任務があった。それはスティーブンズが、大統領の任命を思いがけず手にする数カ月前に、すでに慎重に計画されていた。中央アメリカのジャングルの中に、複雑な彫刻が施された石が埋もれている、という曖昧な報告を二人は読んでいた。そしてこの報告が、彼らの心中に疑惑と希望を生じさせていたのである。もしかするとこのような遺跡は、でためにに取り散らかされた石群ではないかもしれない――おそらくそれは、より洗練された何かで、今まで隠されていて、知られることのなかった世界をほのめかすものかもしれない。そんな理由から二人は、スティーブンズが公務を終えたあとで――それがうまく行くかどうかはともかく――ジャングルへ入り、目にしたものの正体を、自分たちの目でしっかり確かめてみようと心に決めていた。

＊

スティーブンズとキャザウッドが、いつどこで最初に出会ったのかについては、はっきりとしたことが分からない。

出会いの記録を二人は残していないし、同時代の誰もがそれに関する記述をしていない。これまでは長い間、マリアン号に二人が乗船する三年前の一八三六年夏に、ロンドンで出会ったのではないかと言われてきた[4]。当時、キャザウッドはロンドンで働いていたし、スティーブンズはヨーロッパ、エジプト、中東を二年間旅したあと、ロンドンを経由してニューヨークに戻っているからだ。その年のはじめ、エルサレムを訪れた際に、スティーブンズは、キャザウッドが描いた聖都の観光地図を手にしている――それはたとえ名前だけだったとはいえ、彼がこの画家を知った最初の出会いだった。その年の夏ロンドンで、スティーブンズやキャザウッドのような探検家たちが集まって、小さな協会が設立された。したがって、そこで二人が出会ったと結論づけることは十分理にかなっている。だが、最近乗船名簿が見つかり、それによって、スティーブンズがロンドンに到着する前に、キャザウッドは家族を連れて、すでにニューヨークへ旅立っていたことが分かった[3]。おそらく、二人はその年の暮れか、あるいは次の年に、ニューヨークシティで出会ったのではないだろうか。ニューヨークで、画家や知識人たちの小さな、しかし徐々に大きくなりつつあるサークルができていたとしたら、共通の関心から考えても、二人の出会いはほとんど避けがたかったにちがいない（ロンドンにくらべると、ニューヨークの人口は四分の一にも満たない）。実際二人は、驚くほどよく似た冒険をしている。ともに中東の荒れた土地を歩き、同じように古代の史跡を数多く探索した――ほぼ一〇年ほど、キャザウッドがスティーブンズに先行しているが。また彼らはしばしば二人して、行く先々の非友好的な政治環境や、敵対する自然環境を何とかやり過ごしてきた。それはまるで両者が、数年間平行した状態で歩んできて、やがては近づき、たがいに引き寄せられる運命にあったかのようだ。

　キャザウッドは若い頃ロンドンで、建築家で測量技師でもあったある人物に弟子入りしている。そして、ローマやギリシアで研鑽を積んだのち、一八二四年にカイロへやってきた。彼が到着した年は、ジャン＝フランソワ・シャンポリオンが、ロゼッタ・ストーンの助けを借りて、古代エジプトのヒエログリフの解読に成功したと、世界に向けて発表した年でもあった。ヨーロッパ中がエジプトの「熱狂的な流行」に取り憑かれていた。そして、次の一〇年間、キャザウッドは二度にわたるナイル川の探検に参加して、ピラミッドや神殿を調査したり、スケッチで描いている。アラビア語にも精通した。ターバンを頭に巻いてエジプト人を装い、禁じられたイスラムの聖地へ命がけで潜入したこともある。それも聖地を記録したい一心から出た行動だった。(6)

スティーブンズもまたカイロの商人に身をやつしていたが、それはシナイ砂漠を横切って、その地域でもっとも危険な史跡とされている場所へ、難なくたどり着くためだった。その史跡とは、今のヨルダン南部の岩だらけの渓谷にあった、古代の石の都市ペトラである。ペトラは外部の世界から遮断され、荒々しいベドウィンによって守られていた——この目的地はスティーブンズにとって、ニューヨークで弁護士として送っていた心地よい生活から、想像しうるかぎり、もっともかけ離れた遠い場所だった。

最初に出会った状況がどんなものだったとしても、砂漠にいた二人に何かが取り憑いたことは確かだ。二人はただむやみに無鉄砲だったわけではけっしてない。実際彼らは、どこにでもいる平凡な人間だった。キャザウッドはプロの建築家で、すでに結婚をしていて、三人の子供の父親として実直に家族を支えている。スティーブンズは弁護士を開業し、不動産を所有していた。ヨーロッパや中東へ出かける前は、一〇年ほど政治に首を突っ込んでいた時期もある。だが、何かウイルスのようなもの——人を極限まで追い込み、しっかりそれを見極めるようにと誘う病的な衝動に近い——に、砂漠にいた二人は感染した。ウイルスから逃れることはとてもできそうになかったし、アドレナリンはけっして消え去ることがなかった。ニューヨークでの安逸な暮らしも、彼らには不当なものに思えた。自分たちの人生から、何かが失われていくような気がしたのである。そんなニューヨーク暮らしが三年間続いたあとで、二人はある資料を目にして興味をそそられた。そこには、中央アメリカのジャングルで発見されたモニュメント（不可思議な彫刻が施されている）や、石造建築物の廃墟のことが書かれていた――加えて、発見されたものについて、それがどんなものなのか、口先ばかりの臆測が添えられている。もしかしたらそれは――二人が砂漠の砂の上で目にしたエジプトの廃墟とは違って――ジャングルの中に埋もれてしまった、古い失われた文明の遺跡ではないのか？　が、これは少々期待が大きすぎたかもしれない。だが、この考えは二人を浮きうきとした気分にさせた。以前に覚えのある憧れがとたんに甦ってきた。それは冒険への渇望であり、探求への心情であり、危険の香り――つまりは飽くことを知らない好奇心だった。

しかし、そこにはまず、解決しておかなければならない日常の問題がある。

一八三六年、キャザウッドは家族をニューヨークに移すと、すぐに建築家の仕事を見つけた。だが、一年と経たない内に、展示ホールの建設に乗り出した。それは彼がこしらえた、中東の巨大なキャンヴァスを展示するための施設で、洞窟を思わせるような「パノラマ」だった。計画はただちに実行に移され、展示による収益もかなり上がった。

一方、スティーブンズは二冊の本を出版し、これが大ヒットした。今まで彼が心躍らせて書いたものと言えば、法律文書や契約書のたぐいしかない。だが、ヨーロッパから戻ったときに、ヨーロッパや中東で試みた冒険について書いてみよう、そして、ひとつ腕試しをしてみようと思った。書いてみると、自分に物書きの才能があることに気がついた。最初に書いた『エジプト、アラビア・ペトラエア、聖地の旅で起きた出来事』はベストセラーとなり、羽が生えたように売れた(7)。アスター・プレイスで本屋を営むジョン・R・バートレットによると、「ニューヨークでは、この本以上に深い興味をかき立てたものはない」という。最初の本の成功があまりにすばらしかったために、スティーブンズは早速次の本に取り掛かった。今度はギリシア、トルコ、ロシア、ポーランドの旅行記である。

思いがけないことだったが、二年の間に彼は人気のある、そして高い評価を得た本を二冊書くことができた。合計すると一〇〇〇ページにも及ぶ大部なもので、中には時代を代表する斬新な文章も含まれている。スティーブンズはすでに法律から遠く離れていて、次の冒険へと――そして次の本へと――向かう心の準備をしていた。キャザウッドの絵をもし入れることができれば、次の本はさらにすばらしい成功をもたらすかもしれない、とも考えた。スティーブンズとキャザウッドは、中央アメリカへの脱出を計画しはじめていた。だが、ちょうどそのとき、思いもよらないことだったが、現地へ派遣される予定の公使館員が死んだ。そして、その代わりの者も突如亡くなった。運命がすでに事態を決定しているかのように思えた。スティーブンズは民主党の古い人脈に近づくことで、ヴァン・ビューレン大統領から外交上の任務を勝ち取ることができた。

一方、キャザウッドにとって、南方への長旅はそれほど簡単なことではなかった。家族がいたし、新たにはじめたビジネスもある。その面倒を見なくてはならない。そこで、たくさんの印税を手にしたスティーブンズが、キャザウッドにある提案をした。一八三九年九月九日に、両者によってサインされた「合意覚書」を見ると、次のような取り決めがなされている。キャザウッドはスティーブンズに随行して中央アメリカへ行く、そしてスティーブンズがアメリカ政府の公務を果たすまで、彼と行動をともにする。だが、公務がぶじに終わったら、二人は自由に「廃墟となった都市や地域や現場やモニュメント」[8]を調べに旅へ出かける。キャザウッドはデッサンをするが、それはあくまで「スティーブンズのためだけ」のもので、その見返りとしてスティーブンズは、旅行中に発生したキャザウッドの費用のすべてと、さらに一五〇〇ドル――これは当時としてはかなりの額だ――を支払うことに同意した。ただし、キャザウッドの留守中に、彼の妻へ毎週支払われる二五ドルは、ここから差し引かれる。[9] キャザウッドはパノラマホールの運営を、ビジネス・パートナーの手に委ねた。

　契約上の言語で明記された覚書が、どれくらい二人の親密さや信頼度を反映したものなのか、それを知ることは難しい。あるいはそれは他の何か、たとえば一九世紀特有の、より正式な形式を反映しているのかもしれない。たしかにキャザウッドには、面倒を見なくてはならない家族がいたし、スティーブンズはなお弁護士で、弁護士の心を持ち、契約の価値についても、弁護士としての見解を保持していた。だが一方で二人は、この先数年間というもの、個人的な関係を表に現わすことがほとんどなかった。そのために、二人でいっしょに旅をしたことは周知の事実だったが、二人の関係については、長いあいだミステリーとして語り継がれてきた。彼らの冒険から紡ぎ出された物語や、その合間に描かれた絵は一八〇〇ページ以上に及ぶ。だが、その中で、スティーブンズがキャザウッドについて述べた文章は一つとしてない。実際、キャザウッドのイメージはどこにも出てこない。描かれた顔かたちもなければ、銀板写真《ダゲレオタイプ》で撮られた写真もない。[10] スティーブンズの書いたものの中では、キャザウッドはただ「ミスター・キャザウッド」あるいは「ミスターC」と表記されているだけだ――スティーブンズの手紙では「ミスター」が省かれることもあった。ただし考えられるのは、これもまたヴィクトリア朝時代特有の作法だったのではないか、ということだ。少なくとも人前では、たがいに抑制と礼儀正しさが、二人の男に期待されたのかもしれない。この点、二人の間に見られた形式へのこだわりは、同じ時代の名だたる旅のパートナーたちにくらべても、それほど奇異なものではなかった。たとえばそれはメリウェザー・ルイスとウィリアム・クラーク〔ルイス・クラーク探検隊を結成して、アメリカ西部を探検〕、アレクシ・ド・トックヴィルとギュスターヴ・ド・ボーモン〔一八三一年にアメリカ旅行』、さらにはアレクサンダー・フォン・フンボルトとエメ・ボンプラン〔一七九九年から一八〇四年に中南米を科学的に調査〕などだ。

さらに言えるのは、スティーブンズの文章の中で、それとなく姿を現わすミスター・キャザウッドは、根っからの無口で、ユーモアのセンスに乏しく、ひどく控えめな人物で完璧主義者だったことである。これは一つに、彼の建築家としての、とりわけ画家――イメージを売る観察者――としての訓練が、自分を後方へ退かせ、社交好きで弁舌が爽やかなスティーブンズを前面へと押し出すことになったのかもしれない。だが、たとえ二人の性格が真反対であっても、たがいの忠誠心と尊敬の念に問題はない。それはこれから一三年の間、パートナーシップと親密な友情という形で、くりかえし表に現われることだろう。二人はともに歴史を愛し、遺物や遺跡に対して取り憑かれたような関心を持ち、さらに肉体的な勇気や頑固さも共有している。それが信じがたいほど強いために、彼らの前に立ちはだかるこの上ない困難を難なく二人は切り抜けることができた。

＊

南へ航海するにはとりわけ危険な時期だった。ハリケーンの季節はまだ終わっていない。今日《こんにち》のように天気予報がないので、夏の終わりや秋口に出かけるときには、船長や乗組員たちも、直面せざるをえない大きな危険を十分に知りながら、やみくもの勇気と根拠のない盲信を頼りにカリブの海へと向かった。しかし、この一週間でマリアン号は、キューバとイスパニョーラ島の間を苦もなく通り抜けている。だが、そのあとで、熱帯暴風雨に見舞われた。小型のブリッグは激しい風雨と波打つ海をしのぎながら、一八日間、ホンジュラス湾へ向かってまっすぐ西へ進んだ。ようやくベリーズの港にたどり着いたときには、ちょうど嵐も衰えはじめていた。

　みすぼらしい辺境の町は、ココヤシやジャングルの暗い緑を背景に、一マイルほどの平坦な白い線となって、アクアマリンの海から浮かび上がっていた。前の晩に一〇代の若者――港の水先人の息子――が乗り込んできて、ごつごつとした珊瑚礁を避けながら巧みに船を舵取りして、ぶじに港内へ引き入れた。マリアン号は、マホガニー材――植民地の主要な輸出品――を積み上げてこしらえた、浮き桟橋のとなりに錨を下ろした。港にはブリッグやスクーナーなど、かなり多くの船が停泊している。古い汽船も投錨《とうびょう》していた。ユカタン半島のへりにしがみつくようにして作られた、この海岸沿いの植民地は、一地方というよりむしろ一つの島のように見えた。海賊の時代を境にベリーズは、重要な交易所として発展を遂げた。ヨーロッパから来た品々は、ここからホンジュラスやグアテマラの海岸地方、モスキート海岸、そしてさらに内陸へ、中央アメリカの国々へと送られていった。しかし、ベリーズの倉庫や家々、それに六〇〇〇人の住民たちは、現に通り抜けることができない、深いジャングルによって奥地から隔離されていた。一つの川が町を二分している。単に「古い川《オールド・リバー》」と呼ばれているが、この川が内地へ行くことのできる唯一の道だった。水源は熱帯雨林の奥深くにあるため、そのありかはいまだに謎のままだ。

　通りの多くには、海から襲ってくる豪雨のために、くるぶしの深さまで泥がたまっていた。家々の中には柱の上に建てられたものや、表をベランダで取り囲んだものがある。これも湿った午後の激しい熱気を和らげるために、わずかな空気でも取り入れたいとする工夫だった。厚板が歩道として使われている。まわりには熱帯の花々が群がり咲いていて、シュロの木々が植えられていた。川に架けられた橋が町の両端を結んでいる。町の南端には、白い下見張りの公共の建物が小ぎれいにならんでいた。女王陛下のしもべである総督の住まい、裁判所、省庁、病院、刑務所、それに自由学校。中央には高い尖塔を備えた石造の教会が立っていて、それはまるで、イギリスの田舎からじかにここへ移されたもののようだった。

スティーブンズの記録によると、ベリーズに到着したときに受けた歓迎ぶりに彼は当惑したという。それは、新たに請け負った外交上の任務がもたらした大げさな儀礼や特権に、彼が不慣れだったことによる。上陸すると、ただちに総督官邸への招待を受け、植民地総督のアレクサンダー・マクドナルド大佐と会うことになった。港に停泊している古い汽船で、グアテマラの海岸へと向かう手配をしていると、係官が汽船の出発を二、三日遅らせて、ベリーズでゆっくり過ごしてはどうかと言う。「故郷では汽船の係官は規則に厳しく、自分たちは、おとなしくそれに従わざるをえなかったが」とスティーブンズは書いている。「ベリーズの係官の処遇は、総督閣下の招待にもまして大きな名誉に思えた。だが、自分の幸運をさらに先延ばししたくなかったので、私は一日だけの余分な逗留をお願いするにとどめた」。

もう一つ故郷と大きく異なっているのは、ベリーズの植民地ではどこでも、奴隷制度が禁じられていたことだ。しかしスティーブンズはすぐに、奴隷制度がベリーズで根を下ろさなかった理由に気がついた。ここでは人口の三分の二が黒人で、白人のほとんどは難破したか、あるいは引退した海賊の子孫だったからだ。そして彼は、人種間の混血の現状を目の当たりにして驚いた。「ベリーズに着いて一時間もしない内に」と彼は書いている。「故郷では議論の的となっていた混血の現実問題が、ここでは数世代にわたって、粛々と押し進められていたことに気がついた」。ベリーズではじめて取った食事の場面を彼は描写している。朝食のテーブルについていたのは商人夫婦、二人のイギリス人将校、身なりのきちんとした教養あるムラート（白人と黒人の混血）が二人。「二人のムラートは、彼らが従事しているマホガニーの仕事や、イギリス、狩猟、馬、婦人、それにワインのことなどについて話していた」。

スティーブンズはニューヨーク人で北部の出身者だが、母方の祖父ジョン・ロイド判事は、一八二〇年代に死ぬまで、ニュージャージー州の奴隷所有者だった[11]。したがって、結束の強い家族の中で成長したスティーブンズにとって、奴隷制度は身近でなじみのあるものだった。書物の中で彼は、一度も子供時代の体験について語ったことがない。だが、ベリーズで目撃したことに対する反応から判断すると、彼の共感がどのあたりにあったかは歴然としている。人種間の平等について語ることで、アメリカの読者にショックを与えるよろこびを、彼はほとんど隠そうともしていないからだ。たとえば、植民地の裁判所を訪れたとき、裁判官の席が一つ空いているので座ってみませんかと誘われた。裁判官は五人いたが、その内の一人はムラートだった。陪審員は二人だ。スティーブンズのとなりにいた裁判官が彼に話しかけてきた。自分はアメリカの人種偏見についてよく知っているが、このベリーズでは「資格や性格の問題を除けば、政治生活における差別はまったくありません。社会生活においても、縁組みのときでさえ、ほとんど人種間の差別は存在しません」。

スティーブンズはまた明らかに、ベリーズで行なわれていたもう一つの慣習に興味を抱いた。のちに彼の読者か、あるいは少なくとも、彼が熟知している弁護士グループを刺激するにちがいないと思いながら、彼はしきりにおもしろがっている。ベリーズには弁護士が一人もいなかったし、これまでもいたことがない。法廷は弁護士がいなくても、何ら問題なく裁判が行なわれた、とスティーブンズは書く。また裁判官にしても、大きな商取引を含む民事上の紛争くらいは耳にしたことがあったが、法的な資格を持つ者など一人もいない。裁判官の一人はマホガニー材を切る人だったし、商人が二人いて、ムラートの裁判官は医者だった。

五人目の裁判官を務めていたのが、植民地の書記官パトリック・ウォーカーだが、その彼が、スティーブンズとキャザウッドをベリーズ植民地の一周旅行に連れ出してくれた。またウォーカーはオールド・リバーをボートでさかのぼり、ジャングルの中へと向かう遊覧の旅の手配もしてくれた。スティーブンズはたちまち、密生したジャングルの魅力に引き込まれた。木々が川に覆いかぶさるように生い茂り、日の光を遮っていた。「われわれは人々の住まいから、まるで何千マイルも離れた場所にいるような、完全な孤独の中にいた」と彼は書いている。川の流れはすさまじく、ボートの漕ぎ手は必死で流れにあらがっていたが、やがて一行は流れに押されてあと戻りせざるをえなくなった。

ようやく二人は総督官邸へ招かれた。植民地の監督官であるマクドナルド大佐と対面したスティーブンズは、総督から深い印象を受けた。スティーブンズによると総督は「駆け足で人生を駆け抜けるタイプの人物」だったという。マクドナルドは一八歳のときに、若い将校としてイギリス陸軍に入隊し、数年間スペイン戦役に従軍した。その後、ワーテルローで連隊の指揮を取り、戦場での働きが認められて、イギリス国王やロシア皇帝から勲章を貰った。身長六フィートの軍人然としたマクドナルドと話をしていると、まるで「歴史の一ページを読んでいるようだった」とスティーブンズは書いている。

大佐はスティーブンズとキャザウッドを暖かく迎え入れ、夕食には、地元の公職者や軍人たちを一堂に集めてくれた。スティーブンズはこの気遣いに感動したが、外交任務は口外しないようにと指令を受けていたので、大佐に任務の話をすることはなかった。とりわけ結成間もない、中央アメリカ諸州連合との通商協定の交渉については一言も口にしていない。だが、スティーブンズとキャザウッドは、これから遂行しようとする計画のことは話した——それはホンジュラス、グアテマラ、メキシコの密林に埋もれた古い文明の痕跡を探し当てることだった。この話に、大佐の心はすっかりとりこにされたようだ。何が見つかるか分からないが、キャザウッドが調査測量やスケッチの技術を身に付けているので、見つけ次第、彼の技術を使ってそれを記録するつもりだと二人は話した。

出発する日の午後、マクドナルドはふたたび夕食の席をもうけてくれた。ヴィクトリア女王やヴァン・ビューレン大統領の名を挙げて祝杯が重ねられ、何度も乾杯がくりかえされた。やがてそれも終わると、大佐はスティーブンズと腕を組んで、一面に広がる総督官邸の芝生の上を波打ち際まで歩いた。そこにはランチが待機していて、港で黒い煙を吐く汽船へと二人を運んでくれる。マクドナルドはスティーブンズの方を見ると、中央アメリカでは今、政変や流血騒ぎが起きているので、十分に注意するようにとくりかえし警告した。もし身に危険が迫ったときには、まずグアテマラシティにいるアメリカ人やヨーロッパ人を集めて、表に国旗を掲げ、急いで自分に知らせるようにと言った。この先にひそむ危険については、スティーブンズも十分に承知している。それだけに、マクドナルドの申し出は、心強く頼もしいものに感じられた。「彼の言葉がただの儀礼でないことは、私にも分かった」と彼は書いている。「これから向かおうとしている国の実情を考えると、近くにこのような友だちがいることはありがたいと思った」。

門出は華麗で壮大なものとなった。ニューヨークを出たときは静かで、人目を忍ぶ出発だったが、今回はそれとはまったく違っていた。スティーブンズとキャザウッドがランチで湾を横切っていると、一三門の大砲がいっせいに礼砲を鳴らし、総督官邸や要塞、裁判所には国旗が掲げられた。その情景は一部始終が典型的なイギリス帝国主義を思わせた――荒々しくて暗い、ほとんど抑制されることのないジャングルとは対照的に、ベリーズは完全に秩序立った前哨基地を形成していた。ここで行なわれた大々的な見送りは、これから先、二人が思い出すことのできる安らぎと安全の、最後の瞬間となるにちがいない。

「私はこれまでにたくさんの都市を訪れた」とスティーブンズ。「しかし、旗や大砲によって、私の旅立ちが世間に公表されたのははじめてだ。そんな経験のない私だったが、このような見送りにいかにも慣れているかのように、努力してふるまった。本当を言えば、心臓がどきどきと脈打っていた。そして、私は誇りを感じてもいた。というのも、ここで示された敬意はもっぱら私の祖国に対するものので、けっして私自身に対するものではなかったからだ」。

ベラ・パス号には荷物が積み込まれ、スティーブンズたちはキャビンに落ち着いた。その晩、二人はデッキに出て紅茶を飲んだ。一〇時になると、船長がやってきてスティーブンズに行き先を尋ねた。スティーブンズはこのときになってはじめて、公の任務に責任を持つことの意味が分かったと言う。「私はこれまでいろいろな憧れを抱いてきた。だが、汽船の船長に向かって、自分が指図できるようになろうとは夢にも思わなかった。しかし、ここでもまた私は手慣れた風を装い、この先訪れたい場所を冷静に指示して、キャビンへ引き上げた」。

*

スティーブンズとキャザウッドはマクドナルドに、これから出かけて、年古りた遺跡を見つけ出す計画を、とりとめもなくたしかに話した。だが、大佐はそれを聞き流すことはしなかった。総督官邸

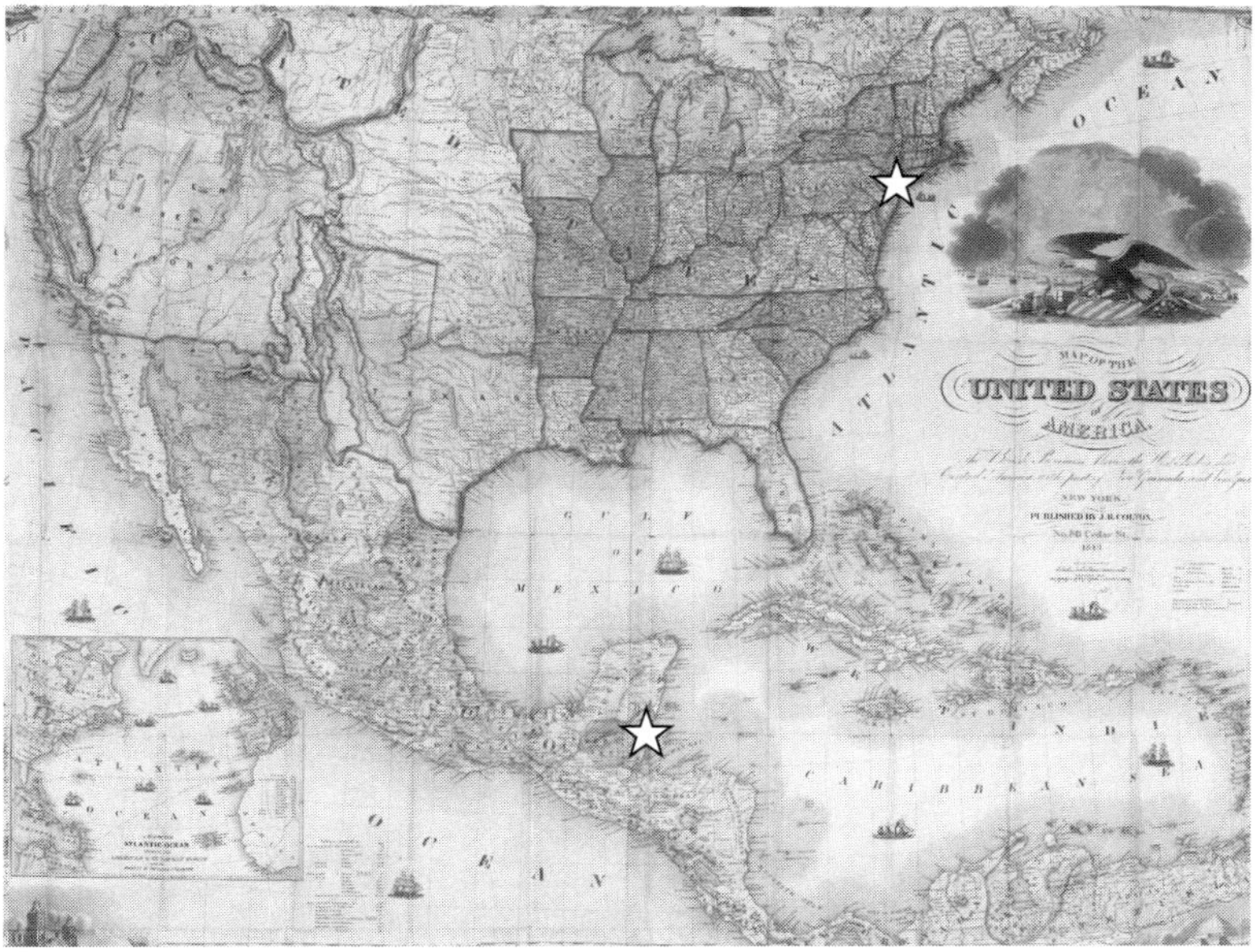

北アメリカ及び中央アメリカ——☆印はニューヨーク港とベリーズシティを示す

に戻ると、すぐに行動に移した。パトリック・ウォーカーと陸軍中尉のジョン・ハーバート・キャディーを呼んだ。キャディーは植民地に駐在する英国陸軍砲兵隊の将校である。二人は早速遠征隊を組織して、オールド・リバーをさかのぼる準備をするように命じられた。彼らの任務は、ペテン〔グアテマラの最北部〕のジャングルに深く分け入って、ユカタン半島を横断し、メキシコの都市サントドミンゴ・デ・パレンケへ向かうこと、そしてそこで、古い廃墟の遺跡を徹底的に調査することだった。遺跡の存在は、ディナーの席でスティーブンズとキャザウッドがしていた話から、もはや疑う余地はない。キャディー中尉は絵描きとしても才能があり、地元の風景を暇にまかせて描いている。彼の絵にはマクドナルドも以前から注目していた。したがってキャディーには、画家としての才能と軍事エンジニアとしての技能を存分に使って、パレンケで見つけたものはどんなものでも、目に見える記録として残し、その測量図を作成するように命じられた。またウォーカーにも、通常の仕事や任務の他にさらに一つ仕事が加わった。彼はキャディーとともに遠征隊を率いて調査し、正式な報告書を作らなくてはならない。

スティーブンズとキャザウッドは、ベリーズの遠征隊とは逆方向に、グアテマラやホンジュラスを目指して南へ向かった。一方、マクドナルドは自国の遠征隊に、何としても緊急に任務を果たすようにと言い渡した。雨期がなお続いていて、川は水かさが増し、危険な丸太やがらくたでふくれ上がっている。それでも任務の遂行を遅らせることは許されない。一〇〇マイル以上もの間、激流が遠征隊にあらがい、彼らの乗った舟を後方へと押しやる。それでも、ウォーカーとキャディーは異議を申し立てることなく、マクドナルの命令に従った。

二週間かけて二人は、小麦粉、ラム酒、豚肉、薬品、その他の必需品を大量に準備し、二七人の男たちと、「ピットパン」と呼ばれた丸木舟を二艘そろえた。だが、遠征隊の派遣をあまりにも急いだために、マクドナルドは重大なあやまちを犯し、のちに後悔することになる。

2 川上へ

ベリーズを出航したベラ・パス号は、ユカタン半島の海岸に沿って、グアテマラを目指して南下した。長い曲がった指のようなマナビケ半島が作り出した波打つ湾を、船は斜めに横切って進む。濃い緑の丘が、低い壁のようにゆっくりと姿をみせた。遠方では、青緑色を背景に白い波が打ち寄せている。立ちのぼった水しぶきが、ジャングルから生じるもやと入り交じり、一体となっていた。船のまわりには重い空気が立ちこめている。わずかな砂地が波打ち際に広がり、その先の山々や熱帯雨林、それに沼との境目をなしていた。砂地の先があまりに奥深いため、これまでにそこを通り抜けた白人は数えるほどしかいない。その数少ない一人が、偉大なコンキスタドールのエルナン・コルテスである。一五〇〇年代はじめにメキシコを征服した彼は、その後いくぶん正気を失い、かなりの人数を引き連れると、陸路でホンジュラスへ向かった。だが、その間も終始彼が注意を向けたのは、反抗を重ねる部下を懲らしめることだった。したがって、その先に迫りくる難事については知るよしもない。文明化されたメキシコ中央部の高地を出発したコルテスは、ユカタン半島を通り抜け、難なく南東へ下ることができると思っていた。しかし、半年後、部下たちは当惑し疲れ果てた末、その多くが飢餓や病気のためにやせ衰えて死んでいった。おまけに彼らが乗っていた馬も、その大半が逃げ出した。ペテン荒野の悪意に満ちた恐怖から逃れ出たコルテスは、ようやく深いジャングルを切り開いて、今まさに、ベラ・パス号が向かいつつある海岸へとたどりついた。

そこは自然のなまなましい力に抗して、白人はもとより、ほとんどの者が足場を築いたことのない土地の、そのまたはずれだった。スティーブンズとキャザウッドの船が海岸へ近づくと、絡みあった草木のかたまりが不気味な感じで現われてきた。どこにも入口とおぼしき場所が見当たらない。固い壁のような緑の草木の間に、ようやく隙間が見え、川（リオ・ドゥルセ）の両岸を確認することができた。ベラ・パス号は浅瀬を横切り河口へと向きを変えた。右岸に沿って上方に一群の小屋が見えてきた。船をひとまずここに止めよう、とスティーブンズはとっさに思った。カリブ・インディアンや西インド諸島の黒人たちが、川岸の周辺に住むことはほとんどない。だが、ここは中央アメリカへの入口として重要な位置を占めていた。上方の集落にはリビングストンという名前が付けられている。おかしな話だが、これは前ニューヨーク市長で、現アメリカ国務長官のエドワード・リビングストンに敬意を表して付けられた名前である。リビングストンはさまざまな業績を挙げたが、中でもルイジアナの民法や刑法の整備をしたことで有名だ。中央アメリカ政府は彼の改革をまねて、自国の農民たちにもそれを無理強いした――彼らの強い反対を押し切って。

スティーブンズは、船をさらに岸に近づけるようにと船長に命じた。住民たちは午後の暑さの中、ものうげな様子で、プランテン〔バショウ属の草本植物。クッキングバナナとも呼ばれる〕やココナツの木立の中に作られた、シュロ葺き屋根の小屋から、こちらを見下ろしている。しかし、すでに時刻は四時を過ぎていた。日没までに奥地へ川をさかのぼり停泊するためには、ここで時間をつぶしている余裕

リオ・ドゥルセを描いたキャザウッドのイラスト

現在のリオ・ドゥルセ［カールセン］

はない。汽船はふたたび川の中央へと戻った。

城壁のような緑の壁がぬっと前方に姿を見せ、彼らの上方に垂直に切り立っている。それが圧倒的な美しさでベラ・パス号を、ゆっくりと水の渓谷へと導き入れた。ほとんど垂直と言ってよい群葉の壁が、両岸から頭上数百フィートの高さに上っていて、石灰岩の岸壁のあらゆる割れ目からは熱帯植物が生え出ていた。木々が天蓋を作り出し、蔓が高みから川面に垂れ下がっている。その枝や蔓をおびただしい数のアナナス〔パイナップルの仲間〕やランが覆っていた。芳香で空気が甘い。曲がりくねった流れをまた一つ曲がると、船はふたたびジャングルの壁に取り囲まれる。影になった暗闇の中では、入口も出口も見えない――水路は彼らの背後で閉じられた。木々に取り囲まれた中に、船が入り込んでしまったのかと一瞬彼らは心配した。

思えばベリーズは単なるプロローグにすぎなかった。それにひきかえ、ここで彼らを取り囲んでいるのは、閉所恐怖症を引き起こし、意識を混濁させかねない、そして手を伸ばせば触ることも可能なジャングルと、壮大であると同時に、元気を阻喪させるような熱帯のフィヨルドだ。二人はこれまでも、この川について聞いたことがあったし、その威圧的な美しさの噂を耳にしたことがある。しかし、ここを入口にして、中央アメリカの通商が頻繁に行なわれたと聞いているが、はたしてそんなことが本当にありえたのだろうか？

グアテマラの雲霧林《うんむりん》を水源とする、きらきらと輝く透き通った水が、船の下を通って海へと流れていく。水際に沿って湧き出ている温泉からは、束の間だが硫黄の息苦しい臭いがした。さらに進むにつれて、遅い午後の空気が蒸し暑くなり、あたりは息がつまるような湿った熱気で満たされた。だが、木々の深い蔭が一瞬、冷気の幻想を与えてくれる。当初、目にした鳥はペリカンだけだった。猿は蔓をよじ登っていたが、これはベラ・パス号のエンジン音が、両岸の壁に反響して起こす「不自然な騒音」に追い立てられたためだ。エンジン音や外輪の立てる大きな音がなければ、そこにあるのは時を越えた、有史以前の静寂さだけである。

「これが本当に火山と地震の国への入口なのだろうか？　内戦で引き裂かれ、混乱の中にある国への入口なのだろうか？」とスティーブンズは書いている。そしてそこは、「極上の美しさと壮大な気高さが結びついた、妖精の住む場所」だったと続けていた。

川を九マイルほどさかのぼると、川幅が広くなり小さな湖に出た。湖には島がいくつか点在していて、葦やマングローブの茂みが湖の周囲を取り囲んでいる。帯状に浮かんだ睡蓮の葉が見え、葦の木立の向こうには、鏡のような水面の潟《ラグーン》が広がる。そして、この風景をすべて取り巻いているのが、人を寄せつけない周囲の不吉な山々だった。先へ進んで、リオ・ドゥルセの上流へ行くにつれて、湖の幅がふたたび狭くなってきた。そして、次第に暮色が深まる中、ベラ・パス号がゆっくりと川をさかのぼっていくと、沈む夕日が水面に映り、黄金のようにたゆたっていた。

夜間だったのか、あるいは早朝だったのか、船はいつしかカスティヨ・サン・フェリペ・デ・ララを通り過ぎていた。この小さな石造の要塞はまるで絵のように美しく、子供がおもちゃの兵隊たちのためにこしらえたみたいだった。要塞は水とジャングルの間にひっそりとたたずんでいる。銃眼のある小塔が幽霊のように、崩れて苔に覆われた壁の上にそびえていた。孤立した駐屯地は川に突き出た土地をまたぐようにして作られていて、この土地のために川はほとんど塞がれた状態で狭まっていたが、そこを過ぎるとふたたび川幅を広げて、その先のさらに広い湖へと向かう。土地が自然の要塞を成していたために、一五九五年に建てられた当時は、要塞と言っても塔が一つあるだけだった。連れのないたった一人の監視人のように、塔だけの要塞が、川をさかのぼってくる海賊たちを見張っていた。海賊たちが急襲するのは、湖上に作られたスペインの貯蔵所である。ただし、周辺の地方を統治する試みが、ことごとく失敗したように、ここでも法と秩序にできることは、そののちに起きる出来事をわずかに遅らせることだけだった。要塞を何度も拡張したり、大砲の数を増やしたり、最後は堀を設けて跳ね橋を作ったりしたが、結局カスティヨは、イギリスの海賊たちによってくりかえし侵略され、何回となく略奪された。

朝方気がつくと、スティーブンズとキャザウッドの船はイサバルのはずれに停泊していた。イサバルの町は、グアテマラや他の中央アメリカ連邦諸州の主要港だった。船はゴルフォ・ドゥルセの水域に囲まれていた。ゴルフォ・ドゥルセはグアテマラ最大の湖で、今日ではイサバル湖という名で知られている。ベリーズの植民地と同じようにイサバルもまた、主要な交易地であると同時に、水とジャングルの間に挟まれて、他と隔絶した前哨基地だった。ただし、ベリーズにくらべると規模は小さく、未開の度が強い。町を囲む山肌に、ジャングルがすさまじい勢いで生い茂っている。ここから交易路が、こんもりとした密林や山々の頂を越えて内陸へと向かっていた。

スティーブンズとキャザウッドは、通行の安全を保証してもらおうと、パスポートの承認を求めて上陸し、当局を探した。二人に同道しているのは、ベリーズで雇った料理人のオーガスティンである。この町には、木造の家がわずか一軒しかない。あとは日干しれんがや籐《とう》でできた小屋ばかりで、屋根はシュロの葉で葺かれている。人口はおよそ一五〇〇人。二人はようやく町の指揮官のフアン・ペノルを見つけた。ペノルがはだしの兵隊を指揮しはじめたのは、つい最近のことだった。だが、兵隊と言ってもそれは、白いコットン・シャツとズボンを身に付けて、錆びたマスケット銃と古い剣で武装

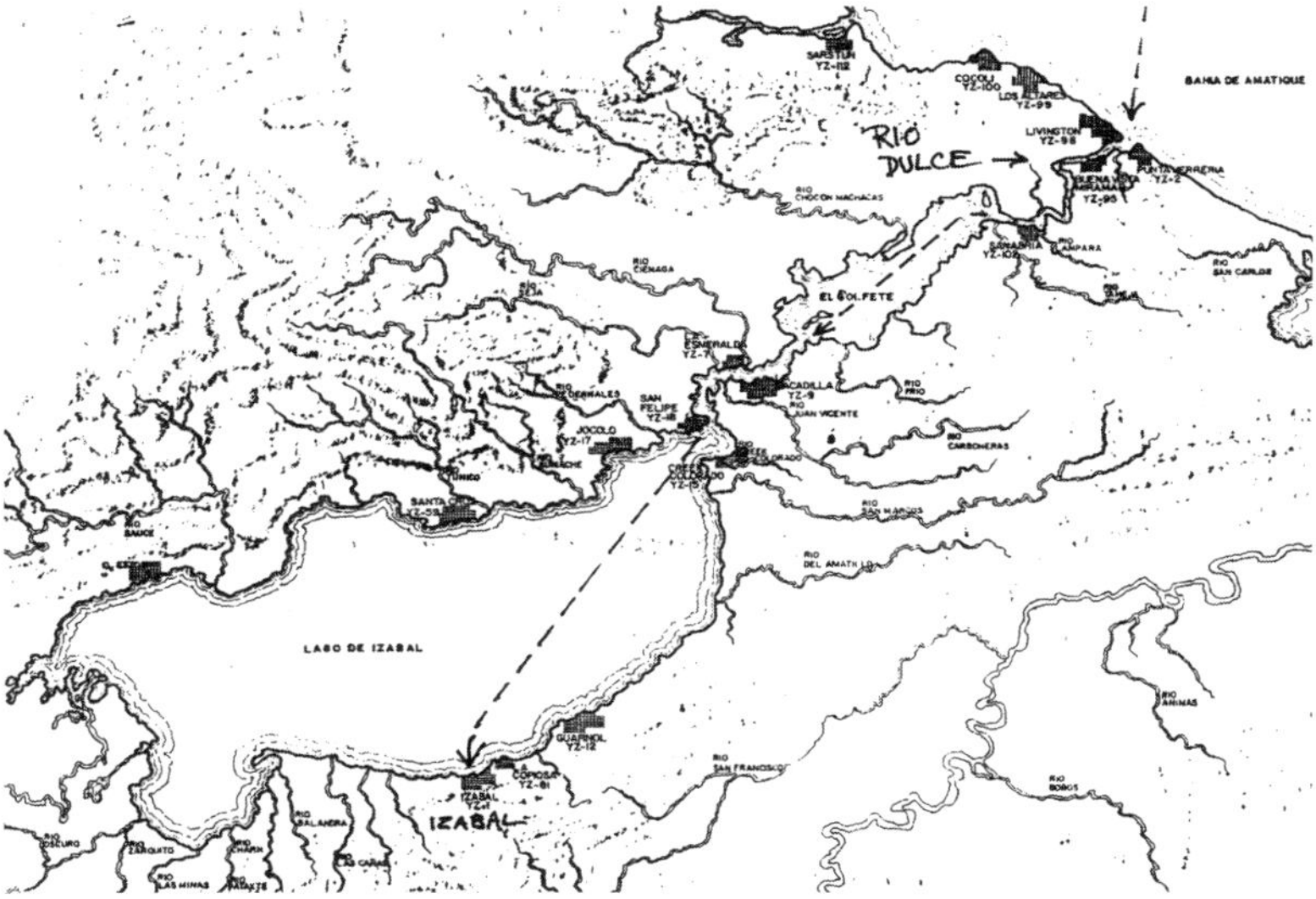

地図はリオ・ドゥルセを経由してイサバル湖へ向かう、スティーブンズとキャザウッドの経路を示している

した男や少年にすぎない。ほんの三週間前、現に起こりつつある内戦で力の均衡が破れて、ペノルが率いる部隊側に権力が移り、前任の指揮官が放逐されたばかりだった。

新しい指揮官は不安をのぞかせている。それはまた、いつの日にか力のバランスが崩れるかもしれない、それまでに、はたしてどれくらいの期間、権力を保持できるかという不安だった。ここでは、スティーブンズがベリーズで受けたような派手な歓迎は見られなかった。スティーブンズの公的な立場についても、ペノルはほとんど理解を示さない。彼の説明によると、グアテマラだけならビザを認可することができるが、他の中央アメリカ諸州については、なお混乱状態にあるためにビザの認可はできないという。

＊

日が経つにつれて、気温は耐えがたいほどになった。一九世紀を通じて、北部の白人たちの間では、熱帯地方の蒸し暑さや立ちこめるもや――沼やラグーンから生じる瘴気《ミアズマ》だ――がなお、熱病や死を招くものと信じられていて、それはほとんど疑う余地がなかった。スティーブンズも、とりわけイサバルは健康に悪い場所なので、気をつけるようにと言われた――この町を通り抜けることは、死に至りかねない「むち打ち刑を受ける」ようなものだった。

アメリカから中央アメリカへ派遣されたものの、任務をまっとうできなかった特命全権公使の数は一、二にとどまらない。中央アメリカで外交上の任務を行なうこと自体が、きわめて図太い神経を必要とした。加えて、止めどない勇気も要求される。中央アメリカの諸州がスペインから独立を宣言したのち、この地方にはじめてアメリカの外交官が派遣されたのは一八二四年のことだった。以来、八人の外交官が代理公使に任命されたが、その中でグアテマラシティまでたどり着けたのは、わずか二人にすぎない。八人の中には以前上院議員や下院議員を務めた者もいて、彼らはおそらく他の者たちにくらべると、はるかにこの仕事に向いていたにちがいない。というのも、彼らこそ創成期のアメリカ政界で、苦難の荒波をいくつもくぐり抜けてきた強者《つわもの》たちだったからだ。派遣された八人の内四人の外交官は、旅の途中かグアテマラへ到着する直前に、あるいは、アメリカを旅立つ前に亡くなっている。残りの二人は、イサバルに上陸した直後にアメリカへと引き返していた。そこにはまるで病いや死や恐怖といった、何か通り抜けることのできない障害があって、それがこの地方への入口をふさいでいるかのようだった。

グアテマラシティにたどり着いた二人の内の一人が、チャールズ・G・デ・ウィットで、以前ニューヨーク州の下院議員をしていた。彼は一八三三年に代理公使に任命されたが、中央アメリカまでの船を予約することなく、ブラブラと時を過ごしている内に五カ月が過ぎてしまった。イサバルに蔓延している病気の評判、それにラバの背に揺られて内陸を行く、グアテマラシティへの長くてつらい旅などが、彼の中央アメリカ行きを思いとどまらせていた。そしてあるとき思いついたのが、ホーン岬をまわって、太平洋側からグアテマラへ近づく方法だった。だがこれは、ウィットを代理公使に任命した大統領アンドリュー・ジャクソンの受け入れるところではなかった。ジャクソンはニューオリンズの戦いで、イギリス軍を打ち破ったきわめつけの英雄である。彼が「オールド・ヒッコリー」〔「古いヒッコリーのように頑丈」という意味〕とニックネームをつけられたのは、慎重につぐ慎重と意志薄弱さのためではなかった。ジャクソンは国務長官のリビングストンを通じて、太平洋ルートの提案が受け入れがたいことを、はっきりとデ・ウィットに伝えた。「(大統領は)いかようにしても」とリビングストンは書く。「ホーン岬をまわり南太平洋へ出て、中央アメリカに到達しようという、あなたの計画を容認することはできません。第一に中央アメリカはそれほど遠くない。それに、もし(チリの)バルパライソへでも到着したら、それこそ、今あなたがいる場所より二倍も遠く、目的地から離れてしまうことになるでしょう」。これを聞くとデ・ウィットはすぐに、グアテマラへ直接向かう航路の予約をした。だが、その後ほどなくして病気になり、結局は、さらに五カ月遅れで出発することになった。(1)

そんなことで出発が遅れたデ・ウィットだったが、驚くべきことにグアテマラでは、代理公使としての任務に五年間耐え続けた。しかし最後は、ニューヨークで病床に伏せる妻の面倒を見るために、ほんの一時でいい、家に帰らせてほしいとくりかえし嘆願した。だが、スタートの時点でがたついた国務省との関係を、彼は十分に修復することができず、国務省からは、中央アメリカ連邦共和国との通商条約(期限切れが迫っていた)を更新し、さらに延長するまで、グアテマラにとどまるようにと命じられた。そのために、デ・ウィットの帰還はますます絶望的になった。だが、あるとき、彼はこんなことを書いている。先住民のゲリラがほんの短い間だったが、グアテマラシティを侵略したことがあった。インディアンたちは市民を殺し、共和国の副大統領を処刑した。その間、デ・ウィットは二人の寡婦が住む家に身をひそめていた。この事件をきっかけに、もはやこの町は離れた方がいいと警告されたが、それに対して彼は次のように書いた――それもかなり肩肘を張った調子で。「私はつねづね答えてきたのだが、どうしても死ななければならないときには、合衆国の旗がはためく下、北アメリカ公使館として知られる建物の中で死なせてほしいと」[2]。

そして一年後、デ・ウィットの周辺では政情が悪化し、状況は日を追うごとに危険の度を増した。彼はなお条約を更新できずにいたが、取るものもとりあえず帰途についた。しかし、アメリカに着いた彼に、国務省から下された命令は、ただちにグアテマラに戻り、条約の決着を付けて任務をまっとうするようにというものだった。一八三九年四月一二日。デ・ウィットはハドソン川に浮かぶ汽船の上にいた。が、しかし、船はニューヨークのニューバーグとは反対の方角へ向かっている。その船上で彼は自殺した。四八歳だった[3]。

このような死と不成功の報告が、外交使節団の頭上をハゲワシの群れのように旋回していた。そして分別のある人なら誰しも、こんな噂を耳にしたら当然のことだが、この任務はとても検討するに値しないと判断したはずだ。だが、とにもかくにも、代理公使という地位はたいへんな名誉をともなう。すぐれた人物と評判の高いウィリアム・レゲットを引きつけたのもこれだった。そしてデ・ウィットに代わって、彼が次の代理公使に任命されることになる。しかし、結論から言うと、レゲットの任務期間は、これまでの代理公使の中で最短となってしまった。彼は有名なライターで、急進的な民主党員、それに反独占論者でもある。その上、ウィリアム・カレン・ブライアントとともに、『ニューヨーク・イブニング・ポスト』紙の編集をしていた。一八三〇年代を通して、レゲットの扇情的な社説は大きな影響を与えた（それはのちに、自由主義的な政治信条のベースを形作るのに役立った）。だが、三八歳の人気編集者は、海軍にいた頃に罹患した黄熱病のせいだったのか、終始不健康に悩まされた。それならなおのこと、グアテマラ行きは避けるべきだったのではないのだろうか。ところが、大統領のヴァン・ビューレン——穏健な民主党員で、しばしば人を煽り立てるレゲットのペンに、人を傷つけるトゲのようなものを感じていた——が、デ・ウィットの代わりに彼を代理公使に任命すると、奇妙なことだが、レゲットの友だちはその多くが、もしかしたら気候の変化が、彼の健康にいい結果をもたらすかもしれないと考えて、任務を引き受けるようにと彼をあと押しした。しかし、レゲットは一カ月後の一八三九年五月、グアテマラ行きの準備をしている最中に死んだ。中央アメリカ連邦共和国の代理公使というポストはどう見ても、呪われているとしか思えない。

ヴァン・ビューレンが次に指名したのが、熱心に切望したスティーブンズだった。彼はレゲットのような煽動者ではなく、大統領と同じ信頼に足るジャクソン流の民主党員で、二人はともにニューヨークの民主党に深く関わりを持っていた。ヴァン・ビューレンはジャクソン大統領の政権に参加する前は、有力な州議会議員だったし、州知事も務めた。そしてジャクソンのあとを継いで第八代の合衆国大統領になった。スティーブンズもまた、ヨーロッパやその先へ旅をする前は、ニューヨークシティの民主党の党内政治で、とりわけ活発に活動していた。彼が代理公使の任務につくことができたのは、ライターとしての成功はもちろんだが、彼が民主党に所属していたことも大いに影響していたのである。スティーブンズが書いた旅行記は驚くほど人気があったが、それだけではない。批評家たちの高い評価も勝ちえていた。それに、ヴァン・ビューレン大統領のウィークポイントとして、文学的な人脈を持っていなかったことが挙げられる。「小さな手品師《リトル・マジシャン》」と呼ばれていたように、大統領は体が小さく、聡明で政治的な駆け引きに長けていた。だが、彼は大学へ通ったことがない。これが生涯にわたって彼の知的コンプレックスとなっていた。そのために、文学者たちとの交流を深め、少しでも劣等意識を解消したいと思った。(4) ワシントン・アーヴィングやウィリアム・カレン・ブライアントは親友だったし、ナサニエル・ホーソンや歴史家のジョージ・バンクロフトを、彼は官職に登用したこともある。動機はともかくとして、ヴァン・ビューレンはスティーブンズが代理公使に最適だと思ったようだ。知的な面から言っても、明らかにスティーブンズはビューレンの要請を受けて立つ能力があったし、その上、大がかりで広範囲な旅をしたことから見て、肉体的にも十分役職に耐えうるほどに頑健だった。さらに重要だったのは、スティーブンズがどうしてもこの任務に就きたいと、心から願っているように見えたことだ。だが、このときにはすでに、彼とキャザウッドははやる思いで、さらに南へと向かう自分たちの進路を思い描いていた。

＊

夕方になると、体力を消耗させるイサバルの暑熱も、ほんのわずかだがやわらぎはじめた。スティーブンズはケンタッキー生まれのジェームズ・シャノンの墓を探しに出かけた。シャノンはアメリカ政府が中央アメリカに送り込んだ、八人目の代理公使だった。地元の案内人といっしょにスティーブンズは、草が伸び放題の広場を横切ると、町から外へと抜ける道を進んだ。数分後、深い溝に行き当たった。溝は最近の豪雨であふれている。溝にかけられた厚い板の上を渡り、丘を登って暗い森の中へと向かう。そこから湖が一望できた。粗末な墓標が立ちならぶ中、これがシャノンの墓だと案内人が教えてくれた。そこには墓を示す石はなく、墓土もまわりの土とほとんど見分けがつかない。その光景を目の当たりにして、スティーブンズの気分は沈んだ。

シャノンがイサバルへやってきたのは一八三二年の夏である。彼の代わりにデ・ウィットが、ようやくここへ来ることになる一年以上も前のことだった。楽観的にすぎたのか、ただの世間知らずだったのか、シャノンは妻の他に息子のチャールズ、それに姪のシェルビーをいっしょに連れてきた。イサベルに上陸した直後、シャノンと姪は黄熱病で倒れ、まもなく二人はともに死んだ。

「国の任務に励みながらも、異国の地で命を落とした者が、墓石もなく、荒々しい山の上に捨て置かれている。それを思うと私は物悲しい気持ちになった」とスティーブンズは書いている。町へ戻るとスティーブンズは早速、墓碑とまわりにめぐらすフェンスの手配をした。地元の司祭は、墓の前にココヤシの木を植えようと約束してくれた。

一方キャザウッドは、ベラ・パス号の仲間でラッシュという名のイギリス人機関士のもとを訪れていた。ラッシュは汽船上で病気になり、町の人々によって、ハンモックの中に寝かされている。身長が六フィート四インチ（約一九三センチ）もあり、かっぷくもよく、大きな体つきをしていたが、その彼が小屋の中で「子供のようになすすべもなく」横になっていた、とスティーブンズはメモしている。それはけっしてよい兆候ではなかった。

3 ミコ山

翌朝の七時。スティーブンズとキャザウッドは荷物を、人々やラバが集まりかたまっている場所へと運びだした。これからミコ山を越える旅へ出かけようというのだ。だが、この光景を見ると、馬に乗って颯爽とグアテマラの田野を駆け抜けよう、というロマンチックな考えはとたんにしぼんでしまう。第一に旅は馬ではなく、ラバの背に揺られて行く。中央アメリカのごつごつとした道を転ばずに歩けるのは、荷役用のラバしかいない。この集まりの前方で、突如大きな騒動が起こった。倉庫から品物が引き出されて、一〇〇頭もいるかと思えるほど多くのラバに、次々と積み込まれていく。ラバは一列にならんで、終わりが見えないほど長い列をなしていた。その面倒を二、三〇人のラバ追いの男たちが見ている。スティーブンズとキャザウッドのパーティーには、ラバは五頭しかいない。彼ら二人にそれぞれ一頭ずつ、旅の連れとして新たに加わった、料理人のオーガスティンにも一頭があてがわれ、残り二頭のラバには彼ら三人の荷物を運ばせた。その他必需品を運ぶのに、四人の先住民を雇い入れたが、彼らははだしで歩いてラバの世話をする。

ニューヨークを出発する前の数週間で、スティーブンズはできるだけ多くの計器や道具を集めようとした。国務長官のフォーサイスへ出した手紙――大統領宛の写しを一通添えた――で彼は、六分儀、望遠鏡、携帯用クロノメーター、人工水平儀、それに山岳用バロメーターを二個、政府から支給してもらいたいが、これはあまりに「身勝手な」お願いだろうかと尋ねている。[1] 彼が入手できたのが――それも自分の金で――グラス・バロメーターだけだったことから推測すると、要求は明らかに却下されたにちがいない。このバロメーターをインディアンの運び手たちに任すのは危険なので、彼はそれを今自分の肩にかけていた。このような簡単な装備では、今回の遠征でできることなど多寡が知れている。取るに足りない科学的な作業をするので精一杯だ。一九世紀初頭における科学機器の進歩を考えてみると、スティーブンズたちが携帯した機器は、技術的に見ても必要最小限のものだった。スティーブンズが尊敬してやまない学者に、偉大な博物学者のアレクサンダー・フォン・フンボルト男爵がいるが、たとえば四〇年前に行なって、非常に有名になった南アメリカ旅行で、彼が携えて行った品々は以下の通り――ふつうの六分儀、温度計、コンパス、人工水平儀、クロノメーター、晴雨計などはもちろんだが、それに加えてシアン計、雨量計、振り子、磁気探知器、ユージオメーター、ガルバニ電池なども持参した。そして、スティーブンズとキャザウッドがイサバルで、ラバの背にまたがっていた、ちょうど同じ日に、サモアのアピア湾では、アメリカ海軍の小さな艦隊が錨をあげていた。南極大陸発見へ挑戦する準備を整えて――このような大陸が存在したとしての話だが――、今まさに、オーストラリアへ向かって航行しようとしていた。それもアメリカ人が、なお発見されていない大陸をはじめて見届ける競争を、フランス人との間で行ないつつあったからだ。「アメリカ合衆国探検遠征隊」と呼ばれたこの部隊は、規模が小さいながら、当時利用できる最良の科学計器を装備していた。[2] 一方、国務省からスティーブンズに伝達された命令は、もっぱら交易に関するもので、科学とは関わりがなかった。外交交渉のあとで行なう探検は、フリーランスで働く古物収集家たちの単なる個人的な探検と見なされていた。したがってスティーブンズとキャザウッドも、これをそのまま受け入れざるをえない。「考古学者」という言葉はまだ誕生していなかった。

しかし、キャザウッドは熟達したプロの画家である。実地の経験もたくさんしている。したがって、自分に必要な道具を知っていたし、その数はそれほど多くなかった――各種のスケッチブック、それにデッサン用と絵画用の画材。彼が手にしていた道具の中で、技術的にもっとも進んでいたのは「カメラ・ルシダ」という光学装置で、一八〇七年に発明されている。写真術がまだ存在しなかった時代に、これによって画家たちは、描く対象の大きさを正確に知ろうとした。装置の構造はきわめて簡単だ。画板に取り付けられた小さな台の上に、反射プリズムが載っている。描く対象に対して、プリズムを直角の方向へ向けなくていけない。いくぶん忍耐を要する作業だが、これによって画家は、プリズムを通して対象を見ることができ、それと同時に、紙の上にあたかも対象が映し出されたように、その輪郭をはっきりと見て取ることができる。あとは輪郭をトレースすればよい。キャザウッドは他にも、古いクロノメーターを持っていた。これは経度の計算に役立つ。さらに調査旅行には欠かすことのできない測量装置として、コンパスと目盛り付きの長い巻き尺を携帯していた。この二つはエジプトで、神殿やモニュメントを測定するのに使っていたものだ。

だが、作家のスティーブンズの方は、それほど簡単にはいかない。日常のメモを手早く取るために、鉛筆やペン、それに無地のノートを数冊持っていた。彼にとってメモはそのまま物語になる。自分の目に止まったものが、まちがいなくおもしろいことを彼はよく知っていた。しかし、同時に彼はまた、アメリカ合衆国の代理公使でもあった。そのために外交官の制服を、ていねいにバッグに詰め込んで

イサバル港（1860）

持ってきた。この制服はニューヨークで手に入れることのできる、もっとも上質な紺地で作ったオーダーメイドの品で、たくさんの金ボタンで飾られていた。めったに着ることがないとはいえ、閣外の担当大臣とも言うべき彼の地位を示す、不可欠の品だった。救急箱ももちろん、欠くことができない必需品だ。スティーブンズとキャザウッドはともに、芸術的な気質と繊細な感性の持ち主だったが、それでも不案内な土地を、よりによって困難な時期に旅するときには実際的にならざるをえない。二人は「完全武装していた」とスティーブンズは書いている。それぞれがピストルを二丁と銃弾を身につけ、さらに、大きな狩猟用ナイフをベルトに下げていた。料理人のオーガスティンも、ナイフの他にピストルを持たされた。

彼らのパーティーは、ラバの隊列に遅れること一時間、午前八時にラバに乗り、ミコ山とスペイン人の古道「カミノ・レアル」を目指して出発した。この古道は内陸を曲がりくねりながら、一二〇マイルにわたって伸び、グアテマラシティへと達している。中央アメリカの交易はそのほとんどが、この道を通って行なわれた。しかし、それはわれわれの想像する道路やハイウェイとは異なっていて、そこにあるのは険しい山道だけだ。

一年の内でもこの時期——六月から一一月までの雨期——は、危険な泥の穴や、狭くて滑りやすい溝、それに深い峡谷などがそこらじゅうにあり、むき出しになった木の根が、道を横切るように伸びていて、三フィートを越すほどの高さになっていた。進むにつれて雨が激しくなる。やがて三人は不快な泥と、うだるような暑さに打ちのめされて、かき分けてもなお、なかなか渓谷を進むことができなくなった。

あとから考えてみて明らかなのは、このはじめの数時間が、スティーブンズとキャザウッドの友情を確かめる難しいテストだったことだ。二人の旅はこれまで、ベリーズへ向かう海が少々荒れたとはいえ、ほぼスムーズにこともなく進行した。はじめにスティーブンズのラバが横転した。「私はラバの背から身を起こすと、木の根や端切れを思い切り放り投げた。が、泥は投げなかった」と彼は書く。「おかげで、さらなる危険を何とか逃れることができた。というのも、鞘から抜けたナイフが泥の中でまっすぐに立っていたからだ。柄を上に裸の抜き身を下にして」。次に投げ出されたのはキャザウッド氏(ミスター・キャザウッド)——スティーブンズはいつも友だちをこんな風に呼んだ——である。あまりに手ひどく放りだされたために、思わず彼は控えめな態度を打ち捨てて、大きな声でスティーブンズに悪態をついた。なぜこんな神に見捨てられたような場所へ、自分を連れてきたんだと声を荒げた。

しかし、泥だらけになった二人が、ラバの背からふたたび落ちないようにあくせくと苦労している間に、罵り合った会話もやがては立ち消えになってしまった。ジャングルはますます深くなり、上りの道は急勾配の度をさらに増した。木々や森の茂みが彼らのまわりに迫ってくる。そのために日の光がさえぎられて見えない。上を見上げると木々の隙間から、薄衣を通り抜けるようにして陽光が差し込んでいた。ときおり、彼らのパーティーが、前を行くラバの隊列に追いついた。先行するラバの群れは、うねうねと曲がりくねった列を作りながら、石だらけの河床を上っていく。積荷がラバの背から落ちたり、中には横転するラバもいる。ラバ追いたちの罵り声やどなり声が森の中に響いた。スティーブンズとキャザウッドは、ラバから降りて歩こうとするが、石や木の根っこがつるつるして滑りやすく、足もとが不安定でおぼつかない。何時間もの間、三人は悪条件と格闘しながら上を目指した。そんなときにオーガスティンが、泥の窪みにはまってしまい、あおむけになって穴に落ちた。一瞬の間、スティーブンズたちは、オーガスティンがどこかへ行ってしまったのかと思った。オーガスティンはラバがひっくり返ったとき、足で蹴って自由になろうとしたが、足がからまってなかな抜けない。ラバが彼の上に覆いかぶさると、彼の姿も消えてしまった。スティーブンズはてっきり、料理人は全身を骨折したにちがいないと思った。だが、オーガスティンとラバは、泥だらけになりながら起き上がってきた。奇跡的だったのは、どこにもひどいけがをしていなかったことだ。

午後一時になってようやく雨が止んだ。そして一隊はミコ山の頂上にたどり着いた。湿っぽい暑さの中で、ほんの数分間だけだが休憩して、ふたたび前へ進むと、やがてまたキャラバンに前後を挟まれてしまった。頂上からの下り道は、上りと同じで滑りやすく、足もとが不安定だ。ラバ追いたちはラバを追っていながら、まるで懸命になって、負けずに早足で歩いているように見える。あるときなど、前を行くラバが転んで道をふさいでしまったために、うしろからきたラバに押されて、スティーブンズとキャザウッドたちは、狭い渓谷の中で押しつぶされそうになった。

しかし、スティーブンズによると、最悪な事態はこのあとにやってきたという。八時間もの間続いた苛酷で途方もない苦行――それもただラバの背に乗っていただけなのだが――のあとで、彼らはようやく流れの激しい谷川に到着した。この川はアロヨ・デル・ムエルト（死の小川）と呼ばれているが、いかにもその名にふさわしい。一隊は澄んで冷たい水のそばでひと休みした。その日、はじめて口にする食事を思って、彼らの胃袋は空腹のあまりグーグーと鳴っていた。大木の陰で休憩し、水にカップを浸すと、ようやくみんなは元気を取り戻した。「われわれは鉄道や都会やホテルのことを、半ば茶化しながら話した」とスティーブンズは回想している。

オーガスティンが食糧の荷を広げた。三日分の食糧が入っていて、そこにはパンやローストした家禽、固ゆで卵などがある。「最強の神経の持ち主といえども、目の前に現われた光景を見たら、あまりのことにショックを受けたにちがいない」とスティーブンズは書いている。オーガスティンはまちがえて、食糧を火薬の入った大きな袋といっしょにしまっていた。しかも火薬の袋が破れていて、食べ物は「新しい香辛料によって、すっかり味付けされてしまった」。

「この場面が持っていた美のすべて、それにわれわれが抱いていた平静さのすべて、そして、途轍もない食欲を除いたすべてが瞬時にして、われわれのもとから去ってしまった」。

他にも失敗はあった。遠征隊が持っていた唯一のバロメーターは、苦行のがたがた道を何とかしのいでぶじだった。ラバの背から落ちないようにと苦闘を強いられたスティーブンズだが、ガラスの機器はやはり、徒歩でついてきている地元の男たちに背負ってもらうのが一番だと思った。荷物の運び手の一人が、バロメーターを背にしょって、腰のベルトに吊るした水差し（ふちの赤い陶器でできている）といっしょに、用心に用心を重ねて運んだ。そして、よろめきつまずきながら歩いてきた彼は、やおらバロメーターを誇らしげに持ち上げて見せた。それは、何とか役割を果たし終えたしるしのつもりだった。実際彼は、ぶじに山を越えてバロメーターを運んだのだが、しっかりと固定されていなかっために、水銀が外へこぼれ出ていた。したがって、バロメーターは使い物にならなくなってしまった。

彼らはラバの背で、一〇時間もの間揺られてきたわけだが——これまでの人生で、一番つらい経験だったとスティーブンズは書いている——、それでも進んだ距離はわずか一二マイルにすぎない。夕闇が近づく頃、一隊は草原の開けた場所に下りてきた。アーチ型に茂ったシュロの木立を抜けると、牧場労働者たちが寝泊まりする小屋《ランチョ》——ただの小屋にすぎないが——があったので、そこで夜を過ごすことにした。だが、荷物を運ぶラバたちが、キャラバンのあとについて先へ行ってしまっていて、これを知った彼らは、とたんに腹を立てだした。服の着替えがまったくないからだ。

今はすでに、グアテマラの領内へ一二マイル以上入り込んでいる。そこからははるかに、モタグア川によって切り開かれた壮大な渓谷を見渡すことができた。この川は奥地の中央高原とホンジュラス湾を結ぶ、重要な排水路の役割を果たしている。一隊がこの川の見える場所にたどり着いたということは、ふたたび彼らは、ほぼ海水位に近い地点まで下りたことになる。ともかくぶじにミコ山を越えることができた。渓谷は北東へ、広い沖積平野をなして広がり、その先は海に達している。一方、渓谷の西端は、荒廃した共和国の中心部グアテマラシティへと向かって、細身の剣のように狭くなっていた。グアテマラシティは海抜五〇〇〇フィートの高原上にあって、ここからはなお一〇〇マイル以上離れている。

彼らが今入りつつある渓谷は、ついさっき登攀して横切った荒々しい山にくらべると、いくぶん穏やかで、より開けた感じがした。そこには牧場があり、農地として耕された小さな湿原もあった。しかし、中央アメリカのほとんどがそうだが、カミノ・レアルにも、旅行者の慰めとなるものはほとんどない。宿屋もなければホテルもない。飲食できる施設もなかった。中央アメリカでは多くの場所が、今もなお昔ながらの面影を残していて、当時のアメリカ西部とよく似ている。こんな土地の旅は、なりゆきに任せるほかない。適切な案内があったり、いくぶんなりとも幸運に恵まれていれば、誰かの家でもてなしを受けることもありうる。また「カビルド」と呼ばれる町役場や教会などでは、旅人に宿泊場所を提供してくれるし、所々に、壁が籐や泥でできた藁葺き小屋もあって、そこでも数ペニーを出せば泊めてくれる。

食べ物の話になるが、スティーブンズとキャザウッドがベリーズでオーガスティンを雇うことに同意したとき、二人はこの料理人が機転のきく男だとは思ってもみなかった。火薬の一件で腹を立てていた二人だったが、オーガスティンの気配りのよさを見直すのに、それほど時間はかからなかった。彼はカリブ海のイスパニョーラ島で、スペイン人とフランス人の両親から生まれた。そしてホンジュラスの北岸の港町オモアで育った。今にして分かったことだが、彼は要領がよく、いつも前向きで、驚くほど誇りが高い。これまでも道々、つねに出しゃばることなく、上手に立ちまわってきた。魔法でも使うように、ニワトリや卵、チョコレート、豆、トルティーヤなどを手にして、まさに絶妙なタイミングで現われる。そしてすべての食材を使って、何とか遠征を続けられるような料理を提供してくれた。オーガスティンは若かったが、スティーブンズは彼の正確な年齢を一度も書いていないし、身体上の特徴も記していない。オーガスティンは英語が話せなかったが、両親が話すフランス語とスペイン語の環境で育ったことが役に立った。旅がはじまった時点では、スティーブンズもキャザウッドも、スペイン語はほんの少し分かる程度で、ほとんど理解できないと言ってよいほどだった。そのため二人には、オーガスティンは彼らが理解できるフランス語で話しかけた。地元の人々の大半がスペイン語を話すので、オーガスティンはその通訳として働いた。

二日目。午後の暑さの中を一隊はモタグアに着いた。スティーブンズはここを、ほとんど夢のような一齣として描いている。モタグアで二人はようやく、泥がこびりついて汗だらけになった服を、はじめて脱ぎ捨てることができた。太陽が沈みはじめると、二人で川へ飛び込んだ。苦労してミコ山を越えてきた者だけが、はじめて味わうことのできる至福だ、とスティーブンズは言う。二人は澄んで冷たい水に首まで浸かって立っていた。まわりを見ると、遠くに山々が見え、川岸には青々とした熱帯の木々が立ちならんでいる。頭の上を、オウムやきらびやかな羽を持つ鳥たちが、さえずりながら軽やかに飛んでいた。魔法にかけられたような二人を、われに返らせたのはオーガスティンの声だった。対岸にやってきて、夕食の用意ができましたと叫んでいた。

スティーブンズとキャザウッドは川から出ると、荷物を運ぶラバにまだ追いついていないことに気がついて、また腹を立てた。二人は「見るもぶざまな」服を見下ろしている。「われわれは着替えを一着持っていたのだが、それがないので、仕方がない、裸で行くよりしようがなかった」とスティーブンズは書いている。「しかし、人前に裸のままで行くわけにはいかない。どう見てもそれは礼儀に反する。われわれは汚れた服を取り上げると、しぶしぶそれを着た」。

その夜、彼らは質素な小屋に泊めてもらい、宿主の一家と過ごした。二人は真ん中の部屋に、ハンモックを吊るすようにと勧められた。そこには主人と妻、それに一七歳になる娘のベッドも置かれている。主人や妻がほとんど裸の状態だったので、スティーブンズはその姿に深い印象を受けた。夜中に火打ち石にはがねが当たるような、カチッという音がして何度か目が覚めた。そのつど、となりで寝ている誰かが、タバコを吸っているのが見えた。一度などは目が覚めると、スティーブンズが寝ていたハンモックの下で、ベッドに横向きに座りながら、一七歳の少女がタバコを吸っていた。身に付けているのは一枚の布だけで、それを腰に巻きつけて結んでいる。あとは、ひも状のビーズを腕に付けているだけだ。「当初私は、夢の中で見ていたものが、そのまま現実に現われたのかと思った」と彼は回想している。「これまでも、ギリシア人やトルコ人、それにアラブ人などと雑魚寝をしたことがあった。私は今、新しい土地で旅をしはじめている。したがって、人々の習慣に従うのが、自分の義務だと思う。自分の身にどんなことが降りかかるかもしれない。だが、最悪の事態が起こっても、それに対応できるように準備をしておくこと、そしてやむをえないときには、諦めておとなしくそれに従うこと」。

*

乾期のモタグア渓谷は、中央アメリカでももっとも暑く、もっとも乾燥した地域だ。毎年この時期は、谷底に溜まる雨の量もわずか二〇インチほどで、それは周囲の山々に降る量の六分の一にすぎない。乾ききった大地で育つ植物は、トゲのついたサボテンやイバラの低木くらいだろう。しかしここでは、エジプトのナイル川のように、川の両岸に一年を通して、豊かに木々が生い茂っている。雨期の終わりに近い今も、渓谷全体が緑に覆われていた。スティーブンズとキャザウッドは川伝いに、木々の長いトンネルを抜けて、南西の方角へ向かった。そしてさらに、渓谷を一望に収めながら山の背を進む。道ばたで離れ牛を見かけたり、マチェーテ（山刀）片手に畑へ向かう数人のインディアンたちに出会った。二人は平原を横切って、ようやくグアランの町に入る。グアランはこの地方で、これまでに遭遇した中ではもっとも大きな町だ。かすかな風のそよぎもなく、頭上では太陽が猛烈な勢いで照りつける。「茫然としてしまった」とスティーブンズ。「頭がふらふらして、日射病になってしまったようだ」。そのとき、二人はかすかな地震の地鳴りを感じた。はじめての経験だった。

三日後、案内人とラバを新しくして、彼らは次の町サカパへ近づいた。シエラ・デ・ラス・ミナスの陰に入るほど、その近くを旅した。シエラ・デ・ラス・ミナスは雲を抱いて、空にそびえる連山で、ヒスイの原石が採掘できることで有名だった。道に沿って行くと、周囲の木々や低木の茂みは一面、赤や紫色の花々で覆われている。遠くの山腹では瀑布が落ちていて、それがスティーブンズにスイスの景色を思い出させた。サカパは、印象的なムーア様式の教会や、白いしっくい塗りの家々、整然とした街路などのあるかなり大きな町だ。サカパに入ると彼らはまっすぐに、町のリーダーの一人ドン・マリアノ・ドゥランテの家へ乗り入れた。紹介状を手渡すためである。ドンは外出中だったが、召使いがラバの手綱を取り、客人たちを大きな広間へ招き入れた。

「キャンドルに火を灯してもらったおかげで、くつろいだ気分になれた」とスティーブンズは書いている。「紳士が一人入ってきて、剣と拍車をはずし、ピストルをテーブルの上に置いた。われわれと同じような旅人だと思って、どうぞお掛けくださいと席を勧め、夕食が運ばれてきたときには、ごいっしょにいかがですかと誘った。敬意を表わした人物が、この家の主人の一人だったことに、われわれは寝るときまで気がつかなかった」。

次の二日間でスティーブンズは、この地方の政治状況について、またこの先の道路事情について、たくさんのことを学んだ。それぞれに異なるグループから相反した説明を受けたが、一つの事実についてだけは、すべての情報が一致していた――現在のところ、首都へ通じる道は、山賊やインディアンのゲリラがひそんでいてきわめて物騒だ、したがってその道を行けば、必ずや危険な目に遭うにちがいない。中央アメリカへ向かうことで、彼らが直面する危険はもはや抽象的なものではなく、今やそれはリアルで差し迫ったものになった。田園地方を行く楽しい小旅行などは、どこを探しても見つからなかった。首都へ向かうただ一つの道は、最悪の暴力に取り囲まれている――しかもそれは、外国人に対する先住民たちの憎悪によって、さらに加速されていると二人は告げられた。

もはやこの期に及んで甘い考えは許されない。二人はただちに計画を練り直して、新たな代案を出した。ともかくグアテマラシティへの旅は先延ばしにする。そして政治的混乱が鎮静化し、首都へ向かう道路がより安全になるまで、サカパで待機するのもいいだろう。だが、その代わりに東へ道をそれて、ホンジュラスへ入るというのはどうか。スティーブンズは、グアテマラシティへ向かうように官命を受けている。しかし、これからすべきことについては、彼にもいくつか考えがあった――そして、たしかにこの考えの中には、自分の命を守ることが含まれている。だが、迂回の計画にはもう一つ動機があった。コパンという名の村が、ホンジュラスとの国境を越えたすぐそばにある。コパン近くのジャングルの中には、年代の定かでない数多くの建造物や、彫刻を施した石が散らばっているという。こんな情報を、スティーブンズとキャザウッドは読んだことがあった。大まかに言えば、この報告こそが、スティーブンズとキャザウッドを中央アメリカへと赴かせた理由だった。実際、今の二人はこの遺跡群のかなり近くにいる。報告によると三日間の旅程だという。だが、コパンについて噂を耳にした者は、サカパでさえほとんどいない。スティーブンズは、コパンに向かうことを自分に言い聞かせた。

一一月一二日の朝、二人はラバに乗ってサカパをあとにして、コパンへと向かった――が、この方角がより安全かどうかは誰にも分からない。

4 パスポート

コパンへ向かう道は、まず南へ尾根を越えチキムラの町へ出る。そしてそこから、東へ山間部の道を抜けてホンジュラスへ達する。チキムラへ向かう道中、風景はモタグア渓谷の緑豊かな土地から、乾燥した丘——ウチワサボテンやふつうのサボテンが、所々に生えている——へと急激に変化する。そして、チキムラへ下っていくにしたがって、あたりはふたたび緑濃い植生へと変わっていった。遠くに白い教会が見える。周囲の緑の山には、バラ色のミモザの木が斑点を付けているが、この緑を背景にして、白い教会の輪郭がくっきりと際立って見えた。教会はがっしりとした大きな建物で、チキムラに特有のスペイン教会だった。だが、それも今は廃墟となり、屋根は地震によって傾いていた。これからの数日間、彼らは数多くの荒廃した建物——波打つ大地と戦争の犠牲だ——を目にすることになるが、この教会がその最初だった。

教会の廃墟は町はずれにあった。巨大な石やしっくい——人の背丈ほどのものもある——が、数年前の地震で崩れ落ち、そのままの場所に横たわっていた。土地の一画が今は墓地になっている。スティーブンズはそこで不釣り合いなものを見つけた。そして彼は鋭い指摘をする。裕福な町民のこぎれいな墓は教会の身廊内にあり、歴代の司祭の骨はひび割れた、巨大な壁の中の穴蔵に埋め込まれていると彼は記す。しかし、一般の人々の墓は教会の外にあった。急いで埋葬された浅い墓では、崩れかかった遺体の一部が見えていて、それが地表に自生した花や、木の枝から垂れ下がった花に囲まれていた。空気がむっとするほど濃い。「意味のないおしゃべり」をするオウムたちのせいかもしれない。聖なる場所の静謐さを、オウムは不敬にもそのおしゃべりで打ち破っていた。

チキムラの中央広場を少し散歩したときに、二人は若くて美しい女性に出会った。彼女は角の家に住んでいて、ひと晩、自分の家に泊まってはどうかと誘ってくれた。この土地と今の時期を考えると、スティーブンズたちのように、人目を引く外国人を歓迎してくれるのは異例のことだ。それにスティーブンズはつねに、女性の美しさに魅せられる傾向があった。彼は美しい女主人に特別な魅力を感じていた。こんな気象条件の厳しい土地にいながら、彼女はいかにも礼儀正しい女性のように見える。衣服を身につけ、靴やストッキングを履いていて、眉はきれいに眉墨で描かれていた。彼女が未婚であればいいのだがというスティーブンズの期待は、この家のあるじ――当初は彼女の父親だと思った――が、実は彼女の夫だということが分かった時点で、あえなく粉々に打ち砕かれてしまった。

シュロやジャカランダの木々が広場を薄暗くしていた。だが、中央の泉で水を汲んでいた女性たちには、陽光が降り注いでいる。遅い午後の光景には、満ち足りた安らぎの気配が漂っていた。そして、この国が今、暴力的な紛争によって引き裂かれているとは、とても想像できないように思えた。そのとき、何百人もの兵士たちが、大きな隊列を組みながら集まりはじめた。夜間のパレードをするためだ。スティーブンズとキャザウッドは、戦争についてたくさんのことを耳にしていたが、兵士たちを目の当たりにして、はじめて、戦争が具体的な形を取りはじめたのを感じた。スティーブンズには兵士たちの顔つきが、山賊のように残忍なものに思われた。が、近くの監獄で、格子越しに犯罪者をかいま見て少しほっとした。「たまには悪事も処罰されることが分かったからだ」。

この町は、グアテマラシティと中央アメリカ連邦共和国の首都サンサルバドルとの間で、現在一進一退を繰り広げている戦闘の現場から、はるかに北方の地点にあった。だが、チキムラの周辺は、最近の内戦でひどく痛めつけられている。この地域の愛党心は、連邦政府と反乱軍との間で深く引き裂かれていた。無法状態や無政府状態がときには戦闘より悪い場合もある。が、今はさしあたり、不安定ではあるが、一種の静謐さがこの地方一帯に広がっている。反乱軍を率いているのは、以前ブタの世話をしていた二四歳のラファエル・カレーラだった。彼はインディアンのパルチザンといっしょに、何度かグアテマラシティを侵略していて、今ではこの首都を完全に掌握している。掌握した年の早い時期に、彼はまたチキムラ地区も支配下に置いた。そしてカレーラは、フランシスコ・カスカラというプロの雇い兵に、この地区を治めるよう命じた。カスカラは以前、サルデーニャの将校をしていた男で、ナポレオン指揮下のフランス

チキムラの教会［キャザウッド］

軍で将校の業務を学んだ[1]。

スティーブンズとキャザウッドは、ばらばらになった兵士の部隊が、広場で整列するのを見ていた。すると、六二歳のカスカラが補佐官を従えて隊列の近くまでやってきた。スティーブンズには将軍が、幽霊のように青白く、まるで病んでいるように見えた。視察のあとで二人は、年老いた司令官のあとについて彼の家へ行った。スティーブンズはそこで司令官に信任状を見せた。カスカラは疑いの眼差しでこちらを見た。二人がこれから取ろうとしているルートが、彼には気に入らない。内戦のさなかに、コパンのような小さな村を目指して、いったい誰がこの田園地帯を行こうとするだろう？　正気の沙汰とは思えない。将軍が危惧しているのは、実は二人がコパンに行くのではなく、連邦の当局者に会うために、サンサルバドルへ向かう途中ではないのかということだった。しかし、彼はスティーブンズが、合衆国の大臣の資格を持っていることは認めた。その上、コパンは彼の管轄下ではない。カスカラはビザにサインをして、自分の支配領域を安全に通行する許可を与えた。それも彼らに、これから負うことになるリスクを警告したあとでだ。そして、自分の署名が必ずしも、安全の保証にはならないことを付け加えた。

翌朝、スティーブンズとキャザウッドはチキムラをあとにした。チキムラからほど遠からぬ所で、一年前、連邦軍の兵士たちに破壊された村を通り過ぎた。屋根のない教会が打ち捨てられている。二人は道路からはずれて、ほとんど使われていない小道を通って山を越し、雲霧林の中をしばらくラバの背に揺られた。雨が降っている。やがて深い川が流れる谷に下りた。川は一〇マイル以上先まで、ヘビのように曲がりくねりながら流れている。

しばらくすると、サン・フアン・エルミタという川沿いの村に出た。もう十分に歩いたので、今日の仕事はこれで終わりだ、とラバ追いが言う。しかし、まだ午後の二時だ。それに乱暴で威嚇するような兵士の一団が、町でただ一つしかない泥壁の小屋を占拠している。これだけでも先へ進む理由は十分だ、とスティーブンズは思った。ラバ追いはぶつぶつ不平を言いながら、それでも二人のあとについてきた。彼らの行く道に平行して石だらけの川床が、谷底に沿って生えているハコヤナギの木立を、切り開くようにして走っていた。あたり一帯はごつごつとした岩だらけの土地で、それも限度を越えている。両側の険しい山々は頭上高くそびえていて、中にはピラミッドの形をしたものもある。が、頂上が雲に隠れているので、山の先はとがっていない。谷を上り続けるにつれて、徐々に高度も上がってきた。上部の斜面に沿って松林が見える。土壌は濃い錆色をしている。雨が断続的に降ってきた。濡れながらラバの背に揺られていると、ミコ山のことを思い出した。はるか遠くの山腹を見ると、あちらこちらで掘っ立て小屋のかたまりが現われる。だが、数が多いので、それぞれを村落と見なしてもいいほどだ。どの村落にも教会か礼拝堂があり、それが濃い緑のスロープを背景に、白いしっくい塗りの姿をくっきりと見せていた。その日の遅くカモタンという村に着いた。村に近づくと、その日目にした七番目の教会が見えた。「人間の手で改良が試みられたことのない山道、その道をたどってやってきた荒廃の地で、われわれは教会に行き当たった。そのみごとなまでの壮麗さと、手ひどい破壊の跡は驚くべきものだった」とスティーブンズは書いている。

　カモタンの教会の前は小さな広場になっていたが、そこにあるのはほこりとひとかたまりの雑草だけだった。あたりに人は誰もいない。村全体が打ち捨てられたかのようだ。スティーブンズとキャザウッドは教会から向かいの村役場《カビルド》へ行き、ドアを無理やりこじ開けた。ラバから荷を下しはじめ、オーガスティンには夕食の材料を探してくるように命じた。彼はたった一つだけ卵を手に戻ってきたが、探している途中で、明らかに村全体を目覚めさせたようだ。村役人たちのグループ——その中には村長がいて、持ち手が銀でできた籐の杖を村長の部屋から持ちだした——が様子を窺いにやってきた。スティーブンズは彼らにパスポートとビザを見せ、これから先どこへ向かうか、その行き先を説明した。役人たちは帰っていったが、その前に、村にはスティーブンズたちに譲れる食糧の余裕はまったくないと言った。

遠征隊は手早く荷を下ろして落ち着いた。そして一つしかない卵に、自分たちのパンとチョコレートを加えて夕食にした。村長がびんに入った水を送ってよこした。村役場は縦が四〇フィートと横が二〇フィートあり、大きさもちょうどよい。壁には、旅人がハンモックを吊るせるように鋲が打ってある。スティーブンズたちはまだお腹が空いていたし、一日中移動した長旅のおかげで疲れ切っていたので、早速、ハンモックを吊るして寝る準備をした。キャザウッドはすでにハンモックに寝そべっている。スティーブンズは服を脱いで、半分裸になっていた。と、そのとき、ドアが勢いよく開いて、男たちがどっと入ってきた。二〇人以上いる。スティーブンズがのちに語ったところによると、男たちの中には村長や補佐役がいたし、他にも「兵士やインディアン、それにメスティーソ(白人と先住民の混血)、ぼろ服を着た恐ろしい顔つきの連中などがいて、役所から持ち出した杖、剣、こん棒、マスケット銃、マチェーテなどで武装し、赤々と燃えるたいまつを手に持っていた」。

一瞬、誰もがみんな固まってしまった。不意をつかれたスティーブンズとキャザウッドは、二人して銃を取り上げる余裕がまったくなかった——だが逆に、そんな動きをすれば、それこそ自殺行為になりかねなかった。

そのとき、一人の若い将校が前に進み出た。スティーブンズたちはのちに、彼がカスカラ軍の一部隊を指揮する隊長だったことを知った。将校はグレイズド・ハットをかぶり、長い剣を身に付けている。にやけた笑みを浮かべながら、二人の外国人を睨みつけた。村長――明らかに酒に酔っている――が、スティーブンズに書類をまた見せてほしいと言う。パスポートを差し出すと、村長はすぐにそれを将校に手渡した。将校は念入りに調べて、これは無効だとはっきりとした口調で言った。

スティーブンズ――今はちゃんと服を着ている――は、オーガスティンの助けを借りて自分たちの訪問の目的を説明し、とくにイサバルのペノル司令官やフランシスコ・カスカラ将軍に、ビザを承認してもらった事実を告げた。隊長はさして感銘を受けた様子もなく、スティーブンズの説明を無視した。彼は前に一度パスポートを見たことがあり、それはスティーブンズが持っているものより、ずっと小さかったと言う。さらに重要なのは、パスポートにはハンコが必要で、それもチキムラ地区のではなく、グアテマラのハンコが押されていなければだめだと言う。そして、もはやこれ以上話すことなどないと言った。ただしこれから、使者をチキムラに送るので、それが将軍の指令を持って帰るまで、スティーブンズたちはカモタンに留まっていなければならないと付け加えた。

スティーブンズにとってこれは、とても受け入れることのできない要請だった。ここまで苦労して、泥や雨の中を重い足取りでやってきた。ラバの背で苛酷な揺れにも耐えてきた。ビザもルールに従ってきちんと認可を受けた――それも二度だ。にもかかわらず、なおパスポートにハンコが要るという。外交任務を果たすためには、まずグアテマラへ行かなくてはならなかったが、個人的な目的のために、グアテマラへ向かう直行ルートからそれてしまった。そのうしろめたさも、スティーブンズは感じていた。そんな遅延と遠回りの上に、今また、規律にやかましいにやけた将校の気まぐれな思いつきによって、さらに遅れてしまうという――こんなことがあっていいわけがない。そうはさせない。自分はアメリカ合衆国の代表としてここへきていると言って、スティーブンズは将校たちを威嚇した。だが、これも効果がないと見るや、彼はイライラして、自分がこれからすぐにチキムラへ引き返すと言った。が、隊長と村長はどこへも行ってはならない、とくりかえすばかりだった。

隊長はスティーブンズに、もう一度パスポートを見せるようにと要求した。だが、スティーブンズはこれを拒否した。そして、パスポートは合衆国の政府によって発行されたもので、合衆国の所有物だと言い張った。このとき、いつもは控えめにしていたキャザウッドが間に入って話しはじめた。「国際法」や代理公使の法律上の権限について蘊蓄《うんちく》を傾けたあとでキャザウッドは、隊長が「エル・ノルテ」(合衆国)政府の怒りを、まともに受ける危険性はかなり高いと付け加えた。隊長はこれにも心を動かされなかった。スティーブンズがふたたび、自分がチキムラへ行く案を持ち出して、もし必要なら、武装した見張りを連れて行ってもいいと言ったが、将校はスティーブンズに、先へ行くこともあとへ引き返すことも許さない、どこへも行くことはできないと答えた。そしてただちに、パスポートをこちらに引き渡すようにと迫った。

しかし、スティーブンズはこれに応じない。パスポートをチョッキの中にしまい込むと、コートの胸元のボタンをしっかりと留めた。隊長は力づくでも取ってみせるとあざ笑った。スティーブンズがのちに語ったところによると、対立がエスカレートしている間、「暗殺者のような顔つきの悪党」が二人、近くのベンチに座っていたという。二人はマスケット銃をスティーブンズの心臓へ向けていた。銃口はわずかに三フィートしか離れていない。他の男たちもマチェーテや剣を手に、いつでもそれが使えるような状態で立っていた。たいまつの火が、チカチカとした影を壁に投げかけている。そのとき長い緊張した沈黙が、なじみのある声によって破られた。声は暗い部屋の隅から聞こえた。声の主はオーガスティンだった。ピストルを手にしてスティーブンズに、撃ってもいいかとフランス語で許可を求めている。一発ぶっぱなして、奴らを散りぢりにしてみせると言う。スティーブンズはのちに、あのとき自分たちは、ひどく無邪気でだまされやすかったと回想している。「この国に少しでも長くいたなら、われわれはもっと警戒すべきだった。しかしわれわれには、人々の残忍な性格がまったく分からなかった。ことのなりゆきがあまりに人を侮辱し、イライラさせるものだったので、恐怖より、むしろ怒りをかき立てられてしまった。これでは相手の思うつぼだ」。

ちょうどそのとき、グレイズド・ハットをかぶり、短いシェル・ジャケットをまとった男が、前へ一歩進み出た。他の者たちに遅れて、この部屋に入ってきた男である。彼がパスポートを見せてほしいと言う。その場にいた暴徒たちにくらべると、階級も上のようだったので、スティーブンズはチョッキからパスポートを取り出すと、それをしっかりと指で挟んで、燃えさかるたいまつに近づけた。キャザウッドの要望で男は、パスポートに書かれた文面を大きな声で読み上げた。公用語で書かれた文面が部屋にいた者たちに伝わると、つぶやきが起こり、張りつめていた緊張が建物の外へ出て、ほっと溜め息をついたように思えた。そのときスティーブンズの心に浮かんだのは、ひょっとすると、隊長も村長も、文字が読めなかったのかもしれない、という思いだった。パスポートを引き渡せという要求は取り下げられたが、スティーブンズたちは命令によって、拘留されることになった。

スティーブンズは要求を一つ出した。一刻も早く急使をカスカラ将軍のもとへ送ってほしい、そしてその際急使に、覚書をいっしょに持参させてほしい。隊長と村長はこれに同意した。だが、それもスティーブンズが、使者の旅費を自分が負担すると言ったあとの同意だった。キャザウッドとスティーブンズは、覚書をイタリア語で書き、自分たちの拘禁状態を説明した。

隠し立てをしないではっきり言うと、キャザウッド氏が長官として覚書にサインをした。そして公印が手もとにないので、他の者に開けられないように、新しい五〇セント硬貨で封印した。そして覚書を村長に手渡した。硬貨の画像を見れば、ワシが翼を広げ、たいまつの明かりの中で星々がきらめいている。将校以下、みんなが集まって覚書をつぶさに調べた。そして、われわれを町役場に閉じ込めると、そのまま引き上げていった。ドアのところでは、十数人の男たちが、手に手に剣やマスケット銃やマチェーテを持って見張りに立っている。隊長は別れ際に、もしあなた方が夜間に逃げ出すようなことがあれば、お前の首がその責任を取らなくてはいけない、と村長に言った。

ようやく彼らは帰っていったが、スティーブンズたちははたしてこれからどうすればよいのか？外を見た。見張りの男たちがドアのすぐ前で、火を囲んで座っている。タバコを吸っているが、銃は手の届くところに置かれていた。何とか逃げようとしても、それは命取りになるばかりだとスティーブンズは思った。見通しは愉快なものではない。スティーブンズたちは、ドアをできるだけしっかりと閉めた。気持ちを落ち着かせるために、マクドナルド大佐がベリーズから彼らを送り出した際、持たせてくれたワインのびんを開けた。そして大佐の気前のよさに感謝して乾杯した。疲労困憊した彼らは、それぞれのハンモックに倒れ込んだ。

真夜中、ドアがふたたびこじ開けられ、前と同じ連中がなだれ込んできた。が、今度はそこに若い隊長がいない。ことのはじまりも突然だったが、ことの終わりも突然だ。村長はスティーブンズに大きな封印――五〇セント銀貨がロウに押しつけられている――のついた覚書を返した。封印は解かれていない。村長は何一つ説明もせずにスティーブンズたちに言った――いつでも好きなときにここから出ていってよい。この出来事について、その後、スティーブンズは頭を絞って考えてみたが、彼らが突然心変わりした理由が分からなかった。おそらく、わが身を守りたいと思う彼らの気持ちが、解放につながったのだろう、とスティーブンズは推測してみた。だが、解放を決断させたのは封印――五〇セント硬貨に彫り込まれたアメリカのワシ――だったかもしれないとも考えた。

村長と野次馬連中が引き上げると、スティーブンズとキャザウッドは改めて困惑してしまった。このまま役場に居続けたとしても、やはりまた、前と同じ状況に出くわすのがオチだろう。おそらく状況はさらに悪くなるかもしれない。ともかく、スティーブンズたちはハンモックに入って寝た。するとまた、村長や仲間たちが朝早くやってきて、二人をたたき起こした。が、今度は彼らも、スティーブンズたちに敬意を表するためにやってきたのだと言う。昨夜、やっかいを引き起こした隊長や兵士たちは、すでに村を通り抜けて去っていったと説明した。

村長たちに元気づけられたスティーブンズとキャザウッドは、さらに旅を続けることにした。朝食のチョコレートを食べ終えると、ラバに荷物を積み込んだ。結局のところコパンは、なお探求の旅のまっただ中にあるミステリーで、失われた古いものの証拠を見つけることなど、まず不可能のように思えた。だが、そのコパンが一〇マイルにも満たない彼方で、彼らを手招きしていた。しかし、なお連山が彼らとコパンを分断している。ラバに鞍を付けてカモタンを出発しようとして、改めてこの村を見ると、到着したときと同じように、カモタンは打ち捨てられた風情でさびれていた。何一つ変わっていないように思えた。ちりの一つまで、風に吹かれて飛び散るコースは変わっていない。しかし、スティーブンズとキャザウッドは、以前にもましてくたびれていた。武器を革ひもに結びつけると、二人は大きく息を吸った。ラバに乗って村を離れていく彼らは、カモタンのひとけのない、ひっそりと静まり返った様子を見て、一瞬、ぎょっとなって狼狽した。朝の静謐を破っているのは、小鳥たちのさえずりと、カラスのカーカーという鳴き声だけだった。

＊

一一月一四日の午後、オールド・リバーの堤防を押して、ボートが岸を離れると、英国陸軍砲兵隊のジョン・ハーバート・キャディー中尉は、やおら「本物のハバナ葉巻き」に火をつけた。ボートを取り囲んでいるのは、広々とした川に沿って繁茂するプランテンやイチジクの木々だ。キャディーは葉巻きをふかしながら、ボートを上流へ向かわせるように命じた。ボートの漕ぎ手たちは懸命に漕ぐのだが、激しい流れに邪魔されて、一時間に五マイル進むのがやっとだった。イギリスの遠征隊がベリーズシティを出発して二四時間が過ぎた。向かう先はパレンケで、そこで発見されたという巨大な廃墟を調査せよ、というのが総督の命令だった。そして、調べたことについては、イラストを交えた詳細な報告書を公にして、スティーブンズやキャザウッドを出し抜くことが、調査に付随した第二の命令である。遠征隊は出発前、総督官邸に招かれて、送別のランチをマクドナルド大佐とともにした。しかし、その土壇場で、出発を遅らせかねないような出来事が起きた。スペイン語の通訳者のノッドがいなくなってしまった。だが、ランチが終わるまでには、二人の警官がひどく酔っぱらったノッドを見つけて、ボートに乗り込ませることで何とか事なきを得た。

キャディーと共同リーダーのパトリック・ウォーカーの他に、遠征隊には、第二西インド連隊の兵士が一五人、通訳、キャディーの助手の砲手が一人、それに特別に雇ったボートの漕ぎ手が八人いた

——全部で二八人。遠征隊は丸木舟タイプのカヌー二艘に分乗した。一艘には荷物を載せ、もう一艘にはウォーカーやキャディーが乗っている。キャディーたちのボートは長さが四〇フィート、幅が五フィートあり（一本のマホガニーの木をくりぬいて作られている）、この川に浮かぶボートの中ではもっとも大きかった。ボートの後尾はキャンヴァス地で天蓋のように覆われていて、焼け付くような日差しからキャディーやウォーカーを守った。

遠征隊が出発する前にマクドナルドは、ロンドンにいた植民地大臣のジョン・ラッセル卿へ手紙を書いている。「この話題を大臣閣下の前に持ち出し、以下の提案を申し上げることを、私はかなり前から意図しておりました。それはパレンケへ遠征隊を送り出すことです。目的としますところは、巨大で驚くべきその廃墟について、これまで報告されていることがはたして真実なのか、あるいは報告が誇張に満ちたもので、その場所を旅行者に公示しえないものなのか、その決断をすみやかに行なうことです」。大佐の手紙がラッセル卿のもとへ届くのに数カ月を要するだろうし、大佐がラッセル卿の返事を受け取るまでにも、さらにまた数カ月を必要とするだろう。

植民地の週報『ベリーズ・アドバタイザー』は、大あわてで集めた急ごしらえの遠征隊について、もう少し素直な意見を述べている。「キャザウッド氏の計画が、われわれの植民地の嫉妬をかき立てた。そして同じ場所へ、似たような目的で、違ったルートを使って訪れるように仕向けた」。記事は続けて、この遠征にともなう危険について述べている。「われわれが心配しているのは、二人の紳士がオールド・リバーをさかのぼり、ペテン盆地を経由して行くことだ。しかも季節外れの時期を選んでいる。おそらく水と土地に妨害されて、目的地への到着は大幅に遅れてしまうだろう」。が、そのあとでイギリス人特有のあの陽気さで、記者は次のように付け加えていた。「『勇気が……』幾多の困難を乗り越え

る。そしてそれはまた、彼らの個人的な経験をさらに増やすかもしれない」。(2)

ウォーカーとキャディーははじめての夜――スティーブンズとキャザウッドがカモタンで、マクドナルドに乾杯した夜だ――を、川のきれいな湾曲部（空き地には果樹が植えられている）に立つ政府の小さな別荘で、心地よく過ごした。だが、心地のよい夜はこれが最後になるだろう。次のキャンプはベイカーズ・バンクに設営された。キャンヴァスとネットで作ったテントの中で、ハンモックが吊られた。キャディーは軍隊で工学や大砲の訓練を受けていたが、芸術的な才能もかなりある。そしてその才能はさらに言葉にも及んでいた。「蚊にはとてもがまんできなかった。もしテントがなかったら、血の最後の一滴まで吸い尽くされていたにちがいない」と一一月一四日の日記に書いている。「実際私は、四六時中聞こえるブーンという音に悩まされて、ほとんど眠ることができなかった。そういえば『（眠りは）うるさい夜の羽虫のうなりも苦にせずにやすむのだが』（『ヘンリー四世第二部』第三幕第一場）とシェイクスピアは言っていた。してみると、シェイクスピアはこの夜の音楽家たちの迷惑行為を思い知ることが、一度もなかったのかもしれない」。

次の日は、さらにたちの悪い、血を吸うボットフライ（ヒトヒフバエ）や、命を取られかねないヘビに遭遇した。さらにボートが上流へ向かって、必死になって川の流れと戦っているときに、ぬかるんだ土手から様子を窺う丸太ほどの大きさのワニもいる。ボートの漕ぎ手たちの苦労は並大抵ではなかった。大きくて重いボートを、川の速い流れに抗して、何とか操ろうと懸命に努める。ある時点で、地図に記された滝の近くを通過した。だが、漕ぎ手たちは滝を確認することができなかった。それほど川の流れが速くて、二艘のボートは滝を見ることなく、その地点を通り過ぎてしまった。川の浅瀬に来たときには、漕ぎ手たちも櫂を棒に変えてボートを操縦した。「舵手はさらに難しい仕事を受け持っている」とキャディーは記す。「ボートが非常に長いので、流れに抗してボートをまっすぐに保っていないと、流れに押されて舟は横向きになってしまう。それでは時間と労力の大きなロスを招くし、転覆の危険にもさらされる――しかもそれは、たまにではなく四六時中起きる出来事だった」。

たしかに川は気まぐれで強くてたくましい。だが、その一方で川はつねに美しく、上流にボートを進めるにしたがって、ますますその美しさが頭から離れがたくなる。金色と深紅色の胸をしたオオハシが、大きなくちばしで「カスタネットのような音」を立てていた、とキャディーは書いている。オレンジと黒い色のコウライウグイスは、焼け付くような太陽のもとで、今にも燃え出しかねないように見えた。明るい緑色をして、ほとんど蛍光色のように鮮やかなイグアナ（おいしい料理を作るのに役立つ）は、土手に半分埋まったマホガニーの端材の上を、のそのそと体をゆらしながら歩いていた。川向こうには、この上なく大きな、そして途轍もなく野性的な木々がそびえている。そのごつごつとした節だらけの根っこは、ときには川の中まで伸びていて危険だった。木々の枝はアナナス、蘭、蔓などで覆われていて、船の索具のロープのように密集し絡まっていた。

一一月一六日の朝、一隊は古いカヌーの下を通過した。というのも、カヌーが彼らの頭上二〇フィートのところで蔓にぶら下がっていたからだ。川は雨期になると、こんな具合に途轍もない量に増水する――わずか一日で、四〇フィートほどの高さにふくれ上がり、それが下流へと落ちてくる。おそらく、その激流がカヌーを下流へ流し去り、カヌーはさかさまになって蔓に絡みついてしまったのだろう。乗っていた者たちがどうなってしまったのか、その消息はまったく分からない。この光景は遠征隊の乗組員にも、不吉な兆候として感じられた。こんな時期に川の上流を目指して旅すること自体、とても正気の沙汰とは思えない。彼らはみんなそれを知っていた。何週間も雨が続けば、こうした事態になるのは火を見るよりも明らかだった。一年のこの季節に川で生き残れることは、単なる偶然にすぎなかったのである。

しかし、命令はすでに下っていた。できるかぎり早く、キャザウッドやスティーブンズに先駆けてパレンケへ到達すること。遠征隊のために緻密に練られた計画は、理想的な天候の条件のもとでもなお厳しいし、予断を許さないものだった。もちろん海路で向かう方が危険は少ない。だが、パレンケはなおミステリーに包まれていて、その位置はほとんど知られていない。したがって、どの海岸がパレンケにもっとも近いのか、それすらはっきりと分かっていなかった。荒れたペテン――ユカタン半島の悪魔の心臓――を横切って、真西へ向かうという遠征隊のコースは、三〇〇年前にコルテスが、向かう方向が逆だったとはいえ、悲惨な思いでたどったのとほぼ同じ土地へ遠征隊を導くことになる。土地の状況は三世紀の歳月を経て、なお大きな変化は見られない。相変わらずジャングル地帯は、容赦なく侵入を困難にするし、以前と同じように環境はとても耐えがたかった。

キャディーは生まれながらに、命令に従うタイプだった。イギリスの砲兵大尉の息子だった彼は、一八〇一年にケベックで誕生したときから、父親の足跡に従うことを期待された。キャディーはカナダで成長した。一八一二年にイギリスと合衆国の間で武力衝突が起こり、キャディーはその戦闘の激しさを肌で感じた。それから三年後にイギリスへ渡り、一五歳で英国陸軍士官学校に入学する。キャディーがウォーカーとともにパレンケへ出発するときには、彼はすでに英国陸軍砲兵隊で士官候補生として、また将校として、二五年の軍務経験を持つ陸軍退役軍人だった。しかし、彼には百戦錬磨の兵士という面影はない。残されているポートレートを見るかぎり、大きくてまん丸な目が、おだやかで丸いボーイッシュな顔に収まっている。(3) それもそのはずで、キャディーはこれまで一度も戦闘に参加したことがなかった。ひところ、将軍の書記官をしたことがあるが、どこかある時点で、趣味が高じてすぐれた水彩画家になった。

川の上ではキャディーも、イギリス将校が持つ特権を存分に見せている。個人的な副官を連れてきたし、上等のマデイラ酒も飲んでいる。土手に立ち寄ったときには、二連式のショットガンを持ち出して、スポーツとして（そして食糧のために）狩猟をした。彼はまわりの者たちすべてを（ウォーカーを除けば）、自分より劣った人間と見なしている。スティーブンズのように、キャディーもまた鋭い観察眼の持ち主で、細かな事象を怠りなく見ていた。

遠征隊はレイバーリング・クリークを過ぎて、さらに上流へと漕ぎ進み、ビーバー・ダムで一夜を過ごした。キャディーはまたハバナ葉巻きを一本取り出して吸った。「蚊を追い払うために、一日中吸っている」と彼は書く。「だが、蚊は葉巻きの煙など少しも気にしていないようだ。しかし、われわれの顔をめがけて、向こう見ずに攻撃をしかけてくる蚊は違う。まともに煙を食らうと、やつらはときどきそれに撃ち落とされてしまう」。

5 風のような猿たち

モタグア川渓谷の南東では、連山が渓谷と平行して走っている。山々は高く、深くて肥沃な渓谷によって割れ目が入れられていた。この景観を作ったのは、たがいにきしり合う、地殻の巨大な二つのスラブ――北米プレートとカリブ海プレート――である。数日前にスティーブンズとキャザウッドは渓谷を横切ったのだが、このとき彼らは、二つのプレートが出会う断層帯の上を旅していたことになる。上から眺めると南北に伸びる山々は、長くて平らな渓谷に対して、両方から押されてしわだらけになった暗緑色のシーツのように見える。一億年以上前、北アメリカはカリブ海によって、この断層帯を境に南アメリカから分断された。そして数百万年後、中央アメリカの陸橋が海から隆起しはじめると、北と南の大陸はふたたび、長くて狭いパナマ地峡によって結合された。この再結合が南北アメリカ大陸の動植物を混合させ、地球上で最高に豊かな生物学ショーの舞台をセットすることになった[1]。西方、太平洋の海底に横たわっているのが、三番目の地質学上のべへモット〔旧約聖書の「ヨブ記」に出てくる強大な動物〕だ。これがココスプレートで、中央アメリカ海岸の縁を、東や北に向けてぐいと押している。この三つの流動的なスラブが、中央アメリカを地質学的に見て、地球上でもっとも過激な地域にしていた。地震が高い頻度で襲ってくるし、西海岸は端から端まで、立て続けに火山が火を吹く。(2) こうして自然の力があまりに激しいために、中央アメリカはときに、あとずさりして天地創造の時代にまで戻っているかのように見える。

スティーブンズとキャザウッドは、この険しい波形の土地を東へ進み続けた。カモタンを出てから一日が経った頃、山間の谷を勢いよく流れるコパン川をはじめて垣間見た。何度か浅瀬を渡り、山腹に沿って石だらけの道を、ラバの背に揺られて登る。狭くて滑りやすい高みの道から、はるか下の奔流を見下ろした。湿気のある熱帯雨林――鬱蒼として足を踏み入れることができない――が彼らを囲んでいた。

パーティーが最終的に宿を乞うたのは、質素なアシエンダ（大農園）だった。昨晩の混乱とはうって変わって、ここでの滞在は彼らに、ささやかではあったが、ひと時の安らぎをもたらした。二人は農園の家の一室で、九人の男、それに女や子供たちに囲まれて夜を過ごした。「部屋の至る所で葉巻きが吸われると、小さな火の玉が輝いたり消えたりした」とスティーブンズは書いている。「が、これもまた、一つまた一つと消えていき、われわれも眠りに落ちた」。

次の朝、一隊はホンジュラスに入った――国境を示す標識はなかった。その少しあとで、二人はコパン渓谷を見下ろしながら立っていた。今、イサバルに上陸した地点から真南の方角へ、たかだか四〇マイルの所に立っている。だが、彼らはこれまで、二週間の間に一〇〇マイル以上のつらい旅をしてきた。コパン川は渓谷の反対側の端から流れてきているが、それはシエラ・デル・ガリネロの水源から流れ落ち、氾濫原を切り開いて、海抜二〇〇〇フィートほどの谷床を作りだした。川は西へと流れ（二人がやってきた方角だ）、最終的にはモタグア川に流れ込んで合流し、海へと注ぐ。

川の両岸には木々が繁茂し、谷のスロープに沿って、松や亜熱帯林が入り交じって生い茂る。そんな肥沃な土地なのに、渓谷には驚くほど人が住んでいない。何百年の間、ほとんどそこには人がいなかった。が、一〇〇〇年以上前にはここも、密集した人口に支えられた豊かな沖積土の地域だった。そしてコパン川はすばらしい文明には不可欠の活力源、いわば血液の働きをしていたのである。

だが、一八三九年の時点ではスティーブンズも、この事実を知らなかった。渓谷の途方もない歴史については、何一つ知らされていなかったからだ。スティーブンズやキャザウッドには、これから遭遇するミステリーを解き明かすための、考古学上の概念もなければ道具もない。が、それだけではない。アメリカの先住民社会についても二人はほとんど知るところがなかった。クリストファー・コロンブスが新世界へやってくる前に、すでに先住民の社会は存在していたのだが、二人はそれに対する無知を彼らの時代と共有していた。二〇年後の一八五九年に、チャールズ・ダーウィンが『種の起源』を出版して明らかにしたように、地球は少しずつではあるが、自らの秘密を打ち明けつつあった。

一九世紀の前半には、世界の自然史や人類史の多くはまだ解明されていなかった。そんなときに、アメリカ合衆国探検遠征隊は南極大陸（多くの人々は大陸の存在を信じていなかった）に向かって突進していた。こんな風にして、世界中を巡る探検が生み出したものが、貴重な科学的調査の結果や、何千という数の生物標本の収集であり、サウスシー・アイランドの人工遺物、海図、地図などだった。そしてこのすべてがのちに、スミソニアン協会の初期のコレクションを形成することになる。[3] こうして世界の歴史が解明されはじめるのだが、次に解明を待っていたのが中南米の歴史だった——この歴史も最終的には、外部の世界へ開かれることになる。しかし、解明には時間がかかった。そして世界の注目を、はじめてこの中南米の歴史に向かわせたのが、スティーブンズとキャザウッドの二人だったのである。

二人が東のコパン渓谷を眺めていたとき、実は彼らは崖っぷちに立っていた。もはやあと戻りはできなかった――というのも、彼らがこれから発見しようとしていることが、西半球の人類史に対する見方を大きく変えることになるからだ。

＊

ヨーロッパ人がやってくるまでの西半球には、自然の楽園（エデンの園）に似たものが存在したのではないか、という考えが二〇世紀になってもなお、著名な民族誌学者や歴史家たちの間にさえ根強く残っていた。二つの人跡未踏の大陸（南北アメリカ大陸）は、どこまでも続く無人の森や砂漠、ジャングル、それに草原などでいっぱいだったというのだ。南北両大陸は人口が希薄で、わずかな人数の原始部族が、たがいに遠く離れて孤立していると考えられていた。半開化の生活を送る地区もあるにはあったが、それもわずかな数しかないという。が、このような仮説はどこから見ても、これ以上に悪くはなりえなかっただろう。

一五世紀と一六世紀に起きたヨーロッパ人とアメリカ先住民の遭遇を、最初に伝えた報告は貧弱なもので、しばしば不正確だった。のちにメキシコ、中央アメリカ、ペルーとして知られる地域には、都市と呼ばれてしかるべき共同体もいくつかあるにはあった。だが、このような土地に上陸したスペイン人たちは、征服と黄金のことで頭がいっぱいで、とても文明の発見にまで気がまわらなかった。したがって、広範囲に及ぶ歴史や民族学的な観察のたぐいは、ほとんど記録されていない。さらに悲劇的だったのは高度なネイティブ・インディアン文化の中で、ヨーロッパの猛攻をしのいで残されたものが、ほとんど何もなかったことだ。

スペイン人の征服はとりわけ残忍で野蛮だった。偶像、モニュメントはもとより、都市がまるごと破壊された。インディアンの書物、他の文書類、それに数世紀に及んで記録された歴史などは、組織的にかき集められ、山積みにされて焼かれた。コンキスタドールたちはピラミッドや宮殿や神殿など――先住民社会が持っていた、先進レベルの社会組織や技術力を示す証拠――を見つけると、時を移さずただちに取り壊した。それは一つに、廃墟の上に新たに建設する、スペインの教会や住居の材料を提供するためであり、さらには先住民たちを支配下に置いて、意のままに操るためでもあった。スペイン人はネイティブ・アメリカンを、人身御供や偶像崇拝に耽る異教の野蛮人と見なしていた。彼らの文化、それに宗教上のあらゆる痕跡は取り除かれるべきで、先住民はキリスト教に改宗するのが当然とされた。コンキスタドールに同行したスペインの司祭たちによると、インディアンの魂を救済するには、彼らの全面的な服従が絶対に必要だったという。

問題は、救済すべき魂の数がどんどん少なくなっていったことだ。旧大陸からもたらされた疫病、それにスペイン人によってたびたび与えられた、非人道的で殺人をものともしない処遇が、またたく間にインディアンの人口を激減させた。一四九一年の時点で、西半球にどれくらいのネイティブ・アメリカンが住んでいたのか。ヨーロッパのアメリカ発見のあとで、どれくらいのパーセンテージで先住民の命が失われたのか。そして、これについては現在も、学者の間で議論が続けられている。新世界でスペイン人たちが最初に住み着いた場所は、イスパニョーラ、キューバ、西インド諸島などだった。だが、そこでは、大虐殺、病気、飢餓などがあまりにすさまじかったために、先住民のインディアンたちは、スペインが占領した最初の二〇年の間に、ほとんどが死に絶えてしまった。征服者たちは自分が立ち上げたプランテーションで、働くことができる労働者を求めた。そしてそれが結果として、人間を利己的に利用する新たなネットワーク――大西洋を横断して行なわれたアフリカ奴隷貿易――につながった。それは西インド諸島に、先住民に代わる労働力を供給するために作り出されたシステムだったのである。(4)

前世紀の中頃まで、民族誌学者や歴史家たちは、北極圏からティエラ・デル・フエゴにいたる西半球に、一四九一年の時点で住んでいたインディアンの数は、二〇〇〇万人ほどにすぎないと信じていた。広く一般では、さらに低い推測が受け入れられていて、たとえば北アメリカ大陸だけで、住人の数は一〇〇万ほどだったろうと推測している。だが、今日の人口統計学者は、このような数字を過小な見積もりだとして退けた。彼らが現在計算したところによると、最大で一億人のアメリカ先住民《アメリンディアン》の人々が西半球全域に住んでいたという。しかし結局のところ、正確な数字を手にすることはできないだろう。が、もし一億人という数が正しいとすると、この上限の数が意味しているのは、南北アメリカ大陸の人口は、コロンブスが最初の航海へ出かけたときの、ヨーロッパの人口と等しいか、あるいはそれをしのいでいたということになる。(5)

しかし、それからわずか一六〇年後の一六五〇年までに、インディアンの人口はわずか六〇〇万にまで激減してしまった。これは九五パーセントの減少率である。当初の人口や減少の人数については、なお議論がなされているが、ヨーロッパのアメリカ発見が確実に、人類史上最大級の人口統計学的な災厄をもたらしたことは、現在、学者たちによっておおむね同意されている。

「人口の目減りが少なからぬもので、しかも迅速だったことに議論の余地はない」と、テキサス大学の歴史学者アルフレッド・W・クロスビーは書いている。彼は、ヨーロッパの南北アメリカ大陸発見がもたらした生物学的影響、つまり「コロンブス交換」として知られている現象を研究する専門家だ。クロスビーはさらに付け加える。「結論は、コロンブスの航海が初期に及ぼしたおもな影響は、アメリカが遺体安置所に変質したことだったにちがいない。ヨーロッパによる新世界への侵入は、人類種の遺伝子プールと文化プールを減らしてしまった」[6]。

ネイティブ絶滅のおもな原因は病気だった。

科学的な調査によると、すべてのアメリカ先住民は少数の狩人たちの血を引いているという。狩人たちはアジアから、最終氷河期に現出した陸橋を渡って、ベーリング海峡を横切った——今日のシベリアからアラスカへやってきたのである。そして、およそ一万七〇〇〇年から一万三〇〇〇年前に、彼らは南北アメリカ大陸に住みはじめた。氷河期が終わり氷河が解けると、海面が上昇し、陸橋はふたたび大洋水に覆われてしまった。アジアから切り離された狩人とその後続世代は、北アメリカ大陸に閉じ込められた。彼らが移動したのは南の方角で、そこには無限の沃野が広がっていた。人数も急激に増えた。多くの者はメキシコや中央アメリカなどの、快適で居心地のいい気候帯に落ち着いた。そして南アメリカの先端まで旅をした。

数千年の間、世界の他の部分から分離されたアメリカ・インディアンたちは、その後、アジア、アフリカ、ヨーロッパに現われた病気に対して、抗体を増やすことや免疫力を高めることができなかった。その結果、コンキスタドールやヨーロッパの入植者たちがやってくると、一つの生物学的集団虐殺が起こった。彼らが新大陸にもたらしたものは、天然痘、はしか、インフルエンザ、腺ペスト、ジフテリア、百日咳、水疱瘡、結核などだ。次々に襲ってくる病気が先住民の間に急速に広がり、壊滅的な結果をもたらした[7]。

その結果として、アメリカにやってきたヨーロッパ人たちは、インディアンの人口を非常に低く見積もってしまった。入植者たちが奥地へたどり着いたときも、実際には病気が先まわりして、恐ろしいスピードで蔓延していたために、その土地の人口は激減して過疎地域と化していた。それをヨーロッパ人たちは勘違いをして、空っぽで、誰も住む人のいない所へやってきたと思い込んだ。だが、このことが逆に征服と入植を容易なものにしたのである。とくにスペイン人にとっては。彼らの目には、きわめて少ない人数で多くのことがなしとげられるように映った。たとえば西洋の歴史家たちは、コルテスと、彼が率いた五五〇人のコンキスタドールたちを、信じられないようなハンディキャップを乗り越えて、メキシコのアステカ帝国を征服した、巧妙で粘り強い兵士たちだと称賛した。だがこの評価には、次にような厳然とした真実がある。それは一五二一年に天然痘が流行して、アステカの指導者や戦士たちの多くを、死に至らしめたことだ。スペイン人の最終的な軍事的勝利には、天然痘という流行病が重要な役割を果たしていたのである。天然痘の流行がなかったとしたら、歴史はおそらくコルテスに不利な展開を用意したにちがいない。

天然痘や他のヨーロッパの病気は、速いスピードで南へ伝染し続けた。そのため一〇年後、コンキスタドールたちがペルーへ進軍する頃には、病気の被害はすでに出ていた(8)。フランシスコ・ピサロは一五三二年に南アメリカに到達した。手勢はわずか一六八人の兵士たちだ。今日のエクアドルからペルーを通って、ボリビア、チリへと不規則に広がるインカ帝国、五〇〇万の人口を擁するこの帝国と戦うには、ピサロの手勢はあまりにも情けない数だった。だが、天然痘がピサロに先だってインカの地に達していた。天然痘は偉大なインカの指導者ワイナ・カパックや、彼の指名した後継者、それに軍の多くの司令官たちを次々に死へ追いやった。このような一連の死が、生き残ったカパックの息子たち二人の間に内戦を引き起こし、それがなおいっそう、帝国を軍事的に弱体化させてしまった。ピサロはこの機会をとらえることができた。そして三年も経たない内に、インカ帝国の大半を征服した。[9]

中央アメリカのインディアンも甚大な被害を被った。専門家たちの計算によると、本来この地域には、コロンブスの航海直後の一五〇〇年に、六〇〇〇万人ほどの人々がいたが、一六八〇年までにはそれが三〇万以下に落ち込んだ。[10] だが、この人口もスティーブンズやキャザウッドが到着する頃には回復しはじめていて、一〇〇万人に近づいていた。しかし、この数字にしても、スペイン人がはじめて上陸したときの人口にくらべると、その六分の一にすぎない。

コパン渓谷もまた、破壊の波から逃れることはできなかった。スペインの歴史家によると、この地域は非常に人口が多く、コンキスタドールの侵略に激しく抵抗する、先住民の中心地に何度かなっている。力強いリーダーのコパン・カレルに率いられた数千のインディアンたちは、スペイン人やメキシコからやってきた同盟軍のインディアンたちを相手に、度重なる戦いをくり広げた。両軍が信じがたいほど多くの血を流したあとで、スペイン人たちは最終的に、カレルと配下の兵士たちを制圧した。[11] 戦いに敗れたインディアンたちが、最後に屈服したのは「疫病」だった――おそらく天然痘だろう。やがて疫病はコパン渓谷の住民の大半を死滅させた。

その後数世紀の間、コパン渓谷は人目につかない、隠れた田舎の僻地のままに捨ておかれ、温暖な気候と理想的な農作物の生育条件にもかかわらず、ほとんど人の住まない場所になってしまった。だがこの渓谷には、何か他と違った点があった。以前も一度過疎の地となり、ゴーストタウン化したことがある。コンキスタドールたちが到着するかなり前に、人口統計上の大きな災厄を被った。だが、それより数世紀前には、強力な王朝――驚くべき文明の南方および極東の前哨地――が崩壊し消え去っている。
谷間に、今もとどまっている住民の数は少ない。スティーブンズとキャザウッドが、これから会おうとしているのもその人々だが、彼らは自分の足下に埋まっているものが何かを知らない。メソアメリカの他の所では、有無を言わせぬ征服の力が、インディアンの記憶をほとんど消し去ってしまった。が、コパン渓谷でそれをしたのは時と自然だった。ここには不可思議な彫刻が彫り込まれた、奇妙な石がある。住人たちはこの石群を知っていた。それが谷床のジャングルで、半ば埋もれているのを見たこともあった。しかし、多産で再生能力の高い生物学的なエネルギーが、あまりにせっせと働くので、自然そのものが石に刻まれた歴史――インディアンの天才と栄光、それに衰弱と荒廃の偉大な物語――を消し去った。そしてそれは外見的には、あたかも過去を清算してしまったかのように見えた。

*

一八三九年一一月一五日の午後二時、スティーブンズとキャザウッドはコパンの小さな村に入った。村には地面がむき出しの床のある藁葺き小屋が五、六軒あった。すぐに二人のまわりに数人の住人が集まってきた――「われわれの出現は大騒ぎを引き起こした」とスティーブンズは記している。だが、その中で廃墟へ道案内のできる者は一人もいなかった。その代わりに二人は、このあたりでもっとも大きなアシエンダに連れていかれた。地元の有力者で重要人物のドン・グレゴリオが所有している広大な農場だ。農場の女たちや、手早く用意された食事によって、暖かい歓迎を受けた二人は自分たちの幸運をよろこんだ。この国は手厚いもてなしで評判だったが、なるほどその通りだと二人は語り合った。古い石の廃墟を見つけるために、これから出かけようとする二人にとって、この土地は願ってもない理想的な場所だった。

しかし、歓迎は長くは続かなかった。午後おそくなって、ドンが帰ってくると状況は一変した。ドンは無愛想な五〇歳くらいの男で、濃い頬ひげを生やし、暴君のようにしかめっ面をしていた。彼はスティーブンズたちの風采が気に入らない。二人が歓迎されていないことを、彼らに知らせようとした。

スティーブンズとキャザウッドはひどく困ってしまった。ドン・グレゴリオは意図的に彼らを無視した。畑から帰ってきた女や息子たち、それに労働者たちも、すぐにドンの意向に従った。しかしこの無礼な態度を前にしながら、二人は「コパンの偉い人物」と仲たがいをするわけにはいかなかった。何とかして廃墟を見つけて、探検するチャンスをつかみたかったからだ。スティーブンズとキャザウッドはいかにも疑わしい外国人だったし、それだけに二人の立場は微妙だった。

彼らはひとまず、自分のプライドを押さえ込んだ。どこへも行く所がなかったし、夕暮れがみるみる内に近づいてくる。結局、誰もが言葉を発しない沈黙の休戦状態がその場に広がった。だが、ドンは二人の存在を大目に見ることにやぶさかではない。客人を歓迎しないことは明らかに「彼の名前に汚点がつく」ことになり、何としてもそれは避けたい。ただし、宿泊させるには条件があった。スティーブンズとキャザウッドは、人目からさえぎられた、屋外の窮屈な小屋で眠ること。しかも、農場の労働者たちといっしょに休まなければならない。スティーブンズがそのときの様子を描いている。「われわれのかたわらにはハンモックが三つあった。私のハンモックには部屋が小さすぎるために、体は上下逆さまの放物線を描いた。おかげでかかとの方が、頭より高くなってしまった」。よそよそしさは次の日も続いた。ドンは相変わらずブスッとしていて機嫌が悪い。「われわれはもはや彼には見向きもしないで、小屋で身支度をした。家族の中でも女たちには、できるかぎりていねいに、敬意をもって接した。彼女たちはたえず姿を見せて、何くれとなく世話をしてくれた」。

二人を廃墟へ案内してくれるガイドが、ようやく村から来てくれた。小さなキャラバンは、ゆっくりと南東のスロープを下り、七マイル先まで伸びている谷の真ん中を横切って、今は「コパン・ポケット」と呼ばれている所へ向かった。この地点では谷も比較的狭く、尾根から尾根までわずか数マイルしかない。高度が二〇〇〇フィートあるので、気候は温帯地帯に近い。イサバル湖やモタグア近くの低地で経験した、息のつまるような熱と湿気からやっと二人は解放された。

だが、それでも谷の底では、伸びすぎた熱帯林や広葉樹林が密生している。そんな中、所々で、ブーゲンビリアやハイビスカスなどのエキゾチックな花々がちらりと顔を出す。谷には小屋がいくつか散在していて、庭やジャングルを切り開いた空き地に囲まれていた。空き地ではタバコやトウモロコシが栽培されている。畑の周囲には生け垣として、カカオの木、パパイヤ、マンゴーが植えられ、畑の中を牛が歩きまわっていた。ジャスミンやフランジパニの芳香がレモンの香りと入り混じって空気中を浮動し、シナモンやナツメグの匂いが、オールドスパイスの木々のかたまりから漂っていた。

しかし、うしろに見える背景はなお鬱蒼として薄暗い。森林は不吉で人を脅かしているようだ。それにひきかえ、沈泥《シルト》と火山灰からできたこの豊かな低地では、どんなものでも生育することができそうだ。水は川から引くことができるし、毎年、六〇から七〇インチの雨が降る。今は雨期なので、大地には十分に雨がしみ込んでいて、そこからは、下生えの新鮮で湿ったクロロフィル（葉緑素）に入り交じった、ローム層の鼻につくような重い臭いが立ち昇っていた。二人はしばし足を止めてひと休みした。小鳥のさえずりとコンゴウインコの甲高い鳴き声が聞こえて、まわりの植物が鼓動し、命をふくらませているのが感じられた。

農場から二人を連れてきたのは案内人のホセで、彼はある程度の距離を進むと、大きなトウモロコシ畑を横切った。そして、ジャングルの端でラバの手綱を木に結びつけた。ホセはマチェーテを巧みに使って、絡み合ったやぶを切り開きながら苦労して前進した。まもなく彼らは、コパン川の東岸に出た。さらに川に近づいたとき、スティーブンズとキャザウッドは木立を通して見た——

そして、目にしたものに二人は唖然とした。

彼らが予想していたのは、せいぜいが、そこらに散らばった石の廃墟だ。だが、川の向こう岸に現われたのは、高さ一〇〇フィートほどの巨大な石の壁だ。大きな断面が崩れ落ち、基底部は川によって侵食され、むしばまれていた。スティーブンズとキャザウッドは以前、コパンの廃墟について、目撃者の話や漠然とした歴史上の記述を読んだことはあった。しかし、目の前に現われた壁の巨大さに思わず息を飲んでしまった。二人はイタリア、ギリシア、中東などに行ったことがあり、そこではピラミッドや古代都市の遺跡を見た。だがその彼らも、コパンの地は野蛮人たちが占拠していた場所だとばかり思っていた。が、ここは「先住民のアメリカ」だった。消えてしまって今はいない人々が、固い石の表面を巧みに使って、空中高く立ち上げ、川の土手沿いに何百フィートも遠くまで広げている。これは誰一人予想のつかないことだった。

川の浅瀬を渡り、壁の基底部に来てみると、二人は壁の一部が、みごとに仕上げられた石と向かい合っていることに気づいた。石の階段を数段昇った。階段はその多くが崩れていて、割れ目に入って成長した木の根によって粉々になっていた。二人は小さなテラスの上に姿を見せた。川よりはるかに高い。テラスはたくさんの木々に押され、覆われているために、その寸法を計測することは難しかっ

左と右：キャザウッドが描いたコパンのステラ（石碑）のイラスト［*Incidents of Travel in Central America, Chiapas, and Yucatán*］、中央：現在のステラ［カールセン］

た。ホセはさらに仕事を進めて、平地の枝葉を切り開きながら道を作っていく。やがて彼らは、ピラミッドの側面に似たものを見分けた。

しばらくすると、木立ややぶの中をつまずきながら歩いていた彼らは、これまでに想像もできなかったようなものに行き当たった。そして驚きのあまり立ち止まってしまった。目の前に現われたのは背の高いモニュメントで、その大きさといい、技術的な熟達さといい、彼らがエジプトで見たすばらしい彫刻に、少しも引けを取るものではなかった。

スティーブンズとキャザウッドはここまで、危険を承知で二〇〇〇マイルの距離を移動してきた。病気や負傷のリスクにさらされ、内戦で引き裂かれた土地を、危ない目に遭いながら旅し

コパンの埋もれたステラ［キャザウッド］

コパンの倒れたモニュメント［キャザウッド］

てきた。それもこれも、何かを見つけることができるかもしれないと期待していたからだ。が、この一枚岩《モノリス》だけでも、すでに彼らが思い描いていたものをはるかに凌駕している。巨大な一二フィート（約三・六六メートル）の石の神像が、彼らの前にのしかかるようにしてぼんやりと現われた。上から下まで、そして四面のすべてに、はっきりとした浮き彫りで彫刻が施されている。

「正面には男性の像が描かれていた」とスティーブンズは書く。「奇妙だが豪華な装いをまとっている。顔は明らかにポートレートのようだが、いかめしく厳しい面構えは、恐怖心を起こさせるのにふさわしい」。背面にはまた違った意匠が施されていて、それはこれまでに見たこともないものだ。側面はヒエログリフで覆われていた。この予想だにしなかったモニュメントを目にしたことで、われわれの中にあった、アメリカの古代遺物に関する疑念が、たちまち、そして永遠に解消されてしまった」。

二人に先行してホセは、引き続き薄暗いジャングルを切り開いて進む。そして蔓や下生えが絡み合う中に道を作った。森林は木立が深く——パンヤノキや貪欲な締め殺しの木など——、ときには遠くを見ることが難しくなるほどだった。木々の梢は堅固な天蓋を作っていて、それが日中の日差しをさえぎっている。林床には根や蔓がヘビのように這っていて、一隊はつまずきながらも、それを乗り越えていった。苔や蔓植物、着生植物などが、空いている木や幹に一つ残らず巻き付いている。さすがのホセも道に迷って、ときには行き止まりに——そこは通り抜けることのできない緑の葉の壁だった——二人を導いたこともあった。

　しかし、やがてホセは案内をして、見かけが最初のモニュメントに似ているが、さらに彫刻が込み入っている一四のモニュメントを彼らに見せた。地面に倒れているものもあった。あるモニュメントは半分ほど土に埋もれていて、蔓植物や木の根に覆われていた。「木の枝にきつく抱きしめられていて、ほとんど地面から浮き上がっている」ものもあった。スティーブンズは回想している。「前方に祭壇を持つモニュメントがあった。まわりの木々の中で立っているので、一見したところ、木立が石柱を聖なるものとして保護し、覆っているかのようだった。森の荘厳な静寂の中で、モニュメントは亡くなった人々の死を悲しむ神のようにも見えた」。

　薄明かりの中を進み続けた彼らは、ようやく、いろいろなものを見分けることができるようになった。半ば埋もれた壁、円形に作られた巨大な祭壇、彫刻が施された石の破片など。絞め殺しの木の大きな根が、ニシキヘビのように蛇腹《コーニス》や彫り込まれたしゃれこうべの列に巻き付いていた。あたり一帯では、荒廃した建造物から木々が生え出ているし、巨大な石の山が彼らのはるか頭上にそびえていた。木の幹や根が、黄褐色をした建築用の石材をばらばらにしては、さらに押しのける。そして地衣類の灰色がかった緑の斑点模様をそれに付けた。また幹や根は、崩れ落ちたピラミッドのブロックを、その足もとに正確に送り届け、巨大な石の山を築いていた。

しかし、ジャングルの自然の力によって残された遺跡は、混乱して荒れ果ててはいるが、なお、繊細さの証跡や、複雑に彫り込まれた頭部や人物を見せては、石に刻み込まれ、ある時点で凍結した高い芸術性を示していた。遺跡は威圧するような森の中にあって、見る者をまごつかせるほどの荒廃ぶりで謎めいている。一度訪れただけでは、とてもこの謎を解くことなどできない。二人は不思議に思いつつ、ホセのあとについて、つまずきながらジャングルを進んだ。だが、スティーブンズはほとんどすぐに、今自分たちの目の前には何か途轍もないもの、あるいは、歴史の理解を変える潜在力を秘めたものが存在していることに気づいていた。そこにあるのは、粗野で洗練とはほど遠い人々の遺跡ではなく――と彼は書いている――、「かつてアメリカ大陸に住んでいた人々が、けっして野蛮ではなかった」ことを証明する芸術作品だった。

スティーブンズはかつてないほど生きいきとしていた。すべての感覚と神経が極限まで広がっている。ジャングルの静謐さでさえ彼の注意をとらえた――静寂の中に微かなささやきを見つけていた。

　この埋没した都市の静けさを破る音は、ただ一つ、木立の梢から梢へ猿が移動する音と、その重さで折れる乾いた枝の音だけだった。猿たちはわれわれの頭上で、長い列を組んで――一度に四〇匹から五〇匹――すばやく移動する。小さな猿を長い腕で巻くようにして抱き、大きな枝の端へ出ると、うしろ足かしっぽを枝に絡ませて、次の木の枝へと飛び移る。そして風のような音を立てながら、森の奥へと消えていった。こんな猿の中に、人間の面影を見たのははじめての経験だった。まわりの奇妙なモニュメントと重ねて見ると、猿たちがあたかも、前の住人たちの廃墟を守る、今はなき人々のさまよえる霊魂のように見えてきた。

積み上げた石の山を乗り越えて、彼らはようやく平らな地面と、前に入ったことのあったテラスを見つけた。葉群を通して入り込んでくる日の光にやっと目が慣れてきたので、目の前に現われた長方形をした大きな広場も見分けることができた。広場はそれぞれの側が階段で囲まれている。それは古代ローマの円形競技場のように見えた。階段に彫り込まれた巨大な顔が、広場越しに彼らを見つめていた。三人は広場を横切って、向かいの階段へ行った。階段を上ると、長くて狭いテラスに出る。気がつくと、そこから一〇〇フィート下で川が流れていて、それを彼らは見下ろしていた。

数時間前に、川の向こう側から眺めていた壁の頂上に、今彼らはやってきた。頭上には巨大なパンヤノキが二本見え、それが円形競技場の上に覆いかぶさるように生えている。灰色をした滑らかな幹は、太さが二〇フィートほどもあり、その力強い根は数百フィート先まで伸びている。タコの触手のような根は、石の山をしっかりとつかんで押さえつけていた。

スティーブンズとキャザウッドは、精神的にも肉体的にも疲れ果ててしまった。広場の端に腰を下ろして、ついさっき自分たちが見つけたことを理解しようと努めた。こんなモニュメントやピラミッドを作ったのは、いったいどんな人々なのか？　二人は知りたいと思った。それに、どれくらい前に作られたものなのか？　渓谷の住人たちはまったく知らなかった。書かれた記録もないし、どうやら世代から世代へと口づてに伝えられた伝説もなさそうだ。「すべてはミステリー。暗くて不可解なミステリーだ」とスティーブンズは書いている。エジプトでは神殿は砂漠に立っていて、あけっぴろげで何もかもを見せている。だが、ここでは神殿やピラミッドは深いジャングルに埋もれていて、時も歴史も失われている。スティーブンズはこの不可思議なものを、何とかしてとらえようとした。

建築、彫刻、絵画、その他生活を彩る芸術のすべてが、伸び放題の森の中で花開いていた。演説家、戦士、政治家、それに美や野望や名誉などが、ここにはかつて存在し、そして消え去っていった。このすべてが過去に存在したということも、誰一人知らないし、それについて説明できる者もいない。それはわれわれの目の前に、大洋のまっただ中で難破した帆船のようにして横たわっている。マストは失われ、船名もこすれて消えていた。乗組員は死に絶えていて、この船がどこから来たのか、誰の船なのか、どれくらい長い間航海していたのか、そしてなぜ難破してしまったのか、誰一人それを語れる者はいない。

人を圧倒するほどのミステリーだった——が、それにすぐ答えてくれる解答はなさそうだ。スティーブンズとキャザウッドはコパンで、進歩していて一見したところ古代文明と思われる証拠を見つけた。しかし、それだけではない。その証拠は、アメリカのジャングルの真ん中に横たわっている。そしてそれは、このような文明が存在したはずがない、と誰もが思っていた場所だった。

二人はすぐに、自分たちが突きつけられている課題に気づいた——文明の存在を証明するこの証拠は、近辺でただ一つだけということはありえない。ジャングルの中には他にも、彼らの発見を待つ古代集落の遺跡があるにちがいない。そして、遺跡の存在が世間に知られたときには、そのミステリーのすべてが、そしてその語られざる物語が解き明かされるまで、人々の好奇心はけっして満たされることはないだろう。

スティーブンズ

1

一八〇四年、春の終わりの夕暮れ時、フリードリヒ・ハインリヒ・アレクサンダー・フォン・フンボルト（フンボルト男爵）が大統領官邸の玄関に現われた。高名なプロイセンの博物学者はたった今、ワシントンに着いたばかりだった。スペイン語圏のアメリカで五年の間、探検をしてきたあとだったので、その話をするためにトマス・ジェファーソンの所へやってきた。フンボルトはいつもどこかへ急いでいた。彼は極度に活動的でじっとしていられない。アメリカにおける彼の後援者だった画家のチャールズ・ウィルソン・ピールに、フンボルトが言ったことがある。一一歳のときからつねに旅をしていて、一カ所に六カ月以上とどまったことがないと。[1] フィラデルフィアに上陸すると、フンボルトはジェファーソン大統領の招待状をはやる思いで受け取った。ワシントンへ来て、南アメリカで発見したことについて話をしませんか、という誘いだった。当時のコロンビア区は、メリーランドの荒野を切り開いて作られたばかりで、人口もまだまばらで、泥にわだちのあとがついた、ひとけのない通りばかりがたくさんあった。むき出しの丘の上に立つ大統領官邸――一世紀のちにテオドア・ルーズベルトによって、ホワイト・ハウスと名付けられる――は威厳があり、人目を引いた。官邸からは遠くポトマック川を望むことができた。

フンボルトは応接間に通された。訪問は事前に連絡を入れていなかった。見ると、大統領は床の上で孫たちに囲まれている。戸口に立ったフンボルトには気づかず、ジェファーソンは相変わらず子供たちと遊んでいた。ほんのわずかだが気まずい時間が流れた。フンボルトに気がつくと、ジェファーソンはすぐに立ち上がってフンボルトの手を握った。大統領はやせて背が高いので、たくましいが背の低いフンボルトに覆いかぶさるようだ。「男爵、私が道化役をしているのをご覧になったんですね」とジェファーソンが言った。(2)

フンボルトの訪問から二週間が経ったが、その間に二人は仲のいい友だちになっていた。彼らは苦もなく、父親と息子になりえたのだろう。ジェファーソンは六一歳で今なお元気いっぱいだし、フンボルトは三四歳でエネルギーに満ちあふれていた。二人は共通点をたくさん持っている。ともに教養があり博識で、啓蒙主義と理性の時代の子だった。さらに両者は科学者であり、哲学者でもあり、そして植物学者でもある。それぞれが外交の分野と地理学の分野で、大きな成功を収めつつあり、やり方は異なるが、彼らはともに広大な土地を自由に使いこなす達人でもあった。ジェファーソンはちょうど一年前に、ルイジアナ準州をナポレオン・ボナパルトから、一五〇〇万ドルという微々たる金で買い取る偉業をなしとげていた。その結果、たった一回のみごとな交渉で、アメリカの国土を二倍にした。一方フンボルトは貴族の人脈に恵まれていて、五年前にスペイン王を説得し、科学の名の下に、遠大で広範囲な南アメリカ探検を行なう許可を手にすることに成功した。かつて採掘のエキスパートだったという、フンボルトの経歴に期待したマドリッドの宮廷は、とりわけ彼に、植民地の金や銀の資源の調査をしてほしかった——たとえそれが、外国人に南アメリカを公開することになったとしても。[3]

一七九九年六月、フンボルトと助手——フランス人の医師で植物学者のエメ・ボンプラン——はベネズエラへ向けて船出した。携帯したのは木箱に詰めた道具で、すべて世紀の変わり目に作られた最新式の測定器具である。母親が死んで、フンボルトにはかなりの遺産が残されたが、彼はそれを遠征費用にあてた。それから先の数年間、二人は苦難と危険に耐えながら、南アメリカ大陸の内部領域を歩き回った。中にはこれまで一度も探検されたことのない、あるいは記録されたことのない地域もあった。一八〇二年のあるとき、疲れを知らないフンボルトは、標高一万九七〇〇フィートのチンボラソ〔エクアドルの休火山〕に登って世界記録——少なくとも西洋人としての——を樹立した。この火山は当時、世界の最高峰と考えられていた。五年間の遠征の間、二人は赤道付近のジャングルで何千という標本を集め、はかりしれない数の計測を行なった。[4] そしてヨーロッパへ帰る途中で、アメリカに立ち寄る前に、遠征リストにメキシコとキューバを付け加えた。[5]

フンボルトは一九世紀はじめのいわば原型《プロトタイプ》と言ってよい。これまでは探検家がまずやってきて、そのあとに科学者が来た。が、颯爽とした探検家＝科学者が、未知の世界に飛び込むという一般的イメージをより鮮明に形作ったのは、フンボルト以外にはほとんど誰もいない。彼は同時代では、ナポレオンとほぼ同じくらいに有名だった。地球はなお地図に載っていない、未知のままの膨大な地域を抱えている。科学の道具を携え、一見したところ、無尽蔵のエネルギーを持った大胆不敵なフンボルトは、来るべき自然科学の巨人たちにとって、畏怖の念を抱かせる人物となっていった。「まことに彼を、その後次々と登場した、科学的旅行者たちの父と呼んでもいいと思う」とチャールズ・ダーウィンは書いている。ダーウィンは三〇年後、ビーグル号で南アメリカへ旅したときに、フンボルトが書いた旅の報告書を身に携えていた。そして進化論の生物学的な土台を明らかにしたのである。(6)

ジェファーソンと話していると、フンボルトは自分の気持ちを抑えることができず、自分の探検のこまごましたことまで説明した。(7)ジェファーソンもそれを逐一聞き逃すまいとする。このアメリカ大統領は、ルイジアナ買収の法案が議会を通過する前に、すでに、ミズーリー川をさかのぼり、西部の未開の地を横切って太平洋へ達する探検遠征隊の派遣を計画していた。そして、フンボルトがフィラデルフィアに到着するちょうど三週間前、ジェファーソンの命を受けた二人の男がセントルイスを出発した。二人が引き連れていったのは、「発見隊」の名の下に集められた屈強な辺境兵の一隊で、引率する二人とは、アメリカ合衆国陸軍大尉のメリウェザー・ルイスとウィリアム・クラークだった。

フンボルトがヨーロッパに戻ってきて一年以上経った頃、ルイスとクラークはコロンビア川の河口に出て、太平洋に到達した。一八〇五年一一月二八日——二人が冬営地を探していた日付だが——に、ジョン・ロイド・スティーブンズは、ニューヨークの南数十マイルにあった、ニュージャージー州の農業の町シュルーズベリーで生まれた。アメリカで最大級の探検——北アメリカと南アメリカ——によって、到来が記されることになった新しい世紀、その一九世紀に彼は生まれた。しかしスティーブンズや彼の世代が、ルイスやクラーク、それにフンボルトがなしとげた偉業の全貌を知るには、まだ時間がかかった。二人のアメリカ人探検家がセントルイスへ戻ったとき、スティーブンズはまだ一歳だった。が、二人の探検物語が最終的に本の形で出版された頃には、スティーブンズは九歳になっていた。探検から帰ったルイスは、早速報告をまとめるように指示されたが、一八〇九年一〇月に自殺してしまった。そのときにはまだ、報告を公にするスタートさえ切られていない。プロジェクトの再開はクラークに任された。だが、『ルイスとクラークの探検史』がようやく出版されたのは、さらに遅れて一八一四年のことだった。

パリではフンボルトもまた、遅れ遅れになっていた自著の仕上げに奮闘していた。ルイスとクラークの『探検史』が現われた年に、フンボルトの探検を記した著書が、はじめて英語で出版された(8)。苦労しながらまとめた探検の調査結果を、次から次へと公にしたことで、最終的には三〇巻という膨大なものになった。一八三四年に最後の巻が出版されたが、その頃には偉大なプロイセンの学者も、手持ちの財産をすべて、このプロジェクトにつぎ込んでしまっていた(9)。

学生時代から弁護士を開業する頃まで、スティーブンズもまた同時代の人々と同様、この二つの壮大な発見物語とともに成長した。それは彼の世代の精神《エトス》に大きな影響を与えた。二つの本はともにスリルが満点で、読む者を奮い立たせてくれる。若いジョン・スティーブンズが育った所は、探検という少年時代の夢にはまさにうってつけの場所だった。彼の家族がシュルーズベリーを離れて、ニューヨークへ移り住んだのは一八〇六年のことである。ということは、幼いジョンが一歳になる頃にはすでに、船が港を出入りする都市に住んでいたことになる。船は世界のあらゆる場所からやってきた。そしてニューヨークは、地球上のどの場所にも負けないくらい広い世界観を与えてくれた(10)。世界はどんどん狭まりつつあったが、地球の大部分はなお未探検のままに残されていた――そして人々を手招きをしていたのである。

一八〇六年当時、ニューヨークはまだ小さな都市だった。といっても、今日の基準からすると、かなり大きなアメリカの町くらいには相当する。ニューヨークは、長くて狭いマンハッタン島のごく一部を占めていた。七万五〇〇〇人の市民は、島の南端の数平方マイルの土地にひしめき合って暮らした。マンハッタンの大半は農場と森ばかりで、今のハウストン・ストリート（その後、市の北境となる）の北にあった牧草地や丘では、当時まだ狩りをすることができた。人口はフィラデルフィアの方が多かったが、ニューヨークの人口は二〇年毎に倍増した。古い町の狭い道路沿いには、当初、オランダ人の切妻屋根の家が立っていたが、徐々に流行の先端を行くフェデラル様式の家――二階か三階建てのれんが作りの建物――に変わっていった。近くの沼も埋め立てられ、道路は小さな丸石で舗装された。が、ブタは相変わらずあたり一帯を走りまわっていた。

ニューヨークは合衆国の最初の首都だったことで、他の都市とは一線を画している。だが、政府はやがてフィラデルフィアに移動し、その間に、新しいワシントンDCを、メリーランド州ポトマック川のほとりに造成する計画が進行していた。一七八九年に、ジョージ・ワシントンが合衆国大統領に就任して、さらに二〇年が経過すると、ニューヨークもいちだんと大きさを増してくる。ジョン・スティーブンズの就学前に、巨大な市庁舎が建設されはじめた。正面にはマサチューセッツ州の白い大理石が使われ、それがきらびやかにチカチカと光り、まるで砂糖菓子のようだった。またニューヨークの最北端の地区（コモンズとして知られている）には公園が作られた。市庁舎は完成するまでに九年の歳月を要し、一八一二年に竣工する頃には、建築費用の合計は五〇万ドルという途方もない額になっていた（当初立てた予算の二倍だ）。[11]

第二のそして、市の野望を示すさらに大きな兆候は、一八〇七年に設置の取り決めがされた特別委員会に見られる。この委員会の任務は、市の秩序ある発展を立案することで、具体的にはマンハッタン島の北部の開発計画を進めることだ。が、これは先見の明のある決議だった。市の測量技師たちが一八一一年になってようやく計画を提示すると、ニューヨークの将来のレイアウトが決定した。確定した《セット・イン・ストーン》――文字通りそれは石に刻まれた（あらゆる場所が標石によって示された）。[12] 地図上では、厳密な八マイル間隔のグリッド状に、長い平行の横線と短い垂線の街路が、ほとんど未開拓の島にも引かれた。この街路システムは今日でも実施されている。[13] だが、計画は土地投機の狂乱状態を引き起こした。そしてそれは市が速い速度で北へ広がり、一〇〇年足らずの内に島全体が開発され尽くすまで続いた。

スティーブンズの生涯における最初の数年間は、ニューヨークがまだ好況の時代だった。父のベンジャミン・スティーブンズのような、何百人もの新しい商人がニューヨークへやってきた。ヨーロッパで起きたナポレオン戦争が、合衆国の輸出品に対する巨大な需要を生み出した。おもな輸出品は、肉、穀物、革製品、木材など。一七九〇年から一八〇六年までに、ニューヨークの波止場から積み出された輸出品の額は以前の一〇倍に増えた。[14] 同じように、輸入されたヨーロッパの製品が、大量にニューヨークへ流れ込んできた。

ベンジャミン・スティーブンズは一七九六年には早くも、シュルーズベリーとニューヨークの間を行き来して、商売をはじめていたようだ。[15] 一八〇六年頃には、グリニッジ・ストリートの南にあった建物で仕事をしている。当時は誰もが当然と考えていたが、ベンジャミンもこの仕事を一生続けようと思っていた。彼の増え続ける家族――子供が五人――は建物の二階に住んでいた。グリニッジ・ストリートは数年前に舗装されていて、通りには上流階級の人々の住宅がならんでいる。通りは南端がバッテリーで終わっていて、そこはジョンと兄弟姉妹たちの遊び場になっていた。バッテリーはほとんどが、埋め立てられてできた大きな空き地で、もともとはオランダ人やイギリス人によって、町を守るために設置された要塞だった。港が一望でき、スティーブンズの家族がニューヨークにやってきた頃は、楡の木が立ちならぶ人気のある散歩道になっていた。

しかし、フランスとの戦争中、アメリカの水兵たちをイギリス海軍に徴用しようとする政策が、イギリスで打ち出されると、一気に緊張が高まった。そして合衆国は、イギリスとの紛争に備えて、新たな防衛策を導入する必要に迫られた。しかし、散歩道に大砲をならべる代わりに軍部は、一八〇八年、沖合で海から露出した岩盤の上に、砂岩を使って円形の砦を建設しはじめた。砦には二八門の大砲が備え付けられ、バッテリーとは二〇〇フィートの木橋でつながれた。子供の頃、ジョン・スティーブンズはバッテリーから、砦ができあがっていく様子や、定期的に行なわれる大砲のテストを、目を丸くしながら見つめていた。

スティーブンズの世界は幼い頃から、ほぼ完全に水に囲まれている。帆船のマストや円材《スパー》は、密集した森林のように、ほとんどすべての通りの端を満たしていた。彼にとって前庭は、公園のようなバッテリーだけではない。ブロードウェイの南端に位置するボウリング・グリーンを囲む、赤れんがで舗装された歩道もそうだった。スティーブンズと少年時代の友だちは、芝生の近くで野球をした。そしてボールを失くしては、それを探しに鉄柵をよじ上った。[16] 夏になると彼らは、バッテリーの沖合に出て、透き通った水の中で泳いだり、木橋から砦のあたりで魚釣りをした。

好況は長くは続かなかった。ベンジャミン・スティーブンズが家族を連れて、ニューヨークへやってくると、経済的な見通しは確かだと思っていた彼の商売がすぐに破綻する。一八〇七年の後半に、ジェファーソン大統領は全面的な通商禁止令を出した。それはアメリカの中立と、海上におけるアメリカ水兵の権利に配慮するよう、イギリスとフランスに要請するためだった。しかし、この輸出入の禁止令は途方もない大失敗を招いた。[17] それは国を、とりわけニューヨークを不況へと追い込んだ。何千の人々が職を失い、事業は破産に瀕した。

スティーブンズの家族がどのようにして、この不況を乗り越えたのか、それを示す記録は残されていない。だが、となりの田舎じみたニュージャージー州へ一歩足を踏み入れてみると、家族の信頼に足る痕跡を見つけることができる。と言っても、書類と約束手形が残っていて、そこから次のような事実が推測されるだけだ。通商停止が解除された直後の数年に、「スティーブンズ&リッピンコット」と名乗る会社が、相当量の商取引をして不況を乗り切っている。[18] だが、一八一二年六月に戦争が勃発すると、イギリスが港を封鎖したことで、ふたたびニューヨークはそれに屈服せざるをえなかった。

戦闘がはじまったとき、スティーブンズは七歳だった。彼の小学校教育はボイルという教師の管理の下に置かれた。イギリスが侵攻してくることへの脅威が重くのしかかっていたために、学業はおそらく注意散漫にならざるをえなかっただろう。これは疑う余地がない。一八一四年頃には、危険がますます身近に迫ってきて、それがニューヨークの人々を、気が狂ったように防備へと向かわせた。イギリス軍が、カナダからハドソン川へ攻撃を仕掛けてくることを予想して、志願兵たちは塹壕を掘った。そして、アッパー・マンハッタンを横切り、ブルックリンを通り抜けるように胸壁を築いた。何千人もの民兵がニューヨークに結集した。周辺の要塞では、砲兵部隊がたえず大砲を撃ってテストをしている。[19] 九歳のスティーブンズにとってそれは、気がかりではあるが、スリル満点でぞくぞくする時間だった。しかし、ニューヨークが攻撃されることは一度もなかった。その代わりにイギリス軍は、ワシントンを焼いて、ニューオーリンズに上陸した。一八一五年に平和条約が締結されると、ニューヨークの財運はふたたび上昇した。

ベンジャミン・スティーブンズの商売も繁盛しはじめた。お茶、絹、漆塗りの箱などの積み荷が、海路で中国から運ばれてきた。一八一六年には、高価な中国の食器がひとそろい、リバプールからスティーブンズ夫人のもとへ、さらに高価なキャメルのショールといっしょに届いた[20]。そして、好景気が戻ってきたのと同時に、家族は一連の手ひどい個人的な損失を被ることになる。一八一七年初頭に、ジョンの祖父である判事のジョン・ロイドが死んだ。その五カ月後には、続いてジョンの母親のクレメンスが亡くなった。一一歳のジョンにとって、母の死は大きな打撃だったにちがいない。そしてそれがジョンを、とりわけ父親の近くに引きつける一因になったようだ。彼は生涯を通じて、深く父親を慕うことになる。

クレメンス・スティーブンズが死んだ頃には、夫のベンジャミン・スティーブンズも息子の将来について、すでに意欲的な計画を立てていた。ジョンはジョセフ・ネルソンの学校の最終学年に通っていた。ネルソンは盲目の古典学者だった。のちに彼は、すぐれた言語学の教授となり、ラトガース大学で教鞭を取った。ネルソンに教えを乞うたのは、父親の計算ずくの選択だったかもしれない。スティーブンズが目指していたのは、近くのコロンビア・カレッジに入学することだったが、カレッジが志願者に要求するのは、ラテン語とギリシア語を熟知していることだけではない。入学するためには、カエサルの『ガリア戦記』、キケロの弁論集、ウェルギリウス、リウィウス、ホメロスなどの著作、それに「ルカによる福音書」「ヨハネによる福音書」「使徒言行録」などに精通していること、さらには、算数や代数の法則、現代地理学などが自由に使えることをはっきりと示さなくてはならない。ネルソンの学校では一週間のうち六日間は、過酷な宿題が生徒に課される。それも宿題が免除されるのは、毎年わずかに数週間だけである。スティーブンズには戦争の不安や、母親の死のトラウマがあった。が、にもかかわらず、彼はとりわけ聡明で勤勉な生徒だった。一八一八年、スティーブンズは入学試験をパスして、ぶじにコロンビア・カレッジへ入学することができた。彼はそのときまだ一三歳で、これはコロンビア・カレッジ史上、もっとも若い新入生だった。

　カレッジは当時、スティーブンズの家からほんの少し歩いたパーク・プレースに立つ、れんがと飾りしっくいでできた建物の中にあった。六五年前にイギリス国王の勅許を受けて、キングズ・カレッジとして創建された。卒業生の中には、のちに合衆国の初代財務長官になったアレクサンダー・ハミルトンや、最高裁判所の初代裁判長になったジョン・ジェイ、さらにはアメリカ独立宣言の起草に携わったロバート・リビングストンなどがいる。革命戦争の期間中、カレッジは閉鎖されたが、戦後、コロンビア大学として再開された。

　コロンビア・カレッジは実務家を輩出することで知られていた。そのほとんどは地元のニューヨーク人で、卒業後はビジネスの世界、法曹界、政界などに進む。学部にはすぐれた教師がいるが、ハーバード大やイェール大ほどではない。が、一人だけ例外的に突出した教授がいた。チャールズ・アンソンその人だ。彼自身、このカレッジの卒業生で、一八二〇年に雇われて、ギリシア語とラテン語を教えることになった。二三歳のときである。若くて聡明だったアンソンは、スティーブンズに大きな影響を与えた。カレッジで教えていた間に、古典についていくつか書物を著して公にした。するとそれが、ケンブリッジやオックスフォードのような遠くの大学でも、標準的な教科書として使われるようになった。「この紳士は、国内では健全な学問のために、また海外では、われわれの古典学の高い評価のために、他の誰よりも多くのことをなしとげた」とエドガー・アラン・ポーが一八三七年に書いている[21]。のちにギリシアやトルコを旅したスティーブンズは、異国の歴史や文学について自信をもって書くようになったが、そのときに彼は、アンソンと過ごした日々を思い出し、深く感謝している。

カレッジ時代は、スティーブンズの社交好きな一面が目いっぱい発揮された時期だった。生活のすべてにおいて、ほとんど過度とも思えるほど社交的な彼は、クラスメートの間で一躍人気者になった。(22)大学の文学会でも二つのグループに参加した。これは二つの文学会がライバル同士だったので、ふつうでは考えられないことだ。文学会がもっぱら熱心に行なったのは、演説とディベートである。スティーブンズはしばしば、最高の演説者として選出された。(23)彼は聡明だったが、概してゆったりとした性格の学生だったので、四年間で修得しなければならないカレッジの厳しいプログラムも、あくせくせずにこつこつと順番にこなしていった。プログラムに掲げられた科目は古典学、修辞学、文学、数学、地理学、古代遺物、英文学、作文、批評、歴史、微分積分学、化学、天文学、哲学、政治経済学などである。

大学の過程を終えたスティーブンズは、すでにニューヨークシティでは教養あるエリートだった。(24)一八二二年の時点で、カレッジが送り出した卒業生はわずかに二三名。スティーブンズはその中で四番目に位置していた。これは一六歳という、異常なまでに若い年齢を考えてみると、非常に意味のある成果だ。彼が上級のクラスで行なった演説の題目は「想像や感情に影響を及ぼすものとしての、東洋や古代ギリシア・ローマの迷信について」だったが、これは彼の将来を窺い知る、何らかの手掛りを与えてくれる。(25)年間八〇ドルというカレッジの授業料は、父親が負担してくれた。かなりの金額だったが、これも手広く広げていた商売の利益の予算内で、簡単にまかなうことができた。だが、徐々にそれだけではまかない切れず、やがては不動産まで予算に組み入れざるをえなくなる。

カレッジで学んだものは、極言するとチャールズ・アンソンだけで、あとには何もなかった。しかし、時代の風潮は何をおいても実際的だったし、ニューヨークがまたとびきり現実的な町だった。スティーブンズの父親は、ジョンを法律の世界に入れることに決めていた。そんなわけで、卒業するとすぐにジョンは、ダニエル・ロードの法律事務所で見習いをはじめる。ロードはイェール大学を卒業した二六歳の若者で、事務所を立ち上げて、仕事をはじめたばかりだった。彼は大学を卒業後、コネティカット州のリッチフィールドにあったロー・スクールで勉強したという。この話がスティーブンズにひらめきを与え、次の行動へと彼を導くことになる。ジョンは事務所のスタッフとして働いたが、一年も経たない一八二三年六月には、すでにリッチフィールドへ向かう途上にいた。リッチフィールド・ロー・スクールへ入学するためだった。

リッチフィールドは、コネティカット州西部の緑の丘にある、少し取り澄ました田舎の町である。白い柵で囲った小ぎれいな家々がならび、ニューヨークと似たところは何一つない。だが、駅馬車でやってきた一七歳のスティーブンズは、この町に魅了される。リッチフィールド・ロー・スクールは、合衆国ではじめて作られた全日制の法科大学院だった。当時、法教育はそのほとんどが、法律家の事務所で見習いをすることで行なわれていた。が、リッチフィールド・ロー・スクールは、法の原則と実習に関する講座を体系的に教える学校として、一七八四年に設立された。アーロン・バー・ジュニアがはじめての学生で、彼はのちにアメリカ合衆国の副大統領を務めた。決闘によって、アレクサンダー・ハミルトンを殺したことで悪名が高い。この学生を個人的に指導したのが、彼の義理の兄弟で、ロー・スクールの創建者でもあったタッピング・リーヴである。すべての州から一一〇〇人を越える若者たちが、馬の背に揺られながら、あるいは馬車に乗って、やっとのことで、この美しい隔離されたリッチフィールドへたどり着いた。スティーブンズのクラスだけでも、四四人いた中で七人のクラスメートが連邦議会議員になり、クラスの三分の一の学生が、州最高裁判所の裁判官か立法者になった。立法者の中には、南北戦争の開始にあたって、南部諸州のために分離法案を起草したジョージア人もいた。

学生たちはワンルームの木造家屋で授業を受けた。建物はタッピング・リーヴの家の庭に建てられていた。日々の講義は詳細にメモを取らなければならず、模擬法廷では毎週、学生たちによって訴訟が提起される。スティーブンズにとって、これは胸の痛むつらい経験だった。はじめて家から離れて、しかもふたたびクラスで最年少となった彼は、たちまち、深刻なホームシックに罹ってしまった。父親や兄弟姉妹には、手紙を書いてくれるか、リッチフィールドまで来てほしいと頼んだ。家族に会いたくてたまらなかったし、ニューヨークの新聞も懐かしかった——「来るときには新聞を持ってきてください」。その一方で彼は、リッチフィールドのどこまでも広がる、のどかな田園地帯にひどく心を奪われた。そのために、ニューヨークの煤や汚れた空気、それに大混乱に、はたしてまた耐えることができるのだろうかと不安に思った。彼は父親に手紙を書いた——「私はもうたくさんの遺産など欲しくありません。遺産というのなら、誰か知らない友だちが遺言で、ニューヨーク近辺の小さな土地を譲ってくれるとありがたい。すてきな家が建てられるような、一五〇エーカーほどの土地が確保できれば御の字です」[26]。

年が明けるとスティーブンズは、一週の内の六日間、早朝の四時半に起床して勉強をスタートすることにした。コロンビア・カレッジでは「みんなが勉強を怠けるのを少し誇りに思っていて、それをことさら見せびらかしたりした。だがここでは、『勤勉な学生』が最良と考えられている」とスティーブンズは書いている。彼は相変わらず親しみやすく、交際好きだった。学友の部屋でおしゃべりを楽しんだり、地元のダンスパーティーにも参加した。元旦でさえ、講義を聞くことに費やされたが、夜はダンスパーティーに出かけた。そして父親に手紙を書いている。入学したときには一人も女性を知らなかったが、「まもなく、クラスの美人とはことごとく知り合いになれました」。

日曜日ごとに、彼は米国聖公会の礼拝に行った。そして、そのあとで必ず家に手紙を書いた。父親に宛てた手紙にはいつも、フルネームでサインをした（これは生涯変わらなかった）――「親愛なる息子のジョン・L・スティーブンズより」。彼の手紙は親しさに満ちた私的なものだった。だが、後年彼が書いた書物や書簡には、どこを開いても、彼を直接とらえうるようなものは何一つないし、私的な手紙のように気取りのない、はっきりとしたポートレートもそこにはない。手紙には妹たちに対する愛情も、はっきりと現われていた。彼女たちの学校教育や健康のことをさかんに気づかっている。また家政婦のマッデンが、最近去っていったことについても言及していた。マッデンは六年前にクレメンスが亡くなったあと、みんなが母親代わりに頼っていた女性のようだ。父親が訪ねてこれなくなったときには、スティーブンズもひどく悲しんだ。また、兄のベンジャミンが不意に訪ねてきたときは、あとで少し後悔をしたと言っている。「私は授業を受け、メモを取り続けなくてはならない。十分に彼の話を聞いてあげられなかった。彼もまたおそらく、そう感じていただろう」。そしてスティーブンズが、非常に心を悩ませていたのが自分の筆跡だった。誰もがみんな、彼の字が判読できないと言う。家族に出す手紙で、彼はいろいろな書体を試してみた。中にはほとんど文字が水平になるものもあった。これはふだん書く文字より悪くないとはいえ、やはり同じように読みにくかった。「筆跡を変えるという、一見取るに足りないことがいかに難しいか、こんなことは誰にも想像できない」とスティーブンズは説明する。「私は自分の指にそれをしてくれと頼むのだが、なかなか指はそうしてくれない」。

彼の手紙から窺い知ることのできるもっとも大きな秘密は、一七歳にして彼が言語（ギリシア語やラテン語）をマスターしていたことだ。これは来るべきものを暗示しているし、弁護士になることに、すでに強いためらいを見せている証拠でもある。ためらいは彼の比較的短い、法律家としてのキャリアを通して、つねに悩ませ続けた感情でもあった。法律はたしかに、社会的地位のある職業を彼に与えてくれる。だがそれだけではない。法律はまた彼に、経済的にも安定した生活を保証してくれる、とスティーブンズは言う。しかし、父親がお金のことを言ってきたときには、彼も懐疑的な気持ちになった。それはもし彼が、ニューヨークの法律事務所に戻ってきたら支払うつもりがあるという、ダニエル・ロードが父に示した給料の額だ。「まちがっていなければ、六、七年弁護士の業務をしたあとで、ロードが自分に支払える額は、当初ロードが示した金額より、いくらか多いかもしれない。が、いずれにしてもそれはごくわずかなものだ」とスティーブンズは書いている。さらに加えて、次のようなことを言う。今では弁護士業をはじめようとする者の数は多く、それは顧客の数を上まわっていると聞いている。結局のところスティーブンズは、おそらく自分はこの商売で生計を立てることになるだろう、と自ら認めていた。だが、たとえ弁護士の仕事をしていても、そこにはこんな連中もいるにはいる——「頭の回転が鈍く、愚かで、ろくにものを知らない者が、やたらに商売が繁盛して、やがては贅沢な暮らしをするようになる……だが、成功を願うこと自体が腹立たしい。それは、とんでもないばか者たちが……することだからだ」。

ホームシック、彼の若い年齢、激しい勉学の重みなどが、これまで通りにロー・スクールで学業を続けていいのだろうか、というためらいの一因になったことは疑いようがない。だが、そこにはまた、自分ではすでにあきらめたと思っていたのに、なお心中に長く残って消えずいた、若々しい文学の夢があった。「弁護士という職業には、自分の心を甘やかせて、空想にふけることを許すような理想郷はありません」とスティーブンズは父親に語っている。「事実、不変の事実が、あまりにもまともに彼を見つめるために、もっと長い間、創造世界をさまよい続けるべきではないのか、と思い悩むことすらできません。それも、けっして実現されることのない希望……、幻想の骨組みをその上に築くことのできる、ささやかな土台を彼に示してくれる希望、そんな希望を抱きながら放浪し続ける創造の世界です」。

しかし、問題の解決は彼の手から離れていた。ロー・スクールにやってきて、すでに数カ月が過ぎている。彼の懸念を払拭するには十分に長い期間だと彼自身も考えていた。学問を続けるべきかどうか、その最終的な決断は父親に任されることになった。「私はあなたの意見に従うことを約束します」と書いた。そして、父親から、スティーブンズにはロー・スクールを終えて、ロードのもとに見習いとして入ってほしい、という返事が返ってくると、彼は一も二もなくこれを受け入れた。不安や落ち着かない気持ちが消えた彼は、一八二三年一一月三〇日付の手紙で結論を出した。「私は今、一八歳になって二日が過ぎました。法律で生きていくことをしっかりと考える期間としては、まだ三年の歳月があります」。

これからのちのスティーブンズは、自分のことを自らさらけ出すことはけっしてなかった。将来も、たくさんの手紙を書くことになるが、素顔のスティーブンズが見られるのは、ほんの一瞬だけだ。だが、彼が書いた本となると、内面はほとんど現われることがない。また、手紙と著作を合わせると、全部で一〇〇〇ページにもなるが、たとえばその中で、恋愛関係の意味ありげなヒントになるような言葉は一つとしてない。ミステリアスで、知られるところの少なかったシェイクスピアでさえ、謎めいた詩の中で、恋愛について多くのことを語っている。もちろん、スティーブンズの著作を読む読者が、彼に対して抱く印象は、非常に特徴のあるものだったにちがいないし、それはしばしば、人懐っこさと片苦しさが同時に感じられるようなものだったろう。が、彼の本当の性格や心情をもっともよくとらえていたのは、コネティカット州で書かれた一束の手紙だ。父親は息子からきた手紙の大半を大事に保存していた。父親もまた手紙の中に、胸を打つものを感じ取っていたにちがいない。

スティーブンズの手紙にはまた、文章上で二つのものが悪戦苦闘している様子が窺える。それは、おおらかで魅力的な文体――このおおらかさによって、彼はのちに有名になる――と、あまりにも学問的な、ラテン語やギリシア語の手に負えない構文の二つだ。末の妹クレメンスの手紙に対する返事で、スティーブンズは妹の書きっぷりを褒めている。とくに「最高に」とか「ぼうぼうと燃える火」とか「ボンバジン生地のフロック・コート」のような言葉の使い方や、彼女の気取らない、すがすがしい文体がいいと言う。「すべてがとても自然な感じだ」と彼は書いた。彼女は「自分が言葉に出して言ったことを、そのまま紙に書いている」。

*

法曹界におけるスティーブンズのキャリアは断続的なものだった。一八二四年の夏に、リッチフィールドで勉学を終えた彼は、わずか五年間だが、結局は法律で身を立てることになる。短い期間だったが、このトレーニングのおかげで彼の精神は覚醒し、のちの仕事に大いに役立った。しかし、ニューヨークで事務所の見習いを再開する前でさえ、彼は一時、この世界から逃げ出している――これは将来を暗示する兆候だった。ホームシックはすでに弱まっていた。スティーブンズと従兄弟のチャールズ・ヘンドリクソンは、家族がなかなか承諾しなかったが、二人してイリノイ準州へ、長い「小旅行」に出かけた。表向きはおばのヘレナ・リッジウェイを訪ねることだった。ヘレナは祖父ジョン・ロイド判事の五人いる娘の一人だ。当時は多くのアメリカ人がしたことだが、彼女も夫のカレブ・リッジウェイといっしょに、生活の新天地を求めて西部へ移り住んだ。そして、イリノイの小さな高原町カーマイに落ち着いた。旅行熱に浮かされた十代後半の二人にとって、イリノイへの旅は魅力的で、この機会を見逃すことなどとてもできなかった。

最初に行ったのはピッツバークで、そのあとキールボートでオハイオ川を下りシンシナティに出た。そこで二人は、ワンルームの丸太小屋《ログキャビン》に住むロイドの従兄弟を訪ね、そこからカーマイへ向かって旅をした。カーマイは「ワイルド・ウェスト」〔一九世紀開拓時代のアメリカ西部地方〕の縁の縁に位置している。二人は素朴な作りの農家や、コネストーガ幌馬車〔西部開拓者が移住用に使用した大型の幌馬車〕のそばを通り過ぎ、道中ではインディアンにも遭遇した。ヘンドリクソンによると——彼は旅の様子を母親へ出した手紙の中で書いている——、リッジウェイ夫妻は、厳しいフロンティアの生活を送っていたという。スティーブンズの手紙はたとえ書いたとしても、すでに消失していて残っていない。ヘンドリクソンの手紙では、カレブおじは、彼が家族の靴を作っているという記述に要約されていた。ヘンドリクソンは到着後の様子を報告し、これからやってくる冬に、また二〇人の学生たちといっしょに、ロー・スクールで勉学をはじめるつもりだと語っている。「カレブおじさんに、こんな勉強をやれといっても、それはかなりきついに決まってますよ」と彼は書いていた。(27)

旅行は二カ月以上にわたったが、ヘンドリクソンは、あまりに長くイリノイにいたために、急いで故郷への帰らなくてはならなくなったことを認めている。もっとも簡単な方法は平底船でミシシッピー川を下り、それから船でニューヨークへ向かうことだ。ヘンドリクソンの母親は手紙で、どうかニューオーリンズは避けて通るようにと頼んでいる。黄熱病が蔓延していると言うのだ。しかし、ヘンドリクソンは、気候が涼しくなっているので、流行も下火になったにちがいないと言って母親を安心させた。カーマイを出発した従兄弟同士は、人口の希薄なショーニー族インディアンの地方を通り抜けて旅をし、一夜、森の中でキャンプを張った。銃はいつでも撃てるように取り出していた。二人は一二月のはじめにミシシッピー川を下って、一八二五年の初頭にニューヨークに着いた。

スティーブンズはロードの法律事務所に続いて、ジョージ・W・ストロングの事務所で見習いをはじめた。ストロングのもとで二年間働いたのち、オールバニーへ旅して、ようやくそこで弁護士の認可を得た。その後の七年間、彼はニューヨークで弁護士稼業をしたが、その間のくわしい生活ぶりを知る手掛かりは、まったく記録にない。短い期間だが地元の市民軍に参加した――当時、若者の間ではごくふつうのことだった――と彼は述べている。そして地元の党派政治にも深入りするようになる。だが、彼の法曹界におけるキャリアについては、なお不可解なままだ。どんな裁判で弁護を担当していたのかさえ、それを示す書類が存在しない――刑事裁判だったのか、民事裁判だったのか、あるいはその両方だったのか。この時期の生活を説明する唯一の報告は、フランシス・リスター・ホークス師の書いた死亡記事で、それはスティーブンズが死んだ直後に『ニューヨーク・マガジン』誌に掲載された。ホークスによると、スティーブンズは「自分の職業を追求することに、それほど強い情熱や熱意をけっして感じていなかったし、それを示してもいなかった」という。一番彼が興味を持っていたのは政治で、タマニー・ホール〔一七九〇年代から一九六〇年代にかけて存在した、アメリカ民主党の関連機関〕

でしばしば演説をしていた、とホークスは書いている。コロンビアやリッチフィールドで慎重に磨きをかけたディベートの腕前を、彼が演説の場で見せていたことは疑いのないところだ。

タマニーは強力な政治組織で、アンドリュー・ジャクソンを大統領にするために、全面的な協力を惜しまなかった。組織の中でスティーブンズが、どんな役割を果たしていたのかは分からない。が、彼は献身的なジャクソン流の民主主義者だった。演説もおそらく、ジャクソンへの支持を明確に打ち出したものだったにちがいない。スティーブンズは貿易の独占に反対し、自由貿易を支持する演説を情熱的に行なった、とホークスは記している。「彼は心のままを素直に語った」とホークス。「立ち居振る舞いもひたむきで、彼が自分で感じたことをそのまま話している姿を、演説に耳を傾けた者は誰もが、じかに目で確かめることができた」(28)。

そして一八三四年、スティーブンズの生活は急転回をすることになる。奇妙なめぐり合わせだが、政治生活や弁護士生活にとって、なくてはならない体の器官が故障した。喉のひどい感染症に罹ってしまったのである。この病が彼の人生の進路を変えた。

2

スティーブンズはこの年（一八三四年）に、郵便船シャルルマーニュ号でフランスのルアーブルに到着している。二八歳になっていた。弁護士業や、とりわけ厳しかった政治の年をあとにして、ニューヨークを出発した。第二合衆国銀行を事実上閉鎖する、と約束していた大統領のアンドリュー・ジャクソンは、前の年にその約束を実行した。それがきっかけとなり、一八三四年春のニューヨーク市長選は激しい選挙運動が展開された。選挙中に、親ジャクソン派と親銀行派の間で暴動が起きた。そして夏には、廃止論者に反対する暴動がそれに続いた。騒ぎにともなっていたのは、最近解放されたばかりのアフリカ系アメリカ人に対する醜い攻撃だった。一連の事件で、スティーブンズが演じた役割の記録はまったくない。が、おそらく、タマニー・ホールとのつながりを通して、この党派争いに巻き込まれていたにちがいない。

夏の終わりに喉の感染症がひどくなり、医者にかからざるをえなくなった。医者からは、ニューヨークを離れた方がいいと言われた。ニューヨークはもともと空気が悪いことで有名だが、冬場はとくに火や煙でさらに悪くなる。おそらく医者は、地中海のさわやかな空気が体によいと勧めたのだろう。これは喉や肺の疾患の典型的な対処法だった——それができる人々にとっては。スティーブンズはすぐに医者の提案に従った。

ルアーブルからパリへ移動した。そしてローマへ。一八三五年の二月、彼はアドリア海を渡ってギリシアへ向かった。コロンビア・カレッジでは、チャールズ・アンソンの指導の下で彼は古典を学んだ。そのときには、単に言葉とイメージでしかなかったものが、今、目の前に石の形で横たわっている。ゆっくり保養をして体を休めるようにと医者に言われたが、とてもそんなことはしていられない。スティーブンズはコリントスのアクロポリスへ上り、雪を戴いたパルナッソス山を眺めたり、ミケーネでは獅子門やアガメムノンの墓を訪ねた。また、マラトンの原野で倒れた、ギリシア人たちのなきがらが葬られている墳墓へ、ヘロドトスの本を片手によじ上った。そこで一人座りながら、紀元前四九〇年にペルシア人と、あまりに劣勢すぎるギリシア人との間で戦われた、壮大な戦闘のくだりを読んだ。(29)

アテネは一〇年前に、ギリシアがトルコ（オスマン帝国）に対して起こした暴動の余波で、今なお瓦礫の中にあった。スティーブンズはアテネでは、何度も名高いアクロポリスを訪れた。「孤独、沈黙、日没は感傷の苗床だ」と、この最後の訪問地について彼は書いている。「パルテノン神殿の壊れた柱頭に腰を下ろした。フクロウがすでに遺跡の中をせわしなく飛んでいる」。破壊された町を見下ろしている内に、彼の中で、感傷がやがて生粋のニューヨーカーへと移行していく。

私は心の中で「アテネではたくさんのことが起こるぞ」と叫んだ。国は美しいし、気候はすばらしい。政府は回復し、汽船は走り、世界中のものがやってくる。そしてたくさんのことが起こるにちがいない。私は（想像の上で）耕作の可能な土地を買った。そして通りを作って、その土地を設計した。プラトン、ホメロス、ワシントン広場、それにジャクソン・アベニュー。そして誰も住む者のいない近隣を整地して家々を建てた。リトグラフの地図を手に入れては、それをオークションで安く売り払った。私はこの一連の計画に「参加する」のに最適の状況にいた。もはや失うものなど何一つないからだ。だが、残念なことにギリシア人は今の時代の精神にかなり遅れを取っていた。信用制度という美しいシステムも知らないし、彼らの聖なる土地を「通常条件の」頭金一割で処分することもできない。それに保証人と担保でバランスを取ることもできない。これでは想像上の計画も諦めざるをえなかった。そして夕暮れが迫る頃、私はアクロポリスの遺跡へ別れを告げて、夕食を取るためにホテルへ戻った。(30)

喉の疾患がどれほど深刻だったとしても、スティーブンズは旅行をすることでふたたび元気を取り戻した。イタリアとギリシアが旅の終着点だったが、今はエーゲ海が手招きをしている。ちょうどそんなとき、トルコの海岸へ向かうブリッグを見つけた。ふと思い付くと、彼は思わずそれに飛び乗った。スミュルナ（今日のイズミル）へ旅をするのははじめてだった。馬の背に乗って南へ、エフェソスの古代遺跡へと向かった。そこで目にしたものはすべて彼のノートに記されている。だが、旅の記述が終わるのは、故郷の友だちに出した長い手紙の中だった。この手紙に目を止めたのが、ニューヨークの『アメリカン・マンスリー・マガジン』の編集者チャールズ・フェノー・ホフマンである。ホフマンは手紙を四回に分けて雑誌に載せた。のちにスティーブンズは、このような刊行物が彼の人生に与えた衝撃を認めている。「それが好評だったことで」と彼は書く。「私は自分でも、本を書いてみようという気になった」。(31) 手紙が作家を創造したことになるが、それはまた結果として、法曹界におけるスティーブンズの経歴を終わらせた。

以後、彼の書く技術は徐々にではあるが、その腕前を上げていく。が、しかし、手紙の文体はなお、学校時代やおそらくはタマニー・ホールで演説をしていた頃のけばけばしさを残していた。彼のスピーチはおそらく、その頃の演説に共通する美辞麗句に満ちていたにちがいない。たとえば、以前、ギリシアをあとにしようとしたとき、彼はアテネのもっとも偉大な英雄の一人テミストクレスの墓を訪れた。「二〇〇〇年以上もの間」とスティーブンズは書いている。「波が彼の墓をほとんど洗い流した――彼の上を太陽が照りつけ、風はヒューヒューと唸って吹きつける。おそらく彼の霊魂は風の溜め息や水のつぶやきと入り交じり、長い間、捕われの身となった同胞たちの身の上を嘆いているのだろう。また、その霊魂は近年の自由への戦いでも、同胞とともにいたにちがいない――戦いの中でも風の中でも、同胞のまわりをうろついていたのだろう。そして今は、自由を取り戻した愛する祖国を守るために、ここでたたずみ見張りをしている」[32]。これは当時の文体だが、それをスティーブンズは変えようとしていた。わずかひと晩でというわけにはいかないが、大げさな詩学は徐々に消え失せていき、スティーブンズの言葉は贅肉をそぎ落として、引き締まったものになる。そして最終的には、新鮮な会話調の文体を手に入れることになり、これによって彼の文名は上がっていった。

アテネのアクロポリス［*Incident of Travel in Greece, Turkey, Russia, and Poland*］

スティーブンズは汽船でコンスタンティノープル（今日のイスタンブール）へ向かった。「さあ、いっしょに競争をしないか」と、まだ見ぬ読者へ呼びかけている。「時速八マイルから一〇マイルで歩いても、破裂しない心臓の持ち主なら、これ以上有名な所はないと言われるほど古典的な場所へ、励ましながら君たちを連れていこう……」[33]。トロイアの遺跡はこの時点ではまだ発見されていない。だが、スティーブンズは遺跡が、古代のヘレスポントス（ダーダネルス海峡）の南、トルコの海岸沿いに広がる平原のどこかに埋もれていることを知っていた。彼が乗った船が海岸に沿って走っていると、ホメロスの詩句が頭の中で響き渡る。ヘレネとパリス、大アイアスとアキレウスの物語だ。遠くにテネドス島が見えてくると、スティーブンズは興奮でわくわくした。この島の背後で、ギリシア人たちは彼らの軍船を撤退させた。それもトロイア勢への贈り物に巨大な木馬を残し、トロイアの包囲を断念するふりをして軍を引き揚げたのである。

マルマラ海からコンスタンティノープルへ近づくと、スティーブンズはモスクやミナレット（尖塔）の上で「きらきらと輝く三日月や金色の先端部」に目がくらんだ。船はイェディクレ（七つの塔）要塞や後宮の壁をまわって、ゴールデン・ホーン（金角湾）に入った。湾の岸辺には階段状の庭があり、東洋風な宮殿が立ちならぶ。スティーブンズの記述は、この都市の不可思議な側面を数多くとらえている。汚物や疫病、聖ソフィア大聖堂の美しいドーム、スルタン・アフメトのモスク、古代ビザンティウムの壁や門など。彼は奴隷市場を訪ねたり、スルタン・マフムト二世が発注した巨大な船の進水式も目撃している。この式には、オスマン帝国の最高権力者マフムト二世が出席していた。「スルタンは権力と光輝を帯びた権力者で、神が地上に落とした影だとする強い考えを、私はなかなか脱ぎ捨てることができなかった」とスティーブンズは書いている。「私はどうしてもスルタンを、誰よりも多くの血で手を汚した、大量殺人者と見なしたがった」。が、それとは違ってスティーブンズは、スルタンが「この上なく飾り気のない、穏やかで優しい」人物だということを発見した。スルタンは「ミリタリー・フロックコートに身を包み、赤いトルコ帽《ターブーシュ》子をかぶって、唯一トルコ人である証しの、長くて黒いあごひげを生やしていた」[34]。

スティーブンズはコンスタンティノープルで発病した。おそらく喉の感染症が再発したのだろう。以後、これからの数カ月間、この病気が彼を苦しめ続ける。しかし、旅の間中、彼はそれよりさらに恐ろしい病――腺ペスト――の恐怖からは、何とか逃れることができた。コンスタンティノープルをはじめ、彼が立ち寄った港の中でも、すでに腺ペストに感染した所がいくつかあった。たしかに彼は

コンスタンティノープルにあるスルタン・スレイマンのモスク

旅行をすることで、ふたたび健康を取り戻した。が、旅行は一方で彼をさらに危険な状況に追い込んでいた。しかし、彼はここでいくぶん用心深さを見せて危険を回避する。エジプトへはどうしても行ってみたかった。だが、この数カ月間、腺ペストがエジプトで猛威をふるっていることを知ると、行動を差し控えた。実際、このときでさえアレクサンドリアやカイロでは、一日に一〇〇〇人以上の人々が死んでいる。夏の終わりに流行がひと段落した頃には、最大で二〇万ものエジプト人の命がすでに奪われていた(35)。疫病に気づかないふりをすることはまず不可能だ。というのも、地中海辺の港ではその多くが黄色い旗を掲げているからだ。それはまだ港は腺ペストに感染していないが、港に到着した旅行者は隔離病棟《ラザレトウ》と呼ばれる検疫所で、数週間引き留められることになると警告していた。そのときに、アレクサンドリアでは赤い旗が翻っていたが、それは腺ペストが一番はじめにそこへ到達したことを伝えるものだった。

スティーブンズの病気が彼を、長い間、押さえつけておくことはできなかった。数日すると元気を取り戻し、新たな計画を立てはじめた。それは馬でバルカン半島を横切り、船でダニューブ川をさかのぼってパリへ出ようというものだった。だが、彼は衝動的にコンスタンティノープルを出発する汽船に飛び乗る。船は狭いボスポラス海峡を通り抜け、黒海を航行してロシアへと向かった。三日後、オデッサの沖合で停泊した。港では黄色い旗が翻っている。ロシアの保健衛生官がボートでやってきて、こちらの船に横付けした。保健衛生官は船に乗り込んでくると、パスポート類をいったん町へ持ち帰って消毒し、それをふたたび手渡したいと言う。このときになってはじめてスティーブンズと乗客たちは、これから何が起こるのか、それを知る手掛かりを得た。「衛生官の指示に従って」とスティーブンズは書く。「われわれはパスポート類を甲板の上に置いた。すると衛生官は長い鉄製のトングで書類をつまみ上げ、鉄の箱へ入れた。そして箱を閉めると、それを手に下船し、漕ぎ去っていった」。

スティーブンズや他の乗客たちは隔離病棟に入れられて、二週間隔離された。この病棟にはコテージ、事務所、それに検査と消毒をする建物などがある。スティーブンズは体を検査され、服や身の回りの品は硫黄ガスによって燻蒸消毒された。彼と乗客たちには監視人がつき、監視人たちはそれぞれの部屋の外に立って見張っていた。しかし、この拘禁状態は思ったほど不快なものではなかった。毎日、他の乗客たちとお茶を飲み、病棟内に一つしかないレストランで食事をした（「もちろん料理は一流のものではなかったが、十分に楽しめた」）。そして窓からは、何一つさえぎるもののない海の眺めを満喫できた。だが、ここでもスティーブンズは、ふたたび具合が悪くなる。他の者たちも彼に助言や処方をさかんに与えた。彼らがみんな恐れていたのは、彼の病気のせいで自分たちの解放が遅れてしまうことだった。しかし、一八三五年六月七日、彼らは予定通りぶじに自由の身となった。

これから先、四カ月にわたる旅は、スティーブンズにとってつらい旅になるが、ときには浮きうきするようなこともあった。パリへ向かう安穏なルートをやめて、まわり道だがロシアとポーランドを通って迂回することにした。はじめから、オデッサ――外見的には、皇帝の命令でひと晩の内に作られた都市のようだ、と彼は書いている――の洗練されたたたずまいに、彼は大きな感銘を受けた。そして、ロシアとアメリカ合衆国を比較せざるをえなかった。両国はともにエネルギーにあふれた若い国家で――と彼は言う――、オデッサのように、何もない所から姿を見せた都市がたくさんある。オデッサはロチェスターやバッファロー、そしてシンシナティとよく似ていた。

モスクワのクレムリン

次なる旅――これまでで最長で、もっともつらい旅――は、ロシアのステップ地帯を越えて行った。それは黒海の北に、はてしなく広がる大草原だ。スティーブンズの道連れとなったのは、オデッサで出会ったイギリス人と、召使い兼通訳として雇った口論好きなフランス人。三人は馬車に乗り、猛烈なスピードで、どこまでも続く草原を走り続けた。昼夜を問わずに旅をして、唯一馬車が止まるのは駅舎だけで、それは新しい馬と食糧を手に入れるためだった。モスクワまでの約九〇〇マイルを、途中、キエフで四日間滞在したが、都合一五日間で駆け抜けた。それはどこまでも広がる景色と、驚くほどの単調さが入り交じる旅だった。スティーブンズは、このような旅を企て、少なくとも、それについて詳細な記録を残した最初のアメリカ人である。

モスクワでは、クレムリンの聖地を何度も訪れ、壮大で美しい宮殿や教会のドームに強い感銘を受けた。わずか二三年前の一八一二年九月一四日、ナポレオンの軍隊がモスクワに入ったとき、ロシア人によって打ち捨てられたモスクワは、不気味なほど静かで、人がいなかった。そのときのモスクワの幻が、スティーブンズに取り憑いて目を離すことができない。モスクワを占領して一日も経たないうちに、各所で火の手が上がり、大半が木で作られた都市はやがて燃えはじめた。

私には壮大な都市が、足もとで一面火の海になっているのが分かっていた。郊外の兵舎から飛び出たナポレオンは、クレムリンに急いだ。階段を上がって、私が座っている部屋へ入ってきた。真夜中になるとふたたび、都市全体が火に包まれた。クレムリンの屋根が燃えている……ナポレオンが寄りかかっていた窓のガラスが、触ると燃えているように熱かった。彼はじっと炎の行方を見ていた。そして叫んだ。「なんてすばらしい見世物だ。これがスキタイ人なんだ」。大量の煙と火の中で、激しい熱のために彼の目はかすみ、それを避けようと顔を覆う手が熱くなった。ナポレオンはアーチ型に燃えさかる通りを横切って、なおも燃え続ける都市から逃れた。

つい数日前、モスクワからほど遠からぬ所で起きた、壮観なボロジノの戦いで、みごとにロシア軍を打ち負かしたナポレオンだったが、その輝かしい勝利も、燃え上がる炎の中で完全に失われてしまった。

その後、さらに西方、ポーランドとの国境近くで、スティーブンズは、意気沮喪したナポレオン軍が最後の一撃を食らったとされる岐路へとやってきた。当時、スティーブンズはまだ少年でニューヨークにいた。しかし、彼はこの物語を自分なりに知っていた。そして今、夏の終わりに、ベレジナ河畔の小さな町ボリソフへ旅の仲間とともに到着した。町の広場には木造の教会があり、駅舎はその近くにある。新しい馬を馬車に付け替えている間に、スティーブンズたちは駅舎で食事を取った。そしてそのあとみんなで、川に架けられた橋へ散歩に出かけた。

「美しい午後だった。われわれは橋のところで、しばらくぐずぐずしていた」とスティーブンズは書く。「橋を渡って、川向こうの土手の方へ歩いた。そこはナポレオンが軍隊を渡河させるために橋を築いた場所だ」。退却する何千のフランス兵を、ロシア軍が虐殺したのがこの場所で、それは一八一二年一一月末の凍てつくような寒い日だった。川に架かっていた唯一の橋がロシア軍によって焼かれると、一瞬にしてボリソフのナポレオンは、罠に捕えられてしまった。対岸へはロシア軍が近づきつつあった。そのためにフランス軍の工兵たちは、味方の敗軍に何とかして川を渡らせようと、氷まじりの冷たい川の中に入った。そして、二つの橋を架けるために、日に夜を継いで働いた。ナポレオンの大陸軍はモスクワから退却中、たえず攻撃を受けて苦しめられた。同じ夏にロシアへ侵入したときには、四〇万以上いた兵士たちが、今は疲労困憊し飢えて、ぼろぼろの服をまとった一団に激減している。とりわけ恐ろしいロシアの冬が、徐々に彼らに近づきつつある今、兵士たちはただ生き残るための戦いを強いられていた。ナポレオンと近衛隊、それに生き残ったわずかな兵のさらに三分の二は、ロシア軍によって、両岸から挟み撃ちされる前に、何とか川を渡ることができた。フランス軍の後衛も仮設の橋を渡ろうとしたが、ロシア軍の大砲とマスケット銃によって無差別に殺戮されてしまった。戦いが終わりを告げる頃、ナポレオンはなお戦うことのできる兵士を、優に三〇〇〇人も失っていた。しかし、もっとも悲惨な目にあったのは、軍隊の何千もの敗残兵と、軍隊へ随行してきた者たちである。そのほとんどが、川を渡ろうとしてパニック状態になり、溺死するかあるいは、土手に沿って現われたロシアのコサック部隊に虐殺された。ナポレオンの叙事詩は、ここで終わりを告げるわけではない。それはまだまだ続くのだが、少年だったスティーブンズの想像力に、深く刻みつけられたのはこの恐ろしい光景だった。そして今、夏の午後、穏やかな川のほとりを歩きながら、彼は大虐殺や血に染まった大地を心に思い描いていた。その生々しい詳細は、数日前にサンクトペテルブルグで会ったロシアの退役将校――彼らは戦闘を生き延びた――から聞き取ったものだ。

スティーブンズがワルシャワに着いたとき、彼はふたたび病に倒れた。だが、いつものように、尽きることのないエネルギーで立ち直ると、ポーランドの史跡を数多く見るために出かけた。ロシアやギリシアと同じように、ポーランドでも最近、歴史の新しいページがめくられていた。ほんの四年前にポーランド人は、ロシアの占領者たちに反抗して決起した。が、革命は短命に終わった。そして手荒く鎮圧されてしまった。都市の郊外には、何千というポーランドの抵抗者たちが、ロシア軍の反撃に遭って倒れた戦場がある。スティーブンズはそこに案内してもらった。さらに彼は、ワルシャワから五マイル離れた所にある有名なヴォラの史跡を訪ねている。ここではポーランドの貴族たちが野営して、伝統的に新しい国王を選出した。今はポーランドの指導者も、そのほとんどが死ぬか国外へ亡命してしまった、とスティーブンズは記している。そして、今なお非常に誇りの高いポーランド人だが、その彼らも、長引くロシアの占領にひどく困惑している。

「ワルシャワにいた間中、感じていたことがある。それは店やコーヒーハウスは開いていて、大通りには群衆が群がっているが、陰鬱で重苦しい空気が都市全体を覆っていたことだ。ほんの少しの間、この印象を忘れていても、コサックの一団が荒々しい音楽を奏でながら、他の駅へ移動していたり、あるいはたった一人でも、軍服に身を包んで、ドロシュキー〔屋根のない四輪馬車〕に乗ったロシア将校を見かけたりすると、征服した者たちがワルシャワの住民の頭を踏みつけているように、私には思われた」。

スティーブンズの次の逗留先はクラクフだった。そして彼の旅行記はここで突然終わる。旅行のくわしい話は、三年後に出版した、五〇〇ページ以上に及ぶ『ギリシア、トルコ、ロシア、ポーランドの旅で起きた出来事』に書かれている(36)。

次の数カ月を、彼は中央ヨーロッパで過ごしたが、それに関する報告を残していない。われわれが知ることができるのは、一八三五年の秋に、彼がパリへ到着したことだけだ。このとき、彼は明らかにニューヨークへ帰還するつもりでいた。だが、それが突然心変わりする。ニューヨークへは帰らず、エジプトへ危険を犯して旅をしようと決心した。スティーブンズの伝記を書いたヴィクター・ヴォルフガング・フォン・ハーゲンは次のように推測している。スティーブンズの新たな計画は、パリで見つけた一冊の本によって刺激を受けたのかもしれない。この本には二人のフランス人が、現在の南ヨルダンに位置する、不可思議な古代都市ペトラを探検したいきさつが書かれている。またエジプトでは腺ペストの流行が下火になったという情報を、明らかにスティーブンズはパリで知ったにちがいない。それに彼は間もなく三〇歳になろうとしていた。当時、多くの人々にとって三〇歳は、もはやけっして若いとは言えない年齢だった。スティーブンズの友だちは、ほとんどがすでに仕事に就いていて、結婚もしている。さしあたってスティーブンズには、こうした障害物がない。ただし、父親のような社会的に立派な生涯が、彼の前にぼんやりと立ち現れていた。それは満足感を得られなかった女主人――法律のことだ――についても同じだった。エジプトやペトラは、このような煩わしいことから逃れる最後の手段だったのかもしれない。

しかし、その理由がどうであれ、計画の変更は彼の生涯にとって、きわめて重要な、もう一つのターニングポイントとなる。そしてそれは過去に起きたことよりも、むしろ、これから彼が探検家や作家になることの方に、より関係が深いものとなるだろう。「それはまた、アメリカの考古学史の方向を変えることにもなった」とフォン・ハーゲンは書いている。[37] スティーブンズはマルセイユで汽船に乗り、マルタ島へ向かった。マルタ島ではふたたび検疫所で隔離された。今度はひと月の監禁だ。そしてようやく、一八三五年にアレクサンドリアへ上陸した。

スティーブンズがギリシアやロシア、それにポーランドを放浪して歩いたときのように、中東で探検したこと——ナイル川をさかのぼり、シナイ砂漠を横切って旅したことは——、本を書くときの豊富で人を楽しませる材料を彼にもたらした。一九世紀の「紳士然とした旅行者」のように、実際は彼もまた一人の観光者で、名所巡りをするために旅をしていた。しかし、同時に彼はまた、異常なまでに鋭い観察者だったし、取り憑かれたようにメモをするメモ魔だった。そしてのちに机の前に座り、自分の書いたメモを頼りに本を書く段になってはじめて、自分が持っている選択眼の価値に気づいた。それで意識するようになったのは、読者が興味を抱くのは何はさておき、まずは新奇なもの、そして一度も行ったことのない、あるいは少なくとも、今まで耳にしたことのない場所へ案内されることなどである。そのために彼は、イギリス、フランス、イタリア、ドイツなどへ旅をした際に記した詳細なメモ——これは数冊のノートにあふれんばかりに記されていたにちがいない——はすべて除去した。ほとんどの人が訪れたことのない国々について、そして真のジャーナリストのように、今まさに話題となっている場所——対トルコ戦争直後のギリシアや、ロシアへ反乱を起こしたあとのポーランド——、さらには新しい歴史上の人物などについて書いた。エジプトの全権を握る太守のメフメト・アリ——当時、残忍非道さで世界に知られていた——に直接インタビューをして、その結果をきわめて詳細に報告している。スティーブンズはまた、自分自身が新奇な存在であること、現場ではいつも自分が最初のアメリカ人であることを、訪れたそれぞれの場所で発見した。そのために彼は、自分が見つけ出したことを、つねにアメリカ人の視点で若い国家に折り返し報告する、はじめてのアメリカ人となるだろう。

ナイル川に浮かぶ船［*Incidents of Travel in Egypt, Arabia Petraea, and the Holy Land*］

しかし、石の都市ペトラへ旅をしようと決めたときには——アメリカ人としてはじめてペトラへ入る——、さすがにスティーブンズも、今回の旅は危険の度合いがとりわけ高いと承知していた。この隔離された廃墟を訪れ、ぶじに生還したヨーロッパ人はほんのひと握りしかいない。古典期の建築物があふれんばかりに取り散らかっている遺跡は、二〇〇〇年もの間、深い渓谷の中にひそんでいて、周辺の砂漠に住む、独占欲の強いベドウィンによって占領され、守られていた。一八一二年、スイスの探検家ヨハン・ブルクハルトによって再発見されたが、そのあとでも、あえて危険を冒してそこへやってきたのは、六人のヨーロッパ人だけだった。

それにひきかえナイル川をさかのぼる旅では、たとえ彼の先駆的な著作があとに続く何千の人々に道を開いたとはいえ、このときのスティーブンズは完全に観光客だった。一七世紀と一八世紀には、この地域がオスマン帝国の支配下にあったために、一七九八年にナポレオンがアレクサンドリアに上陸するまで、エジプトやアラビアを通り抜けた西洋人はほとんどいなかった。

ボナパルトは、アカデミーフラセーズの大集団——著名な科学者、言語学者、地理学者、画家——を彼のエジプト征服に随行させるよう要求した。それから数十年の間に、考古学者の草分けやトレジャーハンター、画家などがフランス人のあとを追い、大挙してエジプトへやってきた。ジャン＝ジャック・リフォー〔フランスの彫刻家〕、ジョバンニ・バティスタ・ベルゾーニ〔イタリアの探検家・古代遺物収集家〕、ジョン・ガードナー・ウィルキンソン〔イギリスの考古学者〕、ロバート・ヘイ〔スコットランドのエジプト学者〕などである。そこにはスティーブンズに、最後まで付き添ったキャザウッドもいた。彼らが残した視覚上の、あるいはテクスト上の仕事によって、ナイル川近辺の驚嘆すべきことが、こまごまとした点まで明るみに出はじめた。

スティーブンズはこれまですでに、たくさんの研究がなされている土地を、自分が旅していることに気づいていた。したがってのちに執筆するときには、自分が貢献できるのは学問的な、あるいは芸術的なことではなく、それはむしろエジプトを近づきやすいものにして、読みやすいものを作ることだと理解していた。大半のアメリカ人やヨーロッパ人にとって、エジプトはなお魅力的でエキゾチックな場所だった。そのために、彼の個人的な話を語る背景としては、古代の神殿が最上のものとなった。個人的な話とは——船と一〇人の漕ぎ手を雇うこと、彼の孤独〔ホームシックの再発？〕、感情を伝えるための悪戦苦闘、驚くほど寒い夜への不満、腹立たしい船上の向かい風、英語を話す旅行客に会いたいという思い、サハラ砂漠の「大オアシス」へ向かうキャラバンへ参加しようとしたこと〔これはふたたび発症した病気のために頓挫した〕など。スティーブンズはルクソール、カルナック、フィラエ、エドフなど、かねて定評のある遺跡を巡り歩いた。ギザの巨大なピラミッドの中にも入り、シャフト（通気孔）を這うようにして深部へ下りた。そして、メンフィス近くの聖なる鳥のカタコンベにも足を運んだ。さらに、おしゃべり好きな旅行者のように、彼もまた旅の気楽さと心地よさについて語っている――そして物の値段についても。

私はどうかと言えば、孤独な上に非常に健康とは言いがたい。ときどきひどく疲れることもあった。だが、躊躇なく言えるのは、友だちがいて、作りのいい船があり、本や銃が用意されていて、時間もふんだんにある……そんなナイルの航海は、今までに経験したどんな旅にも勝っていることだ。そこにはあらゆる束縛からの、そして、文明社会の陳腐な制約からの完全な解放があり、それが生涯の中でも、非常に心地のよい、そして刺激的なエピソードを形作ることになる。二カ月の間、ひげは剃らずに、シャツはナイル川で洗濯し、それもアイロンなどかけずに着る。そんな生活を考えてみるといい。好きなときに岸に上がって、小さな村々を歩きまわり、アラブ人たちにはじろじろ見られるかもしれない。あるいは、川の土手に沿って、暗闇が大地を覆うまで歩くこともできる。……それにこの楽しみは、ばかばかしいほど安上がりなのだ。一〇人の漕ぎ手のついた船は、一カ月で三〇ドルか四〇ドルの値段で、家禽はつがいで三ピアストル（約一シリングだ）、羊は半ドルか四分の三ドル、卵は欲しいと頼むだけで手に入った。あなたは自国の旗を掲げて航海すればよい。川のほとりを歩いているときも、たとえアラブ人がとりわけ険悪な顔をしたり、けんか腰の態度を取ったりしても、そこには安全が折り重なるようにあることを、自信を持って感じてほしい。あなたより前に、多くの日々、フランスやイギリスの国旗が、川を行き過ぎていたことを耳にするだろう。ナイル川以外にはどこにも存在しない自由と真心、それを持った仲間の航海者にあなたはきっと出会うことになる。

＊

このようにして個人的な話を物語るやり方は、スティーブンズによって作り出されたものではない。一九世紀の半ば頃になると、すでにこうした旅行記は陳腐なジャンルとなっていた。それはありきたりで、型通りの平凡な書き方だった。だが、それがスティーブンズの手になると、一段と自然で斬新なものとなった。

しかし、ペトラを訪れることは、ピラミッドのまわりを旅行者がそぞろ歩くようなわけにはいかない。それは危険をともなう探検であり、スリルに富んでいて、人から人へとすぐに伝播する、そんな探検だ――スティーブンズの生涯に新しい方向を与え、数年後に、なぜ彼が中央アメリカのジャングルに分け入り、その心臓部のコパンに、しかも内戦のさなかに立つことになるのか、それを説明する手助けとなる本当の意味での冒険だった。

ペトラへ到達するためには、カイロの東に広がる厳しい砂漠を横切り、アラビア・ペトラエアの遊牧民の中で、命を危険にさらさなくてはならない。この遊牧民は強盗と殺人の風評が立つベドウィンの部族民だ。スティーブンズはひとまずアカバで足を止め、北のペトラへ旅するのに、イドマヤという地域を横切ってペトラへ入り、そのあとで最終目的地のパレスチナへ向かう計画を立てた。しかし、イドマヤを通り抜けることが、もう一つの危険を意味していて、それを軽視することはできなかった。スティーブンズが人から聞いた話だが、もしこれを侮ると、古い聖書の呪いに楯突くことになり、それは死に至る危険性があった。ヘブライ人の預言者によると、昔、イドマヤに住んでいたエドム人は、神を立腹させたために、神によって滅ぼされてしまったという。そして「この地を通り抜けることは、誰一人永遠にまかりならぬ」[38]という呪いの言葉が、彼らの土地に押しつけられた。が、スティーブンズは、それをあえてやってみることに決めた。ガザからエルサレムへ至る、通常の安全なルートを行こうとは思ってもみなかった。通常のルートをたどれば、ふたたび長い隔離期間を耐え忍ばなければならない。そのことを彼はよく知っていたからだ。

カイロで相談すると、誰もがみんな計画を中止した方がいいと言う。だが、とくにイドマヤに関する警告は、かえって彼をひたすらけしかけ励ます結果となった。以前にペトラへ出かけた探検家の中には、誰一人として、ことさら荒れ果てたイドマヤを通る危険を冒した者などいない。そのことはスティーブンズも知っていた。彼にとってもっとも気になったのは、実はこの事実だけだったのである。これまでしてきた旅行と違って、ここにはまさしく「一番はじめ」を達成できるチャンスがあった。だが、成功の見込みがそれほどあるとは思えないことも、彼はよく知っていた。健康もまだ十分に回復していない。それに敵対する残忍なベドウィンたちもいる。彼はアラビア語が話せない。もちろん砂漠はそれ自体が厳しいし、どこに危険がひそんでいるか分からない。そして、マルタ島生まれの通訳パオロ・ヌオッツォがいるだけで、そばには誰もいない。その通訳にしても、「私を案内して、くじけそうなときには私を支えてくれるかと思いきや、彼は四六時中、根拠のない恐怖におびえ苦しんでいて、私といっしょに行くことを極端にいやがっていた」。

しかし、こんなことはどれも問題ではなかった。先例を作りたい、そのためにはどんな危険にも、たとえそれが神の怒りであろうと、それに立ち向かっていきたいという衝動があまりにも大きかった。

そしてそれは、スティーブンズにとってきわめて重要な瞬間だった。もちろんこのまま、旅行者として故郷に帰ることはできる。しかし、前へ進んで、あらゆる障害物に打ち勝つことができれば、少なくとも歴史に脚注を刻むことはできるのである。

ただしそこには一つだけ、彼を押しとどめるものがあった。ペトラへ向かう前に、どうしてもしておかなければならないとスティーブンズは感じていた。それは彼を、ペトラへ向かう道から数マイルはずれた所へ導いていく。だが、法律家として彼は、どうしてもこのまわり道をしなければならなかった。シナイ半島をラクダに乗って横切り、まわりが見えなくなるほど激しい砂嵐を何とかしのいで、数日間は水も飲まずに、紅海——モーセがこの海を割ってユダヤの民を率いた——の岸辺で野営しながら一〇日間を過ごした。そのあとでスティーブンズは、やっとのことで、神が律法（十戒）を伝えたという山に到着した。「そんなことが現実にありうるのか？　あるいは単なる夢なのか？」とシナイ山の頂に立ちながら、彼は驚きのあまり問いかけた。「このむき出しの岩が、人間とそれを創造した者の間に起きた、あの大いなる面会の目撃者なのだろうか？　雷鳴と電光、それに山が鳴動する恐怖の中で、全能の神は選ばれた民に、律法が彫り込まれたあの貴重な石板をどこで与えたのだろう？……」。

次にスティーブンズは、アカバの要塞に疲労困憊して到着した。病気も再発している。だが、今回はあまりに調子が悪いので、投薬の量を倍にふやし、薬箱にあるすべての薬を使った。要塞の門前で、ラクダから半ば落ちかけたほど病は重篤だった。それで急遽、彼は砦の空いている部屋へ運び込まれた。部屋にはベドウィンたちが、珍しいもの——赤いあごひげを生やした白人——を見るために日夜集まってきた。アカバは紅海の北東部、その入江の先端にあった。スティーブンズがアカバに近づきつつあったとき、アラブ人の案内人に警告された。これから入っていくのは、危険な部族が住む地区なので、常時「武器に目を配って」いなければならないと言う。スティーブンズは携帯していた変装用の衣装を取り出した。彼をカイロの商人に見せるための、トルコの衣服ひとそろいだ。だぶだぶの白いズボン、その上にはおる赤い絹のガウン。頭にかぶる赤いフェルトのトルコ帽、そのまわりには緑と黄色のストライプが入った布地が、ターバンのように巻かれている。さらに黄色の上履きは赤い靴で覆われていた。スティーブンズは腰のまわりに、幅広のサッシュ（腰に付ける帯）を巻き付け、それに剣や大きなトルコ銃を二丁ぶら下げていた。これを見た案内人は早速、「改良された」見かけの容貌にお世辞を言った。しかし、アカバのベドウィンはばかではない。このときまでに、スティーブンズたちがやってくるというニュースは要塞に届いていた。ベドウィンたちは、何かエキゾチックで傷を負った動物のようにして、病床で横たわっているスティーブンズをひと目見ようと、押し合いへし合い集まってきた。

ピストルとサーベルを身につけたカイロの商人。武器を携えたトルコ人のファッションとして、スティーブンズが採用したもの

さまざまな困難を乗り越えて、はたしてペトラへ行き着くことができるのかどうか、すでにその不安がスティーブンズにはあった。だが、今はそれに加えて健康の衰えがあり、彼はまったく意気消沈していた。以前、メッカへ向かうキャラバンで、トルコ人が一人砂漠の中で死んでいるのを見たことがあった。自分もまた異国の地で、見知ら

ぬ人として最期を遂げることになるのかと思った。それは彼の旅行中、最悪のどん底状態だった。「身も心も病んでしまった」と彼は書いていた。「カイロを出てからすでに一〇日が経っている。私が直接カイロへ戻ることはもはや不可能だ。かといって、たとえ使いの者を送ったとしても、医者がこちらへ着くまでには、二五日か三〇日はかかるだろう。その前に私は死んでしまっているかもしれない」。

彼は惨めな夜を過ごした。そして朝になると、前よりさらに具合が悪くなっていた。催吐剤の量を二倍飲んだことによる苦しさもあった。「二、三〇人の炎のような黒い目が、たえず私を見つめていて、それを見ることは死ぬほどつらい」。そのときだった。どこからやってきたのか分からないが、アラブの族長のエル・アロウインが現われた。族長には数週間前にカイロで会ったことがある。そのとき族長は、もしスティーブンズがアカバに行くのなら、自分がペトラまで同行して送り届けようと言ってくれた。「私を見たとき、彼はひどく驚いた」とスティーブンズは書いている。「が、しかし、彼の目にはわずかながら良識が見えた。もちろんそこには、思った通り、なくてもいいよけいな辛辣さもある。こんな所にいたらあなたは死んでしまうよ、と彼が言った……」。スティーブンズはその通りだと思った。要塞でもうひと晩過ごすより、砂漠の中のテントで死んだ方がはるかにいい。族長が彼に、すばらしい血統のアラビア馬を持ってきたと言ったときには、スティーブンズの気分もいくらか晴れた。「これ以上のありがたい知らせはない。というのも、またラクダに乗るのかとほんの少し思うだけで、エネルギーも体力もみんな奪い取られてしまうからだ」。

スティーブンズは念のために、旅行に必要と思われる金を持ち歩いていた。その中には族長や、いろいろ世話をしてくれる彼の取り巻き連中に気前よく支払う金、それにラクダの使用料などが含まれている。しかし、アカバを出発する段になって、もしかしたら計算をまちがえているのではないかとはじめて感じた。九年前にペトラへ旅した二人のフランス人は、アカバのベドウィンに気前よく黄金を「ばらまいた」。そのためだろうか、スティーブンズが通訳のパオロに命じて、友好のしるしにわずかな額だが住民たちに与えたときには、ただしかめっ面のお返しを受けただけだった。だが、それにもまして気がかりだったのは族長だ。彼は一〇日分の食糧と一〇人の男たち、それに六頭のラクダと二頭の馬を用意してくれた。ラクダの費用はカイロですでに決めていた。が、「チップ」をどれほど与えればいいのか、あるいはいろいろ世話をしてくれる代金をどれくらい支払えばいいのか、この点について族長は明言せずに、先延ばしするばかりだった。個人的には、スティーブンズも金額を予期してはいる。だが、その総額がなかなかつかめないのだ。族長が何かにつけてパオロに、スティーブンズがどれくらいの金を持っているのか、そしてどれくらいの金を支払うつもりなのか、と探りを入れているのを見るにつけ、遠征中のスティーブンズはたえずイライラとしていた。

アカバの要塞

最初の夜、砂漠の空気がスティーブンズを蘇生させた。次の日、一行は広大な渓谷を抜けて北へと向かう。人を寄せ付けないような渓谷は、両側を不毛な山々に囲まれていた。しかし天気は申し分ない。スティーブンズは馬の背でうっとりとしていた。「東方の旅で私を恍惚とさせるものが何かあったとしたら、それは馬の思い出だろう」と彼は書いている。「アラビア馬に乗っていると、体が軽く感じる上に、心も柔らかくなるような気がする。それは現在の健康状態から考えて、とてもありえないことだった」。スティーブンズは、日ごとに健康を取り戻しつつあった。

族長の部族も含めて、この地域のベドウィンについて、スティーブンズが受け取っている情報は、すべてが悲惨なものだった。アラブ人に扮装して旅をし、アラビア語を完璧に話したブルクハルトは、このルートが「これまで旅した中で、もっとも危険な道」だったと述べている。彼はまた、ペトラを守っていた人々が、彼の傷ついたくるぶしに巻いた布切れまで奪っていったと、その様子を記述していた。一八一八年にペトラを探検した四人のイギリス人の報告によると、ペトラを訪れた前の年に、三〇人のイスラム巡礼者がペトラの遺跡で殺されたという。スティーブンズをエスコートしてくれたベドウィンたちは、「もっとも無法な種族のもっとも無法な部族」として知られている。スティーブンズは彼らを次のように描いていた。「これまで私が出会った中でも、飛び抜けて荒々しい凶暴な顔つきの男たちで、黒い目は獰猛な火で燃えている。体つきはやせて、身長も縮んでいるが、筋肉はたくましい。胸が前に飛び出ている上、肋骨も皮膚から突き出ていて、骸骨のそれのようだ」。族長はスティーブンズと同じように、赤い絹のガウンを身にまとい、緋色のマントをはおっている。彼はピストルと曲刀を携え、両端に鋼の切っ先が付いた一二フィートほどの槍を手にしていた。

スティーブンズは危険な目に遭うまでに、それほど長く待つ必要はなかった。二日目の夜、たき火のまわりで野営をしていた彼らは、二人の男に襲われた。「二人が私の仲間たちのところへ近づくと、仲間たちはすぐに剣を抜いて、全力で賊に立ち向かった」。スティーブンズは「仲間たちの勇敢さを称賛せずにはいられない」と書いている。「二人の男はわざと仲間たちに近寄ると、今度は彼らに、いっしょに仕事をしないかとそそのかした」。次の瞬間、その場にいなかった族長が現われ、彼らの間に飛び込むと、長い槍で二人の剣を払い上げた。そのとき、緋色のマントが肩から滑り落ちた。彼の黒ずんだ顔はみるみる赤く染まり、黒い目は火明かりで輝いた。剣がぶつかり合う音をかき消すように、大きな声で族長がわめいた。アラビア語の喉から出るような音がいっせいに発せられると、その場にいた者たちの剣先はとたんに下へ向き、恥ずかしさで誰もが黙り込んでしまった。しばらくすると、襲撃した者たちの一人が、傷を負った族長の部下に手を貸している。それを見てスティーブンズは驚いた。傷に布を巻き付けるのを手伝っていたのである。そして彼らはみんなで車座になり、パイプとコーヒーを交互にたしなみ合っていた。

ペトラ近辺のベドウィン

何一つない砂漠を抜けて、ペトラに近い山へ入るまでにはさらに数日かかった。その間、族長はたえずこのルートが危険なこと、「彼が私にはじめて会ったときから」スティーブンズに抱いた友情と忠誠、そして、スティーブンズのためなら命を犠牲にしてもよいという意気込みなどを、くどくどとくりかえしていた。「私は彼が、自分の仕事の価値をさらに高めようとするあまり、ルートの危険を誇張しすぎているのではと疑っていた」とスティーブンズは言う。一行がペトラへ向かうメインのルートからそれたとき、族長はスティーブンズに、遺跡の入口近くに住んでいて、よそ者に敵対的なベドウィンを買収するために、たくさんのお金が必要になると説明した。それが三〇人から四〇人ほどだったら、スティーブンズの負担は三〇ドルから四〇ドルですむだろう、と族長。だが、二〇〇人か三〇〇人いるかもしれない。そんなときには、スティーブンズが族長に財布を渡せば、族長は先に行って、彼らにチップを渡してなだめることができるという。しかし、スティーブンズは、族長の金にまつわるたえまのない嫌がらせに、うんざりしていたので、この申し出を断った。そしてその夜、スティーブンズのテントで、金の問題の決着をつけることになった。スティーブンズは説明した。自分は一定額の金を持ってきた。それもすべては、旅が終わった時点で族長と彼の部下たちに与えるためだ。したがって、もし族長が道々お金をバラまくようなことになれば、それは族長に支払う分から出ていかなければならない。「族長は明らかに驚いた様子だった」とスティーブンズは書く。「そして、紳士のフトコロにも限りがあることに驚きの言葉を発した。だが、これから先は倹約して、お金を有益に使うことを約束した」。

次の朝、族長は部下の半分を残して、彼らに荷物とテントの見張り番をさせ、スティーブンズとパオロ、それに残りの部下たちを連れて、ホル山の麓へ出かけた。この山の山頂には、モーセの兄アロンの墓があった。スティーブンズには明かしていなかったが、族長の計画は裏口からペトラへ入ろうとするものだった。昨晩、スティーブンズに警告されてからというもの、族長はチップを、何としてもペトラの表門——ここから入る方がはるかにワクワクはする——を守るベドウィンとは山分けしたくないと考えていた。が、その代わりに、スティーブンズと族長は前もって、馬に乗ってしばらくの間、険しい石ころだらけの道を上らなければならない。ようやく、岩壁の側面に切り込まれた一連の墓がある所へやってきた。そしてついに誰一人守り手のいない、もう一つの入口の前に立った。そこ

ペトラのエル・カズネ（宝物殿）。レオン・ドゥ・ラボルドのイラスト［*Incidents of Travel in Egypt, Arabia Petraea, and the Holy Land*］

には紀元前二世紀に、ナバテア人によって岩から彫り出されたみごとな都市ペトラがあった。何百年もの間この都市は、紅海からやってくる交易キャラバンにとって、重要な交差路の働きをしていた。ペトラは断崖によって守られた要塞都市で、自然の山塞《さんさい》を形成している。そして数世紀の間、その富と壮大さが、ペトラを一つの魅力的な旅の目的地とさせていた。ペトラは紀元一〇六年にローマの支配下に入る。そしてそののち、ハドリアヌス帝がペトラを属州の首都にした。しばらくの間キリスト教の各派が栄えたが、最終的には七世紀のアラビア人による征服後、ペトラは廃墟となってしまった。その後は、打ち捨てられて荒れ果ててしまい、地震や侵食によって徐々に崩壊していった。

ペトラの中央部を形作っているのは大きな渓谷だ。この谷へ下りていくと、スティーブンズは驚嘆して見とれた。そこにあったのは神殿や住居や公共建造物の、精巧に作られたファサード（正面）、共同墓地、階段、柱で完璧に支えられたポーチコ（屋根のある玄関）などである。すべてが周囲を取り巻く岩の壁に直接彫り込まれていた。しかし、彼が落胆したのは、早い時期にここへやってきた探検家たちが、ペトラへ入る主要な通路として描いていた狭い地溝、そこを通ってこの都市へ入れなかったことだ。スティーブンズが族長に、今来た道しか入る所はなかったのかと訊くと、それしかなかったと族長は言う。だが、都市の中をあちらこちら馬でまわっていると、スティーブンズは、たまたま本で読んだことのある入口を見つけた。素晴らしい神殿の、真向かいの岩壁に隙間が見える。長い垂直なただの亀裂かもしれない。彼は早速馬から下りて、その隙間に入っていった。狭い地溝はやっと馬が二頭入れるほどの広さだ。山あいのすばらしい細道は、ヘビが蛇行するように先へ先へと続いている。両側の垂直な崖は、手を伸ばせば届きそうなくらい頭上に迫っている。それが通路に深い影を落としていた。両側の壁は墓の入口になっている。「イチジクの木、オレアンダー（セイヨウキョウチクト

ペトラの墓

ウ）、ツタなどが、頭上数百フィートにそびえる崖の岩肌から生え出ていて、頭上ではワシが甲高い声で鳴いていた」とスティーブンズは書く。彼が曲がりくねった道を一マイルほど進んだ所までくると、族長と部下たちが「アラブ人だ、アラブ人だ」と叫びながら、走って彼を追いかけてきた。スティーブンズはようやく、族長がこれまで言っていたことを理解した。この先をさらに進めば、行く手には恐ろしいワディ・ムーサ族がいて、それに出くわすことになる。彼らは入口のすぐ外側に住んでいる。そしてペトラを自分たちの私有地だと考えていた。

スティーブンズは振り返ると、急いでペトラへ駆け戻った。そのとき、両側から崖が迫った渓谷の、細い隙間からのぞいた光景は、まさしく先人たちが生き生きと描いていたものだった。それは向かいに見えた神殿の驚くべきファサードで、バラ色の岩に深く切り込まれていた。細い通路から姿を表わしたスティーブンズの前に、わずかな空間を置いて立っていたのは、アラブ人たちにエル・カズネと呼ばれている宝物殿だった。ポーチコはコリント式円柱で枠取りがされ、古典期の図柄で飾られていた。ファサードの高さは一三〇フィート以上あり、そこにはワシや騎手の一団、翼を持つ像などが、バラ色の岩にのみで刻明に刻まれていて、まるで今彫り込まれたばかりのように見えた。スティーブンズはそのすばらしさに、驚きのあまり思わず息を飲んだ。「この狭い谷間で、現実とは思えない、たぐいまれな野性と美により目を覚まされ、その気持ちを抱いたままに隘路を抜けでて、すばらしいファサードをはじめて目の当たりにすると、誰もがけっして消え去ることのない、強烈な印象を受けるにちがいない」。

ペトラの廃墟をすべて見るためには丸一日はかかる、とスティーブンズは思った。族長は、廃墟で夜を過ごすのはまずい、命の危険をともなうと言う。「私は急いで場所から場所へと移動した。肉体的な疲労はまったく感じなかった」とスティーブンズは書く。「壊れた階段をよじ上り、通りの廃墟に分け入った。さらに発掘現場の穴をのぞいたりもした。そして、次から次へと見てまわり、結局、この荒廃した都市全体を一巡した」。スティーブンズとパオロが最後にやってきたのは、山の中腹を削って作られた巨大な円形劇場である。おそらく何千という観衆を収容することができたのだろう。「私はこの劇場の座席に、何日間も座っていたいと思った。というのも、次から次へと、私の心に連想が立ち現れるような場所に、今までいたことがなかったからだ」。しかし、沈む夕日の暖かな光が、すでに渓谷の壁を照らしていた。そして上方の崖は「白、青、赤、紫、ときに深紅や明るいオレンジの筋で輝いて、まるで虹のようだった。……それはこれまで、他の場所で見たことのない独特な美しさだ」。族長がそばでイライラしながら、それでいて出しゃばることもせずにうろついている。「時間に余裕のあるうちに」出発した方がいい、と彼は言うのだ。スティーブンズはアラビア馬に乗り、全速力で廃墟を駆け抜け、ペトラへ入ってきた山道へと駆け上った。渓谷の外側に出る頃には、すでにあたりは暗くなっていた。来たときに遭遇した墳墓の場所へやってくると、夜、寝床を確保するために空になった墓を探した。そしてスティーブンズは、疲れ果てた体を地面に投げ出した。「私は人生でもっとも愉快な一日を、今、ようやく終わらせたところだ」と彼は書いている。「そこには都市の特異な性格と、たぐいまれな廃墟の美があった」。

数日後、一行はヘブロンに入った。ヘブロンはパレスチナの前哨基地で、世界でも最古の都市の一つだ。スティーブンズはすでにペトラの廃墟へ行き、ホル山へ上ってアロンの墓へも行った。さらに砂漠のベドウィンとの度重なる遭遇にも耐えた。そしてもっとも重要なのは、預言者の呪いを何とかしのいで切り抜けたことだ。イドマヤはかつては肥沃な土地だった。が、神がこの土地を荒廃させてから、その渓谷を横切った非アラブ人は自分だけだ、とスティーブンズは確信した。

そして今、彼に残されているのは、族長と部下たちを連れて、ぶじにヘブロンを通過させることだけだった。ヘブロンはユダヤの中心にあって、丘の中腹に作られた白いしっくい塗りの町だ。族長とスティーブンズの契約が、この町で終わることになっていた。ヘブロンはトルコ人の厳重な支配下にあり、そのために、ほとんどの住民の武装は解除されていた。スティーブンズは、族長と部下たちの保護を総督に一任するという意見に同意した。だが、砂漠の無法者のベドウィンたちは、ヘブロンへ入城することを躊躇した。しかし、それでもともかく、彼らは族長が先導する形で、おどろおどろしい格好をしたまま町へ入った。「荷物を載せたラクダは門に残し」とスティーブンズは書いている。「われわれは馬とラクダに乗って、恐ろしい速度で要塞を目指して、狭い通りを駆け抜けた。そして要塞に着くと、あまり控えめとは言えない口ぶりで、総督への拝謁を願い出た」。トルコ人やアラブ人は——とスティーブンズは記している——概して「無関心なことでよく知られている」が、ベドウィンたちの入城はたいへんな騒ぎを引き起こした。「人々は仕事を途中で放り出してしまうし、カフェで怠惰に過ごしていたグループはびっくりして、体を起こした。職人たちも道具を投げ捨てて表に駆け出し、彼らをまじまじと見つめた。無法者のベドウィンたちが砂漠からやってきて、しかも寸分のすきもないほど武装している。その彼らが大胆にも要塞の門へ乗りつけてきた。こんな一団を目にするのは、人々にとって奇妙で驚くべき出来事だったのである」。

彼らの不法侵入に、怒りを爆発させたのは総督だった。が、幸運なのは彼が病気だったことだ。スティーブンズが西洋人だと見ると、彼に何か薬を持っていないかと尋ねた。「私も総督とまったく同じ悩みを体験していた。ひと目見て、総督は単に食べ過ぎで具合を悪くしていて、ともかく、胃袋の中を空っぽにしたいと思っていることが分かった」。スティーブンズは回想している。「私が持っているのは吐剤と下剤だ。胃袋の中をきれいに掃除するには、この薬がてきめんにきくことをよく知っていた」。スティーブンズと荒々しいその取り巻き連中は、ひとまずユダヤ人街へ連れて行かれた。スティーブンズはそこで、ヘブロンのラビに暖かく迎え入れられる。「見知らぬ客として、またキリスト教徒として、古代王国の首都でユダヤ人たちの歓迎を受けた。この親切を私はけっして忘れることはないだろう」。

しかし、族長との間で、お金の決着をつける時期をいつまでも先延ばしすることはできない。アカバからこれまでずっと、族長はお金を巡って、しつこくスティーブンズに問いかけ、追いかけてきた。そしてようやく今、スティーブンズは手持ちの金をすべて彼に差し出した。ただし、彼がベイルートへ向かうのに必要な分だけは残して。ベイルートへ着けば、そこには信用状が待っている。「族長と部下の一団は四六時中、スティーブンズのあとについてまわっていた。狭い路地や通りでも、またシナゴーグへ行くときも。シナゴーグではその戸口までついてきた」とスティーブンズは書いている。「そして彼らの浅黒い肌、カチャカチャと音を立てる剣、恐ろしげな顔つきが、ヘブライの娘たちの顔をひと目見ようとする私の邪魔をした。思わず私も、彼らと別れる場面を期待するようになった。別れに際しても、私が落胆することはまずないだろう」。テーブルの上にスティーブンズが、すでに折り合いを付けているラクダの代金と、族長たちに渡すチップの金をならべた。すると彼らは一瞬びっくりしたような顔をした。「誰もがお金に触れようとしない。みんなはお金と私を交互に見ている。一言もしゃべらずに（私が提示した金額は、他の所で同じようなサービスを受けたときに、支払う額の一〇倍に近かった）」。

族長たちは怒り出した。スティーブンズは、これでも途方もない金額を支払っていると主張した。それに彼らには、テントや野営の道具だけでなく、武器や銃弾も与えている。たしかに砂漠の中ではスティーブンズも、全面的に彼らの言いなりになっていた。が、今はトルコ総督の保護を得ている。このことがスティーブンズに、わずかながらも安心を与えていた。「私がああ言えば、族長はこう言う。これのくりかえしだった」とスティーブンズは書く。「そして、私が彼の法外な要求にかっとなると、族長は私がとてもあらがえないような、心打つ調子で、一ドルでも二ドルでもいい、もう少し上乗せしてくれないかと物乞いをはじめる」。そしてしまいには、スティーブンズの服を貰えないかと言いはじめる始末だった。スティーブンズはそれはできないと断った。族長は怒りをあらわにして、スティーブンズがならべたお金をわしづかみにすると、それを床に叩きつけた。そしてこれからは、誰一人外国人は、自分の国を横切ることなどできないだろうとわめき散らして、そのまま部屋を飛び出てしまった。

もちろん、これですべてが終わりというわけにはいかない。しばらくすると、族長と部下たちが戻ってきた。族長もスティーブンズもともに後悔をしている。スティーブンズは譲歩して、商人の衣装を譲ることにした。族長は自分が欲しいのは、スティーブンズの友人や後援者たちだと言う——つまり、ペトラを訪れたいと思っている西洋人に、ペトラへの推薦状を書いて欲しいと言う。次の日、彼らはすべてを清算した。スティーブンズは族長に、金と着物と推薦状を渡した。「自分のヨーロッパの服を除けば、ほとんど手持ちのすべてだ。そして二連銃（ややもすれば暴発しがちだが）を族長の部下たちに与えて、プレゼントを終了した」。族長はスティーブンズの両頬にキスをして、自分の兄弟と同じくらい彼を愛していると言った。そして、もしスティーブンズが戻ってきて、イスラム教に改宗したときには、彼に部族のとびきりきれいな娘を四人、妻として与えようと付け加えて、彼は立ち去っていった。「私は彼らの姿が見えなくなるまで見送っていた」とスティーブンズは回想している。「武器の音が聞こえなくなるまで、耳を澄ませていた。彼らには、もう二度と会うこともなかったし、会いたくもなかった」。

スティーブンズは、聖地パレスチナをあちらこちらとまわっている間に、何度か病気の発作を起こした。ヨルダン川を訪れたり、死海ではボートを浮かべた。エルサレムの市内をまわったときには、一年前に刊行された地図を使った。それを描いた画家の名は「F・キャザウッド」だったが、この名前をスティーブンズはすでに知っていた。それは、ナイル川のほとりにあったモニュメントに、他の人々の名前といっしょに彫り込まれていたからだ。四月下旬のどこかで、スティーブンズはベイルートへ到着している。「私の東洋への旅は突然終わりを告げた」と書く。「一〇日間ほど寝込んでいた。付き添っていたのは年老いたイタリア人の藪医者で、ひどく大きなフロック・ボタンの付いた、ブルーのフロック・コートを着ていて、私が寝ているベッドに近づいてはそのつど、お前は死ぬぞと言って脅かした。一〇日間寝込んだあとで、私は海へ向かう船に乗り込み、アレクサンドリアへ渡った」。アレクサンドリアからスティーブンズはジェノバへ行き、ロンドンへと旅して、夏の終わりにようやく大西洋を横断した。

ニューヨークで彼の最初の本が刊行されると、たいへんなセンセーションが巻き起こった。一八三七年、スティーブンズが帰国したわずか一年後に、『エジプト、アラビア・ペトラエア、聖地の旅で起きた出来事』の二巻本が発売された。書評も出て、どれもが一様に褒めちぎった。そして人気が高まったおかげで、一年も経たずに、イギリスでの二回を含めて、全部で一〇回増刷が行なわれた。「この二巻本はこれまで読んだ中で、もっとも気持ちのよい旅行記だ」とロンドンの『マンスリー・レビュー』が書いた。「もう一冊、同じ書き手によって執筆される計画が、話し合いの上、早急に実現することを希望するし、これなくしては批評家諸子も、彼らの結論に到達することはできないだろう。筆者がこの旅行記を他と著しく異なって際立たせているのは、読者に、あたかも書き手が感じているのと同じ感情を抱かせる点だろう。それは彼らに生きいきとした鮮明さを与えることで、読者をあたかも書き手とともにいるかのような感じにさせる。つまり、筆者が身に帯びている熱意と同等か、もしくはそれに似た熱意を抱いて、彼と同行しているような気分にさせることなのだ。それを感じるためには、われわれもことさら求めて努力する必要もないし、大げさに尾ひれを付けて、そのことを言い立てる必要もない[39]」。

スティーブンズの本の成功は、アメリカの作家としては前例がないほどすばらしいものだった。それをさらにいっそう驚くべき業績にしたのは、本が出たのが、アメリカ建国以来最悪の経済不況がはじまったのと同時期だったことである。[40] 他の言い方をすると、一八三四年に、スティーブンズがあとにしたニューヨークシティは、二年後に彼が戻ってきたシティではもはやなかった。一八三五年の凍えそうに寒い一二月の夜――ちょうどスティーブンズがエジプトに足を踏み入れた頃だ――、火の手がマンハッタン南部に広がった。火の勢いがあまりに強かったために、遠くはなれたニューヘーブン、コネティカット、フィラデルフィアなどでもニューヨークの火が見えたという。恐ろしい火は轟音を立てながら、市の経済区を焼き払い、スティーブンズが育ったブロックも焼いた。ブロード・ストリートからイースト・リバーへ、そして南のコエンティーズ・スリップから、北のウォール・ストリートまで五二エーカーにわたって、行く手のすべてをほとんど破壊し、立ちならぶ建物をことごとく焼き尽くした。火事は二日間燃え続け、最後の残り火が消えるまでに二週間かかった。都市を焼き尽した大火としては、一六六六年のロンドンや一八一二年のモスクワ以来の大災害となった。火事が鎮火したとき、六七四の建物が崩壊していた。そしてニューヨークでは、二五社の火災保険会社が倒産した。

スティーブンズの父親の商売が、大火の影響を直接受けたのかどうか、それを伝える資料はない。だが、スティーブンズが一八三六年の夏の終わりに、ニューヨークへ戻ってきたときには（火事から一年も経っていない）、都市は灰の中から新しい姿で立ち上がりつつあった。五〇〇ものビルが建築中か、あるいはすでに建てられていた。このあたりの古い道路は、かつて一七世紀にオランダ人が作ったものので、狭くて曲がりくねっていた。それが今では、まっすぐで広い、ガス灯のともったモダンな通りに変貌した。しかし、そこでは新たな猛火が暴れまわっていた――不動産ブームだ。ブームはふくらんだ紙幣によって簡単にあおられた。マンハッタンの地価の投機的な急騰は、スティーブンズがヨーロッパを出発するとき、すでにはじまっていた。それが今は、コントロールができないほど燃え上がっている。それほど再建ブームは熱っぽくなっていたのである。大火のために燃えて何もなくなってしまった地所の地価が、以前の建造物が立っていたときより、はるかに高くなった例もあった。

しかし、そのブームもまたたく間に終焉する。スティーブンズが戻ってきて、ようやく九カ月が過ぎようとした頃、国の経済が破綻した。有名な「一八三七年の恐慌」である。広く知られたことだが、その年の五月にニューヨークの銀行が、硬貨や金種、銀種で預金者に金を支払うことができなくなった。この危機はまたたく間に広がり、合衆国中の銀行が次々に破綻した。そしてビジネス活動は停止し、失業率は記録的な水準に上昇した。(41)

恐慌がはじまったとき、スティーブンズはすでに自分の本の完成を間近にしつつあった。彼はこの本を帰国後ほどなく書きはじめていて、フルタイムの弁護士業務へ戻ることは先延ばしにしていた。旅先で書いた手紙を、スティーブンズは前に雑誌で公にしている。友人たちに好評だったこともあり、それにあと押しされて、スティーブンズはクリフ・ストリートの八二番地にふらりと立ち寄った。そのあたりは大火の類焼からまぬがれた地域で、質素なれんが作りの建物は、ウォール・ストリートから北へ七ブロック行ったところにあった。そこで彼はジェームズ・ハーパーに会った。ハーパーはハーパー&ブラザーズ――合衆国で一番大きな出版社――を経営する四人兄弟の最年長者だった。ハーパー兄弟は数年前に印刷会社を立ち上げ、またたく間に出版業へ参入した。彼らはおもにイギリス人作家の作品をリプリントして、ひと財産を築いた。アメリカには当時、国際間で取り交わされた著作権法がなかったので、リプリントは金になるビジネスだった。何はさておき彼らには、外国の作家に印税を支払う義務がなかったからだ。しかし、スティーブンズが姿を見せた頃には、ハーパー&ブラザーズ社も、地元のアメリカ人作家を育成することをはじめていた。

ある報告によると、スティーブンズがハーパーに質問をしたという。いったいどんな本が一番売れるんですか？「今出しているものの中では、旅行記が一番売れているよ」とハーパー。「有名な作家の小説みたいに、わっと一時に売れることはないけれど、長い期間にわたって売れるんだ。そして結局は、小説より部数が出ることになる」。ハーパーは、スティーブンズが二年間旅をしてきて、今戻ってきたばかりだということを知っていたので、旅について一冊本を書いてみないかと提案した。

「そんなことは今まで、考えたこともありませんでした」とスティーブンズは答えた。「私が旅をしたのは、人里離れた所ばかりで、それもさっと通り過ぎただけです」

「そんなことはたいした問題ではないよ。通り抜けても、ちらっとは見ているわけだから。うちには君が旅した国々の本が山ほどある。その中から好きなだけピックアップしたらいい。君の家へ送ってあげるよ。それをおもしろおかしく、適当に仕立て上げればいいんだから」(42)。

次の年の夏には、スティーブンズの本の刷版が準備され、いつでも印刷に取り掛かれる状態だった。だが、ハーパー&ブラザーズも、ニューヨークの大半の会社と同じように、深刻な経済的苦境に立たされている。ブームはすでに終わっていて、ハーパー兄弟は大幅に出版点数を減らしていた。一八三四年には平均で一週間に一冊出していたものを、一八三七年の夏には一カ月に一点へと減らさざるをえなくなった(43)。しかし、スティーブンズの原稿は、兄弟たちの間にやる気を起こさせた。彼らはその出版を何としても実現させることに決めた。スティーブンズが自分の金——あるいは父親の金——を四〇〇ドル出したことが、結果として、この決定をあと押ししたことは確かだ。初版を印刷する費用の一半として、彼が調達した四〇〇ドルは、当時としてはかなりの大金だった。そして、それは、スティーブンズがこれまでに経験したことのない、最高の投資となった。スティーブンズは出版社との間で、通常の著作権の契約――純利益を等分に分配する――を交わしただけではない。契約の規定には、七年後に著作権とステロ版の刷版を、刷版だけの代金で買い取ることができると明記されていた。(44)結局のところ、彼はこの本でひと財産を築くことになり、本は一九世紀を通じて変わることなく売れ続け、現在でもなお出版されている。

スティーブンズは執筆に専念した。そして信じがたいことだが、全部で五二二ページの二巻本をわずか八カ月足らずで仕上げてしまった。そして当時よく行なわれていた、匿名で出版するという方法を取った。これも、書物を書くという行為が紳士や専門家にとって、必ずしも尊敬すべき仕事ではないという考えに従ったものだ。その結果、初版の著者名はただ単に「アメリカ人」とだけ記された。

著者を匿名にしたことについては、他にも理由があった。スティーブンズは、自分が書いた本がはたして売り物になるのかどうか、非常に疑問に思っていた。実際、刊行日が近づくにつれて、ともかく彼は町を離れようと決めた。そしてハドソン川をさかのぼってオールバニーへ旅して、スティーブン・ヴァン・レンセリア三世の家族を訪ねた。ヴァン・レンセリアは、ニューヨーク州でもっとも富裕な地主の一人だ。だが、州の北部でも、スティーブンズは結局、自分の本の出版から逃れることができなかった。ある晩、夕食のときに家族一同がテーブルにつき、彼も座っていた。そのとき召使いが『オールバニー・イブニング・ジャーナル』紙の最新版を持ってきた。若いご婦人の一人が、新聞を開いて読みはじめた。すると父親が「何かニュースはないのか?」と訊いた。(45)新刊が出ていて、それを『ジャーナル』がすばらしく魅力的だと褒めている、と若い女性が答えた。「私もそうだと思う。だって『ジャーナル』の言うことはいつも、みんなその通りなんだもの」。記事を読んでくれとみんなに頼まれて女性が読むと、誰もがおもしろそうだと言って、とてもよろこんだ。それならというわけで、彼らは召使いに、地元の本屋「リトルズ」まで行って一冊買ってくるようにと言いつけた。家族は誰も気がついていないが、同じテーブルに座っている客が、実はその本を書いた著者の「アメリカ人」だったのである。しかし、スティーブンズは自分のことは何も言わずにやがて暇を告げた。

スティーブンズは『ジャーナル』紙の編集人サーロウ・ウィードを探し出し、すぐに彼の新聞社へやってきた。ウィードはのちにアメリカ政界の大立て者になる人物だが、その昔は、ハーパー兄弟といっしょに仕事をしたことのある腕のいい印刷業者だった。そんな彼はいつも、ハーパー&ブラザーズ社が出す本の見本をもらっては、それを書評していた。のちにウィードは彼の自伝の中で、「(スティーブンズの)本については、念入りな書評を書いて称賛した。そして必ずや、幅広い読者を獲得すると予言し、この未知の作家を激賞した」と説明している。スティーブンズがウィードの新聞社にやってきた、とウィードは書いている。そのときスティーブンズは「言葉で言い表せないほど感動していた」。自己紹介をすると、レンセリアの家で起こった出来事について、彼は早速話した。そしてウィードが書評に取り上げてくれたことに感謝した。ウィードは続ける。「彼(スティーブンズ)は、はたして人々がこの本を受け入れてくれるかどうか、不安な気持ちと、それを危ぶむ気持ちでイライラしながらニューヨークを離れたと言っている。そもそも、この本の刊行をあと押ししてくれた人々の優しい気持ちが、かえって、彼らの判断を誤った方向へ導いているのではないか、とも思ったと言う」。さらにウィードは続けて次のように書く。スティーブンズの成功をもたらした文のスタイルは、彼が家族や友だちだけに読ませようとして書いた、長い手紙の文章からきていた。そして「この環境が彼の手紙に新鮮さと自由をもたらし、それが、彼の書いた本の独特な魅力を形作っている。スティーブンズは作家としておもしろいだけでなく、会話をしているときの彼も興味深い」[46]。

スティーブンズの匿名は、それほど長くは続かなかった。というのも、スティーブンズ以外に『出来事』を書ける者はいないと、ニューヨークシティの大半の人々が思っていたからだ。『ニューヨーク・レビュー』誌の八月号で、スティーブンズはこれまでで、もっとも高い評価をもらった。レビューをしてくれたのは、自分自身も何とかして第一作を、ハーパー&ブラザーズ社から出したいと懸命に努力していた作家である。その作家こそエドガー・アラン・ポーで、当時は影響力の大きな批評家だった。ポーは一七ページを費やして、スティーブンズの本を詳細に分析した。その中で、最初のパラグラフからスティーブンズの名前を明かしている。「スティーブンズ氏はここで、通常のおもしろさをはるかに越えた二巻本を、われわれに与えてくれている——まずその清新な書きっぷりが、そしてそこには男らしい感情も見てとれる。この二つはともに大いに検討に値するものだ」とポーは書いている。書評家としての彼は、当時、すさまじいまでに辛口のレビューで知られていた。その彼が書評の大半を、スティーブンズのイドマヤ縦断旅行の検討に費やしていた。ポーは預言者が語った聖書の呪いと、それを克服して、みごとにイドマヤを通り抜けてみせた、スティーブンズの能力に心を奪われた。しかし、最終的には、スティーブンズが本書で創造してみせた、文体と語り手の魅力にポーは感動していた。「この二巻本は概して、自由と率直さ、それにまったくの気取りのなさによって書かれている。そのためにこの特徴が、あらゆる階層の人々の敬意と好意を本書にもたらすことになるだろう。われわれはここで、心を込めてスティーブンズに別れを告げる。が、それが彼の噂を耳にする最後の機会となることは望まない。また別の旅を彼とともにしたいと思う、彼はそのような旅人なのである」[47]。

スティーブンズは金脈を掘り当てた。誰もが旅の続きを読みたいと思ったのだろう。それに応えて、彼は二作目の二巻本『ギリシア、トルコ、ロシア、ポーランドの旅で起きた出来事』を手早く適当に仕上げた。この本は次の年にハーパーズ社から刊行され、一作目と同様、好意的な書評に恵まれた——そしてかなりのお金にも。「スティーブンズ氏が中年になる頃には」と『サザン・リテラリー・メッセンジャー』誌は一八三九年の八月号で書いた。「著作によって、十分に満足のいく財産を築き上げていることだろう——これはアメリカの著述業の歴史では、驚くべき事実だ。さらに注目すべきは、スティーブンズ氏が文学の教育を受けていないことだ」(48)。

ここで書評者の頭にあるのは、スティーブンズが法律の教育を受けたということで、彼がチャールズ・アンソンからどれほど多く古典教育を学んだか、そして彼が意識的にそれを、どれほど多く——文体的に——忘れなければならなかったかについては、この書評者もまったく知らない。

スティーブンズは今、法律にほとんど興味を持っていないか、あるいは法律に戻る必要を感じていなかった。だが、それなら、もし旅行で手にした素材をすべて使い切ったときには、はたしてどんな職業に就くことができるのだろう？　その答えはニューヨーク州や、ニューヨーク歴史協会から州議会へ出された嘆願書の中にあった。それは初期植民地時代のニューヨークシティの歴史を研究するための資金を提供してほしいという嘆願だ。一八三九年五月、オールバニーの州議会議員たちは嘆願書に対して解答を寄せた。それはオランダ、フランス、イギリスの初期植民地時代の記録を修復する費用として、議会は四〇〇〇ドルを供出しようというものだった。スティーブンズは、地元の著述家たち数人とともに、名誉ある役職を求めてロビー活動を行なった。しかし、知事のウィリアム・スワードはホイッグ党だったし、スティーブンズと民主党との関係は誰もが知っている事実だ。それが彼のチャンスを完全に潰した。スワードが指名したのは、ニューヨークにはじめて入植したオランダ人たちの子孫で、有力なブリーカー一族の一員だった。[49]
スティーブンズの挫折はいつしか消え去っていった。というのも、すでに彼はキャザウッドと出会っていたからだ。中央アメリカの遺跡が彼を手招きしていた。合衆国の代理公使が次々に死んでしまったことが、スティーブンズにチャンスを与えた。チャールズ・デ・ウィット、その代わりに任命されたウィリアム・レゲットが相次いで亡くなった。民主党の大統領マーティン・ヴァン・ビューレンは、崩壊しつつある共和国へ派遣する代理公使に、スティーブンズを任命することで一連の任命騒動を解決した。スティーブンズは興奮し感動した。任務はなお不透明で危険きわまりなかったが、中央アメリカの闇の奥を目指す旅が、彼の目の前にもう一つのペトラとして、大きく立ち現れてきた。一八三九年六月二〇日、新しい任務を手にして、ワシントンから戻ってきたスティーブンズは、友人のダニエル・S・ディキンソンへ手紙を書いた。ディキンソンは将来、合衆国上院議員やニューヨーク州の検事総長になる男だ。

自分はどうも、いつかこの国を立ち退かなければならないように、運命づけられているのかもしれない。ホイッグ党の連中は、私がイギリスやオランダに行くのを邪魔するし、私の忠実な友である『ヘラルド』紙が言うように、「オランダへちょっと立ち寄って記録に残る」ことさえだめだと言う。だが、徳は自ずから報いを生み出してくれる。おかげで中央アメリカへ派遣される外交使節に任命された。これがどれくらい私をよろこばせたか、君にもそれは分かると思う。オールバニーのプロジェクトなんかとは、ぜんぜん比べものにならないからね。実際、もしあのときロビー活動に成功していたら、今頃、それはとても不運なことだったと思っていたにちがいない。

友だち連中はさかんにからかうんだ。私のことを「代理公使」と呼んで、地図上にそんな国（中央アメリカ連邦共和国）はないんじゃないかと言う。だけど、中央アメリカからやってきた人は、革命軍が国中にあふれていて、軍の将軍が首都に入っていると報告し、注意を促していた。たしかにこの使命には、さまざまな出来事が予想される。だいたい「政府」自体が国の中で「かくれんぼ」をしてるんだから。それに今の時点でも、政府がどこにあるのか、その場所を「代理公使」が正確に知らないんだもの。こんな状態では、運命に身を委ねようと決意するには、あまりにも不安材料が多すぎる。それは私の人生の行く末が、偶発事によっていかようにでも変更されるということだ……。(50)

そんなわけで、スティーブンズはともかく、金ボタンのついたダークブルーの外交官服を作るために、寸法を測ってもらおうと仕立て屋へ出向いた。合衆国ではその存在がほとんど知られていない共和国、それは、そんな国を探すために派遣される代理公使にふさわしい服だった。

Ⅱ　政治

6 廃墟

スティーブンズとキャザウッドがコパンで野営している場所の東方では、ホンジュラスの全域で、ファン・ガリンド大佐が最後の戦闘の準備をしていた。彼は必ずやこれが、共和国を救うための最後の一戦になると考えていた。ガリンドはもともとアイルランド人だったが、その後、中央アメリカの愛国者となった。外交上の任務で失敗したあとで、何とか評判を取りもどそうとして、しばらくの間懸命に努力を重ねてきた。ロンドンへ行ったのは共和国のためで、ベリーズの国境線を押し返すのが目的だった。だが、交渉は失敗に終わり、面目を失って戻ってきた。(1)今は中央政府も包囲されているし、彼が選んだ世界はまわりから崩れかかっていた。もはや彼の未来や劣勢を挽回する唯一のチャンスは、ふたたび武器を取り上げて、連邦を守ることにしかないと考えたのである。

彼は一八〇二年にダブリンで、ジョン・ガリンドとして生まれた。一八二七年、若者になったガリンドはグアテマラへ旅をしたあとで、共和国の理念を熱心に支援するようになった。(2)一八二九年にグアテマラで起きたはじめての内戦で、戦闘中に負傷した彼は、新たに設立された自由連邦会議によって、中央アメリカの市民権を与えられた。そのあとの一〇年間、彼は軍事上、外交上の任務を引き受けた。ひところはグアテマラ最北端のエル・ペテン地区や、ベリーズとメキシコに直接国境を接している地区の総督を務めたりした。ガリンドが熟知しているのは、今まさに、スティーブンズやキャザウッド、それにウォーカーやキャディーが歩いている土地だった。一八三一年、彼はメキシコとグアテマラの国境線上のパレンケにある、石の廃墟を探検している。その三年後に、彼はグアテマラ政府から、グアテマラとホンジュラスの国境近くにあると噂されている、不可思議な石群を調査してほしいと依頼された。彼がコパンに着いたのは一八三四年四月で、スティーブンズやキャザウッドがやってくる五年以上も前のことだった。

中央アメリカに来る前に、ガリンドがどのような日々をすごしていたのか、この点についてはいまだ謎のままである。母親はアイルランドの女優。父親はスペイン人を祖先に持つイギリスの俳優で、フェンシングの教師でもあった。ガリンドがどんな学校教育を受けてきたのかは分からない。が、小学校を出ていることは疑いようがない。おそらく、さらに上級の教育も受けていたにちがいない。彼は褐色の肌をしたハンサムで、黒い巻き毛が額を取り囲んでいた。濃いまつげと大きな目が、ローマ鼻や女性のように小さな口を抑えて一段と目についた[3]。野心的で知的な彼は、好奇心が旺盛で考え方は科学的だった。自分が選んだ国の軍事上、あるいは外交上の問題に巻き込まれはしたが、任務の合間にはなお時間を見つけて、ロンドンの王立地理学協会や王立園芸協会、アメリカ稀観書協会、パリ地理学協会などのメンバーになり、それぞれに論文や報告を寄稿していた。

一八三四年六月にガリンドは、コパンからグアテマラ政府へ報告書を書いて送っている。そこには、彼がコパンで見つけた石の廃墟のことが書かれていた。報告書は、連邦共和国にとって養子にあたるガリンドの、誇り高い狂信的愛国心に満ちたものだった[4]。アメリカではいかに進んだ文明が作られていたか、遺跡がそれを示す明らかな証拠を与えている、と報告書は述べていた。その遺跡はただ単に、コロンブスのアメリカ到着以前から、文明が存在していた事実を示すだけではなく、アメリカ・インディアンが、地上で最古の民族であることを示していると言うのだ。ガリンドはアメリカが、人類文明の発祥の地かもしれないとも言う。これは当時の一般的な考え方とは、大胆なまでに調和していない意見だった。

もちろんガリンドは、自分の意見を裏付ける科学的な根拠を提示しているわけではない。だが、彼の野心に満ちた主張は、ヨーロッパ人がコパンやパレンケに遭遇したとき、彼らの想像力にそれが及ぼした目もくらむような衝撃を、いくぶんかでも証明してみせたものでもあった。誤りはあるものの、彼の圧倒的な意見の中で見られるのは、明快で簡潔、そして貴重なコパン遺跡の描写だ。そこには倒れた像、彫刻が施されたオベリスク、崩れかけた階段、広場、それに神殿などが述べられている。ガリンドはコパンで神殿を建てた建築家や、精巧に彫り込まれたモニュメントを作った職人が、いっさい鉄製の道具を使用していなかったことを正しく指摘していた。さらに、これはほとんど予知と言ってもいいくらいだが、彼は、自分が発見したヒエログリフが少なくとも、一部は音を表わしている表音文字で、ただ単にすべてが表意文字ではないと推測している。これは注目すべき推測だ(5)。彼の判断は結果として正しいことが判明するのだが、その結論が支持されるまでには、なお何百年もの研究が続けられなくてはならない(6)。

ガリンドはまた、自分こそがコパンをはじめて調査した探検家だと言い張った――が、実はそうではない。ガリンドには知るよしもなかったのだが、スペインの王立アーカイブにもう一つ、コパンに関する報告書が眠っていた。それは一八五八年にはじめて明るみに出たもので、そのときにはすでに、ガリンドが死んでからだいぶ経っていたし、スティーブンズやキャザウッドもこの世にはいない(7)。報告書は一六世紀の後半に書かれたもので、それはコンキスタドールたちが、グアテマラやホンジュラスのインディアン戦士たちを征服してから、わずか三〇年後のことだった。

ディエゴ・ガルシア・デ・パラシオは、グアテマラの王立大審問院（アウディエンシア）として知られる最高司法機関の判事をしていた。当時の植民地の首都、サンティアゴ・デ・ロス・カバジェロス（今日のアンティグア・グアテマラ）にいた彼は、スペインのフェリペ二世の命を受けて、一五七六年、征服した地方の調査に着手した。パラシオは知的で教養のある官吏で、一五三〇年にスペインのアストゥリアス地方で生まれた。拡大するスペイン帝国の壮大な計画には、中央アメリカが重要な役割を持つことを、彼はいち早く理解していた。この地方、とりわけホンジュラスを、今は小さいが、少しずつ大きくなりつつある太平洋艦隊と、大西洋の強力な無敵艦隊をつなげる格好の交差地点と見なしていた。彼にはまた、現在のホンジュラスとエルサルバドルの奥地を、探検しなければならない個人的な理由があったようだ。パラシオはフィリピンの総督になりたかった。彼が抱く野心の中でも、フィリピンはとりわけ大きな価値を持っていた。そのためには、中央アメリカを横切ることのできる、簡単で、すばやい方法を見つけること。それさえ見つければ、目的とするフィリピンへ到達する道は開ける。しかし、結局、彼はフィリピンへ行くことはできなかった。何年かのちにはメキシコにいて、海軍のマニュアルを書いたり、沿岸の大艦隊を指揮して、フランシス・ドレークのようなイギリスの略奪者たちを追いかけていた。略奪者たちは、太平洋沿岸に沿って航行するスペイン船を襲っては、大混乱を引き起こした。だが、この時点で、パラシオの名前は記録から消えている。

しかし、彼が歴史上に名をとどめる場所は、小さいながら確保されていた。それはパラシオが一五七六年にコパンを訪れ、マヤ文明の「古典期」に作られた石のモニュメントを、非先住民としてはじめて調査したことだ。それに彼は、自ら発見したものに驚き、それを観察して文字に書き残した最初の人物でもあった。

　国王に宛てた一五七六年三月八日付けの手紙で、パラシオは次のように書いている。「ここには以前、巨大な権力の座があり、膨大な数の人々が住んでいました。人々は文明化されていて、さまざまな彫像や建造物で見られる通り、芸術の分野でもかなり進歩しています」。彼はまた遺跡の状況を具体的な表現で伝えていた。六体の大きな男性像と二体の女性像、それに祭壇、テラス、ローマのコロッセオに似た広い広場を見つけたと言う。石に施された細工は、その多くがすばらしい技量を表わしている。そのことから判断しても、「この地方の先住民のように粗野な」者たちが、これを作り出したということはまずありえない。そして、地元の住民たちは、この遺跡の歴史についてほとんど知識がないと付け加えた。

　コパンについてパラシオが行なった報告は、彼が各地方を経巡った旅の恐ろしく長くて退屈な報告書の、終わりの部分に書かれた、わずか八五〇語の記述にすぎない。そして、スペイン国王が個人的にそれを読んだかどうかも分からない。それは植民地から送られ、順次積み重ねられていく情報の山に加えられた。その結果、宮廷のふくらみ続ける記録保管所《アーカイブ》の中で、しまい込まれてしまった。アメリカの外交官がはじめてそれを発見し、翻訳して英語で公にするまで、三世紀近くの間、パラシオの報告書は保管所で埋もれたままになっていた――それは、スティーブンズとキャザウッドがコパンに到着してから、すでに二〇年も過ぎていた。[8]

　発表されることもなく、長い間埋もれていたパラシオの手紙については、スティーブンズやキャザウッド同様、ガリンドにもそれを知るすべはなかった。したがって彼は、コパンを最初に調査したのは自分だと思った。そして、自分が発見したことを何とかして世間に知らせようとした。[9] 一八三四年六月一九日に彼は、コパンに関する調査について、グアテマラ政府にすべてを報告し終えたのだが、同じその日に、彼はまた二つの短い「所見」（彼はこんな言い方をしていた）を書いている。その内の一つを『ロンドン・リテラシー・ガゼット・アンド・ジャーナル・オブ・ベル・レットル・アーツ・サイエンシズ・エトセトラ』誌へ送った。原稿は一八三五年七月に掲載された。そしてもう一つの記事は、マサチューセッツ州ケンブリッジで、アメリカ稀覯書協会の雑誌に掲載され、一八三六年に公にされた。この二つの他に、もう一つさらに長い原稿があり、これには素描と地図が付いていた。長いバージョンはパリのパリ地理学協会へ送られたが、協会の小冊子で紹介されたのは、素描を省いた原稿の概要だけだった。

グアテマラ政府に送った長い報告書には、地図も素描もすべて付いている。ガリンドはこの報告書が政府によって刊行されることを期待した。が、はっきりとした理由が分からないままに、グアテマラシティの役所内にある記録保管所にしまい込まれて、数十年後まで発見されることがなかった。この報告書は一九二〇年に、ワシントンDCのカーネギー協会によって公にされた。だが、地図と素描はいまだに見つかっていない。[10]

しかし、一八三九年一一月の時点ではなお、ガリンドの心底には、自分が行なった科学調査を公にしたいという願望があった。が、イギリスで外交上の失敗をしたおかげで、すでに連邦政権の支持を失っている。[11] しかし、リベラルの大義が重大な危機に瀕している今こそ、名誉を回復するチャンスだとガリンドは見た。そこで彼は、中央アメリカ連邦共和国を救うために行なう、最後の戦いの準備に

と、ピストルを掃除し、剣を研いでいたのである。(12)

ガリンドが公にした短いコパンの「所見」は、世間から忘れ去られたも同然となっていたが、ニューヨークの古物収集家の間では注目を集めていた。そしていつの時点だったのか、それはスティーブンズの目にも止まった。スティーブンズとキャザウッドが今、ホンジュラスのジャングルの中にいるのも、もとはと言えばガリンドの報告がその原因だった。「あの国で、遺跡に注意を向けたのは彼一人だけだ」とスティーブンズは書いている。「たしかに報告書は漠然としていて、満足のいくものではないが、それがわれわれの好奇心をかき立てた。これは言っておくべきだと思うので言うが、C氏(キャザウッド)と私はともにいくぶん懐疑的だった。そのためコパンに着いたときには、何か驚異の発見を予期することより、むしろそれを期待し願う心の方が強かった」。

ガリンドの報告は、平板で緊張感のない文章でつづられていたが、スティーブンズやキャザウッドのような、冒険家のイマジネーションに火を点けるには十分だった。が、コパンを最終的に世間に知らしめるためには、スティーブンズのエネルギッシュで、ときにはロマンチックな散文と、キャザウッドの細密で正確な素描の強い美が必要となる。

＊

スティーブンズとキャザウッドは、コパンの第二夜を、ハンモックの中で揺れながら過ごした。相変わらずドン・グレゴリオは不機嫌で、二人がハンモックで寝たのは屋外の小屋の中だった。「朝になってもわれわれは、引き続き見慣れないことをして——とくに歯を磨くこと——人々を驚かせた」とスティーブンズは記す。ドン・グレゴリオはいつものように、無感動な様子でよそよそしい。スティーブンズたちは、これは限界だ、もはや他に滞在する場所を見つけた方がいいと考えた。

一方で、スティーブンズと、とりわけキャザウッドは「医者《メディコ》」としての評判を勝ち得ていた。というのも彼らは、持ち歩いていた救急箱を使って、ドン・グレゴリオ一家の人々に何度か応急処置を施していたからだ。噂は噂を呼んで、やがて一〇人ほどの人々が治療を求めて、彼らのもとへやってきた。スティーブンズたちが出発の準備をしていると、背の高い、身なりのきちんとした男が前へ進み出た。そして自分はホセ・マリア・アセベドだと名乗り、スティーブンズに紙束を手渡した。そして、遺跡は自分が所有している土地の中にあると言う――さらに、それを証明する書類を作成したと付け加えた。スティーブンズは書類を調べた。そして自分たちの評判を利用してアセベドに、われわれは遺跡を何一つ破壊するようなことはしないと請け合った。アセベドの所有地に滞在する件については、コパンを出発する前に、何か埋め合わせができるとうれしいのだがと言い添えた。

「幸運だったのは」とスティーブンズは続ける。「アセベドに頼み事があったことだ。われわれの医者としての名声は、村にも達していた。そこでアセベドは病気の妻を治療してほしいと言う」。これはドン・アセベドの好意を手にする絶好のチャンスだった。スティーブンズは早速、地主の妻に手当を施すために村へ向かった。一方でキャザウッドは、数人雇った男たちとともに、一足先に遺跡へと出発した。

午後になって雨が降り出し、やがてどしゃ降りになったので、探検をさらに進めることは中止した。キャザウッドと彼に合流したスティーブンズは、遺跡のすぐ外側に粗末な小屋を見つけて、そこに避難させてもらった。小屋には三人の家族が住んでいて、コパンに滞在中、ここに寝泊まりしてはどうか、とスティーブンズたちに勧めてくれた。部屋は一つあるだけで、しかも部屋の半分には壁がなく、

コパン遺跡近くのスティーブンズとキャザウッドが滞在した小屋［キャザウッド］

外気にそのまま開かれている。家族は片隅で生皮《ローハイド》のベッドに横になって眠っていた。ハンモックは一つしか吊るすスペースがない。そこでスティーブンズは、山となったトウモロコシの皮の上で寝ることにした。ここでも彼らは、間欠熱を患っている家婦と、感染肝に罹っている息子の手当をした。

その夜、毛布にくるまって葉巻きを吸いながら、スティーブンズは物思いにふけり幻想を抱いた。葉巻きはコパン・タバコ――「中央アメリカでもっとも名高いタバコ」――から作ったが、このタバコは小屋の主人が栽培し、手づから巻いてこしらえたものだ。スティーブンズはコパンを買い取ることを思い描いた。商人の息子の彼は、キャザウッドに自分の壮大な計画を説明した。まず遺跡からモニュメントをいくつか移動させる。そしてニューヨークの中心部の施設にそれを設置しようというのだ。スティーブンズによれば、何のかのと言っても、結局はコパンも、「ニューヨークの埠頭を波で洗う海と、同じ海へ注ぎ込む川のほとりにあるのだから」。たしかにスティーブンズの思いつきは、まったくありえないことではない。公の非営利的な博物館は、アメリカにはまだ存在していなかったが――スミソニアン協会の創設はなお六年先のことだ――、営利的な博物館ならニューヨークやフィラデルフィアにもあった。そこには剥製にされた動物や、科学に関する珍奇なもの、それにインディアンの工芸品などがたくさん陳列されていた。こうした施設の一つ、ジョン・スカダーのアメリカ博物館がニューヨークにできるまでには、まだ二年近く待たなくてはならない。この博物館はやがてフィアス・テイラー・バーナムに買い取られて、バーナムのアメリカ博物館として、科学的な啓発とともに見世物的な興行で、世界的に名が知られるようになる(13)。

スティーブンズのアイディアは、すべてがすべて利益第一だったわけではない。彼が思い描いた商業上の事業は、やがては「アメリカの古代遺物を展示する、大規模な国立博物館の中核」になるべきものだと彼は書いている。寝ていた部屋の向こうから、家主のドン・ミゲルが、コパン川は下流へ行くにしたがって流れが速くなるので、モニュメントを運ぶのはなかなか難しくなると説明したが、その意見さえスティーブンズの熱狂――あるいは文化的な優越主義《ショービニズム》――を削ぐことはできなかった。大きなモニュメントの中には切断し、いくつかの断片にして運べるものもあるだろう。さらに模型なら、他の材料で作られているかもしれないので、運搬も可能だろうと彼は言う。もしアテネのパルテノンの模型が、英国博物館で展示されているのなら、コパンから出た模型をニューヨークで陳列できないことはない。また旅行中に、発見したいと考えている別の遺跡も、もしかしたら、コパンよりずっとアクセスがしやすいかもしれない。だが、「早晩、遺跡の存在は知られて、その価値も評価されるようになるだろう。そうなればヨーロッパの科学者や芸術家たちがそれを手中に収めるようになる」と彼は説明する。「が、遺跡は本来われわれのものだ。そして、あとどれほどしたら、われわれが閉め出されてしまうのか見当がつかないが、ともかく遺跡はわれわれのものだと心に決めた」。

数日後、スティーブンズはコパンを買い取った。

だが、それは簡単なことではなかった。ドン・グレゴリオがあらゆる機会を利用し、村中で二人を誹謗中傷していたからだ。グレゴリオの作戦は成功した。二人に村を離れてくれと頼み込むために、村長が小屋へやってきた。彼らに居座られると、軍隊を呼び込むことになるからだ。しかし、スティーブンズたちを一目見ると、すぐに村長は帰ってしまった。「彼の訪問を受けるために、われわれが小屋へ戻ってきたときには」とスティーブンズは書いている。「いつものように二人とも、腰のベルトにピストルを二丁ぶら下げて、手には銃を持っていた」。

ドン・アセベドは六〇〇〇エーカーの土地の所有権を持っていて、これは三年で有効期限が切れる契約になっている。幸運なことにスティーブンズの手もとには、内戦の政府側に属する政治家の紹介状があった。それに次の日、インディアンの使いの者が、スティーブンズに宛てたカスカラ将軍の手紙を持ってきた。それにはカモタンで不当に監禁したことを詫びる言葉が書かれていた。ドン・アセベドは二つの書類を見て、大きな衝撃を受けたが、それでもなおためらい尻込みをしている。彼が恐れているのは、外国人に土地を譲り渡すことで、政府とのトラブルに巻き込まれるかもしれないことだと言う。そこでスティーブンズは最後の手段として、トランクを開けると、ブルーの外交官用のコートを身にまとった。コートには、大きな金のワシが彫り込まれたボタンがついている。

「私はそれまで、雨でびしょ濡れになって、泥で薄汚れたパナマ帽をかぶり、チェックのシャツを着て、半ズボンという出で立ちで、足は膝の所まで泥で黄色くなっていた」とスティーブンズは回想している。「が、ドン・ホセ・マリア・アサベドは私のコートのボタンをやり過ごすことはできなかった。ただ一つ問題なのは、契約書を書く紙を誰が見つけるかということだ。おそらく読者は、はたして中央アメリカの古い都市が、いくらくらいの価格で売られるものなのか、それを知りたいと思うだろう。私はコパンのために五〇ドルを支払った。が、土地の価格については、何ら面倒なことはなかった。私は五〇ドルを提示したが、ドン・ホセ・マリアは私をただのばかだと思った。もし私が五〇ドル以上の値段を提示していたら、おそらく彼は私を、さらにひどいばかだと見なしただろう」。

今や遺跡は二人の意のままだ。調査探検も本格的に進められた。キャザウッドはモニュメントを描く準備をし、スティーブンズと新たに雇い入れた作業人たちは、草木を入念に切り払って、ジャングルの一部をきれいにしはじめた。だが、はじめてみると、キャザウッドはとたんに困ったことに気がついた。というのも、モニュメントの彫刻が、あまりに謎めいて複雑怪奇なために、理解ができないからだ。

しかし、そこには第一に光の問題がある。一枚岩《モノリス》に施された彫刻の浮き彫りが深いので、ジャングルの天蓋を通り抜けてくる薄暗い光では、すべてが平板になってしまう。そのために、人間の形や風変わりな頭飾り、それにスカートなどに差異がなくなってしまった。これはキャザウッドが、蔓や枝や根などが絡みついた「偶像」をよく見ようとするときにも、起こる現象だった。だが、この問題の解決は可能だ。スティーブンズと作業人たちが低木の茂みを切り払い、周囲の木々を切り倒して、天蓋に穴を開け、光を取り入れてやればすむことだった。曇っていた空は定期的に晴れるので、そのときには太陽光線が、深く彫られた影をいっそう強く際立たせて、モニュメントの奇抜でエキセントリックな特徴を浮き彫りにしてくれる。(14)

第二の問題点は視覚的なものより、むしろメンタルなことだ。それに、これはそう簡単には改善で

コパンのステラの対照比較。現在（左）とキャザウッドのデッサン（右）

きない。西洋人、それもキャザウッドのようなヨーロッパ人が、まったく異なる別世界の彫刻を、はたしてどのように模写すればいいのか？　しかもそれは、不可解なまでに装飾が過多でミステリアスだが、明らかに高度な文明の産物と見られるヒエログリフに覆われている。二人のベテラン旅行家はこれまでに、それぞれが、エジプトや中近東の並外れて不可思議な場所を訪れてきた。が、その彼らが今はまったく「新天地」に立っていた、とスティーブンズは書いている。

ジャングルのもやと熱を通してのぞくと、とくにキャザウッドにとっては、それが自らの存在にかかわる瞬間となるのだった。これまでに手がけた彼の仕事は、ことごとくがコパンにやってくることにつながっている。しかし、

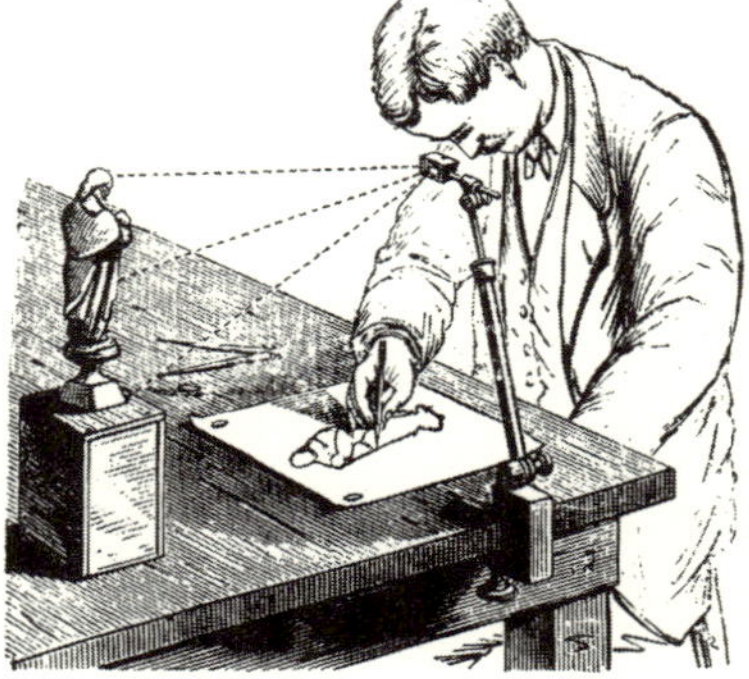

カメラ・ルシダ

それはあくまでも、西洋芸術の伝統に深く根ざしていた。彼が教育を受け、訓練を重ねてきたのもこの伝統で、それはギリシアやローマからはじまり、ヨーロッパのルネサンスを経て現在に至っている。彼がチュニジア、エジプト、レバノンへ旅して、そこで見たものや描いたものもまた、何世紀にも及ぶ文化交流のおかげで、彼にとっては理解しやすいものだった。ところがコパンにやってきて、彼は途方に暮れてしまった。森の中で彼が見つめているモニュメントは、これまで見てきたものにくらべて、あまりに異質だった。そのために、はじめはとても脳裏に印象づけることができなかった。第一日目の仕事では、石の偶像が完全に彼を頓挫させてしまった。いつもはカメラ・ルシダで、半透鏡を通して石柱の輪郭を描くのだが、ここではカメラ・ルシダも役に立たない。何度もスケッチを試みるのだが、そのつどうんざりとしてしまう。彼の技量では、判読が不可能なほど複雑な石像のデザインに、まったく歯が立たないようなのだ。

*

偵察調査に出かけたスティーブンズは、パートナーが描く対象の石柱を五〇ほど、そのありかを確かめて戻ってきた。だが、キャザウッドはまったくしょげ返って、意気消沈している。「彼は足を泥の中に入れたまま立って描いている。手には蚊を防ぐために手袋をしていた」とスティーブンズは書く。「かたわらの木の上では、二匹の猿が彼を見て笑っているようだ。私は気落ちし落胆した。実のところ、私は後悔にさいなまれながら決心をしていた。古物研究の推論のためにも、何か材料となるものを持ち帰ろうと思っていたが、この考えは断念せざるをえない。そして古物は、ただ自分自身の目で見ることで満足しなければならない。が、この満足だけは何者も、われわれから奪うことはできない」。

次の朝、防水性のブーツが見つかったこと（どこへ行ったのか、今まで分からなかった）、前夜ぐっすりと眠れたこと、それに輝く太陽の光などが、キャザウッドの頭をすっきりと明快にさせたようだ。オイルドキャンヴァスを手に――見つかったブーツを履いているので、足は濡れないですむ――、ラフスケッチの一枚目を描きはじめた。それはまだ満足のいくものではなかったが、ともかく彼の自信を取り戻す役目を果たした。日が経つにつれて、次々に新しいものを描いていくことで、キャザウッドは目の前の石柱を、正確に描くことができるレベルに到達していったようだ。それを可能にしたのは、単に、太陽が投げかけた影の鋭角により生じた、微妙な視点の変化だったのかもしれない。しかし、それはまた、彼が何らかの認識の障壁《バリア》を壊し、たとえ今、目にしているものが理解できないにしても、最終的には、それを把握しはじめた結果だったようにも見える。彼の完全主義に突き動かされて、その熟達した技術が戻ってきた。目の前の石の複雑なディテールのすべてを、何一つ省略することなく、また何一つ余分なものを加えずに捉えよう、とキャザウッドは固く決心をした。そこにはもはや、対象をねじ曲げる描法が入り込む余地はない。この点についてスティーブンズは、つねに次のような意見を持っていた。「はじめからわれわれの目的と、その努力が向かう先は、ともかくオリジナルの正確な写しを手に入れることだった。それには絵画として効果を上げるために、付け加えることは何一つしない。スケッチの輪郭を描くときキャザウッド氏は、つねにカメラ・ルシダを使った。そして紙をいくつかの部分に分けて、プロポーションの正確さを最大限に維持しようとした」。

石柱には、実物よりはるかに大きな人物が彫り込まれていて、見たこともないような服をまとい、ときに石の表面には作成当時の、赤い塗料が所々に残っている。そんな像をまず正面から描いたあとで、キャザウッドは側面に移動し、そして裏面を描く。彼の描く紙には、とても理解しがたいヒエログリフが、細部まで詳細に模写されていて、今にもあふれんばかりにならんでいた。将来、マヤ文字が解読され、考古学者がキャザウッドのスケッチを見たときには、改めて彼の描写の正確さが分かるだろう。そして中には、オリジナルの石柱が、侵食や摩滅によって失われているものもあるだろう。そんなときにはなおさら、キャザウッドの模写はありがたいものに思われるにちがいない。

二人は何日も作業を続けた。スティーブンズはジャングルを切り開き、ピラミッドや石の建造物の寸法を計測して、ノートにくりかえし書き留めた。彼は個々の建造物の状況、大まかなアウトライン、それに自分の感想などを書き、それを家に持ち帰ることにしていた。

目の前は一〇ヤード先も見ることができない。それに、次にまた何が見つかるのか、われわれにはまったく見当がつかない。あるときなど、足を止めて枝や蔓を切り払うと、そこにはモニュメントの顔が隠れていた。まわりを掘って、石柱の一部を明るみに出す。それは地面から少し顔を見せた像の、彫刻を施した面だった。インディアンが掘り進めている間、私は期待感に胸をふくらませ、固唾を飲んで身を乗り出していた。目、耳、足、そして手が現われる。彫刻の美しさ、森の荘厳な静かさ——それを破るのは猿が木をよじ上る音と、オウムのおしゃべりだけだ——、都市の荒廃、そして都市を覆うミステリー、これらすべてのものが、私がこれまで旧世界の遺跡で感じたものより、可能なかぎり、さらに大きな興味を作り出していた。

言葉数の少ないキャザウッドが、この隠れた文明の真の姿をはじめて描くことで、はるかに大きな世界が人々の眼前に広がった。そして彼は、その画業によって一躍有名になり、考古学史上で不動の地位を占めることになる。来る日も来る日もキャザウッドは、蚊、ダニ、暑熱、雨、泥にめげることなく、ストイックに仕事をし続けた。彼を取り囲むジャングルのように、それは彼の画家としての生涯の中で、もっとも生きいきとした、実りの多い時期だった。そして彼は、その時期を最大限に活用することができた。

コパンのステラの裏側［キャザウッド］

スティーブンズはスティーブンズで、測量器と言えるほどのものはほとんど持っていないが、ともかく自分の仕事に取り掛からなくてはいけない。手もとにあるのはコンパスと巻き尺（キャザウッドがエルサレムやテーベの神殿を測るのに使ったもの）、それに経度の決定を手助けする「人工水平儀」だけだ。が、キャザウッドが六分儀を含むこの装置を使ってみようとしたとき、それが湾曲しているのを見つけた。これでは壊れたバロメーターと同様、まったく役に立たない。

二人はサソリやヘビをたくみに避けた。ズボンはブーツのまわりをしっかりヒモで結んで履いた。服の襟もとはボタンを掛け、蚊が入り込むのを防いだ。また、ドン・ミゲルの小屋にはノミが出没するので、シーツを縫い合わせて寝袋を作り、夜間に襲来するノミから身を守った。ある日、二人は仕事をひと休みして、でこぼこの地面やジャングルを二マイルほど横切り、川と平行して走っている尾根の頂上へやってきた。そこで目にしたのは石切り場で、都市で作られる巨大な偶像や建造物に使用される石が、ここから切り出された。大きな石のブロックが今も横倒しになっていて、やぶや蔓などで覆われていた。それは明らかに、何か欠陥があって、数世紀前に捨てられたものだ。少し先にはまた、巨大なブロックが峡谷と交差するように横たわっている。下方の都市へ運ぶ仕事が、束の間中止になり、すぐにまた再開されるかのような石の置かれ方だ。二人はもはやがまんができない。ブロックを切り出したあとの石に、自分たちの名前を彫り入れた。

二人が遺跡に戻り、あたりのジャングルを切り開き、測量を完了してみると、ここはもしかして、はるかに大きな都市の中心だったかもしれないと思った。そして二人は今、その都市の儀式を執り行なう中心部に立っているのではないか、という結論に達した。中心部には、ピラミッドのような神殿、一枚岩でできた像や祭壇が点在する広場、それに階段によって囲まれ、古代ローマの円形劇場のように見える球戯場などがある。中心部からさらに離れた所には、たくさんの大きな小山があり、これは土で覆われていて、いろいろなことを連想させる。山の上には木々や群葉が茂り、たくさんの小山が、姿を見せはじめた遺跡から、さらに四方八方へと広がっている。しかし二人にできるのは、小山の下に何か財宝が眠っていて、未来の世代がそれを見つけるかもしれない、などと想像することくらいだった。

実際、スティーブンズとキャザウッドが偶然出くわしたのは、一二〇〇年前に、渓谷へ無秩序に広がり、川の両側の尾根へと伸びていった都市だった。都市の中心部は四分の一平方マイルほどだったが、このスペースに九〇〇〇人もの人々が住んでいた。さらにその近郊地区には一万人が、そして周辺の地方には数千人以上の人々が生活していた。

渓谷に住む村人たちが陶器を作りはじめたのは、紀元前一一〇〇年頃のことで、この陶器の破片を未来の考古学者たちが発見することになる。のちの研究が示しているのは、ヒエログリフが彫り込まれたモニュメントが、紀元五世紀に姿を見せはじめたことだ。そこに彫られているのは、次の四〇〇年間、コパンを統治した王家の系譜の物語である。この物語が明らかになるのは、二〇世紀も後半になってからで、それは学者たちが、コパンのヒエログリフを徐々にではあるが、ようやく解読しはじめたことによる。そのきっかけとなったのは、一辺が六フィートの正方形をしていて、高さが四フィートある、彫刻の施された石のブロックだった。これを発見したのがスティーブンズとキャザウッドの二人で、キャザウッドはこのブロックを完璧なまでに詳細に描いていた。ブロックの上部はヒエログリフで覆われていて、その両側には四人の座像が深々と彫り込まれている。ヒエログリフが最終的に解読されてみると、明らかになったのは、ヒエログリフに書かれていたのが、コパンの一七人の王の内、一六人の名前だった――四二六年の日付を持つ王朝の創建者をはじめとして、最後から二番目の王によって王朝が終わるまで。この王の死は八二二年で、これはコパンの崩壊（最終的には都市が遺棄された）がはじまる年に一致する、と現在では考えられている。

王たちは自分の物語をさまざまな場所で語っていた。それは広場に高くそびえる彫像やステラで、あるいは宮殿や祭壇や神殿のファサード（正面）で、そして球戯場、さらにはヒエログリフが書かれた大きな階段――これは今まで発見されたマヤのテクストの中で、もっとも長いものだ――などで語られた。支配者はそれぞれが、次々に建築家や彫刻家を雇い入れた。そして彼らがコパンを、古典期マヤのもっとも美しい都市、と今では考えられている都市に変貌させた。コパンは王がそのつど、先行する王たちの宮殿や神殿の上に、みずからの建造物を建てるので、いつしかコパンは小さな山へと成長していった。層の上にさらに層を重ねることで、王たちはこれまで以上に、洗練された輝きと芸術的な技巧を建造物に加えていったのである。

スティーブンズとキャザウッドは、自分たちが今、驚くほど洗練された芸術や建築を目の前にしていることに気づいていた。だが、彼らは、今見ているものが、崩壊した都市の最後の層だということに気づいていない。つまり、それはジャングルで覆われているだけではなく、コパンの長いドラマチックな歴史の、最終の層でもあったのだ。誰がこの都市を建て、誰がそれを占領していたのか、これほど進歩した社会が、どのようにして現われ、そして消えていったのか、あるいはこの社会はどれくらい古くから存在したのかなど、二人ははっきりと理解はしていない。だが、彼らが理解していたこともある。それは、どれほどたくさんのページをスティーブンズが埋めても、自分たちが見つけたこと――その存在だけではなく、そのユニークさや例外的な優雅さ――を、外の世界に知らせることができるのは、キャザウッドの念入りに描かれた、細密な絵以外にはありえないことだ。それは今の調子で描いていけば、あと一カ月あってもなお足りないほど、手間のいる仕事だった。

＊

コパンへやってくるまでは二人とも、コパンにはせいぜい二、三日とどまればいいだろうと思っていた。遺跡の大きさも知らなかったし、二人が直面することになる困難にも思いが及ばなかった。だが、今、彼らはこの遺跡にほぼ二週間滞在している。そしてスティーブンズは、自分の外交上の任務を怠けているのではないかと心配しはじめた。「自分の一存だけで、これ以上長くここに、とどまれるとは思っていない」と彼は書く。「何としても、共和国政府のあとを追いかけなくてはならないのは分かっている。それにこの遺跡にいたら、自分の政治生命を危うくする恐れもあるし、政治仲間の非難の的になるかもしれない。ともかく、政府を追いかけることをはじめるのが、より安全だと思う」。

コパンの遺跡［キャザウッド］

何度か「話し合い」が持たれた。二人が別れて行動するのは、あまり気が進まなかったが、最終的には、スティーブンズとオーガスティンがグアテマラシティへ向かい、キャザウッドはコパンに残って、デッサンを仕上げることに決まった。

ひとたび結論が出ると、スティーブンズは時を移さず、ただちにラバと必需品の準備をした。キャザウッドはスティーブンズを送りがてら、ドン・グレゴリオの家までついていった。ドンについてはその無礼な態度に、スティーブンズは積み重なった怒りを爆発させたいところだが、キャザウッドがあとに残り、ドンの影響下になお入っているので、おとなしくしていた。そして、自分たちが飲み食いした、ミルクや肉や卵の代金を支払うので、清算してほしいとドンに言って、合計金額の二ドルをその場で払った。スティーブンズは次のように書いている。「あとで知ったのだが、代金をきちんと払って去っていったので、その気前のいい好意によって、ドンや隣人たちの私に対する評価が非常に上がったということだ」。

7 カレーラ

山々を越えていく道では、そのほとんどで雨が降っていた。道々、いくつかの地点で、スティーブンズとオーガスティンが耳にしたのは、残虐行為を働く（とくに外国人に対して）ことで知られる反乱軍が、先々の道をふさいでいるという噂だ。二人はまわり道をした。数週間後に、キャザウッドがスティーブンズのルートを追ってきたときに、彼はある町の司祭から、スティーブンズを殺して、金品を強奪しようという企みが、この町であったと聞かされた。スティーブンズは朝方、陰謀者たちが考えていたより、さらに早い時間に出発したために事なきを得た。

もう一つの町グアスタトヤでは、二つ目の強奪計画があったという。これは町の治安判事や民警団の人々の手で回避された。彼らは真夜中にスティーブンズを呼び起こすと——彼が持つ銃器に対する、町の人々の評価は高い——、田園地帯へ逃げ込んだ強盗と思しい者たちを、追跡する手助けをしてほしいと言う。暗闇に数発の銃弾が打ち込まれたが、結局、強盗は一人も見つからなかった。

この地方をうろついていて、外国人を憎悪する気の荒い反乱者たちは、たしかに悪辣だ。しかし、スティーブンズやキャザウッドはすぐに気づいたのだが、この国にはあらゆるタイプの強盗や人殺しが横行している。そして、カモタンで彼らが経験したことから明らかなのは、町のふつうの住民との出会いでさえ、暴力のリスクを招きかねないということだ。

二人が直面しているのは、暑熱、ジャングル、山々、蚊などより数段手強い障害物だった。それが彼らには、ますます明らかになってきた。中央アメリカという物騒な地域で、彼らがしている探検は、ただ単に人間対自然の冒険的な企て——それはたとえば、次の世紀のはじめに行なわれた極地探検や、数十年後に試みられたエベレスト山への挑戦などだ——ではない。スティーブンズとキャザウッドが飛び込んでいったのは、人間がこしらえた醜悪な大嵐の中だった。遺跡を探すことに集中するにしても、たしかに自然の障害物は、彼らを圧倒するに十分なほど大きなものだ。だが、スティーブンズが今突入せざるをえないのは、政治の大渦巻きの中である。それもこれも、彼が請け負った外交上の義務を果たすためだった。

*

コパンを出発してから一〇日後、スティーブンズとオーガスティンはグアテマラシティに入った。スティーブンズがニューヨークを出てから、ちょうど二カ月が経ったことになるが、それは一年ほどにも長く思えたと彼は書いている。彼らが首都のはずれに着いたときは、真っ暗闇の月のない夜だった。そこで二人が見たのは、酒に酔いつぶれて、たき火のまわりに座っている兵士の一団である。彼らは散発的に、マスケット銃を空に向けて撃っていた。市壁の中に入ると、不気味なまでに暗い通りには、疲れ果てた旅人を出迎えてくれる者など誰もいない。そして、この町にはホテルもなかった。暗闇の中をあちこちつまずきながら、宿泊所を求めて歩きまわったあとで、スティーブンズはとうとう、イギリスの副領事ウィリアム・ホールを訪ねることにした。ホールに向けて書かれた紹介状を何通か手にしていたからだ。ホールはスティーブンズと挨拶を交わすと、すぐにドアを閉めた。スティーブンズが襲われることなく、この町を横切れたことにホールは驚いていた。その日に、給料が支払われなかったことに怒った兵士たちは、この町を占拠して略奪すると脅かした。市民たちは恐怖状態に陥っていると副領事は言う。スティーブンズとオーガスティンは、その晩、領事館へ泊まるようにと言われた。

「この国に入ってはじめて、心地よいベッドと清潔なシーツで眠った」とスティーブンズは記している。

次の朝、彼は市内へ散歩に出た。町の広さとその壮大な感じに深い感銘を受けた。そして「イタリアの最上級の都市」とくらべても遜色がないと思った。グアテマラシティは海抜五〇〇〇フィートの大きな台地上の渓谷に位置している。台地は周辺を深い峡谷《バランカ》に取り囲まれていた。都市はすでにしっかりとこの土地に根付いているが、スペイン植民地の基準からすると、まだ比較的新しい町だ。六六年前は、ここはなお大規模な放牧を行なう村にすぎなかった。もっとも目立った特徴と言えば、エル・カルメンと呼ばれた女子修道院があったことくらいだ。それが一七七三年に起きた壊滅的な地震によって大きく変貌した。その群発地震が、ここからわずか二四マイル西にあった、中央アメリカの古都サンティアゴ・デ・ロス・カバジェロスを破壊した。今日、アンティグア・グアテマラ（古いグアテマラ）として知られているサンティアゴは、一五〇〇年代に、コルテスとともにメキシコへ侵入した、コンキスタドールたちによって建設された。そして二〇〇年以上もの間、中央アメリカ全土とメキシコ南部を含む、スペイン領の首都として機能した。サンティアゴの歴史を通して見ると、定期的に大きな地震に見舞われているが、一七七三年七月の地震とその余震は、あまりにも大きなものだったので、スペインの植民地政府はもうこれ以上は耐えきれないと判断した。スペインの宮廷もサンティアゴからの避難を呼びかけ、生き残った住民たちには東隣りの渓谷へ移動するように命じた。

新しい首都ヌエバ・グアテマラ・デ・ラ・アスンシオン〔被昇天の新しいグアテマラ〕は台地に彫り込まれた渓谷に作られた都市で、いつものスペインのやり方に従って、大きな広場のまわりを南北、東西のグリッドで取り囲んでいる。サンティアゴの広場とくらべてみても、新しい都市の方がはるかに大きいし、道路も広い。女子修道院や男子修道院、それに教会などはすべて、サンティアゴから新しい首都へ名前はそのままにして移された。住民たちには、旧都で所有していた土地と同じものが与えられ、もっとも豊かな者や、名門出の者たちは、町の中心広場の近くに家を構えた。価値のあるものはすべて――芸術作品、宗教的彫刻、金、銀、木の梁や柱までも――、サンティアゴの建物から剥ぎ取られて、新首都に運び込まれた。ヌエバ・グアテマラは、伝統的なスペインのコロニアル様式で建設されている。壁に白いしっくいを塗り付けた家々が、通りに隣接してならんで建てられ、鉄格子のついた窓と大きな門だけが、白い壁に穴をあけていた。中にはムデハル様式〔イスラム文化の様式を取り入れたスペインの建築様式〕で装飾が施された家もある。重たい木の二重扉は、馬に乗ったままで中に入れるほど高く作られていた。建物は一階建ての高い作りで、壁は大半の地震に耐えられるほど厚い。スティーブンズがこの町に着いたときには、移転した首都は、一般にグアテマラシティ、あるいはさらに簡単にグアテマラと呼ばれていた。この町は繁栄の中心となっていて、大広場の一隅には堂々とした大聖堂があり、政庁の所在地は別の一隅に、そして市庁舎は広場の北側にあった。

「これまでにたくさんの都市を訪れているが、この都市ほど好ましい印象を受けた所はめったにない」とスティーブンズは書いている。「そして、二時間ほど通りを歩いてみて、一つだけ心に痛みを覚えたのは、みすぼらしいなりをして、傲慢な態度をしたカレーラ軍の兵士たちを目にしたときだった」。

＊

スティーブンズは最終的に、最近死んだばかりの、合衆国代理公使チャールズ・デ・ウィットが住んでいた邸宅に落ち着くことにした。今は家も閉じられているが、外交使節団はなおここにとどまっているし、公使館の公文書類もそこに保存されている。スティーブンズはくつろいだ気分になっていたので、この家が大きなことと、特徴のあるスペイン風な間取りがことのほかうれしかった。はじめて訪れた客は、通りに面した外壁の控えめな作りと、あまりに違う屋内のレイアウトに驚きの声を上げる。まん中に石で舗装され、花に囲まれた中庭があり、これを中心に家が作られている。中庭のスペースは屋根のある廊下とドアに取り囲まれていて、ドアは内部の部屋に通じている。部屋はキッチン、ベッドルーム、それに家の主室、つまり大広間《サラ》に分かれていて、大広間は格子のついた窓で通りに開いていた。広間には、人目を引くほど立派な本棚があり、そこには装丁が施された外交文書が、あふれんばかりにならんでいる。本箱の横にはデ・ウィットのライティング・デスクがあり、その上方には、アメリカ独立宣言書の写しが掛けられていた。一瞬、スティーブンズは故郷に帰り、カレッジや法律学校の図書館へ立ち戻った気分になった。そして部屋のこまごましたものが、はっきりと目に入り出すと、デ・ウィットの悲劇的な最後を思い出して、この現場が醸し出す痛切さに思わず彼は身震いした。

外交手続きがスティーブンズに要求しているのは、できるかぎり早急に中央当局へ信任状を手渡すことだ。通常はこれが型通りのやり方だった。が、今のところ、中央アメリカについては何一つ決着のついたものがない。合衆国大統領の代理公使として、スティーブンズは特別な命令と、一連の指示を与えられているが、これが実際には、楽観的で見通しが甘いと同時に、現実的で厳しいという相反した性格を持つものだった。とりあえず主要な任務は、現在期限切れとなっている、合衆国と中央アメリカ連邦共和国との間で結ばれた「交易、航行、友好」の条約を再締結することだった。だが、共和国が混乱状態に陥っているために、彼はまた、条約が再締結された時点で、ただちに合衆国の使節団を引き揚げるようにと命令されている。公使館の資料を確保し、船で記録をすべて合衆国へ送り返すこと、そして中央アメリカの政府に正式に別れを告げることが、もう一つの任務だった。

＊

これは控えめに言っても、かなりデリケートな任務だ。政治的及び軍事的混乱に取り巻かれていたスティーブンズは、最終的には撤退を目的としながら、なお効果的に前へ進まなければならない。条条約を取りまとめることに加えて、国務長官のフォーサイスからは、共和国の外務大臣に手紙を渡すよううに、という指令を受けていた。それはまず、合衆国の使節団がなぜ撤退しなければならないのかを説明し、その一方で、不安定で危うい連邦政府を、合衆国が全面的に支持をすることを表明する手紙でなければならない。「外務大臣とやりとりをするときには」とスティーブンズへの指示は言う。「極力、悪い印象を与えないように説明すること。そして、このような手順を踏んだことについては、次のような説明をして相手を説得すること。つまり、合衆国大統領は中央アメリカ連邦に対して、不親切な感情などみじんも持っていない、ただ時局を考えた上での、便宜上の観点から行動していることを先方に説明せよ」[1]。スティーブンズはまた、共和国内部の混乱が解決したときには、ただちに合衆国は外交関係を再開することを、そのあとで付け加えなければならなかった。

スティーブンズが外交上の任務を負ったときには、アメリカ合衆国はまだ、国際的な舞台で本格的な演技をする俳優に成長していなかった。それにアメリカの長官たちにも、現在のように世界の出来事に対して影響力をふるう力はなかった。一八二五年に、アメリカは非ラテン国としてはじめて、正式に中央アメリカ連邦共和国の存在を認めた。そしてそのあとで、この国における存在感を確立しようとして、一連の悲喜劇的な試みが続いた。つまり、アメリカの外交官たちが、グアテマラに置かれた新しい共和国の首都へ次々に向かうのだが、なかなかそこへ到達することさえできなかった。恐れを知らないジョン・L・スティーブンズが、ようやく今、以前デ・ウィットが住んでいた邸宅に落ち着くことができた。一方、イギリス人外交官フレデリック・チャットフィールドは、馬の背に揺られながら、エルサルバドルを駆け抜けつつあった。その間彼は、若い共和国を何とか分裂させようとして、少なからぬ権力をふるいながら、できうるかぎりのことをしていた――もちろん、それをあと押ししているのは全能を誇るイギリス王室海軍だった[2]。

一九世紀の地政学からすると、イギリスは国際舞台で影響力のある国とされた。そして、その帝国にとって、中央アメリカ全体を併合することは、それほど関心のあることではなかった。だが、帝国の衝動的な行動を押さえ込むことは難しい。中央アメリカはその魅力的な天然資源とともに、イギリスの製造品をすぐに売りさばくことのできる市場を提供してくれる。イギリスはベリーズに拠点を置いて、影響力を拡大しようとしていた。西と南はグアテマラへ。そして東と南は、いわゆるモスキート海岸に沿ってニカラグアとコスタリカへ。たしかに外務省や植民地省にとって、中央アメリカは関心の小さな土地だったろう。しかし、この地方の積極果敢なイギリス人の代表者たち――マクドナルド大佐とチャットフィールドだ――にとっては、ちっぽけな関心の対象ではない。チャットフィールドは、中央アメリカに対して、外交上の全権を委任された代理公使という肩書きを持っていた。

チャットフィールドは、ヨーロッパで数年間の任務を果たしたあとで、一八三四年にこの地方へ派遣された。三三歳の彼は野望に燃えた、人を小馬鹿にするような、抜け目のない狡猾な男だった。ロンドンと中央アメリカ間の距離――手紙が往復するのに、ときには四カ月から五カ月かかるときもあった――のために、チャットフィールドは勝手気ままに、新しい共和国に対する政策を自分で決めた。スティーブンズのように、彼のおもな任務は通商条約を交渉することだった。が、彼は新しい共和国に内政干渉がしたくて、どうにもがまんができなかった[3]。

チャットフィールドがたえず苦しめられ、イライラさせられたのはフアン・ガリンド大佐である。チャットフィールドはガリンドをなおイギリス国王の臣民だと考えていたために、連邦共和国のために熱意を示すガリンドに嫌悪感を募らせていた。とりわけガリンドが、合衆国へ外交上の交渉をもちかけ、イギリスに対しては、ベリーズの国境辺へ押し返すような態度に出るときには、なおさらだった。ガリンドがアイルランドの出身だとすると、彼としては、イギリスに対する愛情がほとんどなく、むしろ、彼が新たに選んだ国へイギリスの代表者が干渉することに、憎しみを感じたのも当然のことだった[4]。二人の間にあった強い憎しみは、一八三八年に突如明るみに出た。ガリンドに雇われていた一四歳のイギリス人召使いが、サンサルバドルの領事館に駆け込み保護を求めた。ガリンドによってひどい打擲《ちょうちゃく》を受けたと言うのだ。チャットフィールドは、ガリンドに対してひどく腹を立て、ティーンエイジャーを受け入れた。するとその翌日、ガリンドはチャットフィールドに決闘を申し入れた。領事はこれを無視したが、スキャンダルは新聞ネタとなり、表沙汰になった。そしてとうとう、中央政府がけんかの解決に乗り出してきた(5)。

当初、チャットフィールドは、たがいに反目する五つの州とやりとりをするより、一つの連邦と交渉する方がたやすいだろうと信じて、共和国を支持した。だが、ベリーズとモスキート海岸の間で起こった土地を巡る論争——あるとき、ホンジュラス沖の島々が共和国に占領されると、マクドナルド大佐は自ら先頭に立って共和国の暴挙を非難した——がきっかけとなり、チャットフィールドは中央政府に敵対することになった。共和国大統領のフランシスコ・モラサンがイギリスや他の外国会社に、強制公債を課して、軍隊の資金を調達したとき、チャットフィールドはロンドンの上司に連絡を取り、今こそ反対を表明するときだと報告した。そして、スティーブンズがコパンで考古学者を演じていた間に、チャットフィールドは中央アメリカの至る所で、分離独立派と連絡を取り合い、イギリス海軍の支持を約束した。たとえイギリスの外相パーマストン卿が早期の武力介入に反対していても、それはまったく問題がないと彼は支持を請け合った。

一二月中旬、チャットフィールドが馬でグアテマラシティへ乗り入れた頃には、スティーブンズはすでに保守派の面々と顔を会わせていた。彼らは反乱軍の将軍、メスティーソのラファエル・カレーラの絶対的な権限の下で、グアテマラ州を支配していた。ここでは、リベラルな共和制主義者の痕跡は見当たらないし、連邦政府の痕跡も町中に残されていない。スティーブンズは、新しいグアテマラ政府で司祭たちが行なっている、厳しい締め付けについて特記していた。州議会を訪ねてみると、薄暗い明かりが灯った議会場に州議員が三〇人集まっている。その内の半数が司祭で、彼らは黒いガウンと帽子を身に付けていた。それは「異端審問会議」を彷彿とさせるような風景だった、と彼は言う。州議員たちは以前、自由主義派によって乱暴に剥奪された、教会の特権を回復することに忙しかった。

スティーブンズは、政府に近い人々から助言を受けた。それは最近、カレーラから任命されたばかりのグアテマラ州首班マリアノ・リベラ・パスや、他の中央アメリカ諸州の首班に会って、正式に信任状を手渡した方がいいと言うのだ。それもこれもスティーブンズが、今ではエルサルバドルを本拠としている連邦政府に、正式に信任状を渡すことができないようにしたい、という心づもりだった。しかし、スティーブンズはこの提案を「本末転倒」で不合理だと思った。というのも、彼は中央政府にのみ会ってくるように、と言って信任状を与えられたからだ。彼は気づいていたのだが、彼らの提案が意味しているのは、グアテマラでは十分に注意して行動する必要があるということだ。共和国の未来はなお、どちらに転ぶか分からない。したがってスティーブンズは、たとえ彼の政治的な見解や合衆国のそれが、明らかに保守派より、自由主義派に賛意を示すものであっても、少なくとも今は、中立のふりをしていなくてはならない。

スティーブンズはオーガスティンに金を支払い、彼の家へと送り返した。その一方で、キャザウッドを、コパンからグアテマラへと案内させる手はずを整えた。カレーラは町から外へ出ていたが、彼の兵士たちは至る所にいた。領事館(デ・ウィットの旧邸宅)の通りを隔てた向かい側に、領事館の建物を貸している婦人の家があった。ある晩、彼女の家でディナーを食べたあとで、兵士たちを見かけたスティーブンズはぴりぴりと緊張した。闇の中を、道路を横切って領事館へ入ろうとしたとき、道路の端に立っていた見張りの兵士が彼を呼び止めて、合い言葉を言えと大声で叫んだ。スティーブンズは合い言葉をまだ知らない。兵士の声があまりにも激しかったので、それが「マスケット銃の弾丸のように、私の体を突き抜けた。おそらくすぐにそのあとで、本物の弾が飛んできたのだろう。が、老婦人が、今私が出てきた家から飛び出してきて、ランタンを片手に『自由な祖国《パトリア・リブレ》』と叫んだ」。そのおかげでスティーブンズは、小走りに、安全な戸口へたどり着くことができた。あとで知ったことだが、以前、すぐに合い言葉を返せなかった女性に、兵士が即座に銃を放って、殺してしまったことがあったという。

カレーラが町へ戻ってきた。スティーブンズは翌日、自己紹介をするために彼を訪ねた。今ではグアテマラ全土の支配者となった元ブタ追いの男に会うのを、スティーブンズは楽しみにしていた。このゲリラのリーダーはたしかに、本通りから入った脇道の小さな家で、つましい暮らしをしている。しかし、カレーラは立派な外見にあこがれているので、外交官の制服を着て行った方がいい、とスティーブンズはアドバイスされていた。カレーラの住まいに着くと、ドアの外には八人から一〇人ほどの護衛兵がいた。ぼろを着たみすぼらしい兵士たちと違って、護衛兵たちはそれぞれがみんな、赤いジャケットに格子縞の帽子という、きちんとした身なりをしていた。スティーブンズは、手入れの行き届いたマスケット銃がならべられた廊下へ招じ入れられ、応接間のはずれの小さな部屋へ案内された。そこではカレー

ラファエル・カレーラのポートレート。スティーブンズと会った数年後に撮影されたもの

ラが座ってお金を数えていた。

「部屋へ入ると、彼(カレーラ)は立ち上がった」とスティーブンズは書いている。「そしてお金を机の脇の方へ押した。おそらく私の着ているコートへの敬意からだろう。私を丁重に受け入れてくれ、彼のそばの椅子に座るようと勧めてくれた」。カレーラは、薄いウール地でできた黒のジャケットをはおり、ぴったりと脚についたズボンを履いていた。背の高さは五フィート・六インチ(約一六七・六センチ)しかない。明るいインディアンの肌色をしていて、あごひげは生えていない。彼があまりに若いので、スティーブンズはショックを受けた。二一歳より上にはとても見えない。スティーブンズは、カレーラの若さについて感想を述べた。カレーラは二三歳だと答えた(実際には二五歳だった)。そして、自分の年齢が桁外れの印象を与えたことを知ると、さらに続けて、彼が戦いをはじめたときには、仲間はわずか一三人しかいなかったと説明した。旧式の黒色火薬を使ったマスケット銃に、葉巻きで火をつけて撃ち放したという。弾傷を負った箇所を八つ見せて、まだマスケット銃の弾が三個、体の中に入っていると付け加えた。

カレーラは自分について、まことしやかに言われている嘘を訂正したいと言った。自分は強盗でもないし、人殺しでもない。それにこの二年間で、外国人に対する見方が変わったという。何人か外国人とも知り合いになった。その内の一人がイギリス人だったが、彼がカレーラの脇腹からマスケット銃の弾を抜き出してくれた。彼らだけはけっして自分を裏切らなかった、とカレーラは説明した。

スティーブンズは、カレーラがグアテマラシティへ入ったことを、新聞の記事で知ったと答えた。そして合衆国の記事の中には、彼の節度ある態度と、軍隊による略奪や虐殺をやめさせようとした行為を、褒め称えたものがあったと伝えた。カレーラは年が若いが、前に長い軍隊の経験があるように見える。おそらくは国のために、たくさんの善行を重ねてきたのだろう、とスティーブンズは彼に言った。するとカレーラは手を胸に押し当て、スティーブンズが一瞬びっくりしたほど激しく感情を爆発させて、自分は国のために命を捧げるつもりだと言った。

スティーブンズは感動してさすがだと思った。「彼にはもちろん、あやまちや悪事もあるだろう」とスティーブンズは書く。「が、これまで誰一人として、彼を二枚舌だと言って、つまり、心に思ってもいないことを言ったとして、非難した者はいない。彼と話をしてみて、私は予期していた以上におもしろかった。彼は若いし、もともとが謙虚で、お金に恬淡としている。言動は衝動的だが、おそらくごまかしがない分素直だ。だが、人間は無知で狂信的、血なまぐさい。そして激しい感情の奴隷と言ってよい」。スティーブンズはまた、これといくぶん趣の違った側面もとらえている。カレーラは、もって生まれたすばやいインテリジェンスを備えているという。一見少年のように見えるが、けっして笑うことをしないし、ひどく生真面目で、たとえひけらかすことがないとはいえ、自らの力を強く意識している。カレーラは文字の書き方を習っていたという。そして今では、スタンプをやめて、自分で名前を書いていた。スティーブンズは彼に、他の国々を旅してみるといい、それはとても役に立つからと勧めた。「私の国がどこにあるのか、彼はまったくあやふやな知識しか持っていない。彼が知っているのは、それが北部《エル・ノルテ》にあるというだけだ。どれくらいの距離があるのか、そこへ行くには何に乗っていけばいいのか、と彼は訊いた。そして、戦争が終わったら、何とかしてエル・ノルテへ一度は行ってみたいと言った」。

スティーブンズは、カレーラの将来をぼんやりと予感しながら、彼の家をあとにした。「これから中央アメリカで起こるさまざまな出来事に、彼が支配的とまでは言わないが、重要な影響を及ぼすことになると思った」とスティーブンズは書いている。(6)とはいえ、やはりカレーラは読み解くことが難しい男だ。少しも富を大切に思わない。給料を要求することもなく、ただ彼自身と軍隊に必要なだけの金を求めた。それは連邦政府が軍を維持するために、グアテマラの貴族や商人に負担をかけた分の、ほんの一部にしかすぎない。だが、グアテマラ政府がカレーラに与えた称号――准将〔大佐より上で、少将より下の階級〕――については、それは当然のことだと思って、うれしがった。また彼は自分では、州の命令通りに行動していると考えていた。しかし、実際は相変わらず移り気で、法律に縛られることがなかったとスティーブンズは記している。その朝、スティーブンズは家に帰る途中で、兵士たちが一団となって整列しているのを見かけた。そこは憲法制定会議のメンバーの家の前だった。メンバーが犯したあやまちは、ただカレーラに逆らっただけだったのだが、兵士たちはその男の家を捜索していた。「これは政府の側には何一つ報告せずに、カレーラの一存で行なわれている捜索だった」とスティーブンズは付け加えている。

＊

カレーラに会うことはできた。しかし、ただひたすら、キャザウッドの到着を心待ちしているだけの生活は、スティーブンズにとってまったく変化のない退屈なものだった。これまで、友だちや人々と交流するのを生きがいにしてきた彼としては、毎晩、住まいに閉じ込められているのは耐えがたい。町は実質的な包囲網の中にあった。ベッドで横になっていると、遠くで兵士たちのマスケット銃が立てるパーンパーンという銃声が聞こえた。広場から通りへとこだまする一斉射撃の音だ。

こんな生活に耐えられなくなると、彼は近くの田園地方へ駆け足旅行に出かけた。今のところはこのあたりも、カレーラの統治下で比較的平和な状態に見えた。最初に足を止めたのはアシエンダで、彼はそこで牛を見た。一カ所に集められ、焼き印を押されていた。ニューヨーカーで、東海岸の商人の息子には、びっくりするような光景だった。若い貴族の女たちのグループといっしょに、宗教行列に加わって町中を行進したし、北へ旅して、インディアンの村へ行ったりもした。村では年中行事の最中だった。

キャザウッドからは何も言ってこない。クリスマスまでにはまだ一週間ある。そこでスティーブンズは、また一つ旅行をしてみようと思った。これまで数多くの旅を重ねてきたが、まだ一度も太平洋を見たことがなかった。太平洋はここから南へ一〇〇マイル足らずの所にある。古都のラ・アンティグアを通り抜けて行く。教会や他の建造物が今もなお、一七七三年の地震で崩壊したままの廃墟となっていて、その数の多さにスティーブンズは驚いた。すべてが手つかずのままで、倒れた場所にそのままの姿で横たわっていた。

アンティグアの真南に、ギザギザのクレーターを戴いた巨大な火山ボルカン・デ・アグア（アグア火山）がそびえている。そのスロープは、トウモロコシ畑と暗緑色の植物が生い茂る森に覆われていた。雲が輪のように頂上を取り囲んでいる。この山はスティーブンズにとって、あまりにも大きな誘惑のもととなった。彼はひと晩ぐっすりと眠ると、険しくてつらい登攀を目指して出発した。頂上に着いてみると、彼はすでに海抜一万二三〇〇フィートの高みにいた。休止状態のクレーター内では、厳しい寒さの中で、雲や蒸気が渦巻いていた。クレーターの底まで下りたスティーブンズは、そこで岩に彫り込まれた文字を見つけた。凍えた指先に息を吹きかけてやわらかくし、岩に書かれたメッセージをなぞってみた。それはロシア、イギリス、アメリカのフィラデルフィアからきた、旅人たちが彫り込んだものだった。三人でいっしょに、シャンパンを飲んだと書いてある。明らかに頂上まで到達した記念に乾杯したものだろう。

数日後、太平洋に達した。「ようやくアメリカ大陸を横断した」と彼は書いた。蚊やサシチョウバエに悩まされたスティーブンズは、ひとまずジャングルの端にラバを残して、カヌーで川を下り、はるか下の、火山でできた黒い砂のビーチへ向かった。港はオープン・ロードステッド〔外国船の停泊できる港〕で、一マイルほど沖合には、ボルドーからやってきた船が停泊していた。

スティーブンズはどんな小さな探検でも、それを事細かくノートに記録している。中央アメリカの生活を言葉で、できるかぎり完璧な絵にして、北アメリカの同郷人に伝えたいと思う。彼はまさしく、欲望のままに好奇心を働かせる典型的なジャーナリストだった。道中では、コチニール農園〔染料の原料となるコチニールという昆虫を育てる農園〕を訪ねたり、教会では司祭に会い、砂糖の精製工場も訪問した。また、農園で生活するニューヨーカーにも会った。彼はそんなことをすべて自分の本に書き記している。そしてこの八日間の旅に、ラ・アンティグアの歴史や、コンキスタドールに関するメモを少し加えながら書くのだろう。コンキスタドールたちが絶えざる欲望に駆られ、金を求めて、船団をペルーへ向かわせたのは、彼が立っていたこの海岸からだった。

首都へ戻ったスティーブンズは、すぐにキャザウッドから届いたやっかいな手紙を見た。キャザウッドは強盗に遭って、病気になったと書いている。そして不愉快なドン・グレゴリオの世話になるのがいやなので、コパンの廃墟を離れざるをえなかったという。キャザウッドは体の調子が悪いにもかかわらず、首都を目指してこちらへ向かいつつあった。ちょうどその日はクリスマスイブだ。「私は窮地に追い込まれた」とスティーブンズは書いた。「そして一日休息を取ると、キャザウッドを探しに出かけることにした」。

その夜、彼はあるイギリス人――かつて中央アメリカで大臣を務めた人物だ――の家で開かれた、クリスマス・パーティーに出席した。このパーティーではじめて、スティーブンズはフレデリック・チャットフィールドに会った。チャットフィールドは、スティーブンズが小旅行に出かけている間に、グアテマラに到着していた。この町に到着してからチャットフィールドは、ずっと共和国の最終的な解体について策を巡らせていた。が、これについてはスティーブンズもまったく知らなかった。スティーブンズが、中央政府に会うために派遣されたことを聞くと、チャットフィールドは次のような説明をした。共和国はすでに、実質的には存在を終えているので、彼の任務はもはや意味をなさないと。

スティーブンズは朝方の三時になって、やっと家へ帰ってきた。そして、そのまま目を覚ましていると、ドアをノックする音が聞こえる。中庭へキャザウッドが乗り入れていた。「上から下まで完全に武装しているが、顔色は青白く、体はやせ細っていた。彼はグアテマラに到着したのを非常によろこんでいたが、彼を見た私はその半分もよろこべなかった」。

＊

英国陸軍砲兵隊の陸軍中尉ジョン・キャディーはつねに、連発式のショットガンを手にして、いつでも使える状態にしていた。頭に被ったつば広のパナマ帽に、強い日差しが照りつける。ダック・ランでベリーズ・リバーから上陸して以来、引き続きチーフとして、遠征隊の猟師たちを先導してきた。そして、どんなものでも食べられそうなものがいたら、すぐさま銃で撃つ用意をしていた。年老いた灰色の仔馬にまたがって、緑色のハンティング・ジャケットとブルーのサージ地のズボンを身につけ、馬、ラバ、騎手たちの縦隊の先頭を進む。一隊はサンタ・アナの村を出発して、最終的な目的地ペテン中央部のペテン・イツァ湖を目指していた。そして今、彼らはユカタン半島を横断する困難な行程の、ほぼ半分あたりにいる。

数週間前にキャディーは、丸木舟タイプのカヌーと、これまで七日間、ともに川をさかのぼってきた漕ぎ手たち、それに第二西インド連隊の兵士たちの大半を、ベリーズシティへ送り返した。現在、陸路のパーティーとして残っているのは、キャディー、遠征隊の共同リーダーのパトリック・ウォーカー、通訳のノッド、それに五人の兵士たちだけだ。ダック・ランを出発するときに、彼らはまた案内人を一人、ラバ追いを数人、それに荷物の運び人としてインディアンを何人か雇い入れている。次の二週間は、ペテンの奥地を目指して西へ進んだが、それはキャディーにとっても、またウォーカーにとっても、これまで経験したことがなかったほど、苛酷で骨の折れる旅だった。道はジャングルへと入っていくが、ジャングルは鬱蒼としていて、太陽の光が差してこない。彼らは水かさの増した川や、ほとんど通り抜けられそうもない沼地や湿地帯を、力を振り絞って渡っていった。ときにはその沼地で、数インチの深さの泥の中、蚊に悩まされながら野営せざるをえないときもあった。さらに始末が悪かったのは、ガラパタと呼ばれる極小のダニだ。皮膚の中に入り込んで、耐えられないほどのかゆみをもたらした。

「沼地がふたたび洪水に見舞われた」とウォーカーが、マクドナルド大佐に宛てた公式報告書の中で書いている。「そのために五日間、馬がなくてはほとんど前へ進めない状態だった。馬に乗っていても、馬の腹帯まで泥や水の中に埋まってしまう。その上、道が各所で完全に塞がれていて、そのつど、マチェーテでやぶを切り開きながら進まなくてはならなかった」(7)。何日もの間、食べ物がひどく欠乏した。獲物がほとんど、あるいはまったくなかったからだ。キャディーは目につく獲物は何でも撃った――小鳥が数羽、野生のブタ、小さなキツネ、それにやせ衰えて、死んだものとみなされ、道路に放置されていた牛。キャディーはあるとき、日記に次のようなことを記している。先住民たちは獲物を独特な方法で料理したり、薫製にする。それを彼らは「バーベキュー」と呼んでいた。

旅の間、八日間にわたって、砲兵隊の砲手の身元が一人だけだが明らかにされている。兵卒でキャディーの従者をしていたI・カーニックだ。カーニックが高熱を出して倒れ、前へ進むことができなくなった。遅れたのは一日だけで、すぐに旅を続けられるほど回復したが、その間、キャディーは彼にさまざまな丸薬、塩、熱い粥などを与えて、さかんに汗を出させた。しかし、二日後には、またカーニックが弱ってしまい、ほとんど馬に乗っていられない。「やむなく彼の馬を引かせることにした」とキャディーは書いている。「そして、横に一人立たせて、彼が落馬するのを防いだ」。

くたくたに疲れ果てて、二週間を何とかやり過ごしたあとで、一二月一二日、彼らはようやく森を抜け出て、「なだらかな起伏を見せる、壮大な平原へと足を踏み入れた――見渡すかぎりどこまでも続く牧草地は、あちこちに、わずかに木々の茂みがあるだけだ」とキャディー。「このときの歓喜に満ちあふれた気持ちを、私はけっして忘れない。実際それは何もかもがよろこびに満ちていた」。彼らは、たまたま牛の牧場を見つけると、そこでアシエンダの母屋を手に入れることができた。建物は荒廃して汚れていたが、彼らにとっては贅沢なホテルのようだった。だが、カーニックの病状が悪化しているために、彼らの気分は湿りがちだ。今では赤痢が高熱に加わって、彼はしきりに水を欲しがるようになった。キャディーはカーニックの病気の原因は、道々、喉が渇いて飲まずにはいられなかった泥まみれの水にあったのではないかと言う。そして、その水はコールタールのようだったと記している。

次の日、トリビオという名のメスティーソが訪ねてきた。そして、カーニックを近くの家へ連れていってはどうかと申し出た。そこには妻と娘がいて、娘は英語を話すので、彼の面倒を見ることができる。そうすれば、彼はきっと元気になると言うのだ。ウォーカーとキャディーはこの申し出に同意した。いずれにしてもカーニックの病は重く、とてもこれ以上旅を続けることはできない。彼らの一行がメキシコへ向かって旅をしようとしている旨を、ペテン・イツァ湖のグアテマラ当局へ通知するために、あらかじめ手紙を送った。六日後、湖へ到着したキャディーは、そのあまりの美しさに声を失った――「日の光がきらめく水面、そのすばらしい水面に抱かれるようにして島の町フロレスがある。そこにはまたいくつか、小さな妖精のような小島があった」。フロレスは湖岸から半マイルほど水によって隔てられている、とウォーカーは推測した。日記の中で彼は、この湖の歴史について語っている。マヤのインディアンたちがスペインに対して、最後の抵抗を試みた場所がこの湖だった。イッツァが戦闘で最終的に制圧されたのは、グアテマラが征服されてから、なお一五〇年以上もあとの一六九七年のことだった。スペイン人たちは、サバンナやジャングルを通り抜けて湖へと達する道路を建設した。そして湖岸で小船団を組むと、島へ直接攻撃を仕掛けた。結局、技術的な優位――大砲、マスケット銃、それに弾薬――がスペインに最終的な勝利をもたらした。制圧したスペイン人はいつものように、あらゆる神殿、偶像、モニュメントを見つけ次第破壊した。そして廃墟の上に大きな教会を建てた。

キャディーとウォーカーが着いたとき、島には人がおよそ五〇〇人しか住んでいなかった。家々や通りは荒れ果てて、町の教会の藁葺き屋根は崩れ落ちている。ぼろぼろの大きな兵舎、それに廃墟と化した修道院が、町の中心広場の片側にならんでいた。

残った七人の遠征隊は、すでにひと月以上も旅をしている。だが、今までに進んだ距離は、ベリーズシティから直線距離で一五〇マイル以下にすぎない。男たちはみんな疲れ果てていた。そろそろクリスマスだった。彼らは地元の祝祭に、苦もなく取り込まれた。踊りがはじまり、地元の首長や女性たちが歓待してくれる。そんなとき、彼らの楽しみに暗雲が垂れ込めるようなニュースが届いた。兵卒のカーニックが亡くなった。

カーニックはキャディーの従者として、キャディーとは親しい間柄だった。だが、奇妙なことに、キャディーは日記の中で、カーニックの死について、一言も述べていない。おそらくその死はキャディーにとって、あまりにも痛切なものだったのだろう。われわれがカーニックの死について知ることができたのは、ウォーカーの公式な報告書の中でだけだ。「旅の間に、私がこの男について見たことから判断すると」とウォーカーは付け加えている。「彼はこの上なく立派な男だったと思う」。ウォーカーは、地元の司祭にお金を添えて手紙を出した。カーニックの魂のために、祈りの言葉を捧げてほしいと書いて。

8 戦争

「私が請け負った公的任務については」とスティーブンズは書いている。「どうしたらいいのかまったく分からない。私は途方に暮れてしまった」。

グアテマラシティで政府を探したが、見つけることができなかった。そこで話されているのは、まったく一方的な話——中央アメリカ連邦共和国はもはや存在していないといった——ばかりだ。だが、スティーブンズの考えでは、この問題については諸州がまっぷたつに分かれているという。三つの州はなお共和国にしがみついている——エルサルバドル、ホンジュラス（力づくで）、それに新たに分離したケツアルテナンゴ（この時期のごく最近まで、グアテマラの西部の一地方だったが、離脱し、今は自由主義派の支配下になっている）。他方で、最近独立を宣言した州としてはコスタリカ、はるか東方のニカラグア、それにもちろんグアテマラがある。グアテマラは中央アメリカで、もっとも人口が多く、もっとも強力な州だった。しかし、この均衡はまたたく間に変化しかねない、とスティーブンズは確信していた。共和国のリーダー、フランシスコ・モラサン将軍は、一度も戦闘で負けたことがなかったし、カレーラもつねにモラサンの前を走っている。今ではこの二人が、軍勢を集めて最後の決戦に臨もうとしていた。そわそわと落ち着かずに、あちらこちらを行ったり来たりしている二頭のライオンのように、二人は開戦を待ちながら、国境を境にしてたがいに睨み合っていた。しかしこの戦いは、カレーラとモラサンの軍事的な判断力だけでは決着がつかないだろう。決着をつけるのはむしろ、今なお脈動しているメソアメリカの心臓そのものではないのか。つまりそれは、スティーブンズとキャザウッドが発見した、失われた文明の生き残りの農民たちだ。何世紀もの間続いた征服、虐待、隷属。そこから目覚めたマヤのインディアンたちが、今立ち上がって、歴史の支配権を取り戻しつつあった。

＊

戦いは二年半前にはじまった。それはちょうど、グアテマラ郊外の田園地方で、コレラが発生したときに当たる。当時は、進歩主義的な自由派（リベラル派）が州政府を支配していた。彼らはコレラの感染地域を隔離するように命じて、罹患者を治療するために医師を派遣した。その時点で不幸だったのは、治療法がまったく見当違いで、十分に理解されていなかったことで、それは、コレラの発生源に理解が及ばなかったのと同じである。治療の方法としては、瀉血、水分摂取制限（コレラの犠牲者はひどい脱水症状を起こして死んだ）、ブランデーやアヘンチンキの投与くらいしかなかった。したがって、コレラの罹患者は次から次へと死んでいく。ときには、懸命に治療に精を出す善意の医師たちの手にかかって、さらにいっそう大きな確率で死んでいった。

一八三七年五月六日、ついにラファエル・カレーラが、二〇〇〇人にも達するかという激怒した暴徒を率いて、首都の東四〇キロの山中にある町マタケスクイントラの、防疫官たちの居場所へ押しかけ、彼らと対決させた。多くの大衆は、グアテマラの支配階級が井戸や川に投げ込んだ毒によって、コレラが発症したものと信じていた。それも支配者側が、外国の会社を引き入れて、民衆たちの土地を開発させるために毒を投げ入れ、彼らを皆殺しにしようとしたと言うのだ。暴徒たちの言い分では、医療当局者たちが送り込まれたのも、治療と偽り、毒薬を投与して自分たちを殺すためだと言う。その日が暮れる頃、暴徒は一人か二人の医師――記録が定かではない――に、彼らが調剤した薬を全部飲めと言って、むりやり飲ませた。それだけの量のアヘンチンキを飲めば、確実に死んでしまう。だが、医師たちの死は、やはり薬は毒だったという人々の気持ちに、ほとんど疑問の余地を残さない結果になった。それに続いて、武装した反乱者たちの騒動が田園地方の各所で起こった。そして最後には、政府に向かって抗議と苦情のリストが突きつけられた。

記録によると、カレーラがはじめて公の舞台に登場したのは、このマタケスクイントラ事件からだという。数年前まで、連邦軍で鼓手をしていたブタ追いの少年は、その後、またたく間に、近辺の山々からやってきた反乱者たちの小さな部隊を率いて、政府軍にしばしば攻撃を仕掛けるまでになった――そして、その評判はほとんど神話的な様相を帯びはじめた。彼はたくさんの弾傷を負っていたが、彼に従うインディアンたちは、カレーラが殺されることなどまずありえない、彼は自分たちを救うために、神から任命された男だと信じるようになった。そして、一八三八年二月――暴動がはじまってまだ九カ月しか経っていない――、カレーラはインディアンや混血のメスティーソの軍隊の先頭に立っていた。二三歳になった彼は、中央アメリカで最強の男になりつつあった(1)。

たった一人だけだが、彼の行く手に立ちはだかって邪魔をした人物がいる。それが中央アメリカ連邦共和国の強力なリーダー、フランシスコ・モラサンである。

モラサンの物語がはじまるのは一五年前、中央アメリカがスペインから独立した直後だ。そのとき、一五のスペインの植民地がいっしょになって連邦共和国を作った。しかし、すぐに内部で激しい権力闘争が起こって弱体化した。紛争の根底にあったのは二つの勢力の分裂だった。それは、伝統を守ろうとする保守派――強力なカトリック教会や富裕な貴族階級からなる――と、数の増加が著しい自由主義者たち(自由派)で、そのほとんどが科学と啓蒙思想によって教育を受けた、意欲的なクレオールたちだ。彼らはアメリカ合衆国やフランスの革命に刺激された連中で、教会から権力を奪い、諸州の合併を築いて、地域を経済的に発展させたいと願っていた。

モラサンは、イタリア人を祖先に持つ小実業家と、スペイン人の血を引く母親の息子として、一七九二年に生まれた。ホンジュラス州で成長した彼だが、正規の教育を受ける機会はほとんどなかった。しかし、彼は飲み込みが早いし、聡明だった。それが証拠に一〇代の後半には、ホンジュラスのテグシガルパ市にあった公証人のオフィスで、すでに法律を読んでいたという。[2] スペインから独立すると、すぐに彼は新しい政治秩序の段階を通り抜けて、一八二四年には、書記からホンジュラスの事務局長へと駆け上がった。そして二年後には、州議会の自由派議長になっていた。彼は熱血漢で、顔立ちがハンサム、政治的な状況判断にも明敏だった。議長になった年に、マリア・ホセファ・ラスティリと結婚した。噂によると、結婚に際して妻がお金を持参したという。

一八二七年、グアテマラの保守派が連邦政府を支配下におくと、彼らは、グアテマラの州政府にいた自由派のリーダーたちを退陣させた。そして、自由派に抑えられていたエルサルバドルやホンジュラスを攻撃するために、連邦軍を差し向けた。モラサンはとなりのニカラグアへ逃げた。彼はそこで反撃に移るために、自由派を集めて小さな軍隊を編成した。その後くりかえして、何度もすさまじい戦闘が続いたが、その中で、前の州書記にして、まったく背景に軍隊を持っていない、そしてまだ真価が問われていないモラサンが、おおぜいでよく訓練された連邦軍に対して、くりかえし攻撃を試み、驚くほどの戦果を挙げた。彼は兵士たちを鼓舞して、戦場を馬で大胆に走りまわり、一気呵成に突撃させた。軍の司令官として、彼は豪胆でカリスマ性があったし、攻撃を受けていながら、たぐいまれな冷静さを示していた。持ち前のまとめ上げる能力を使って、彼はホンジュラス人、エルサルバドル人、ニカラグア人などの実行部隊を一つに集結させた。そして、一八二九年、グアテマラに攻撃を仕掛けて首都を奪取した。

モラサンは自由派のグアテマラ州議会をふたたび設置すると、トップに座っていた保守派のリーダー一六人を州外に追放した。[3] そして指令を出して、大司教、それに数百人のフランシスコ修道士、ドミニコ修道士、アウグスティノ修道士をいっせいに検挙して、海岸へ移送すると、そのまま州外へ追放した。さらに新たな法律を制定して修道会を廃止し、建物を没収した。没収した建物の一部は学校や政府の建造物として使われた。

これまで比較的無名だったモラサンは、戦場における男っぽさと、力強い人柄によって、今では中央アメリカの最高指導者となっていた。その後、たちまち共和国の大統領に選出されると、次の一〇年の間、グアテマラを統治することになる。彼と自由派の連中は、統合した諸州を近代化する計画を立てた。しかし、彼らは、とりわけグアテマラでは、あまりに性急に、あまりにこまごまとした点まで計画を実行に移しすぎた。「多くの点でなお封建的なものの残る中で、グアテマラの自由派は、資本主義的な革命を要求した」と、その時期のすぐれた研究書を書いた、歴史家のラルフ・リー・ウッドワードは指摘している。[4] そして、新たな経済の急成長は、一般の人々のもとへと到達することがなかった。支配階級の白人たち——自由派と保守派——はグアテマラの人口のほんの一部を構成しているにすぎない。人口の大半は読み書きのできないマヤのインディアンや、人種が混じり合った底辺層の人々からなっている。その底辺層の中で、州の政治や経済に参加している者などほとんどいない——参加するとすれば、兵士や労働者として、気の進まない仕事を押しつけられるときだけだった。

　しかし、スペインが統治した昔の植民地制度の下では、農民たちもある程度の安定は確保していた。祖先が何世紀もの間、耕してきた田舎の村で、同じように彼らは厳しい暮らしをしていた。そして、スペインによる征服という衝撃を、何とか生き延びてきた。植民地支配は三〇〇年以上続くわけだが、そのあとで、彼らはカトリック教を押しつけられた。が、それも、社会生活や精神生活へ織り込むことで、何とかしのいできた。どんなことでも現実生活が改善されるものなら、彼らは進んでそれを受け入れる。だが、彼らにとってスペインからの独立は、主人が入れ替わったのと大差がなかった。むろん違った点もある。今の彼らは自分の土地を耕すことができない。新たに導入された刑罰制度のため

上：トリニダーの戦い。モラサンはこの戦いではじめての勝利を挙げた［ホンジュラスの５レンピラ紙幣の裏］
下：フランシスコ・モラサン。ホンジュラスでは、彼の誕生日が国民の休日として祝われる［５レンピラ紙幣の表］

に、刑務所を建設したり、陪審員や道路工夫の仕事をしなければならないからだ。田畑の耕作をやめざるをえなくなった。また新しい貿易政策の下で、輸入織物が国に入ってきたために、昔ながらの織物業は甚大な被害を被った。自由主義計画の資金を調達しようとして、政府が農民たちに人頭税を課したり、外国人の投資家のためにインディアンの遊閑地を提供したりすると、彼らの不公平感は募るばかりだった。もともと農民たちは、熱心な宗教心の持ち主だったので、教会のリーダーたちよる抑圧には激高せざるをえなかった。

一方、保守派は、グアテマラから消え去ったわけではない。その多くは潜伏していた。また、秘かに亡命先から国へ戻ってきた者たちは、主導権の奪回を決意していた。小教区を管理する主任司祭たちは、集団で国外へ追放されたわけではなかったので、今では同じ志を抱く者たちのおもだった協力者になった。政治や教育で、これまで教会が担ってきた伝統的な役割を、自由派は組織的に剥奪した。そして、教会の役割を宗教的な範囲だけに限定した。そのために司祭たちは、村々に移動して農民たちを煽動し、政府に対する憎悪をかき立てた。地震や農作物の不作はことごとく、権力を握った悪魔たちに神が下した懲罰のしるしだ、と彼らはインディアンたちに話す。さらに彼らは、外国人たちが招かれてやってくるのは、インディアンが共有している土地を、力ずくで奪取しようとするためだと吹聴した。

一八三七年に、グアテマラシティの自由派が法令を出した。それによると、離婚は州によって許可されうること、そして結婚は市民の契約の下で挙行されることなどが規定されている。これは明らかに、この上なく神聖な教会の権威に対する直接攻撃だった。法令は保守派の人々や、教会のリーダーたちを逆上させた。司祭や大半の会衆たちにとって、この法令はがまんの限度を越えさせるものだった。[5]

こうした状況のときに、コレラがグアテマラを襲った。

カレーラの同時代人たちはその多くが、彼をインディアンだと思っていた。それは一つに、彼がインディアンの暴動のリーダーだったことによる。またそれは、彼の浅黒い肌と真っ黒な髪のせいかもしれない。が、カレーラは一八一四年に、グアテマラシティの貧困地区で、メスティーソの両親から生まれた。父親はラバ追いで、母親は家事の使用人だった。[6] 幼年時代については、ほとんど知られていない。分かっているのは、彼が学校教育を受けてないことや、読み書きを一度も習ったことがないことだけだ。一二歳のときに、バリオ〔スペイン語を話す人々の居住区〕を出て、保守派が率いる連邦軍に少年鼓手として参加した。伝えられるところによると、一八二七年から一八二九年の内戦中に、伍長かあるいは軍曹に昇進したという。

内戦が終結すると一〇代のカレーラは、グアテマラの田園地方を休みなくさまよい歩いた。そして召使いの仕事を見つけたり、単純な仕事を請け負ったりした。一八三二年になって、ようやく、マタケスクイントラに落ち着き、田園地方でブタを買っては、市場へ売りに行く仕事をはじめた。一八三六年には十分に貯めた財産で、地元の牧場主の娘、ペトロナ・ガルシア・モラレスを嫁にもらった。彼女が、どれくらい多くの政治的影響を若い夫に与えたのか、それについては、はっきりとしたことが分からない。だが、このの ち数カ月の内に、高慢で激しやすいガルシアは、カレーラのもっとも親しい友人となった。彼女はたくみに槍やピストルを使うことができ、しばしばカレーラについて戦場に行った。のちに彼女の語り草となったのは、激しい嫉妬を発作的に抱いたある出来事による。それはガルシアが、夫の愛人に損傷を加え、醜い姿にしてしまったことで、それを彼女は自慢げに話していた。

肉体的な面では、カレーラも人目を引くほど立派なわけではない。ただ背は低いが身体はがっしりとしていた。それに体格や怒り肩にはエネルギーが詰まっている。彼に付き添って世話をしていた医師は、笑うしかないほどの、彼のタフさ加減に驚きの声を挙げていた。(7) 何度も弾傷を負いながら、それをものともせずに、驚くほどのスピードで回復する彼の体力は、誰もが知るところだ。カレーラにつき従う兵士たちも、いつしか、彼はけっして殺されることなどないだろう、とまじめに信じていた。そしてカレーラ自身も、いつしか、そのことを信じるようになっていったという。しかし、カレーラを他の人より目立たせていたのは、もう一つ別の資質だ。それは彼に、人々や軍隊の支配を可能にさせた、圧倒的なバイタリティーとカリスマ性だった。彼が手にしていたのは、暴力と狡猾と勇気の爆発性混合物なのである。

マタケスクイントラ事件のあと、グアテマラ政府は迅速で残忍な軍事力でこれに対応した。カレーラと反乱者たちの小部隊は山に逃げこみ、古典的なゲリラ戦で立ち向かった。政府軍は村々で略奪を重ねた。カレーラと反乱者たちはそれに対抗して、町から町へ出向いては、政府の役人たちや判事を暗殺した。戦いはまた、宗教的な十字軍の様相を呈してきた。そして無情にも、階級や人種間の戦争へと拡大していった。インディアン、メスティーソ、ムラートは一致団結して、白人の支配階級と外国人に対抗した。ときの声はやがて、「すべての外国人に死を！」や「信仰万歳《ビバ》！」へと変わっていった。

何年か前に、連邦政府をエルサルバドルへ移していたモラサン大統領は、サンサルバドルの司令部から、何とか和平交渉を行なおうとした。が、もやはそれは遅すぎた。カレーラは寄せ集めの反乱者たちをまとめて、かなり大きな軍隊をこしらえていた。そして一八三八年、カレーラはグアテマラシティへ、さらには自由派を擁護する者たちのもとへと進軍し、五日間の市街戦ののち、勝利の旗を掲げて市の中心部へ入城した。恐怖におびえた住民たちは、家の中に閉じこもって最悪の事態に備えた。

当時、グアテマラシティに駐在していた、アメリカの外交官デ・ウィットは、合衆国国務長官のフォーサイスに、報告書の中でこのときの攻撃について述べている。「[一月] 二九日、月曜日。夜中の午前一時に戦闘がはじまった。マスケット銃の銃声が、西門の近くから、一時間ほどひっきりなしに聞こえてくる。……このときから金曜日の朝まで、戦闘が昼夜を問わず続いていた。戦場となっているのはおもに街角やバリケードで、ときどき、さまざまな形で戦闘が中断される。三一日の水曜日には、三〇〇〇人のインディアンとともにカレーラが、東門から市内へ入城してきた。彼らが行なった数々の行き過ぎた行為は、長く人々の記憶に残った。木曜日の午後には、副大統領（モラサンによって、和平交渉をするために　派遣されたグレゴリオ・サラサル）が、応接間で幼児を腕に抱いて歩いているところを、家族の目の前で惨殺された」[8]。

一週間も経たない内に、カレーラと農民軍は市から引き揚げてしまった。自由派を権力の座から退陣させた今、彼の主要な目的は遂げられた。それに彼には他に、首都で何をすればよいのか分からなかったようだ。部隊が引き揚げたために、おびえ出した保守派や市の役人たちは、急遽、新しいライフルをカレーラの部隊に渡して、カレーラを中佐に任命し、彼の地元のマタケスクイントラを指揮する権限を与えた[9]。カレーラと暴徒の部隊は市から撤退していったが、人々の心配はすでにそこここで、ささやかれていた。フォーサイスへ送ったデ・ウィットの報告には、次のように書かれている。「賢明な人々が今、もっとも恐れているのは、インディアンたちのことだ。彼らはこの国が征服されて以来はじめて、自分たちが権力をふるって、白人や「メスティーソ」にさまざまな条件を押しつけることができると気づいた。これから先、彼らはほんの些細なことにも腹を立て、残虐行為をくりかえすことになるだろう。数の上でも、他の階級にくらべて彼らは、一〇対一ほどの比率で多いわけだから」[10]。

やがてモラサンが五〇〇人の連邦軍を引き連れて、サンサルバドルからグアテマラシティへやってきた。そして自由派を復位させた。次の一八カ月の間モラサンは、カレーラを捕らえ、あるいは殺害するために、そして彼に従う一党を一掃するために、対反乱活動の作戦を続行した。連邦軍は全戦全勝と言っていいほどの勝利を収めたが、反乱者たちはそのほとんどが逃げてしまい、モラサンもカレーラを捕らえることができなかった。「五〇〇人の軍隊をもってしても、なお攻め切ることができないほど、モラサンはこの土地に不案内だった」とデ・ウィットは書く[11]。反乱者たちは、首都の東に連なる山々に立てこもって、要塞から血みどろの奇襲攻撃を続けた。両軍による虐殺行為はエスカレートするばかりだった。

グアテマラでモラサンが作戦を展開しているとき、ニカラグアやホンジュラス、コスタリカなどにいた保守派は権力を握ると、連邦政府を解体するために同盟を結んだ。そして、一八三九年のはじめ頃、エルサルバドルへ進軍を開始した。デ・ウィットは最後の報告書で、この状況を要約している。連邦共和国の政体は、「単なる脆弱な結びつきにすぎず、人々はこの共和政府にまったくなじんでいない。これでは政府の機構は機能しないだろう」[12]と彼は言う。

内戦が中央アメリカの全域で起こりはじめると、モラサンはそれを食い止めるために、彼の中心部隊を引き連れてエルサルバドルへ戻らざるをえなかった。カレーラは消耗戦で勝利を収めると、一八三九年四月一三日、もはや対抗する者のいなくなった、グアテマラシティへ入城した。命令を出して彼は、保守派や穏健な政治家を権力の座に復帰させた。それに応じるかのように、復位した者たちは、もと鼓手少年のカレーラを准将に任命した。そして彼をグアテマラ軍の最高司令官と名付けた。今回の首都占拠では、カレーラか、あるいは彼の代行者がグアテマラにとどまることになった。

グアテマラの東、数百マイルのエルサルバドルでは、モラサンがふたたび、自分が一番うまくできること――戦闘における勝利だ――で成功を収めていた。五月のはじめ、軍勢ではるかに劣る（敵方の半数）モラサン軍は、ホンジュラス・ニカラグアの連合軍を打ち破った。が、戦闘中にモラサンは右腕に手ひどい弾傷を負った。そして、勝利そのものも決定的ではなかった。リベラルな体制支持者を集めた彼の小部隊は、モラサンのあとにぴたりとついて行くことができない。モラサンは孤立してしまった。生まれ故郷のホンジュラスでさえ、彼に背を向ける始末だった。連邦議会は解散して、統一中央アメリカという夢は、彼の周辺でむなしく崩壊しつつあった。

グアテマラも早々に連邦共和国から離脱した。大司教はグアテマラに招き戻され、ローマカトリック教会は国教として復活した。さらに修道会ももとに戻され、州政府はカレーラの監視の下で、着々と旧植民地体制へと立ち戻りつつあった。九月、スティーブンズとキャザウッドが、ニューヨークから旅に出る準備をしていた頃、カレーラはモラサンが攻撃を仕掛けようとしている、という噂を耳にした。モラサンは馬でエルサルバドルの国境へ出かけて、情勢を観察した。そこにいる間に、彼はエルサルバドル軍の小グループによって撃たれ、胸にマスケット銃の弾丸を受けた。

エルサルバドルでは、傷の癒えたモラサンがなお包囲され孤立してはいたが、ホンジュラスからやってくる侵入者に対しては、彼らの攻撃を払いのけていた。そのときに、大きな地震が起きてサンサルバドルを揺るがせ、甚大な被害をもたらした。ホンジュラスの将軍フランシスコ・フェレーラがモラサンに、降伏して明け渡すように、そしてそのために二四時間の猶予を与えると言ってきた。モラサンは降伏する代わりに、エルサルバドル軍の残りの部隊を連れて北へ向かい、サン・ペドロ・ペルラパンでホンジュラス軍と対峙した。戦いは圧倒的に不利のように見えた。軍勢はここでもモラサン軍が劣っていたが、彼は最終攻撃の先頭に立ち、戦線を行きつ戻りつして、兵士たちを叱咤激励した。それは決定的な瞬間だった。そして、それを境に戦いの潮目が変わった。フェレーラとホンジュラス軍の高級将校が傷を負い、武器弾薬類が大量に奪われてしまった。その中にはフェレーラの剣も含まれていて、これは彼にとって最大の屈辱となった。ホンジュラスの将軍（フェレーラ）は兵士たちと、徒歩で逃げ延びざるをえなかった。モラサンはふたたび戦場で勝利者となった。見たところ彼には、けっして敗北を味わう機会がやってこないかのようだった。

＊

スティーブンズはグアテマラで、けっして時間をむだに過ごしていたわけではない。観察力の鋭い彼は、政局の全体像をある程度しっかりと見極めていた。そして、パーティーや正式の会合で顔を会わせる公人たちについては、かなり低い評価を下していた。スティーブンズは彼らの行なう政治にはまったく賛同していない。彼らとは金持ちと特権階級の人々のことだが、彼らは亡命後数年して、自分の財産や政治的権力を取り戻した。その彼らが自分の目的のために、どんな風にして、カレーラやインディアンたちのご機嫌を取っていたのか、また、司祭たちを通して、どんな風にインディアンたちを操っていたのか、そして彼らの無知につけ込み、どんな風にその宗教的な狂信をかき立てたのか、そのあたりの様子をスティーブンズは記している。「自由派を憎むあまり、彼ら（金持ちと特権階級）は、自分たちを破壊するかもしれない第三勢力（インディアン）の機嫌をうかがい、いつ何時豹変して、彼らを引き裂くやもしれない野獣とうまくつき合っていた。そして、さまざまな要素がふくれ上がってきた状況の中で、この国の強者や正直者を結集し、粉々になってしまった共和国を再建して、無知で無教養なインディアンの少年（カレーラのことだ）にこびへつらう、不名誉と危険から人々を救い出してくれる、そんな度胸のある人物は、この国の特権階級には一人としていなかった」。

スティーブンズは、彼が今、まず第一にしなければいけないのは、エルサルバドルへ行くことだと思った。そこへ行けば、どんなものにせよ、中央政府の合法的な形態が、はたして継続する可能性があるかどうかを、自分の目で確かめて判断することができる。しかし、陸路で旅することはまず不可能だ。チャットフィールドは遠まわりの海路で、グアテマラシティへ戻ってきた。エルサルバドルの沖合で停泊していた、フランス船の船長ド・ヌーベルは、馬でグアテマラシティまで苦労してやってきた。その途次で、彼は数多くの残虐行為を目にしたと報告している。三人の男が、原形をとどめないほど顔をつぶされていたという。船長は陸路で帰ることをやめて、使いの者を送り、船をグアテマラのイスタパ港へまわすようにと命じた。その船長がスティーブンズに、これからエルサルバドルへ帰るので、自分の船に乗って行かないかと言ってくれた。

一方、グアテマラでは、一八四〇年とそれに続く一〇年を祝って、市内にある教会、女子修道院、男子修道院の三八の鐘が鳴り響いた。店は閉められ、空は快晴。中庭では花々が咲き競い、緑の山頂や火山が陽を浴びて暖かな市を取り囲んでいる。それは正月のニューヨークの雪と寒さの光景とはあまりにも違っていた。大聖堂を訪れると、「モーツァルトの音楽が教会の側廊に流れていた」。スティーブンズは、カレーラが説教壇のまん前に座り、となりには、州の首班マリアノ・リベラ・パスが座っているのを見ていた。礼拝の儀式が終わると、カレーラのために道が開けられた。「動きがぎこちなく、目は伏し目がちに地面を見ている。そして、たくさんの注目が自分に集まっているので、いかにも落ち着かない様子だ。ちらちらとあたりを盗み見しながら、側廊下まで歩いていった」。カレーラが教会の階段——そこから見えるのは町の中央広場だ——へ姿を現わしたとき、スティーブンズが見たものは、一〇〇〇人もいるかと思えるほどおおぜいの、「おどろおどろしい顔つきの兵士たちだった。彼らは教会の扉の前で整列している。カレーラを出迎えて、突然大きな音で音楽が鳴り響き、兵士たちの顔は、司令官への熱い献身の思いで輝いていた」。

9 マラリア

一月五日、スティーブンズは、キャザウッドといっしょにグアテマラを出発して、イスタパへ向かった。キャザウッドは海岸まで同行するが、そのあとはグアテマラシティへ戻る予定にしている。結局、スティーブンズと交わした契約には、政府のあとを追いかける件については、何一つ書かれていないからだ。二人は午後出発して、湖のほとりで夜を過ごした。

その夜、にわかにスティーブンズが重病に陥った。マラリア原虫が体中にあふれていた。一、二週間前、おそらくは彼が太平洋を見るために海岸へ行ったときに、雌のハマダラカに刺されたのだろう。ハマダラカの唾液には微細な原虫がいて、それが彼の血流へ滑り込み、肝臓に居ついてしまった。数日間、細胞を摂取した原虫は、一気に四万倍に繁殖し、急に飛び出てきて、赤血球に入り込んだ。そこでも膨大な量に複製を続け、そのために血球はふくれ上がって限界に達した。スティーブンズは知らず知らずの内に、マラリアに罹患していたのである。

「次の朝、あまりの頭痛と全身の骨の痛みで目が覚めた」と彼は回想する。病は重かったが、それでもまだ旅をすることはできた。次の数日、夜になると高熱に苦しんだが、どうにか苦労の末、海岸へたどり着いた。しかし、あまりの痛さに何時間も動くことができなかった朝もある。旅の最後の夜は、彼の病状がさらに悪化した。「キャザウッド氏は」とスティーブンズは書いた。「コパンで誰一人死なせなかったことから、自分の医療技術を高く評価していた。それで、私によく効く薬を調合してくれた。おかげで私は朝まで眠ることができた」。

次の日、彼らはイスタパの港に着いた。そこでスティーブンズはキャザウッドと別れて、ド・ヌーベルの船に乗った。冷たい海の空気が彼に元気を取り戻させた。その夜、船は夜風をとらえてエルサルバドルへと向った。船室には蚊があふれんばかりにいた。その中の何匹かが確実に、彼の病を引き起こした原虫と同じものを運んでいたのだが、彼にはそれを知るすべがなかった。次の日、ふたたび熱が上がり、終日下がらない。船がエルサルバドルの沖に着いたときには、スティーブンズはもはや、岸に上がることができないほど弱っていた。ド・ヌーベルは緊急の用事ができたために、先に下船した。その際、船長はスティーブンズに、下船できるようになったときのために、馬の手配をしておくと言い残した。午後の空気を胸いっぱい吸い込みたいと、スティーブンズはデッキに出た。そこで彼は、岸に沿って火山が六つならんでいるのを確認した。夜になってデッキに座っていると、ボルカン・イサルコ（イサルコ火山）の頂上が高温で光っている。驚嘆しながら彼はそれに見とれていた。火のように燃える黄金色の溶岩が、はるか彼方の海を航海する船乗りのために、案内人の役割を果たしていたのである。

朝になると、スティーブンズはいくらか元気になり、陸へ上がった。エルサルバドルの主要港は荒涼とした場所で、ただの砂浜海岸にすぎなかった。兵士が数人いて、荒れ果てたスペインの倉庫がいくつかと、小屋が二つ三つ。その内の一つは港湾長の小屋だった。そしてあとは、農場労働者の小さな小屋《ランチョ》が一つあるだけ。スティーブンズは弱り切って、ふらつきながら、暑さから避難できる場所を探して、ようやく労働者用の小屋にたどりついた。「そこは狭苦しくて暑かった」とスティーブンズは書いている。「が、すぐに、体全体を覆うものが欲しくなった」。激しい寒気に襲われて震えていた。典型的なマラリアの発作に苦しめられた。熱が戻ってきた。水がとても欲しい。「私は痛みのあまり目まいを感じて、気が荒くなった。そして、みすぼらしい小屋の中を歩きまわっていた。ただ一つ感じていたのは、頭の中が焦げるように痛かったことだけだ。記憶が不明瞭ではっきりとしないのだが、インディアンの女たちに英語でしきりに話しかけていたようだ。ソンソナテへ行きたいので、馬を調達してほしいと頼んでいたのだろう。私を笑う者もいれば、哀れみの目で見る者もいた。他の者たちは私を太陽に当てるために外へ連れ出した。そして木陰で横にして休ませてくれた。午後三時に、船乗りが陸に上がってきた。私は居場所を変えていたのだが、彼は木陰で横になっている私を見つけた。のぞいてみると私は眠っていたが、顔は太陽で干からびてしぼんでいた」。

船乗りはスティーブンズを船に戻したがった。だが、スティーブンズは馬でソンソナテの町に行きたいと言う。そこに行けば治療を受けることができる。ともかく、彼は馬に乗って行けるほどには回復した。そして、炎天下の中を三時間馬に揺られて、ようやく日暮れ前に町に着くことができた。

ちょうど町へ入る手前で、偶然、彼は探していた「連邦共和国」に遭遇した。スティーブンズは次のように書いている。「私が会った紳士は立派な馬に乗っていた。鞍の上には、ペルー製の緋色をしたなめし革が敷かれている。紳士の風貌に私は強い感銘を受けた。そしてわれわれ二人は、たがいに深々とおじぎを交わした」。スティーブンズはあとで知ったのだが、この紳士はディエゴ・ビヒル・コカニャという連邦共和国の副大統領で、中央政府の最後の法務官を務めた人物だ。「私が連邦政府を探しにグアテマラを出発したときには、まさか道路でこんな人物に遭遇するとは、思ってもみなかった」。

たとえ馬に乗っていた人物の身元を、スティーブンズが知っていたとしても、あの時点ではとても公用を果たせる状態ではなかった。彼がはじめに逗留した先は、ド・ヌーベル船長の兄弟の家だった。そこで一部屋をもらい、回復のために多くの日々を過ごした。体が元気になると、早速、政府を探しに出かけた。驚いたことに、そこで紹介されたのがビヒルだった。年は四五歳で、両脚が部分まひを患っている。細身で背の高い、教養のあるこのホンジュラス人は、モラサンの長年の親友だった。モラサンが一年前（一八三九年）に、二期務めた大統領を辞めて、エルサルバドルの国家首長になり、軍隊を指揮しはじめると、ビヒルはひどく壊れてしまった連邦共和国の、それでも残された政府の大統領代行として、役目を果たしてきた。次に行なわれた議論の中で、スティーブンズは、自分は今、信任状（国書）を手渡すために、コフテペケへ向かっている途中だと説明した。サンサルバドルが地震で打撃を受けたために、その復興を待つ間、コフテペケは共和国の当座の首都になっていた。しかし、もし連邦共和国がもはや存在していないとなれば、自分は「失態」を演じることになる。それだけは避けたい、とスティーブンズはざっくばらんにビヒルに言った。彼は自分が今、手にしている合衆国の信任状が、政府にとって重要な合法性を与えることはよく知っていた。だが、その一方で、信任状を与えないで手もとに置いておけば、それはいかにも「無礼で」、あたかも反乱した諸州をひいきにしているように見える。「私はややこしい立場に置かれていた」とスティーブンズは書いている。ビヒルはスティーブンズに、合法的な政府は実際、彼個人の中にあると断言した。が、スティーブンズの苦境を考えると、ビヒルは外交文書をこちらに手渡してほしいとは、とても言えなかった。

ビヒルの説明によると、まさにこの瞬間、連邦共和国の危機を解消するために、各州から使節がホンジュラスに集まりつつあるという。その説明を聞いて妥協案が決められた。ビヒルは確信していると言う。集まった代表たちは必ずや共和国を再建するだろう。もしスティーブンズさえよければ、行動に移る前に、公式な表明が行なわれるのを待ってはどうかと彼は言う。だが、その少しあとで、国務長官フォーサイスへ送る報告書の中で、スティーブンズはグアテマラで体験したことに基づいて、かなり悲観的な見方を報告していた。「私自身の意見としては」とスティーブンズは記す。「条約は何ひとつまとまらないと思います」[1]。だが、報告とは裏腹に、自分の言葉が彼（スティーブンズ）に要求しているのは、自分の任務を完了させるために、あらゆる努力をすることで、何としても、その努力の成果を待つ義務が、自分にはあると彼は感じていた。袋小路に入ってしまったのはもどかしい。問題を早々に片付けて、キャザウッドといっしょに、もっと古い体制探し（マヤの遺跡探しだ）に戻りたいと思った。彼らが中央アメリカへやってきた、主たる動機はまさにそれだったのだから。しかし、事態が膠着している中で、彼はあるチャンスを見ていた。そしてそれをつかまえた。数日の内に、彼は船に乗り、コスタリカの遠く離れた州へ向かっていた。

国務省から、この問題を詳細に調べるように、とはっきり指示されたわけではなかったが、スティーブンズは、政府が水路の建設に興味を抱いていることをよく知っていた。この水路というのは、ニカラグアとコスタリカの国境沿いを流れる、サン・フアン川を使って、カリブ海から太平洋へと達するものだ。川はカリブ海とニカラグア湖を結び、そこから、短い水路を建設しさえすれば、船が太平洋へ進むことができる[2]。このルートは以前、すでに研究されていて、最大の障害となっていたのは、湖を太平洋から引き離している狭い陸の隆起だった。スティーブンズはそれを、じかに自分の目で調べてみたかった。条約の結果がまだ宙ぶらりんだというのに、外交官としての職務を放棄してしまうのは危険だ。しかし、マラリアの発作から回復した今、中央アメリカ連邦共和国が再建の調整をしているのを、ただ漫然と座って待つのはがまんができなかった。

中央アメリカを貫通する水路という構想は、コロンブスが東インド諸島へ向けて航海している途中で、偶然、西半球へ遭遇して以来、おおむねほとんどの船長、探検家、企業家たちを魅了してきた。一六世紀から、数多くのルートが提案されてきたが、水路の可能性に科学的な信憑性を与えたのはフンボルトである。偉大な博物学者にして地理学者のフンボルトは、一八〇四年にジェファーソン大統領を訪問したときに、おそらくサン・フアン川のルートを進言したにちがいない。[3] これは明らかなことだ。数年後、アンドリュー・ジャクソン大統領は、特別調査官を派遣して、ニカラグアとパナマの二つのルートをくわしく調査させた。[4][5] そして、結局のところ、あちらこちらで姿を見せるファン・ガリンドが関与し、一翼を担うことになる。一八三五年六月、彼はイギリスへ行く途中で、ワシントンに到着した。そのとき彼の手もとには、土地の測量図、歴史の説明書、それに、ニカラグアを通る水路の実現可能性について書かれた書類などがあった。そして、その写しを彼は国務省に預けていたのだが、[6] そのあたりのいきさつをスティーブンズは知っていた。

しかし、まず彼が最初に足を止めたのは、コスタリカの首都サン・ホセだった。そこで彼は短い間だったが、国の首長ブラウリオ・カリリョと会った。カリリョは五〇歳で、背丈の低い、太った男だった。彼はクーデターによってトップの政治家に任命された。スティーブンズはカリリョの中に、中央アメリカ連邦共和国が崩壊しつつある理由を見つけた。「彼は、モラサン将軍や中央アメリカ連邦政府に対する敵意をゆるめることをしない」とスティーブンズは書いている。「そして、コスタリカは独立できるという考えを、強く心に刻みつけていた。実際これは、中央アメリカのあらゆる政治家の意見が分かれる分岐点だった。が、そこには、国民感情のようなものはいっさいなかった」。

スティーブンズは、コスタリカとニカラグアの間を流れる、サン・ファン川を調べたいと思って、コスタリカにやってきた。しかし、二月のはじめに着いた直後、彼の唇は青くなり、歯はつけ根が合わず、かたかたと音を立てはじめた。マラリアがふたたび彼を襲った。数日、女子修道院で寝たきりの状態だったので、川を調査する計画はいつの間にか霞んでしまった。彼は今、グアテマラから六〇〇マイルの所に、たった一人で、意気消沈して、病にふせっていた。

体が回復したときに思ったのは、すぐに船でエルサルバドルへ帰ろうということだった。だが、二つのことが彼を心変わりさせた。一つは健康が戻って、いつものように、いらだちのエネルギーの高まりを感じたこと。もう一つは、サン・ホセですばらしいラバを手に入れるチャンスに恵まれたこと。「男性的《マッチョ》なラバだ。そこまで言わなくても、調教が半ばの半分野生のラバと言った方がいいのか。ともかく、今まで乗ったラバの中で一番すばらしい」。これはいつもの彼の誇張した言葉で、アカバで族長から貰ったアラビア馬のときの話し振りと同じだった。しかし、「マッチョ」という言葉は何か特別なものを表わしている。それは、中央アメリカやメキシコを通り抜けて、これから行なう残りの旅行で、この動物がスティーブンズを背に乗せて運ぶことを思うと、彼とラバとの間に結ばれた強い絆を意味しているのかもしれない。

最低でも、太平洋側で水路の終点にふさわしい場所を、探検して見つけようと決意して、スティーブンズとマッチョのラバは、海岸を目指して向かった。そして、荒野を横切り、道中、荒涼とした辺境の地にあるアシエンダに滞在した。ニカラグアに入って、ようやくサン・ファン川へやってきた。

この川がサン・フアン・デル・スルの「港」へ、さらには太平洋へとつながり通じていくことになる。馬蹄形の湾は両側が断崖になっていて、崖は船を避難させるには十分なほど高い。どんな水路にしても、この湾はすぐれた出口を用意してくれるだろう。だが、港やその周囲の地域には人がまったく住んでいない。何年もの間、この湾に入港した船もなかった。「こんな所を一大営利事業の中心地に考えることと自体、ばかげたことのようだ」とスティーブンズは書く。「それに、町が森から立ち上がり、荒れ果てた港が船でいっぱいになって、世界中の人々が利用する水路の大きな門になる、などと想像することも、やはり荒唐無稽のように思われた」。

スティーブンズは海岸を散歩し、野営の準備をしたり、海で水浴びをしながら午後を過ごした。「景色がすばらしい」とスティーブンズは書いている。「おそらく、私の生涯で太平洋を見るのはこれが最後だろう」。しかし、それは奇妙な瞬間だった。彼はサン・フアン・デル・スルに引きつけられ、いつの日にか、二つの大洋が結びつけられることを確信していた。にもかかわらず、数年後に、まさにこの同じプロジェクト――彼を何度もくりかえして、太平洋へと呼び戻すプロジェクト――で自分が演じることになる役割を、今の彼には予見するすべはなかった。

次の日、彼はこの湾を出発して、もっとも可能性の高い水路のルートを探った。ジャングルの中へ分け入り、丘の尾根を越えて、平原を横切り、中央アメリカで最大の内陸湖ニカラグア湖へやってきた。太平洋岸と湖との距離はわずか一五マイルだが、この一五マイルが岩だらけの、進むに困難な距離だった。しかし、ほとんどニューヨーク州全体の長さを持つエリー運河にくらべると、この距離はどれほどのこともない。ただしこの場所には、スティーブンズの故郷の州とは似ても似つかないところがあった。それは彼の目の前で、湖中の島に堂々とそびえ立つ、完璧な円錐状をした二つの火山である。ニカラグア湖の北端には、古いスペインの植民都市グレナダがあるが、この町に着いたとき、彼は何となく、太平洋へ通じる船の水路はうまく行きそうだと確信した。だが、ここに来るまでに、すでに二週間の間、ラバに乗り続けている。そのために町へ入ったときには、まだマラリアによって体が弱っていたし、ひとたび町に足を踏み入れてみると、完全に疲労困憊した状態に近かった。

しかし、幸運がまた新たな展開を見せる。グレナダでスティーブンズはイギリスのエンジニアに会った。彼はこれまでに水路のルートについて、ほとんど隅々まで調べ上げていた。このエンジニアが、中央アメリカ連邦共和国が調査のために雇ったジョン・ベイリーである。彼は内戦が勃発したときには、すでに一部を除いて、すべての調査を終えていた。連邦政府が崩壊するとともに、ベイリーは給料の支払いをストップされてしまった。が、ニカラグアでイギリス海軍将校として、今までの給与の半分を支払ってくれることに話がまとまり、何とか生き延びることができた。彼は楽しげにスティーブンズの前に、地図や測定結果をならべて見せてくれ、スティーブンズが自分の本を書くために、資料として必要なものを、好きなだけ書き写すことを許してくれた。のちにスティーブンズは、ニューヨークのエンジニアの助けを借りて、水路の建設やサン・フアン川の浚渫にかかる費用を算出した。総額で二五〇〇万ドルという数字が出たが、これはその後、実際にかかった費用にくらべてみると、かなり低い見積額だった。

しかし、のちにパナマで明らかになるように、スティーブンズは進歩と交易を熱烈に支持する、彼の時代の大いなる伝道者と言ってよい。彼は商人の息子で、木々の代わりに船の帆柱が林立している町で生まれた。「しかし」と彼は書く。水路の構想は「人々の心を強くつかむことはできないだろう。議論は行なわれるかもしれない。だが、それは冷ややかな目で見られ、冷笑されて、結局は非現実的で実行不可能なものとして非難されるのがオチだ」。たしかに彼はこのような水路がもたらす、交易や旅行の利点について書いていた。が、彼の心中には、経済上あるいは、商業上のメリット以上のものがあったのである。

それ(水路のプロジェクト)は、混乱に陥っている中央アメリカの国を落ち着かせるだろう。今は血塗られている剣が、枝打ち機へと変わり、住人たちの偏見は、彼らをすべての国の人々とつなぐことで取り除かれる。またこのプロジェクトは、住人に産業への動機と、それによる報酬を与える。そして、彼らに金を儲けることの楽しみを吹き込む。金儲けはときに不名誉なことと考えられているが、それは未開の社会を文明化し、他のどんな影響にもまして、世界を平和にするために、さらにたくさんのことをする。世界の交易は変化するだろう。……汽船は煙を吐きながら、チリ、ペルー、エクアドル、グレナダ、グアテマラ、カリフォルニア、そしてわれわれのオレゴン準州、さらにベーリング海峡の境界上にあるロシアの占有地などの、豊かな海岸に沿って航海をするだろう。農産物や、機械で大量に作られた製品のために、新たなマーケットが開かれるだろう。思想の交換、それにおびただしい数の人々の交流などが、国家の性質を同じものにし、改良していくにちがいない。全世界がこの仕事に関心を抱いている。

スティーブンズはたしかに過去へ向かって、深く調べることに集中している。だが、その一方で、彼は目を未来から背けることはしていない。過去の文明の発見が語られている本の中でも、彼は臆面もなく未来の可能性について、そのユートピア構想を提案していた。彼が書いた本の大きな成功のために、スティーブンズは同時代の誰よりも大きな精力を傾けて、人々の意識の中に、このような大洋を結びつける構想を植えつける努力をした。彼の読者には、資本家や投資家——とりわけニューヨークの企業家——などがいるが、彼らは生まれ持った商業上の直観と、それを実現させる手段を合わせ持っている。将来、彼らはスティーブンズの仲間となると同時に、彼の競争相手にもなるだろう。皮肉なことだが、後年、スティーブンズがパナマの横断鉄道の建設に奮闘したとき、彼の競争相手たちは、ニカラグアルートの方がより適していると主張し、汽船をくり出しては、サン・ファン川をさかのぼらせて、それを証明してみせ、スティーブンズのプロジェクトを間接的に攻撃しようとした。

しかし一八四〇年、尾根を歩きながら、ニカラグア湖の水面から、そびえる荒々しい非現実的な火山を見たときに、スティーブンズの熱意を駆り立てたのは、単なる商売上の私利私欲などではなかった。それは、世界は改善することができるし、進歩は避けるべきものではなく、必然的に善なるものだという彼の信念だった——そしてそれはまた、彼の時代に特有の、純粋なアメリカの楽観主義《オプティミズム》だったのである。

＊

パトリック・ウォーカーは、イギリスの遠征隊の中で、最初にパレンケ遺跡に到達したメンバーである。陸軍中尉のジョン・キャディーは五マイル後方の、サントドミンゴ・デ・パレンケの村にとどまっていた。彼は「気分がすぐれず」そこで横になっている。両脚をダニに噛まれて、それがひどく痛んだために、ほとんど歩くことができない。ましてや馬に乗ることなどとてもできなかった。ウォーカーは地元の案内人と二人のインディアンを連れて、北東部からパレンケの遺跡に近づいた。起伏に富んだ草原を越えていったが、そこには野草が生えていて、一群の森が広がり、それに格子細工のように川が流れていた。南を見るとウォーカーたちの前に、深い森林に覆われた丘や山が迫っていた。古代都市の遺跡は、高い山の山麓の丘から、平原に突き出ている平たい断崖の上にあった。険しい上り道を馬で行き、崖の岩だなへ出る。さらに困難をきわめたのは、山積みになった石を覆うように密生しているジャングルや、倒壊した建造物のごつごつとした断片だ。ウォーカーは気づいたのだが、岩から速い水の流れが出ている。地下の送水路のようなところから来ているようだ。人工の石の水路を流れる水に沿って行くと、驚いたことに水は、彫刻が施されたワニの頭部を通って地下から現われていた。

彼は馬から下りて、何とか自分の足もとを確保しながら、石組みが緩んでいる、大きなマウンドを六フィートほどよじ上った。マウンドのてっぺんで、彼は建物の堅固な壁を見つけた。建物の両脇にはみごとに作られた廊下があった、と彼は書いている。「その光景は、これまで私が旅で重ねてきた苦労に、十分報いてくれるものだった」。二カ月半の間、ときには道々、容赦のない厳しい場面にも遭遇したが、ともかく彼らはようやくパレンケの遺跡へ到達した。「大建造物の特殊な作り、そして、外部に施されたすばらしい装飾は、即座にそれが、偉大な古代のものであることを示していた」とウォーカーは続けている。彼の正式な報告書では、ほとんど詩的な表現は見られないが、ここではそれを試みることに抵抗できないようだ。「さらにあたりを調べてみると『雲をつくような塔、豪華な宮殿、それに荘厳な神殿』が、本来のプロポーションは奪われているものの、時が自らの傷つける手を十分に見逃していて、ここにはかつて、人々が住んでいたことを示していた。文明の進歩をテストする試金石とも言うべき芸術の面で、住人たちは偉大で力強く、そして完璧だった」(7)。手早くあたりを見てまわり、午後も遅くなって、物陰が長く伸びてくると、ウォーカーはサントドミンゴへ急いで戻った。そして日暮れ直前に到着し、キャディーに彼が見つけたことを報告した。

遠征隊は、ペテン・イッツァ湖にある島の町フロレスを出てから、三週間以上の間移動し続けていた。移動中の半分は馬に乗り、何一つない、人跡未踏のサバンナやペテンの森を通り抜けた。旅の最後の行程では、カヌーでウスマシンタ川を下り、さらにまた馬で、サントドミンゴ・デ・パレンケへ向かった。途中のどこかで、標識のない国境を越えて、グアテマラからメキシコのチアパス州へ入った。キャディーはすでに苦しんでいた。「蚊かダニに刺されたせいだろう。激しい痛みに苦しめられてきた」と彼は書いている。「そして私の脚は膝から下がひりひりと痛み、気持ちがいいどころではない」。しかし、馬でウスマシンタ川からサントドミンゴへ向かっているときには、キャディーは本来ハンターだったので、黄色い頭のオウムを何羽も、ショットガンで撃ち落とすことができた。そして、オウムはすばらしいシチューの食材となった。

サントドミンゴで彼らは、地元当局から、遺跡を訪れる許可を簡単に手に入れることができた。ここへ来る道々、外国人は遺跡へ入ることが許されないという報告を聞いていたので、一同はひとまずほっとした。だが、一つだけ条件がある。それは町のガイドを一人連れていかなくてはならないことだ。何か破壊されたものはないか、持ち去られたものはないか、ガイドがそれを監視するためだ。

ウォーカーが見つけたものを、ことこまかに話すのを聞いて、キャディーの興奮はますます高まった。キャディーはその日一日を、ハンモックで過ごした。そして両脚には「マルビ」と呼ばれている、地元の植物から作られた調合薬を擦り込んだ。この治療に効果があったのか、二、三日すると、キャディーは元気になり、彼とウォーカー、それに残りの遠征隊は馬に鞍を付けて、遺跡に向かって出発した。遺跡で野営ができるように、十分な食糧も携えて。彼らにはもう一人、メキシコ軍の陸軍大尉がパートタイムでついてきた。名前はドン・ファアンとだけ明かされている。はじめて遺跡を訪れるウォーカーのために付けられた公式のガイドだ。(8)

次の二週間の間、彼らはジャングルを探査し、茂みを切り払い、おもな建造物を計測した。キャディーはほとんどの時間を、注意深く正確に、建造物や浅いレリーフの人物像（壁を飾っている）をスケッチすることに費やした。また、中心の遺跡の全地図、「宮殿」と呼ばれていた主要建物の平面図なども描いた。彼はスケッチの中に、人物像に付随する詳細なヒエログリフも描き込んだ。彼らが遭遇し、夜分は彼らの避難場所となった宮殿――遺跡中の最大で中心となる建造物――の他にも、となりにあった崩れかけた石のマウンドの頂上に立つ、神殿のような建造物を彼らは探検している。見つけた建物の大半は、木々や濃い枝葉に覆われていた。それに多くは時の経過と自然の力によって、傷つき、砕け、投げ捨てられていた。建物をほとんど呑み込まんばかりのジャングル――丘の中腹で険しく切り立っている――に、建造物たちは激しくぶつかり、抵抗を試みていた。周囲の地域を探していて、一行は壊れた壁や建物の瓦礫を見つけた。彼らの推測によると、それらはおそらく、数マイル先まで広がっている都市の、数多い建造物の一部だろうという。

遺跡について、キャディーが記した最後の報告は、きわめて短く単刀直入なものだった。そこにあるのは、おもに事実に即した簡潔な記述と測定結果である。どうしたわけか、おそらく仕事に対する生真面目さから来るのだろうが、彼の説明には、生きいきとした個人的なディテールや、日々の旅を特色づける余談のようなものはほとんど見られない。彼のスケッチもその大半は、複雑さのない、真っ正直な表現で描かれている。描く範囲も限られていて、重要と思われる特徴だけに絞られていた。中には真実注目に値するものもある――何はともあれ、キャディーのスケッチは、パレンケがいったいどんな遺跡なのか、見る者にその心当たりを与える最初の絵だった。だが、彼が大まかに述べた意見の中にさえ、パレンケの起源について結論を下すようなものはない。そこにあるのは、慎重に、そして控えめに、彼らが見つけたことについて要約したものだけだ。「この遺跡の及ぶ範囲――倒れた建造物は数マイルにわたって広がっている――から判断すると、なお崩れずに立っている建物の規模の大きさ、それに浅浮き彫り――石に彫られているものもあれば、スタッコ（化粧しっくい）で作られたものもある――の優雅さ、さらには内部と外部に施された装飾などは、それが、往時、この地方にいた人々の持っていた技量の、この上なくすばらしい、そして興味深い記念碑であることを示していた」。しかし、キャディーの五〇〇〇語にも及ぶ報告書――彼は自分の日記とは別個に書いている――は、官僚的で精彩を欠いていた。そこには発見の熱意もなければ、よろこびの感情も表現されていない。おそらく彼は、この報告書の対象となる読者――それは植民地の役人、学者、古物収集家など――の方へ目を向けていたのだろう。(2) キャディーが興味を抱いていたのは、むしろ狩猟に戻ることだったのかもしれない。というのも、それが彼の日記の中で、もっともワクワクさせる記述だったからだ。しかし、時が証明してくれるのは、パレンケで彼が見つけたものが、どれくらい彼に深い印象を残したかということだ。やがて彼は、それを自分の人生の中で、もっとも重要な出来事として考えるようになる。

一方ウォーカーは、正式な報告書の中で、遺跡の情報にはほんの数ページをあてているだけだった。そしてこのことを、彼は――とりわけマクドナルド大佐は――後悔することになる。しかし、ウォーカーは報告書の中で、時間の余裕がまったくなくて、より多くの情報を集めることができなかったと述べ、それに失望したことを認めている。遺跡を十分に観察するには、少なくとも一年は必要だったと彼は言う。しかし、ペテンを通ってパレンケへ来るまでに、あまりに時間がかかりすぎた。そのために彼は、ベリーズへ帰ってよくよく考えざるをえないこと（旅に費やした日数）を心配したのである。そこでウォーカーは、調査をいったん中止して故郷へ戻るのが「賢明だと判断した」。

結局は、急いでパレンケを出発したことが、あとあと、面倒にさらに面倒を重ねる結果になる。彼らはパレンケへ到達するまでの旅で、すでに三カ月を費やしていた。そのために任務（パレンケの探査）を遂行する日数としては、わずか二週間しか使うことができなかった。ウォーカーは正式な報告書の中でさえ、ときに遠征隊の真の目標を見失い、混乱しているように見える。彼は遺跡よりもむしろ、ペテンの農業や地理、それに政治により多くのページを割いていた。その結果、パレンケ遺跡の記述やスケッチが、あまりに少なくなってしまった。しかし、それより何より重要なのは、他の探検家たちの心に呼びかける驚きが、彼らの報告書にはほとんどないことだ——世界に語りかける緊迫感がまったくない。これが、彼らに続いて、探検をはじめようとする者が出現しなかった事実に、反映しているのかもしれない。その点でスティーブンズやキャザウッドとは違っていた。ウォーカーもキャディーも、マクドナルド大佐によって、プロジェクトのために招集された。したがって、どんなに律儀に、自分たちの任務を遂行しようと試みたとしても、所詮、彼らはただ命令に従って行動していただけなのである。

ただし、遺跡から出たときに彼らは、一つだけはっきりとした目標を持っていた。ベリーズへ帰るのに、来た道をまた戻ることはしないと心に決めていた。同じ道をたどるのは、あまりにつらいし苛酷なことだった。その代わりに彼らが思いついたのは、ウスマシンタ川を下ってメキシコ湾へ出て、船で半島をまわってベリーズへ戻るというルートだ。だが、今となっては理由が定かではないが、この計画も頓挫してしまった。

10 目前に迫った危機

フアン・ガリンド大佐が死んだ。ズタズタに切りさいなまれた。スティーブンズはこのニュースを、グレナダに到着した直後に聞いた。報告によると、ホンジュラスの町テグシガルパの近くで戦闘が起き、その直後に、マチェーテを振り回すインディアンに殺されたという。連邦共和国を救いたい一心で、このアイルランド人は、自由派のホセ・トリニダー・カバーニャス将軍の軍に加わった。そして一月末、彼らの小部隊はアシエンダ・デル・ポトレロで、保守派のホンジュラス軍とニカラグア軍に敗れた。「キリスト教徒たちの間で起きた内戦の記録には、これほど血だらけのページはどこにもない」と、スティーブンズはこの戦闘について書いている。「寛大な処置が与えられることもないし、それを求めることもしない。戦闘のあとでは、一四人の将校が冷酷に撃ち殺され、捕虜は慈悲心から助けられることもなく、一人残らず殺された」。カバーニャスだけは何とか逃げ延びたが、二人の竜騎兵と小僧を連れていたガリンドは、近くのインディアンの村で見つかり、斬り殺された(1)。

スティーブンズは、このニュースに深く心を動かされた。彼はガリンドにいつか会ってみたいと思っていた。それはガリンドの中に、彼自身の何かを見ていたからである。二人はともに探検家で政治的には理想主義者だった。それに、古物に異常な好奇心を持つ現代人でもあった。スティーブンズは、ガリンド大佐への紹介状を手にしている。それはフォーサイスが書いてくれたものだが、フォーサイスはワシントンでガリンドに会っていた。そしてスティーブンズがエジプトや東方で経験したことに、ガリンドが興味を抱いていたのは明らかだった。そしてスティーブンズの方でも、コパンを訪れてみたいと思ったのはガリンドのおかげだと認めている。これについてはのちに、本の中でスティーブンズが書いている通りだ。三八歳で大佐が死んだ今、彼の計画や夢は戦争のために根こそぎ奪われてしまった。そしてスティーブンズは、パレンケとコパンの両方を探検したただ一人の人物と、会話するチャンスを失ってしまったのである。(2)

その一方で、戦雲はますます暗さを増しつつあった。エル・ポトレロは最初の小競り合いにすぎなかった。モラサンがエルサルバドルの国家首長の地位を去って、軍隊の全指揮をとったこと、そして安全のために家族を海路チリへ送り届けたことを、スティーブンズはグレナダで知った。保守派の軍隊は、ホンジュラスやニカラグアを行進中だった。「危機は目の前に迫っている」とスティーブンズは結論し、「まだ道が安全な内に」グアテマラへ行かなくてはならないと付け加えた。

彼はラバでエルサルバドルへ向かい、途中、当時ニカラグアの首都だったレオンに滞在した。町は廃墟となり、煙を出してくすぶり続けていた。地元の自由派と保守派の間に起こった、すさまじい戦闘によって、町の半分は徹底的に破壊され、跡形もなく崩壊している。そして今では、ホンジュラスでガリンドやカバーニャスを打ち負かしたニカラグア軍が、この町を占領していた。スティーブンズが見かけたのは、六〇〇人ほどの兵士たちが町を出て行く姿だったが、それは宿敵のモラサンと戦うために、エルサルバドルへ向かったのではなく、行く先は姉妹都市のグレナダだった。それは、ホンジュラスで行なわれた先の戦役で、グレナダが戦費を出すことを渋ったことによる。「国家間の戦争は悪化してしまった」とスティーブンズは書いている。「だが、ここでは、首都を廃墟と化した戦火が、国家の国境内でふたたび燃え広がっている」。

スティーブンズは船でフォンセカ湾を横切って、エルサルバドルに入った。二頭のラバに荷物を負わせて、ラ・ウニオンに上陸したとき、それはちょうど、モラサンが家族を船で安全な所へ送ったあとで、彼がこの港を離れたことをスティーブンズは知った。そして、将軍はすぐにでも、グアテマラへ攻撃を仕掛けるつもりだ、ということを聞かされた。スティーブンズは彼に追いつくために、ただちに出発した。それもこれも彼の保護下でなら、グアテマラに入ることができると思ったからだ。

五日後、エルサルバドルへ北部から侵入したホンジュラス軍から、すばやく身をかわしたスティーブンズは、地震で荒廃した首都のサンサルバドルへ到着した。が、モラサンはいない。すでに彼は軍隊とともに、グアテマラへ向かって出発していた。その晩スティーブンズは、共和国のビヒル副大統領と彼の側近に会った。そして驚かされたのは、こんな混沌とした状況の中で、彼らがなお楽観的な考えを抱いていることだ。「戸口まで侵入軍が迫ってきているというのに、しかも兵士たちは立ち去っている、それなのに、わずか一つの国のおもだった人々が、かたくなまでに連邦共和国を支持して、首都の廃墟の中で死ぬ覚悟をしている。それを聞いて思わず私は、いつもの声の調子を一段上げてしまった」とスティーブンズは書いている。「すべてはモラサンの遠征の成功にかかっている。もし彼が遠征に失敗したら、私の仕事も消えてなくなる。今が共和国にとって一番苦しいときだが、私は絶望していない。この一〇年に及ぶ戦いの中で、モラサンは一度として敗北を喫したことがないからだ。カレーラといえども、おそらく彼と戦う勇気はないだろう。……そして、混沌の中から、私の探している政府が立ち現われてくるにちがいない」。

できるだけ早くグアテマラシティへ着くことが必要だ、とスティーブンズは思った。先へ進むのは危険だとくりかえし警告されたが、彼はとりあえずグアテマラの国境へ向けて出発した。道は物騒で、どこに危険がひそんでいるか分からない。銃を持った追いはぎが勝手気ままにうろついている。馬に乗り、重装備を施した兵士が、手当たり次第ラバや馬を奪いとり、通りがかりの少年や年寄りを徴発して臨時に使おうとする。数日のちに、スティーブンズはアウアチャパンに着いた。ここはエルサルバドルの国境の町で、モラサンと密接なつながりがあった。スティーブンズは日没前に町に入ると、ある寡婦のもとに身を寄せた。彼女の亡くなった亭主がモラサンの個人的な友だちで、息子は将軍の軍隊に加わって、グアテマラ侵入に参加した。二人目の息子はカレーラによって、グアテマラで刑務所に入れられていた。

旅に疲れたスティーブンズは床についた――が、ほとんど眠ることができない。まずはじめに、カレーラがグアテマラシティでモラサンに圧勝した、という知らせで目が覚めた。このニュースはたちまち、アウアチャパンの町をパニック状態にした。情報によると、どうやらモラサンは逃げ延びて、エルサルバドルへ向かって退却しつつあるようだ。そのあとをカレーラ軍が追いかけているらしい。数時間眠ったのちに、第二の知らせが届いた。武装し馬に乗った男たちが、アウアチャパンに近づいているという。教会の鐘が鳴り、人々は町から逃げ出しはじめた。とても見てはいられない痛ましい光景だ、とスティーブンズが回想している。病人や年を取って体の動かない男女は、教会の階段で身を寄せ合っていた。スティーブンズは、まだ動ける内に逃げ出した方がいいと警告された。「カレーラが率いる全軍隊が近づきつつあるのか、あるいは、やってくるのは単に移動中の別働隊なのか、そのあたりのことはわれわれには分からない」とスティーブンズは書く。「もしやってくるのが前者だったら、カレーラも軍といっしょに来てくれることを望むし、私の外交官のコートを彼が忘れていないことを期待する」。スティーブンズは仲間の一人と家に戻り、心配げに待機していた。葉巻きを吸ったり、表へ出てはあたりを見まわしてみたが、見るべきものは何もない。鐘は鳴りやみ、不気味な静けさが町を覆っていた。今はほとんど人影もない。「待つことにわれわれは、すっかりくたびれてしまった。夜明けまでにはまだ二時間もある。横になると、おかしな話だが、われわれはふたたび眠りに落ちた」。

＊

一八四〇年四月二〇日、多くの人々から称賛された無敵神話――フランシスコ・モラサンは向かうところ敵なしという神話だ――は、この朝早い時間に崩れ去った。彼は血にまみれた中央広場から、命からがら逃げ出した。思えば二カ月以上前、スティーブンズがグアテマラを出発してから、たくさんのことが起こっていた。一月にはカレーラが、一〇〇〇人ほどの手勢を率いてグアテマラを出て、自由派の拠点ケツァルテナンゴへ侵入した。ケツァルテナンゴはグアテマラの西方にある分離地区で、モラサンと同盟を結んでいた。二度の急襲によって、カレーラと彼が率いる小部隊は自由派を敗北させた。カレーラは勝利を手にグアテマラシティへ凱旋した。二月一七日、馬に乗った彼は、花で飾られたアーチをくぐって首都へ帰還した。楽団が音楽を奏で、旗は翻り、大砲が祝砲を鳴らした。自由派が打ち負かされ、後衛の軍事的脅威が遠のいたので、残っているのは長年待ち望まれた、東部からやってくるモラサンとの決戦だった。こうしてカレーラは、もっとも危険と見なされていた敵に顔を向けることになる。実際、モラサン軍はこれまで負けることのなかった百戦錬磨の兵《つわもの》たちである。

モラサン側にとっても、決戦は望むところだった。三月一二日、一五〇〇人の兵士たちの先頭に立って、彼は国境を越えてグアテマラに入った。モラサンが見込んでいたのは、グアテマラの自由派がただちに立ち上がり、連邦共和国の理念に賛同して、彼の軍に参加してくれることだった。一方、カレーラは、忠実なインディアンとメスティーソの戦士たち、約一〇〇〇人とともに首都を出た。そして五マイルほど先のプランテーションに陣を敷いた。彼はまた、八〇〇人の兵士を首都に残し、それをおもだった将校の一人に任せて、グアテマラシティの防衛体制を強化した。(3) カレーラの作戦は、モラサンと彼の軍勢がシティに近づいたときを見計らって、その軍勢を捕らえることだった。それはちょうどハンマーと金床の関係のように、カレーラ軍と城壁の中で待つ兵士たちの間で挟み撃ちにして、モラサン軍を粉砕しようとする作戦だ。(4) しかしモラサンは、予想をはるかに上まわる速さで攻撃を仕掛けてきた。三月一八日の午前三時、モラサン軍はブエナビスタ門からシティへ侵入した。シティ内にいた保守派の軍勢は、完全に不意をつかれ、残忍な戦闘がくり広げられる。守備側は後退を余儀なくされた。昼頃には、シティの大半をモラサンが制圧していた。彼はただちに刑務所を開いて、カレーラによって投獄されていた四〇人以上の自由派の人々を解放した。その中には、恥をかかされたケツァルテナンゴ軍の司令官もいた。彼はひどい虐待を受けたために、鎖をはずされたときには、腕を上げることができなかったほどだ。田園地方からインディアンの補強を受けて、カレーラがシティを包囲すると、モラサンは兵士たちに防御態勢を取るようにと指示を出した。

＊

次の日、カレーラは全面攻撃を開始した。のちにスティーブンズが、目撃者の情報をもとにまとめた報告によると、午前中いっぱい、激しい血だらけの市街戦が展開されたという(5)。カレーラと彼の軍勢はまずはじめに、シティのはずれにいたモラサンの予備部隊へ向かった。モラサンは小部隊を連れて、この戦闘に参加するために広場を離れた。両軍が接近戦を演じて、モラサン側ではすぐれた将校がおおぜい殺されたり、またはひどい傷を負った。カレーラがのちに自慢していたことがある。それは、戦闘中にモラサンと直接出くわしたことがあり、そのときに将軍の鞍をサーベルで、ほとんどまっぷたつに叩き切ったという。モラサンと配下の兵士たちは、背後にほぼ四〇〇人の死者と負傷者、それに喉から手が出るほど欲しい三〇〇丁のマスケット銃、さらには軍隊の手荷物や装備品などをあとに残したまま、通りを抜けて広場へ退却した。午前一〇時、モラサン軍は広場に閉じ込められ、周囲を恐ろしい数のカレーラ軍のインディアンたちに囲まれた。モラサンは周囲の家々や建物の屋根に兵士を配置したが、広場に閉じ込められた兵士たちは、四隅から銃火を浴びせられて攻撃の的になった。昼頃、銃声はいったん静まった。カレーラと兵士たちは、次第に弾薬が不足してきたのか、あるいは最後の攻撃のためだったのか、弾薬を貯め込みはじめた。カレーラ自身も、カートリッジを回転させるために腰を下ろした、と報告されている。銃撃戦がひと段落すると、広場に不吉な静けさが訪れた。「この恐ろしい状況の中に閉じ込められて」とスティーブンズは書いている。「モラサンは、十分に考える時間を持つことができた」。

しかし、一年前の彼（モラサン）は「市民たちによって」歓迎された。教会の鐘が打ち鳴らされ、祝砲が放たれた。よろこばしい歓呼の拍手と、彼に感謝する市民の代表者たちに迎えられて、彼は、カレーラとシティの破壊から市民たちを救うことのできる、ただ一人の男だった。「それが今」モラサンの兵士たちが入城すると、広場にはほとんど白人の市民がいない。その中に若者が一人いた。捕虜として捕らえられていたのだが、その彼がモラサン将軍の前に連れてこられた。将軍はこの若者を個人的に知っていた。それで、彼に古参のパルチザンについて、何人か名前を挙げて訊いてみた。彼らは若者に合流するために、やってこなかったのか？　若者は来なかったと答えた。モラサンや将校たちは落胆したようだ。明らかに彼らが期待していたのは、味方となる市民たちの蜂起と、ふたたび、カレーラから解放する救世主として、歓呼の声で迎えられることだった。

死体が通りを塞ぎ、広場のあちらこちらに散乱していた。それはもはや大いなる虐殺の光景と言ってもよい。広場へ通じる道に沿って、インディアンたちがひとかたまりになっている。その隅々から甲高い声でやじが飛んで沈黙が破られた。日没と同時に、インディアンたちは地面に膝をつくと、祈りの言葉を唱えはじめた。「アベマリア」。祈りの言葉がくりかえされ、大きな響きとなってふくらんだ。それはモラサンをはじめ、広場に閉じ込められた兵士をゾッとさせた。今、改めて彼らは、自分たちが生き残れる確率の少なさに気がついた。聖歌に続いて怒号が轟き渡った。「信仰万歳《ビバ》！　モラサン将軍に死を！　カレーラ万歳《ビバ》！」。そしてふたたび弾丸が、前にもまして恐ろしい勢いで広場に降り注いだ。戦闘が数時間続いた。そして真夜中の二時、ついにモラサン軍の兵士たちは、広場から外へ逃れる道を切り開こうと、必死の試みをはじめた。が、これは難なく押し戻されてしまう。広場は今では折り重なった死体の山でいっぱいだ。その中にはモラサンの年長の息子がいたし、彼にもっとも忠実だったベテランの将校たちもいた。

次に起きたことは議論のテーマになっている。戦いの公式記録——ということは勝者の記録だ——によると、モラサンは広場の三つの隅に、それぞれ一〇〇人ずつ兵士を配置して、彼らに午前三時を期していっせいに発砲するように命じたという。そうして敵の注意をそらしておいて、その間に、将軍と五〇〇人の兵士たちは「カレーラ万歳」と叫びながら、第四の隅から暗闇の中をまんまと逃げおおせた。が、残された兵士たちは、何とか自力で戦うしか仕方がなかった。しかし、フランス領事のオーギュスト・マリンは、その夜は明るい月が出ていたと記している。だとすると、モラサンが暗闇に乗じて、こそこそ逃げ出したという記述は信用しがたい。

モラサンが自ら戦いながら道を切り開いたにせよ、あるいは策略によって逃げおおせたにせよ、いずれにしても、そのあとに起こった恐ろしい出来事については、正式な「勝者の」記録はおおむね沈黙を守っている。モラサンがシティから逃げ出した一方で、広場に残って捕虜となった兵士たちは、その多くがカレーラの兵士たちによって即座に射殺されてしまった。地面に横になっていた負傷兵は、銃剣で刺し殺された。「カレーラは立って、指であれやこれと指をさした」とスティーブンズは書く。「すると、彼が指さした兵士はことごとく、二、三歩彼から引き離されて、その場で撃ち殺された。」[6] 屋根の上の陣地にいて生き残った兵士たちは、屋根から飛び降りて、となりの家の中庭に逃げ込んだ。広場のとなりにはイギリス副領事の家があった。が、どうしたものかカレーラは、逃げた者たちを見つけ出している——ある報告によると、おそらくイギリス領事のチャットフィールドが通報したのだろうという。カレーラは領事に兵士たちの引き渡しを要求した。チャットフィールドはこれに応じたが、一つだけ条件を出している。それは法に則って彼らを裁くことだった。兵士たちは連れていかれて数分後に、近くで処刑された。[7]

広場では虐殺が続いていたが、モラサンは山を越えてアンティグアの町まで逃げ延びた。アンティグアの町にはなお、自由派の理念に忠実な人々の派閥があり、彼らはモラサンに、戒厳令を敷いて首都に新たな攻撃を仕掛けるようにと嘆願した。しかし、モラサンは「もう十分なほど血が流れた」と言って、これを拒否した。彼はこの町に長くとどまり、カレーラに手紙を書いて、捕虜には寛大な処置を取ってほしいと頼んだ。そして自分は、エルサルバドルの海岸沿いに撤退した。

グアテマラシティの中心部にある広場（1860）。市場の露店が広場を埋め尽くしている

＊

スティーブンズがアウアチャパンで目を覚ますと、少年が知らせを持って駆けてきた。カレーラの兵士たちが、この町へ向かっているという。しばらくすると、騎兵の別働隊が通りの端に現われた。スティーブンズは表に出て、兵士たちと向かい合った。一〇〇人以上の槍騎兵が二列にならんでいる。槍の先に赤いペナントを付けて、兵士たちは「カレーラ万歳！」と叫んだ。彼らを引き連れているのはフィゲロアという名の将軍だった。槍騎兵たちのあとには歩兵隊が続いている。彼らはほとんどがインディアンで、多くはすり切れた服を着ていた。そして、手にはマチェーテや古い火打ち石銃を持っている。

彼らもまた「カレーラ万歳！」と叫び、同じ言葉を唱えろと凶暴に住民たちに要求した。こちらは「どこにも逃げ場がない」とスティーブンズは書いている。「もし復唱を拒否していれば、おそらく彼らはその場で、われわれを撃ち殺していただろう」。

スティーブンズは一外交官として将軍を朝食に招いた。しかし、まもなくフィゲロアと部下の兵士たちは馬に乗ると、急いで駆け出していった。モラサンの同盟者たちが、町からさほど遠くない所にひそんでいるという情報が入り、彼らはそれを確かめるために出かけた。午後になって戻ってきたが、一見したところ不成功に終わったようで、誰一人見つけることができなかった様子だ。スティーブンズは、広場で宿を取っているフィゲロア将軍にふたたび会い、パスポートを作成してほしいと頼んだ。グアテマラシティまでの道中を安全にするためだ、と言って説得した。だが、そのとき、モラサン本人がこの町に近づきつつあるという知らせが届いた。フィゲロアと槍騎兵たちはただちに馬に乗り、モラサンに対峙するために広場から出ていった。そのあとをインディアンの歩兵たちが、長い列を作って駆け出した。次の瞬間、いっせいに射撃の音が聞こえ、そのあとに、誰も乗っていない馬が広場を駆け抜ける音が続いた。さらにいくつか同じような音がして、やがて、至る所から弾が飛び交っていた。フィゲロアと三、四〇人の槍騎兵たちは、通りを猛スピードで駆け下りていった。彼らはふたたび集結すると、向きを変えて、今度はまた、銃を撃ちながら通りを駆け上ってきた。スティーブンズや旅の道連れの数人は、年老いた下女といっしょに、彼らが逗留している家へ小走りに駆け戻った。そして、外の通りで戦闘が激しさを増すと、避難先を求めて、三インチの厚いドアで外部と隔絶している、屋内の小さな部屋に閉じこもった。「まったくの暗闇の中で」と彼は書く。「われわれはそれでも果敢に、外の出来事に対して耳をそばだてていた」。

ようやく銃声がやんだ。そしてラッパの音と槍騎兵のひづめの音が聞こえた。スティーブンズたちは玄関まで出て、恐るおそる外をのぞくと、「連邦共和国万歳！」という叫び声が聞こえた。夜の帳が落ちた。通りすがりの槍騎兵が、水を一杯欲しいと言ったので、水を与えた。すぐにモラサンの兵士たちの一団が家に入ってきた。彼らは家の者たちをよく知っている。それはモラサンと家族につながりがあったからだ。この一団は馬に乗って六日間、敵の国内をたくみにくぐり抜けて、追跡を避けてきた。「彼らは小競り合いで成功し、その興奮が覚めやらぬままに、この家に入ってきた」とスティーブンズは回想する。「私には、これまでこの国で目にした中で、彼らはもっともすばらしい兵士の一団に見えた」。剣についた血をぬぐいながら、兵士たちはフィゲロアに不意をつかれたことを説明した。先頭で走っていたモラサンは、ピストルを引き出す前に、二度ほど銃弾をかわしたという。馬がそれほどくたびれていなければ、おそらく、フィゲロアの兵士たちを一人残らず殺しただろう、と彼らは断言した。

モラサンが、自分と兵士たちはしばらく広場で休息すると発表した。スティーブンズはこのチャンスを逃さなかった。ようやくあの名高い将軍に会うことができる。スティーブンズが町役場《カビルド》に入っていくと、モラサンは将校たちと立ちながら打ち合わせをしていた。

ドアの前には大きなかがり火が焚かれている。壁に面してテーブルがあり、その上にはローソクが立てられ、チョコレート・カップがいくつかならんでいた。モラサンはおよそ四五歳くらいで、身長は五フィート・一〇インチ（一七七・八センチ）ほどだ。やせていて黒い口ひげを生やし、顎には一週間分の無精ひげが生えている。軍服用のフロックコートを着用し、喉のところまでボタンをきちんと掛けていた。そして剣をぶら下げている。帽子は被っていない。顔の印象は穏やかで知的だ。まだ若いがこれまで一〇年間、国内で第一の男とされてきた。彼が自分自身を高め、それを維持してきたのは、もっぱら彼の軍事的な技量と、人としての勇気にあった。つねに自分自身で軍隊を率いて、数え切れないほどの戦闘に参加し、しばしば負傷はしたものの、一度も負けたことがない。私が入手できた最良の情報から判断すると、そして将校たちが――実際、彼の国の誰もが――彼について語る熱意から察して、モラサン将軍に対しては、感嘆以外の感情を私は抱くことができなかった。それに彼の不運（敗戦）によって、彼に対する私の関心はますます強くなった。真実、私はどのようにして、彼に話しかければよいのか迷ってしまった。そして、私の心が、不運な遠征のことでいっぱいになっているのに、彼がはじめて私にした質問は、自分の家族はぶじにコスタリカに着いただろうか、あるいは、何かあなたは彼らのことについて、聞いていないだろうかだった。これは次のような事実を語ってあまりあることだ。つまり、目の前では部下たちが壊滅し、それに、殺害された仲間たちの記憶が今も生々しく心に残っている。さらに、彼が抱いていた希望や運勢はことごとく崩壊してしまった。そんなときに、彼の心は自分の家族の方へ向かっていたのだった。

公式な資格によって自己紹介をして、スティーブンズは手短に、自分が交渉するために送り込まれた条約について話した。しかし、それは当面、ばかばかしいとは言わないまでも、かなりぶざまなことに見えたにちがいない。モラサンは、条約がなしとげられなかったことは、返すがえすも残念なことだと言った。「彼はこの状況に対して遺憾の意を表わした。そして私は、この状況の中に彼の不幸な国も含まれていることを知った」とスティーブンズは回想する。「彼にはさらに、重要な仕事があるにちがいないと感じて、私はほんの少しの時間だけ話をして家へ戻った」。

その夜、スティーブンズは、エルサルバドルとグアテマラを分けるリオ・パス――「平和の川」という、いかにもふさわしくない名前がついている――へ行くために、手助けしてくれるガイドを手配しようとした。だが、これは失敗に終わった。展望はまったく開けてこない。彼を案内できる者は誰もが、カレーラの兵士に出くわすことを極度に恐れているからだ。スティーブンズももちろん、恐怖心でいっぱいだった。しかし、モラサンがここにいる間に、もしカレーラがやってきたとして、そのときにアウアチャパンで血なまぐさい戦闘が起きるかどうかについては、彼はその可能性は少ないと感じていた。

次の朝、スティーブンズが逗留している家に、モラサンがやってきた。このときの会話は、前日にくらべて「より長く、よりくつろいだ」ものだった。スティーブンズは彼に、これからの予定を聞くことはしなかった。将軍がぼんやりと計画をほのめかしたのは、エルサルバドルのサンタ・アナという町を占拠している、北方の司令官カスカラ将軍と対決することだった。「彼は悪意や皮肉の気持ちはまったくなく、『保守』派のリーダーについて話した。またカレーラについては、無知で無法なインディアンだと言い、現在彼を使っている保守派もいつの日にか、彼からわが身を守ってもらえるのをありがたいと思うときが、必ずやってくると話した」。そして将軍はスティーブンズに、グアテマラへ旅をするのはきわめて危険なので、ひとまずやめた方がいいと忠告した。しかし、もしどうしても行くのなら、使いを出して町長を呼びに行かせるから、それに案内させればいいとモラサンは言った。

私は彼に別れを告げたが、そのときに感じていたのは、この国の誰よりも大きな興味を私に抱かせるのは、モラサン以外にはいないという気持ちだった。だが、今これから、彼の身に起ころうとしている災厄については、この時点の私には知るよしもなかった。まさにこの夜、彼の兵士たちは見捨てられて孤独の中にあったわけだし、敵国でさらされている危険によってのみ、彼らは結束していた。モラサンは残った兵士を連れて、ソンソナテへ向かった。港で一艘の船を調達し、兵士たちの手で漕いで、サンサルバドルのリベルター港に着いた。そして首都へ行進したのだが、そこでは、これまで何年もの間、権力の座にいた彼を偶像視していた人々が、敗戦を期に、彼に背を向けてしまった。道々で彼を迎えたのは、人々のえげつない侮辱的な言動だった。将校たちも、あまりに体面を傷つけられたために、もはやここにはとてもとどまることができない。モラサンは将校たちを連れて、チリへ向けて船出した。彼の最大の敵たち（グアテマラの市民）も、私的な関係では彼が模範的だったことを認めた。そして、彼が残忍な男でなかったことは、かなりの称賛に値すると考えていた。だが、今やモラサンは打ちひしがれて、亡命の状態にあった。それはおそらく永遠に続くだろう。グアテマラシティへ戻ってくれば死刑だ、と宣告されているようなものだから。私はグアテマラシティの市民たちが、中央アメリカでもっともすぐれた男を、彼らの海岸から追い出してしまったと心底思っている。(8)

モラサンが出発してからまもなく、将軍に忠誠を誓う一人の老人が、スティーブンズの前に、二二歳になる息子を連れて現われた。ガイドとして息子を使ってくれと言う。しかし、これからグアテマラの国境へ向かうと聞くと、若者は馬を探しに行くと言って出かけ、それっきり戻ってこなかった。

彼の代わりに今度は一〇歳の少年を使ってくれと言う。麦わら帽子をかぶり、鞍をつけないで馬に乗っていた。小さな少年を連れていけば、たしかに、田園地方をうろついている兵士たちから、危険な目に遭う確率は低い。それに、誰もいないより一〇歳の少年がいた方がいい、とスティーブンズは思った。そしてすぐに、グアテマラを目指して出発した。

11 再会

「やっと私は一二〇〇マイルに及ぶ旅を終えた」とスティーブンズは書いている。「そして、たとえペルーの金といえども、ふたたび私を旅に誘い出すことなどできないだろう」。ラバでグアテマラシティへ乗り入れたスティーブンズの目にまず入ってきたのは、小石で舗装した道路や建物に残る黒ずんだ血痕だった。モラサン軍がシティに侵入したとき、広場の近くの通路では、カレーラ軍のインディアンが二七人、貨幣鋳造所のドアの外でバリケードを作っていた。モラサンの兵士たちの攻撃がやむと、鋳造所の防備に当たっていた二七人の兵士の内、二六人が死んだり傷を負っていた。そして一〇日後、彼らの血はなお階段を黒く染めていた。脇道に沿って立ちならんだ家々の、白しっくいで塗られた壁には、所々に弾丸の穴があき、飛び散った血が赤い斑点を作っていた。さらに、中央広場に面した建造物はすべて、「表面が傷つけられていた」。広場近くにあったアメリカ領事の公邸――スティーブンズの公的な住まいだ――を視察するスティーブンズには、建物の木造部分から取り出された、マスケット銃の弾丸が三つ見せられた。

グアテマラシティはなお、ショック状態から抜け出ていない。モラサンの信じがたい敗北と、カレーラの勝利という結末が人々の話題のすべてだった。一方、カレーラと主力部隊は、すでに首都を離れている。カレーラはモラサンを追跡するために出発したのだが、途中で行く先をケツァルテナンゴに変えた。そこで起きているもう一つの反乱を鎮圧するためである。スティーブンズが町の通りへ、はじめて散歩に出たときに会ったのが、守備要員としてあとに残された兵士たちだった。彼らはマスケット銃をスティーブンズの頭に向けながら、敵をどれくらい手早く片付けたかを誇示して見せた。スティーブンズは安全な領事公邸に急いで戻った。

いまなお街路には危険がひそんでいたが、それでも、何カ月もの間、つらい旅を続けてきたあとだったので、スティーブンズは「わが家」に戻ってきたような、そして、やっとゆっくりと落ち着ける場所へ帰ってきたような気持ちがした。「それでも心配なことはある。故郷から手紙がまったく届かないし、キャザウッド氏もまだこちらに到着していない」。

次の日の午後、思いがけないことだったが、キャザウッドが玄関に立っていた。彼は二度目のコパン訪問から今戻ってきたところだった。モラサンやカレーラがシティを巡って戦っている間に、キャザウッドはコパンへ退いていた。「再会できたよろこびで」とスティーブンズは書く。「思わずおたがいに抱き合った」。そして残りの旅では、もう二度と別々に行動することはやめようと二人で誓い合った。

そのあとの数日間、二人はワクワクしながらたがいのメモを交換し合った。スティーブンズがグアテマラを留守にしていた間、キャザウッドは自分の仕事に専念した。キャザウッドは、さらにデッサンを続けるためにコパンへ戻っていたのだが、その上に、彼は驚くべき発見をしている。それはスティーブンズの考古学上の憧れを、さらにいっそうかき立てるようなものだった。以前、最初のコパン訪問からグアテマラの首都へ旅をしていたとき、キャザウッドはある噂を耳にした。それはモタグア川に沿ったジャングルの中に、石の遺跡が埋もれているというものだ。スティーブンズも同じような話をグアテマラシティで聞いていた。話をしていたのは、川に沿った広大な土地を相続した三人の兄弟だ。ペイエス兄弟の話によると、以前父親から、その土地には地元の人々がキリグアと呼んでいる遺跡があり、そこに不思議な石の物体があったという。スティーブンズがエルサルバドルへ旅している間に、はたしてこの噂に、何か真実めいたものがあるのかどうか、キャザウッドはそれを確かめてみることになった。

そして、みごとにキャザウッドは金を掘り当てた——が、それは困難でつらい旅をしてはじめて手にしたものだった。モタグア川までやってくると、ほとんど耐えがたいような暑さと湿気の中を、丸木舟で川を進んだあとで、キャザウッドとペイエス兄弟は、水気を多く含んだ柔らかな野原や、ヒマラヤスギとマホガニーの森を通ってハイキングをした。そしてようやく、草木で覆われたピラミッドのような建造物に出くわした。そこですぐに見つけたのが、彫刻が施された「巨大な」石の頭部だった。直径が六フィートあり、表面を苔が覆っている。さらに続けて、見たこともない動物のような容貌が彫り込まれた石の祭壇、垂直に立っているたくさんの石のブロック(彫刻で装飾がされていて、キャザウッドやスティーブンズがコパンで見つけた一枚岩《モノリス》に似ている)などが見つかった。ここで共通して見られるのは、彫り込まれた人間の像で、それがヒエログリフに囲まれていることだ。キャザウッドはコパンで、同じスタイルのものを見ている。だが、そこには驚くべき違いがあった——キリグアのモニュメントは、すべてが巨大だということだ。コパンで見つけたものにくらべると、二倍から三倍の高さがある。それに、モニュメントの胴まわりが途轍もなく大きい。

キャザウッドが作ったメモとデッサンをもとにして、スティーブンズが計算してみると、ある「彫刻がされた石（オベリスク）」は地面から二六フィート（約七・九二メートル）の高さで立っていた。「この石柱は垂直面から一二フィート二インチ傾いていて、今にも倒れそうだ。……地面を向いた側には人物の姿が描かれている。それも非常に完璧にきれいに彫り込まれていた。上部も同じように見える。だが、草木が覆っていて、それが像をやや不鮮明にしている。二つ［の側面］には浅浮き彫りでヒエログリフが描かれていた」。キャザウッドはスティーブンズに、さらに五つ、同じように巨大なモニュメントを見つけたと説明している。それはまだ直立していたが、他に見つけた二つのモニュメントは地面に横倒しになっていた。あたりには広い範囲にわたって、石や彫像の破片が散らばっていて、それは他にも、発見されるのを待つものが、さらに多くあることを示している。次の日、いくつかの粗いデッサンをしようとして、できるかぎり手早く仕事をした。だが、食糧を準備してくるのを忘れてしまった。それにペイエス兄弟がすでに、別の場所へ移動していたので、すぐにキャザウッドも彼らのあとを追った。

キャザウッドのメモとデッサンを詳細に調べて、スティーブンズとキャザウッドが推測したのは、二五マイルほど南にあって、キリグアよりさらに大きなコパン遺跡とキリグアには、何らかの結びつきがあるのではないかということだった。「ある一点については疑う余地がない」とスティーブンズは記す。「それはかつてそこに、大きな都市が存在したということだ。名前は失われ、歴史も失われている。そしてC氏のメモから取られた言及、それにキリグア訪問後にグアテマラの新聞に掲載されたセノレス・ペイエスの記事（これはそのまま［合衆国］やヨーロッパへ伝えられた）を除けば、キリグアの存在については、いかなる情報もこれまで公にされたことはなかった。何世紀もの間それは、ベスビオ山の溶岩に覆われるようにして、完全にジャングルの中に埋もれていたのである」。

スティーブンズは自分の目で、じかにこの遺跡を見たいと思った。しかし、雨期がはじまる前に、キリグアへ行き、さらにパレンケへ向かうのはどう見ても時間的にむりだった。二つの遺跡はまったく違った方角にあったからだ。

そこにはまた、二人が出発する前に、スティーブンズが解決しておかなければならない外交上の問題もあった。彼が請け負った主要な任務はすでに、モラサンの敗北と連邦共和国の崩壊によって終わっている。だが、彼にはもう一つ、領事館を閉鎖して派遣団の公文書を梱包し、ワシントンへ船で送るという任務があった。しかし彼は、このような問題については手早く処理をした。そして、フォーサイスに最後の詳細な公式報告書を送った。文面は「入念な捜査を行ないましたが、連邦政府は見つかりませんでした」という文言で締めくくった。

任務が完了した時点で、とスティーブンズは書いている。「私はもう一度自分の主人になった。これからは、自分の行きたい所へ行くことができる。しかも自腹を切って。そんなわけで、われわれはすぐにパレンケへ旅立つ用意をはじめた」。

できるだけ外交的にグアテマラから撤退するために、スティーブンズは保守派のグアテマラ政府をまわって歩いた。その中には政治上の首班マリアノ・リベラ・パスもいた。リーダーのパスは、スティーブンズの旅立ちに際して、彼にパスポートを与えた。そして、旅がスムーズにはかどるように、彼の旅行計画について、好意的なメッセージを政府の公報紙『エル・ティエンポ』に掲載した。「しかし、これだけでは十分とは言えない」とスティーブンズは書く。「パスの気遣いをすべてひっくるめても、なおカレーラの名前の方に価値があった。それでわれわれは、カレーラがケツァルテナンゴから戻ってくるまで、二日間待つことにした」。

その間にスティーブンズは、ナルシソ・ペイエスを訪ねた。三人のペイエス兄弟の一人で、彼の所有する地所にキリグアがあった。遺跡の発見は驚くべきことだったが、スティーブンズがもっとも興奮したのは、遺跡がモタグア川に近かったことだ。キャザウッドの計算によると、モタグア川の水深は深いという。それは巨大なモニュメントをボートでホンジュラス湾へ運び、さらに船でニューヨークシティまで送ることが可能なほど深い。スティーブンズはそんな交渉をペイエスとするために、彼

キリグアの巨大なステラ［キャザウッド］

の玄関先の階段までやってきた。前に、コパン遺跡の権利を五〇ドルで獲得したときは、結局、最小の努力と外交官の制服がものを言った。が、今回は、外交的な口実もペイエスには通じなかった。スティーブンズはあくまでも、一個人として行動しているので、自分の背後に合衆国の財源があるわけではないと言って、懸命にペイエスを説得しようとした。だが、最後までペイエスを納得させることはできなかった。とにもかくにも、とペイエスは続ける。数日の内に、兄弟たちがグアテマラシティに戻ってくるので、彼らと相談してみなければ決断できないと言う。

スティーブンズはイライラして出発してしまった。スティーブンズとキャザウッドがパレンケへ発つ前に、二人の兄弟は帰ってこなかった。が、いずれにしても、取引がまとまる可能性は立ち消えになる運命だった。その間、ナルシソ・ペイエスは、フランスの総領事に相談を持ちかけていたからだ。総領事はナルシソに、ルクソールにあったエジプトのオベリスクを、フランス政府は数十万ドルで買い取り、パリへ運んだことを知らせた。ペイエス兄弟たちが領事を探す前は、とスティーブンズが書いている。「地主たちは五万エイーカー以上ある土地を、既知の土地も未知の土地も、全部ひっくるめて数千ドルで売れればうれしい、と思っていたにちがいない」。スティーブンズはスティーブンズで、何とかうまくまとまるだろう、と楽観視していた。それで、彼は友だちにオファーの金額（額は秘密だ）を預けておいて、二人のペイエスの兄弟が戻ってきたら、それを彼らに提示してほしいと言って出かけた。

パレンケが手招きをしていた。グアテマラにほんの一週間いただけで、スティーブンズとキャザウッドは食糧やラバや馬を集めて、出発の準備をした。しかし、シティの外からやってきた人々は、なお道中が危険だと忠告するし、スティーブンズたちが会ったほとんどすべての人々も、もう一度考え直した方がいいと二人に助言した。ベリーズからマクドナルド大佐の副官がやってきた。そして、公式の集まりで偶然、スティーブンズと顔を合わせた。副官はスティーブンズにはじめて、ウォーカーとキャディーの遠征隊がパレンケに向かったことを知らせた。そして、それに悪いニュースを付け加えた。ベリーズで受け取った最新の報告によると、二人はインディアンに槍で刺し殺されたという。スティーブンズがのちに知ることになるのだが、このニュースは不正確な虚偽のものだった。しかし、もっとも大きな不安は、ケツァルテナンゴで行なわれていた、カレーラの軍事行動から伝わってきた噂だ。カレーラがさらに多くの残虐行為を行なっていると、まことしやかにささやかれていた。インディアンが立ち上がり、彼らが白人たちを皆殺しにしているというのだ。

スティーブンズはカレーラを待っていた。カレーラ自身がサインしたパスポートを貰うためだ。待つ間に、最後の散歩にシティの郊外へ出かけてみようと思った。そして、彼はこの土地の持つ自然の美しさに再度うっとりとした。とくにアグアやフエゴ、それにアカテナンゴなどの火山に。それも、どの火山もはるか遠くにあるわけではない。三つの火山は、さまざまな問題を抱えて不安げな、エデンの園を見守る守護人のようにそびえていた。そしていつものことだが、さらに彼が引きつけられたのは共同墓地である。それはコレラが流行したときに作られたものだが、今はシティを巡る近年の争いで命を落とした四〇〇〇人以上の人々が憩う、永眠の地として使われていた。彼らの遺体は横に並べて、新たに掘り返された広い土の下に埋葬された。「それは気分を憂鬱にさせる、グアテマラとの最後の別れだった」と彼は書いている。

次の日、ケツァルテナンゴの噂が本当だと分かった。暴力行為がはじまったのは二週間前で、それはモラサンがグアテマラシティを攻撃して占拠に成功したというメッセージが、ケツァルテナンゴに届けられたときだった。このニュースに反応して、ケツァルテナンゴの市民たちが立ち上がった。そしてカレーラの守備隊を町から追い出した。市の役人たちはよろこびの手紙を急使に託し、モラサンに送るというあやまちを犯してしまったのである。カレーラはモラサンを追跡している行軍中に、暴動の知らせを受けた。彼はただちに行軍先を変更して、ケツァルテナンゴに向かった。大きな不安と恐怖の中で、町のリーダーたちは広場に集まり、急遽帰還したカレーラに面会した。カレーラが町に着くと同時に、インディアンの急使がカレーラに、モラサンに宛てて書かれた、市の役人たちの祝い状を手渡した。インディアンは指示に反して、首都へ手紙を届けることをやめていたのである。市のリーダーたちにとって、これは考えうるかぎり最悪のタイミングだった。秘書が手紙を読み上げるのを聞いたカレーラは、怒り心頭に発して剣を抜くと、市長やそこにいた他の二人に斬りつけた。傷を負わせたが、どういうわけだか自制して、彼は斬りつけるのを途中でやめた。兵士に命じて、リーダーたちを捕らえさせると、監獄へ連行させた。次の日、彼は市長をはじめ、市のリーダーたち一七人を広場に連れ出した。そして、とスティーブンズは書く。「ほんのわずかな裁判もなく、略式の軍法会議すら開かずに」、一人ずつ壁の前の石に座らせて銃殺した。

グアテマラシティにも知らせが届いた。それによると、カレーラは戻って来次第、生き残ったモラサン軍の捕虜を数百人広場にならべて、全員射殺するつもりだという。町が陥ったパニックは容易に想像がつく。「ふたたびまた、剣が一本の髪の毛で吊るされている感じだ」とスティーブンズ。

カレーラの信奉者たちの間でさえ、階層間の争いが起きるのではないか、という恐怖にも似た心配がある。さらにまた、逃げ出すことができる人々の側には、国を離れたいという強い欲望があった。私は、馬や大きな土地を持つ人々からも相談を受けた。だが、彼らが今自由にできる金は二、三〇〇〇ドルにすぎない。アメリカ合衆国において、この金額だけで生活できるかどうかは、彼らの能力次第だった。これまでは、あらゆる戦争や革命で、支配的な影響力を及ぼしていたのは白人たちだった。しかし、今は、インディアンたちが支配の力を保持している。長い間のものぐさから目覚め、マスケット銃を手にして、彼らのやさしさは突如、凶暴性へと変化していった。その中心にいたのがカレーラだった。

カレーラが戻ってきた次の日、スティーブンズは彼に会いに行った。彼は今では大きな家に住んでいる。衛兵たちも多くいて、身なりもきちんとしていた。スティーブンズが彼の部屋へ入っていくと、将軍はテーブルの向こうに立っていた。手には金の鎖を持っている。軍服はテーブルの上に置かれていた。カレーラは前にスティーブンズが会ったときと同じ、「シェル・ジャケット」を着ていた。感情が激しいことで有名な、妻のペトロナがとなりに立っている。彼女はリベラ・パス大統領や他に数人の男たちとともに、山のような金のネックレスを調べていた。スティーブンズはすぐに、ペトロナの美しさと若さと、それに優美な感じに打たれた。彼女の年齢は「取っていてもせいぜい二〇歳くらいのものだろう。彼女もまた鎖や金に対する、女性特有の好みを持っているようだ。カレーラ自身はまったく無関心といった風に、それらの品々を見ていた」と、スティーブンズは記している。

将軍はすぐに、スティーブンズに気がついた。カレーラはこの数カ月間、たくさんの試練をかいくぐってきたが、彼の若々しさはまったく失われていない、とスティーブンズは続ける。「顔には相変わらず、……機敏さと聡明さが窺え、声や物腰も以前と同じように優しげで生真面目だ。それに彼はやはりまた傷を負っている」。スティーブンズは、ここへやってきた目的を話した。彼にはパスポートに、カレーラの個人的な承認が必要だった。カレーラは、スティーブンズの手からパスポートを取ると、それをテーブルの上に放り投げ、新しいパスポートを作り直し、それに自分でサインをすると言った。彼は書記官の方を向くと、パスポートを「北の領事」のために作るようにと指示した。

書記官が出ていくと、カレーラはスティーブンズを手招きして、テーブルに来て、みんなに加わるようにと合図した。将軍は道すがら小耳に挟んだことを明かした。それはスティーブンズがモラサンに会い、彼にカレーラとの遭遇について尋ねたことだ。そして、カレーラは説明をはじめた。あのときはちょうど、一週間でサンサルバドルを攻撃しようと作戦を立てていた。もし大砲があったら、もっと早く、モラサンをグアテマラシティの広場から追い出すことができたのだがという。戦いのはじめにカレーラとモラサンが出会ったという噂は本当なのか、とスティーブンズは訊いてみた。カレーラはそれは本当だと答えた。馬から下りていたモラサンの騎兵が、カレーラのホルスターを引きちぎると、モラサンはカレーラに向けて、銃を一発放った。一方、カレーラはモラサンに十分に接近すると、彼にひと太刀浴びせた。が、剣はそれて、モラサンの鞍を叩き切ったのだという。

スティーブンズは、この集まりが風変わりなものだったと書いている。「私が投げ込まれた奇妙な立場について、考えざるをえなかった。握手を交わして、たがいに殺気立っている人々とならんで腰をかけると、私はそこにいたすべての人に歓迎された。彼らがたがいに話さずにはいられないことに、私は耳を傾けていた。それは多くの場合、彼らの計画であり、また目標だった。私はまるで双方の側の移動メンバーででもあるかのように、遠慮会釈なく聞いていた」。

秘書が別の部屋からカレーラを呼んでいる。数分後に、将軍はスティーブンズのパスポートを手にして戻ってきた。カレーラのサインはまだインクが乾いていない。「サインは彼にとって、首を切り落とすことより時間のかかることだった。それに彼は、サインをことさら誇りに思っているようだ」とスティーブンズは書く。「私は筆跡がすばらしいと言った。そして北へ安全に到着できるようにと、彼が示してくれた好意に感謝した。……私は別れを告げて立ち去った」。

その夜、スティーブンズは外交官の制服や、ランプの光に暖かく鮮やかに輝く大きな金ボタンを荷造りし、故郷へ送るこまごまとした品々といっしょに束ねた。そして、スティーブンズとキャザウッドは、(残されている)手紙の最後のものを書いた。次の朝、一八四〇年四月七日、二人はメキシコのチアパスとパレンケを目指して出発した。

＊

一方、キャディーとウォーカーは、二日前の四月五日にベリーズの港に入港している。ベリーズ川をさかのぼって遠征に出発してからほぼ五カ月、パレンケを出てから一カ月半が経っていた。帰りの旅程はウスマシンタ川を下り——キャディーは、川べりにいた二〇フィートほどのワニをショットガンで撃ち、大きな音で驚かせていた——、メキシコ湾のラグナ・デ・テルミノスと呼ばれた広い河口へ出る。そこから一行は、ユカタン半島の海岸沿いに、ボートで北へ進路を取り、シサルの港へ着いた。そのあとは、陸路をユカタンの首都メリダまで旅する。そして、ユカタンの乾いた上部地帯を横切り、半島の東海岸へ出ると、そこから船で南下して、ベリーズへ到着した。ペテンを通ってパレンケへ向かった往きの旅は、あまりに苦しかったが、それくらべると帰りの旅はいちだんと楽で、北の優しい低木地を横切ってきた。彼らは、なぜはじめからパレンケへ行くのに、このルートを取らなかったのかと不思議に思ったにちがいない。ベリーズ港へ入ると、心配していたマクドナルド大佐に迎えられた。植民地の住人たちとともに、大佐はほっと胸をなでおろした。ウォーカーとキャディーの死亡は、まったく根も葉もない誤報だった。そして彼らの遠征が、イギリスに勝利をもたらした事実は明らかだった。

しかし、そこには一つだけ問題があった。二人が戻ってきた直後に、マクドナルドはロンドンの植民地省から、一通のやっかいな公文書を受け取った。マクドナルドが遠征のあらましを書いて、一一月に植民地省へ送った手紙は、イギリスにうまく届いていなかった。官僚機構の最奥部では強い懸念が渦巻いていた。それは植民地が、事前の承認も得ずに場違いな行動に出たという疑念だ。つまり、遠征のために政府の金を勝手に前払いしたというのである。

植民地大臣で、明日にでも首相になろうかという、ジョン・ラッセル卿から手紙が来た。その中でラッセル卿は、マクドナルドが一一月に出した手紙を受け取ったのは、翌年の二月だったと指摘している。あとから分かったのだが、それはほぼ、キャディーとウォーカーがパレンケを出て、ベリーズに向かった時期だった。ラッセル卿は二月一九日付けの手紙で、自分はマクドナルドが遠征のために、「軍隊金庫」から二〇〇英貨ポンドの金をあてたことを知ったと言っている。

ホンジュラスにいる兵站総監補佐の代理から、この前払いが行なわれた件について、イギリスの大蔵委員会へ報告が来た。そして委員会のメンバーたちが、自分たちの意見を私に伝えてくれた。私は彼らの意見に同意する者だが、メンバーたちは次の件について、いかなる点においても貴公が正当化されることはないという。つまりそれは、貴公が報告書で言及している目的のために、英国政府の承認を事前に受けることなく、「軍隊金庫」から金を前払いさせたことだ。

委員会の面々はさらに次のように述べている。金がどのように支払われたのか、その経緯を明確に述べること、そして遠征の結果が一般国民の役に立ったことを示すためにも、報告書を作成すること。それが実行されなければ、前払いを理由に、貴公を責任あるポストから解任する制裁措置は正当なものとなる、と委員会のメンバーたちは言っている。

財務説明の責任が問題になるようでは、「イギリスの科学的権威」はもはやこれまでだ、とデーヴィッド・ペンダガストが、一九六七年に書いた『パレンケ――ウォーカーとキャディーの古代マヤ都市遠征一八三九―一八四〇』の中で言っている。女王の名において、率先して科学を発展させようとしたこと――そしてもちろん、ライバルのアメリカを打ち負かしたこと――が称賛されると思いきや、大佐は今、個人的に「軍隊金庫」の二〇〇ポンドを弁償しなければならない立場に直面していた。それもただ単に、官僚的な手続きを守らなかったという理由からだ。今やお尻に火がついているのはマクドナルドだった。彼は二人の探検家に、ただちに仕事にかかるようにとけしかけた。

公文書のやりとりでは、伝達が麻痺してしまった例がもう一つある。今日ではとても想像できないことだが、時代は一九世紀の初頭だ。わずか数カ月前のこと、心配したマクドナルドがグアテマラにいたチャットフィールドに手紙を書き、ウォーカーやキャディーについて、何かそちらで耳にした情報はないかと尋ねた。チャットフィールドは三月の時点で、彼らのことは何も聞いていないと返事を出した。だが、そのときにはすでに、数週間前に、二人の男たちはベリーズへ帰る途上にいた。ウォーカーとキャディーが、ぶじにベリーズに着いた三日後の四月八日に、チャットフィールドはふたたび、今もまだ、何一つ彼らのニュースは届いていないと手紙に書いている。しかし、彼はマクドナルドに、他の情報をいくつか書き込んでいた。「スティーブンズ氏と、彼に同行しているヤンキー化したイギリスの画家がケツァルテナンゴに行った。そして彼らは、メキシコ国境を越えてパレンケへ向かうつもりだ」。

ウォーカーとキャディーの帰還から六週間が過ぎた頃、マクドナルドはウォーカーの一万語からなる公式報告書を手にした。彼はそれを十分によろこんだ様子で、五月一三日にラッセル卿へ手紙を書いている。「いかなる遠征でも、この種のものに許可を与えるときには、事前にイギリス政府の承諾を得るべきだった、と十分に反省しております。しかし、私が閣下にこの件に関する説明を提出した暁には、私が時期尚早に、あるいは何ら事情を考慮せずに行動したという非難から、必ずや閣下が、私を救っていただけるものと信じております」。そして、ウォーカーの報告書をロンドンに送るに先立って、今はただ、「遠征の説明に役立つ」キャディーのデッサンが完成するのを待つばかりだ、とマクドナルドは付け加えた。

途中で死者が出るという惨事があったものの、二人のイギリス人は、みごとにスティーブンズとキャザウッドに先駆けて、パレンケに到着した。これは二人にとって、あるいはマクドナルドにとって、また植民地の住民にとっても、彼らの国家の誇りとなったにちがいない。だが、二人より前に、すでにファン・ガリンドを含めて、他の者たちがこの遺跡を訪れていた。そしてやがて、重要なのはそこに最初に到達した者ではなく、むしろ、訪問を最大限に活用した者だということがはっきりとしてくる。ウォーカーが書いたビジネスライクの報告書は、パレンケについてスティーブンズが記した説明には、とても太刀打ちできない。その差は文体に歴然と現われていた——スティーブンズが才能にすぐれた作家であることは、まぎれもない事実だ。が、さらに大きな問題は、ウォーカーの遺跡に対する関心の希薄さだった。遺跡はたしかに、彼らの遠征のおもな目的だった。だが、パレンケについて費やされた記述は、ウォーカーの三〇ページからなる報告書の中の、わずか四つのパラグラフにすぎない（これに対してスティーブンズは、四〇ページ以上のスペースをパレンケに割いていた）。ウォーカーが報告書の大半に割り振っているのは、地元の人口、その風習、農業生産、地理と地勢などに関する記述である。その中に、あからさまな愛国主義的な意見が随所に挿入されていた。ウォーカーの意見が、デリケートな政治問題に触れることがあまりに多いために、のちに植民地省によってその部分の削除を命じられた。

ウォーカーがパレンケについて語った記述は少ない。だが、遺跡の起源について彼は、かなり前向きに推測している。「いつも私が思いに耽りがちなのは、まだ発見されていない国を探して、大西洋を進んでいく大艦隊の姿だ」。艦隊はウスマシンタ川をさかのぼって——と彼は書く——、山々に寄り添うようにして横たわっている、この肥沃な場所を見つけた。そこで彼らはひとまず、ここにとどまることに決めた。「どの建物も一つの決められたモデルに従って、厳格に建造された。それはエジプト建築の専制的な性格によく似ている」。ウォーカーはさらに、極東かインドのアジア人がパレンケを作ったのかもしれない、と付け加えた。しかしウォーカーは、アメリカの先住民が、こうした先進都市を作ることができた、という仮説を即座に否定している。スペイン人がやってくる前に、この土地に住んでいたインディアンのことを、彼は「不器用で、惰弱な民族で、とても大きな計画など作成できないし、芸術的な仕事をすることなど不可能」と見なしていた。おかしな話だが、そこには彼が気づきそこなった事実もある。遺跡中には、非常に芸術的に彫り込まれた——また描かれた——人物像があるが、それははっきりと、古代都市の王や貴族を表現している。そしてそれは今、この地方に住んでいるインディアンにあまりにも風貌が似ていた。

ウォーカーについて公正な立場から言えば、おそらく彼は、遺跡の真の物語を語るのはキャディーのデッサンの方で、自分が書いた報告は「一般国民の役に立つ」、興味深い観察を伝えるただの旅行記《トラベログ》にすぎないと信じていたかもしれない。そして結局、マクドナルドはそれで満足していたようだ。

今となってはすべてが、数カ月間、デッサンの仕上げにはげんでいるキャディーにかかっていた。彼のデッサンの中には、とびきりすぐれたものがあり、これまでで最高の出来とされるものもあった――だが、それもパレンケで、キャザウッドが仕事をはじめるまでの話だった。が、結局は、植民地における情報のやりとり《コミュニケーション》の遅延が、人々をイライラさせる障害となった。ラッセル卿は翌二月になるまで、ウォーカーの報告書とキャディーのデッサンを受け取ることはなかった。そして着いた頃にはすでに手遅れであとの祭りだった。

キャザウッド

スティーブンズの本には、旅の途中で出会った人々がたくさん登場し、それぞれが生きいきと描写されている。だが、その中に「キャザウッド氏」はただの一度も登場したことがない。彼は永遠に忠実な旅の道連れのままである——したがってその彼は、とらえどころのない、ほとんど人目につかない、えたいの知れない謎めいた人物となっている。

しかしキャザウッドには、一生を通じて、画家や作家たちとの交流があったにちがいないのだが、彼について書かれた記述や肖像画がまったくない。ただ一つの例外は、キャザウッドがユカタンで、自分自身を描いたとされる不明瞭な絵だ——簡単に描かれた人物には、ひげがなく、あごが少したるみ気味。背が高く細身で、つば広の帽子をかぶっている。眼鏡をかけて、長い茶色のコートをはおり、巻き尺を手にして神殿の遺跡の前に立っている。遠くから描かれているので、崩壊しかけた建物の大きさを示すために使われた、ただの付属物のようにしか見えない。ぼんやりと霞んでいる。彼の生まれながらの謙虚さと遠慮深さが、これ以上にはっきりとして、具体的な自画像を描くことを妨げたのだろう。(1) しかし、キャザウッドの生活を振り返ってみると、たしかに彼の生涯は、スティーブンズと同じくらい波乱に富んでいる。

キャザウッドは四一年前の一七九九年二月二七日に、当時、ロンドンの北端にあった一地区ホクストンで生まれた〔彼は一八四〇年の時点で四一歳だった〕。育ったのは三階建てのタウンハウスで、チャールズ・スクエアを取り巻いて隣接する、近隣のれんが作りの住居とほとんど変わりがなかった。実用的で何一つ特徴のない建物は、低い窓のならびと、スパイクのついた錬鉄製の格子——建物と地下のウィンド・ウェルが、格子で歩道から切り離されている——で守られた正面《ファサード》によって、わずかに違いを見せていた。スクエアの中央庭園は田舎風な雰囲気を漂わせていて、そこには「葉野菜、植物、果物、その他の木々」が植えられている。そしてこのあたり——スクエアに隣接する建物の中には、一六〇〇年代に作られたものもある——は、上流社会の人々が住んでいることで知られていた。(2)

キャザウッド家は上流階級ではないが、アッパーミドルクラス（中流の上の階級）だったことはまちがいない。キャザウッドの祖父ウィリアム・キャザウッドは、一七四五年に、イギリス中央部の町コベントリからロンドンへやってきた。子供たちの洗礼名簿によると、ウィリアムはもともと薬剤師だった。が、その後、税関官吏の仕事をしている。ロンドンの税関で輸入税の徴収をする公務員だ。彼にはたくさんの息子がいた。その内の二人は時計職人になった。もう一人は教師で、のちに真ちゅうの鋳物職人になり、あとの一人は活字鋳造業者になった。真ん中の息子、ジョン・ジェームズ（これがフレデリック・キャザウッドの父親だ）は父親と同じ道を歩んで公務員となった。そして最終的には「穀物相場の運用益の収入役にして、物品税の会計主任」へと昇級をした。これは国家公務員の中でも、財務責任を担う重要なポストだ。ウィリアムはまた、字体活字を鋳造する、イギリスでもっとも有力な会社の共同出資者になっている。ウィリアム・カスロンが印刷機のために、一般向けの活字書体を作り出したのは、ウィリアムの会社が創立されてから半世紀もあとのことだった。

商売で成功を収め、地位も確立したジョン・ジェームズ・キャザウッドは、一七九三年、四一歳のときにアン・ロウと遅い結婚をした。アン・ロウについては、彼女がよく知られた貴族の家系の出ということ以外は、ほとんど知られていない。この血筋にはエリザベス一世の大使を務めたトーマス・ロウ卿や、ロンドン市長のヘンリー・ロウ卿などがいる。結婚してから九年の間に、アンとジョンは六人の子供を作った。息子が三人と娘が三人。娘の一人は若くして死んでいる。フレデリックは五番目の子供で、その下に一八〇二年に生まれた、一番下のアルフレッドがいた。

フレデリックの幼年時代については、まったく知られていない。ただそれが穏やかで、心地のいい時代だったことは予想できる。当時のチャールズ・スクエアはロンドンの端にあり、そこではスクエアを取り囲む空き地が何十年もの間、苗木畑や養樹園として使われていた。近くには田園地帯が広がっていて、若いフレデリックはおそらく、北側の野原へしばしば散歩に出かけたにちがいない。それはスティーブンズが少年の頃、ニューヨークシティの北境からそれほど遠くない、マンハッタンの起伏に富んだ牧草地を、やはりよく散策していたのと似ている。さらに、一八〇〇年代のはじめの数十年間というもの、スティーブンズと同じように、キャザウッドもまた、ロンドンの人口が北へ拡大するにつれて、近隣に広がっていた空き地がみるみる埋まっていくのを目の当たりにした。

何年もの間、ホクストン地区は救貧院や精神病院のある場所として知られていた。中には何世紀も前に、都市の煙と病から逃れた富裕なロンドン市民が建てた、田舎の邸宅をリフォームしたものもある。しかし、チャールズ・スクエアは隔離されていて、外部と接触することがなかったために、若いキャザウッドが、兄弟姉やいとこたちと育った時期は、おそらくこの広場も、人目のつかない、安全なオアシスのような場所だったにちがいない。フレデリックの家族は当時、チャールズ・スクエアの二一番地に住んでいた。父親の兄弟のナサニエル・キャザウッドが、妻や子供たちと住んでいたのが二〇番地で、フレデリックのおばのエリザベス（母親の姉妹だ）もまた家族とともに近くにいた。(3) 有名な廃止論者で、賛美歌「アメイジング・グレイス」を作詞した作家でもあったジョン・ニュートン牧師は、かつて、通りを少し下った一三番地に住まいを持っていた。彼はよく、裏窓から近くの野原を眺めたと書いている。野原には乳牛がいて、小鳥たちがさえずり、木々が生い茂っていたという。(4)

当時、ロンドンには公立の学校制度がなかった。フレデリックの早期教育については何も分かっていない。おそらく中産階級及び上流階級の子供たちのために数多く作られた、私立学校の一つに彼も通っていたのだろう。キャザウッド家の子供たちが、どんな学校に通っていたにせよ、彼らはみんな確かな教育を受けていた。というのも、フレデリックの弟のアルフレッドは、グラスゴー大学へ行って、高名なロンドンの内科医になっているからだ。のちに彼は肺疾患に関する主論文を書いている。(5) フレデリックの文章力が確かなことは、彼の書いたものを読めば明らかだが、彼はまた数学や科学もマスターしていて、それは測量技師や建築家、それに鉄道技師になるには十分なほどだった。

フレデリックが最初に選んだ仕事は、スティーブンズと同じように、明らかに父親によって決められたものだ。一六歳になると、彼はグレート・ウィンチェスター・ストリートの建築家にして測量技師のマイケル・メレディスの所へ、五年間の見習いとして入った。(6) その頃にはすでに、彼は絵画にも興味を持っていたようだ。一八一七年一月一七日、まだ見習いの最中だったが、名声の誉れも高い王立美術院（ロイヤル・アカデミー・オブ・アーツ）に、見習い生として登録している。これは正規の学生の資格を得るために、アカデミーの中で三カ月間、絵画を制作することが許されるというもの。だが、その後、フレデリックが正規の学生になったという記録は存在していない。[7] しかし、一八二〇年に、彼が描いた作品――『バッキンガム・ゲート、アデルフィ』(今は失われている)――が、ロイヤル・アカデミーの展覧会に展示され、この時点で、彼は一定の評価を受けることになった。同じ年に、フレデリックはメレディスのオフィスを去っている。[8]

キャザウッドが子供の頃、そして一〇代になってもなお、イギリスはまだ、ヨーロッパと合衆国の両方で戦争をしていた。彼は直接戦争の影響を受けることはなかったが、ナポレオン・ボナパルトの執拗な軍事行動については、ようやくその結果を感じるようになった。キャザウッドが生まれる八カ月前の一七九八年七月一日、ナポレオンは派遣軍の大隊を率いて、エジプトのアレクサンドリアへ上陸した。最終的にはイギリスが、エジプトのフランス軍を打ち破ることになるのだが、それはあくまでナポレオンが、エジプトの古代神殿やピラミッドをはじめて、科学的な検証へと解放したあとの話だ――この解放が、キャザウッドの生涯の行方に影響を及ぼすことになる。

エジプトの前に、ナポレオンはイタリアの大半を征服していた。それに続いて、フランスは次の二〇年間、イタリアを占領するのだが、それが実際上、イギリスの画家や建築家の教育に不可欠だったもの――ローマ遺跡の実地調査とイタリア絵画、それにイタリアの建築だ――を封印してしまった。この封印が解けたのが、一八一四年のナポレオン退位と、一八一五年のワーテルローにおける、ナポレオンの敗北のあとである。イタリアへの門戸がふたたび押し開けられると、イギリスの画家や建築家たちが、失われた時間を取り戻すかのようにやってきた。とりわけ、フランスが行なっていたフォロ・ロマーノや、その他、古典期遺跡の発掘調査をしきりに研究したがり、彼らは大挙してイタリアへとなだれ込んだ。画家たちに続いて、イギリスの貴族、同世代の作家やロマン派詩人――ロード・

バイロン、パーシー・ビッシュ・シェリー、ジョン・キーツ――などが次々にやってきた。

キャザウッドをローマに引きつけたのも、間接的ではあったが、ローマへ旅することを決めたキーツの決断による。二人がたがいに知り合いだったという証拠はない。が、それは大いにありうることだった。もっともありそうなのは、たがいの友だちを通した出会いかもしれない。友だちとはジョセフ・セヴァーンのことで、ホクストン育ちの画家だ。このセヴァーンの家族（音楽家たち）がキャザウッドの友だちだった。一八二〇年の暮れに、キーツは重篤な結核に罹患し、とてもこの冬を越すことができそうにないと感じた。そこで、何としてもイタリアへ行こうと思った。才能にあふれた、この五フィート一インチ（約一五五センチ）の詩人に、愛情を注いだのがセヴァーンだった。彼はロンドンですべてを投げ捨てると、自ら進んで、旅行中のキーツの面倒を見ようと申し出た。二人は一一月にイタリアに到着し、ローマの中心部、ピアッツァ・ディ・スパーニャ二六番地に部屋を借りた。部屋からは、広くて白い大理石の階段――のちに「スペイン階段」として知られることになる――を見渡すことができた。だが、窓から見えるすばらしい景色は、セヴァーンを少しも慰めることにはならない。セヴァーンはローマの冬を通して、友だちの看護をしていたからだ。ひとときも、キーツの側を離れることはなかった。一八二一年二月二三日、キーツはセヴァーンの腕の中で死んだ。二五歳だった。自分の乏しい詩作品が、批評家の注目を集めることなく、聞こえてくるのは軽蔑の言葉ばかりだ、ということをキーツは痛いほど知っていた。死の床にいたキーツは、自分の墓碑銘を「その名を水に書かれし者、ここに眠る」と刻してほしいと言った。イタリア当局は、キーツが亡くなった部屋にあったものは、すべて焼くように、そして部屋の壁もごしごしこすって、きれいにするようにと命じた。彼らは「イギリスの衰弱」を恐れていた、とセヴァーンは父親に手紙を書いた。

左：ジョセフ・セヴァーンの肖像画（1822）、右：死の床に横たわる詩人ジョン・キーツ。ローマにて［ジョセフ・セヴァーン］

悲しみに暮れるセヴァーンは、キーツの死をイギリスの友人たちに知らせた。そしてキーツを、ローマにある小さなプロテスタントの墓地に埋葬した。それから彼は、自分の画業を完遂させるためにも、ローマにとどまろうと決意した。この計画について、彼は家族に手紙を書いた。その際、長年の友人であるフレデリック・キャザウッドに託した手紙も同封した。キーツが死んで七カ月が経った九月、キャザウッドがローマに現われた。

「昨日の夜、キャザウッドがぶじに着いた。すっかり元気になっていたよ」とセヴァーンは妹のマリアに書いた。「アトリエにやってきたときには、彼の顔つきも物腰もロンドンにいた頃と、ちっとも変わっていないなと思った」[9]。それはよろこびに満ちた再会だった。セヴァーンはキャザウッドより五歳年上だが、二人はホクストンにいた頃や、キャザウッドがロイヤル・アカデミーで短い期間、絵を描いていたときに親しくなった。同じような育ち方をしている。キャザウッドが建築家のもとで見習いをしていた頃、セヴァーンもまた、彫刻家の実習生として苦しい八年間を過ごしていた。その後セヴァーンは、自らの絵を模索すべく彫刻家のもとを去っていった。キャザウッドは、故郷の家族の噂をセヴァーンに伝えた。そして翌日には、二人はともに、もはや自分の気持ちを抑え切れずに、思わず表に飛び出していった。「今朝はサン・ピエトロ大聖堂へ行ったよ。それからバチカン宮殿にも。キャザウッドのよろこびようと言ったらなかった。びっくりしていたと言った方がいいかもしれない」とセヴァーンはマリアに書いた。「彼には、ここにいる仲間をたくさん紹介した。みんなイギリス人だ。中には三人建築家がいて、おそらくキャザウッドは彼らといっしょに勉強をはじめるだろう」。

セヴァーンは、二人がいっしょに住む部屋を見つけたと説明している。「これ以上ないほど手頃な値段なんだ。それに二人に必要なものは何でもそろっている。アトリエが二部屋、リビングルームも二つ、ベッドルームも二つ、それに部屋からは、ローマ中を望むことができる」。しかし、彼らが住まいに落ち着く前に、二人の計画を邪魔する人物が登場する。それは高貴な生まれのイギリス女性で、暴君のようなウェストモーランドの伯爵夫人、ジェイン・ハック＝サンダースである。キーツの死後、気まぐれな伯爵夫人はセヴァーンと彼の絵を支援してきた。ローマに住むイギリス貴族たちをまわって、セヴァーンに肖像画を描いてもらうように勧めた。また、彼を自宅（ヴィラ・ネグローニ）で開くディナー・パーティーへも招待した。そして、キャザウッドがローマに到着する九月、伯爵夫人は突如、エジプトの魅力のとりことなり、古代の遺跡を巡る大旅行の準備をはじめつつあった。彼女はセヴァーンにいっしょに行こうと誘う。セヴァーンはたいへん光栄だと思ったが、友人のキャザウッドがイギリスから今着いたばかりなのでと言って、この申し出を断った。伯爵夫人は、それなら二人いっしょにエジプトへ行けばいいと言う。セヴァーンは妹に送った手紙で説明をしている。

たぶん彼は一人で行きたいと思いますよ、と僕は言ったんだ。僕が彼のことを――彼の才能や家族のことも――説明すると、彼女はすぐにその通りだと思うと言って、満足した様子だった。さらに彼女は、僕が彼女の意見を知っているので、僕が勧めることならどんなことでも賛成すると言うんだ。昨日の夜も、また、彼女のところへ行かなくてはいけなかった。彼女はキャザウッドといっしょに、何かをするのがベストだと思う。そんな提案をウェストモーランドの伯爵夫人は、キャザウッドに言ったんだね。そうしたらキャザウッドは、この思いつきにひどくよろこんだんだ。僕が彼に言ったのは、ただそれだけの理由じゃなかった。それは彼がローマに滞在して、思い通りに建築の勉強をするためにも、とびきりいい考えだと思ったからなんだ。また彼だって、これは絶好のチャンスだと考えていると思う。おそらくエジプトへ行ける唯一の……。

しかし、次の日、伯爵夫人がセヴァーンのアトリエに姿を見せると、旅行は次のシーズンまで延期したと言う。理由は「召使いの不足」で、時期が来たら、セヴァーンとキャザウッドの二人でいっしょに来てほしいと言う。セヴァーンは了承した。マリアに出した手紙では、次のように付け足している。

キャザウッドが君に頼んでほしいと言うんだ。僕の手紙を、チャールズ・スクエアの彼の家族に見せて、家族の人々に、この手紙で勘弁してほしいと伝えてくれないかと言っていた。キャザウッドの頭は今、ローマと、あとは眠ることでいっぱいなんだ。それほどくたびれている。望みと言えば、ただベッドへ直行したいという、ほんのささやかなものなんだ。彼にとって大切な人々――それは故郷に他ならない――によろしく伝えてほしいと言っていた。大切な人々に会えないままに、ここで一年以上もとどまることなど、とてもがまんができない、と彼は言っているよ。

それから三カ月後、セヴァーンは、キャザウッドがウェストモーランド夫人といっしょに、彼女の「宮殿」で暮らしていることを報告している。

伯爵夫人は、ウェストモーランドの第一〇代伯爵ジョン・フェインの後妻だった。ジョン・フェインはジョージ国王の枢密院のメンバーで、大富豪にして、多大な影響力を持つ人物だ。伯爵夫人は伯爵との間に三人の子供をもうけた。だが、彼女がローマに住むようになる頃には、彼女とフェインは離婚していた。キャザウッドがローマに着いたとき、夫人は四一歳。わがままで才気に富み、人を引きつける魅力的な話し手だった。キャザウッドより二〇歳も年上だ。キャザウッドの生涯におけるこのエピソードについて、ある報告は次のように伝えている。若くて感受性の強いキャザウッドを、伯爵夫人は自分の愛人にした。チャールズ・スクエアからヴィラ・ネグローニへやってきたキャザウッドは、ただただ混乱状態にあったにちがいないという。(10) しかし、これもセヴァーンの報告よると、まったく違っていた。実際、彼は妹へ次のような説明をしている。

彼女（伯爵夫人）は女の召使いがちょっと怖いんだ。それで僕に今いる所を引き払って、彼女のところへ来てくれないか、そして、イタリア女たちを取り締まってくれないかと言うんだ。僕の思うがままに、気ままに彼女と暮らしてくれればいいと言う。が、僕は行きたくなかった。もうずいぶん長くアトリエに腰をすえていたので、絵以外のことは何も考えていない。それに、今さら考えたくもなかった。そんなわけで、僕はキャザウッドに代わりに行ってくれないか、と相談を持ちかけて、みごとに成功したんだ。それで、彼は荷物をまとめて、今では「宮殿」の「主人兼ボス」なんだ。

どれくらい長くキャザウッドが、ヴィラ・ネグローニの「主人兼ボス」として過ごしたのかは不明だ。だが、彼とセヴァーンが、ウェストモーランド夫人とエジプトへ行かなかったことだけは確かだ。一八二二年二月、キャザウッドと建築家のジョン・デーヴィスは、イタリア当局から許可を得た。それは近年、イタリアで発掘作業が進められていた場所に立つ四つの神殿について、さらに詳細な研究をするために材料集めを行なう許可だ。(11) 伯爵夫人の家をキャザウッドがいつの時点で離れたのか、その日付は知られていない。が、彼は次の二年間、イタリアやシチリアを旅して、建築の研究にかなりの時間を費やした。(12)

キャザウッドに、つねにつきまとっているミステリーのいくぶんかは、記録が極端に少ないことに起因している。それは初期の旅行についてと同じように、一〇年以上あとにニューヨークへ上陸するまで、彼が何をしていたかについても、やはり同様に不明だ。手紙のたぐいもほとんど発見されていない。しかし、彼がこの時代に描いた絵は数点見つかっている。その中の一点が、一八二〇年代はじめにシチリアで制作したもので、タオルミナの近くにあったギリシア時代の遺跡を描いていた。雪を戴くエトナ山が背景にぼんやりと見えている。(13)

次に彼が旅をしたのは、アテネだったかもしれない。それは革命のまっただ中の上陸で、不注意だったのか、それとは違うものだったのか、ともかく彼の性癖がはじめて姿を見せはじめた瞬間だった。

ギリシア人たちは、オスマン帝国からの独立戦争に巻き込まれていた。そしてキャザウッドもまた、アテネに閉じ込められた。彼はその状況をのちに、スティーブンズへ報告している。スティーブンズによると、「キャザウッド氏はギリシア革命のさなか、アテネに閉じ込められた。周囲をトルコ人に包囲された中で、芸術の勉強を追い求めなくてはならない。その結果、必然的に（モニュメントの）鋳込みは、自分の手でしなければならなかった……」。しかし、彼がいつギリシアを訪れたのか、その正確な記録はない。ギリシア革命は一八二一年にはじまり七年間続いた。ということは、キャザウッドがエジプトへ旅行をした前後に、アテネを訪問していたことになる。

キャザウッドは、地中海を横切ってエジプトへ向かう旅を、ウェストモーランド夫人にことさら促される必要はなかった。一八二〇年代、一種のエジプト熱のようなものがイギリス全土をとらえていた。一つには、『エジプト解説』の刊行がそれをあおった。これは一七九八年に、ナポレオンがエジプト遠征に出かけた際、彼に随行したフランスの学者たちが編集した大部な本だ。さらに、一八二一年、キャザウッドがまだロンドンにいて、ローマへ向かう準備をしていた頃に、ピカデリーでエジプトの人工遺物を一手に集めた大展覧会が開催された。展覧会を催したのは、かつてサーカスで怪力男を演じていた、ジョヴァンニ・バティスタ・ベルゾーニで、今はトレジャー・ハンターに変身している。彼はナイル川を探検した経緯を書いて人気を博した。そして本が刊行された直後に、ベルゾーニはエジプシャン・ホールで展覧会を開いている。会の初日には、一九〇〇人を越すほどたくさんの入場者で賑わった[14]。

さらに重要な要素としては、エジプトがメフメト・アリ・パシャの統治下で、ある程度の政治的安定をなしとげていたことが挙げられる。アリは一八〇九年に、オスマントルコによって政権についた人物で、非情で冷酷だったが、世故《せこ》にたけ洗練された指導者だった。彼はエジプトの近代化に腐心し、その助けになると思えば、どんなヨーロッパ人でも西洋人でも、さかんに歓迎して受け入れた。技術者たちがやってきた。貴族連中や芸術家がそれに続いた。彼らの多くはナイル川をさかのぼって、これまでたくさんのことを耳にしてきた神殿やピラミッドを、さかんに自分自身の目で見たがった。

キャザウッドは一八二三年の晩秋、エジプトに着いたのだが、それは、彼の人生の大きなターニングポイントとなった。アレクサンドリアに着くまで、二四歳の青年の目はもっぱら、ローマやギリシアやイタリアの建築へ向かっていた。イギリスへ戻ったときには、イタリアやギリシアで吸収したものを使って、建築の実践をはじめたいとばかり考えていた。そんなキャザウッドに、新しい道を開いてくれたのがエジプトだった。それはパラレル・ライフとも言うべきもので、まるで違う次元の世界に入り込んだ気分だった。エジプトには、これまで学校で習ったものを、はるかに越える歴史があった。その世界は広く、深く、さらに過去へと広がっている。そしてそれは、まるでもう一つ別の惑星へ上陸したような気がした。目に入るのは、見渡すかぎりからからに乾いた人跡未踏の砂漠だ。イギリスのすばらしい緑に似たものは何一つない。モニュメント、ピラミッド、神殿は想像を絶するスケールだった。芸術や建築はまったく新しくてエキゾチックだ。いったいこれは、誰によって建てられたものなのか？　どんな理由で？　何千年前に？　この国に引かれてやってきたイギリス人たちと同じで、キャザウッドもまた、情報を寄せ集めて、エジプトの二五〇〇年に及ぶ歴史――「古王国」「中王国」、それにアレクサンドロス大王が残したプトレマイオス朝――をまとめ上げた、ギリシアやローマの歴史家たちに夢中になった。エジプトはのちに、キャザウッドをコパンやパレンケへと連れていく、長期旅行《オデッセイ》のはじまりだった。

旅は型通りにはじまった。二人の友だちといっしょに、キャザウッドはアレクサンドリアに上陸した。この友だちはローマで知り合った仲間で、もしかすると、ロンドン以来の友だちだったかもしれない。建築家のヘンリー・パークと、同じく建築家のジョセフ・ジョン・スコールズだ。三人の建築家たちは、イタリアでしていたように、アレクサンドリアのカタコンベを手はじめに、スケッチを描くことでエジプト調査をはじめた。彼らが描いたデッサンは、のちに『建築辞典』[15]の中で公にされている。それから向かったのはカイロで、さらにナイル川をさかのぼり、「デルタから第二瀑布へ至るまで、注目すべきものはことごとくスケッチした」[16]。一八二四年一月中頃、彼らはようやく南部エジプトのヌビアに着いた。そこにはアプシンベル神殿があった。キャザウッドがこの時期に描いた神殿のデッサンがいくつか残っている。

その後、彼らはタイミングが悪く、思わぬ事件の被害者となる。ギリシアでも、そのあとの中央アメリカやメキシコでもそうなのだが、キャザウッドにとっては――そして他の同時代の探検者にとっても――砂漠やジャングルや病気と同じくらい、人間が探検の障害となった。ナイル川をさかのぼっていたときも、彼らの背後では、地元の農夫や小作人たちが、パシャの厳しい支配に対して反乱を起こしていた。そのおかげで旅人たちは、上ナイル地方に閉じ込められることになった。ひと月以上、反乱者（フェッラーヒーン［もともとは農夫を意味する言葉］）とパシャの兵士との間で、ナイル川の岸辺に沿って、流血の戦いがくり広げられた。古代のテーベやルクソール周辺の村々は灰燼に帰し、何千という人々が殺された[17]。戦闘は川に船を浮かべている人々にとっても、重大な脅威となった。やがて、イギリス人のグループ――キャザウッドと仲間たち――が暴動の中で殺戮された、という噂が広まった。が、彼らはぶじで、何とか戦闘地帯の外へ逃れることができた。そして四月の中頃になって、ようや

ナイル川とピラミッド［キャザウッド］

く危機を脱すると、彼らはナイルを下って航行しはじめた。両岸の堤には死体の山が折り重なっている。キャザウッドたちは、とりあえず、現在はケナとして知られている、ゲニーという町に避難した。もう一人、ジョン・マドックスというイギリス人が反乱に巻き込まれていたが、その彼も四月二六日には、ぶじケナに着いて、キャザウッドを見つけた。[18]「われわれはみんなで再会をよろこび合った」とキャザウッドは書いている。「そして、たがいに運よく脱出できたことを祝い合った」[19]。

パシャの兵士たち――一五〇〇人のトルコ騎兵隊が南から、そして、四〇〇〇人の「実働部隊」が、フランスのお雇い将校に率いられて北から――が入ってきて反乱を鎮圧した。旅行者たちはやっとパシャの兵士たちの保護下に入り、まもなく彼らは自由に、ナイルを下ってカイロへ向かう船旅を続けることができた。しかし、そのあとの数週間というもの、疫病の大流行によって、ふたたび彼らの旅は遅滞を余儀なくされる。だが、これがまたケナ周辺の遺跡や、ミイラであふれた近くの墓を探検できる、予期せぬチャンスを彼らに与えてくれた。そして真夏の頃になると、ありがたいことに、ようやくカイロへ戻ってくることができた。が、しかしこの町では、疫病によって死体が山と積まれていた。[20] キャザウッドたちはすぐに、近くのギザのピラミッドへ出かけて、探索とスケッチに取り掛かった。

数カ月後、キャザウッドはシチリア島の海岸沖、地中海の真ん中に浮かぶ小島、マルタ島へ来ていた。一〇月のはじめ、彼はこの島でロバート・ヘイという富裕なスコットランド人に出会っている。[21] ヘイはキャザウッドと同い年の二五歳で、以前、海軍の将校をしていた。兄が二人いたが亡くなった――一人はワーテルローの戦いで戦死した――ために、スコットランドの広大な地所の相続人となった。彼はこれからエジプトへ行くという。キャザウッドがナイル川沿いの遺跡を描いた、数多くの絵画やスケッチの画集を見て、ひどく感動していた。ヘイ自身は熟達した製図技師で画家でもあった。[22] いずれはこの若い貴族が、キャザウッドを雇うことになり、彼らはのちにエジプトで再会することになる。が、さしあたりキャザウッドは、寄り道をしながらイギリスへ戻りつつあった。彼が次の年にどこにいたのか、そのあたりについては記録がまったくない。もし以前に行ってなければ、ギリシアへ旅をしていたかもしれない。だが、その次の年には、明らかに、彼はふたたびローマにいた。一八二五年一二月に、ロンドンにいる妹に出した手紙の中で、ジョセフ・セヴァーンは次のように問いかけていた。「キャザウッドはそちらに着いている？　彼は君に、君が聞きたがっていた私のことを、ことこまかくすべて話してくれるだろう」[23]。

そして、次の六年間、彼は姿を消したも同然となった。キャザウッドの伝記を書いたヴィクター・

ヴォルフガング・フォン・ハーゲンは書いている。「それはまるで悪意のあるポルスターガイスト（ものを動かしたり、不気味な音を立てる幽霊）が、キャザウッドのあとをつけていて、彼の証拠となる生活のページをすべて破り捨てているようなのだ」[24]。キャザウッドの足跡を追うことを困難にしているのは、たしかに、手紙や書き記された記録がないことによる。スティーブンズは当時、ニューヨークで法律のつらい仕事をしていた（この時期の彼にも、キャザウッドと同じように、日常の出来事を記した記録がまったくない）。そんなスティーブンズはキャザウッドの印象を、はっきりと、言葉がほとんど出てこない寡黙な男だと言っていた。おそらくキャザウッドは、自分の主要な表現手段として絵画を選んだのだろう。だが、その絵画についても証拠となるものを、ほんのわずかしかあとに残していない。理由はともかく、一八二五年から一八三一年にかけて、彼の生涯の記録はほとんど消え去ったも同然だった。おそらく彼は、チャールズ・スクエア二一番地の家族のもとに帰ったのではないだろうか。家族の住む家にはこの先ずっと、行ったり来たりを続けていくにちがいない。となりに住んでいた、おばのエリザベスは一八二七年に死んだ。そして二年後、さらに大きな打撃となったに相違ないが、彼の父親が七七歳で死んでいる。

キャザウッドがエジプトへ旅をしたときの、パートナーの一人ジョセフ・J・スコールズが、キャザウッドの簡単なプロフィールを書いていた。そこからわれわれが知ることができるのは、キャザウッドがこの時期、ロンドンで建築家として活動していたことだ。が、とくに目立った活動をしていたわけではないし、成功していたわけでもない。「ウェストミンスター・ブリッジ近くの温室や、ベントビルで、ある家の設計をした」のが、キャザウッドの死後数年して、スコールズがプロフィールを書きつつ、思い出すことのできたすべてだった[25]。実のところ一八二六年に、キャザウッドはスコールズに注意を促す手紙を送っている。スコールズはそのとき、イギリスへ帰る途中で、ローマを通り抜けつつあった。日付は五月二日、それは現存する彼の、もっとも早い時期の手紙だ。この時期、彼はイギリスで建築の仕事をしていたにちがいないが、手紙は彼が過ごしていた困難な時代を示している。というのも、スコールズのような、たくさんの同世代の建築家とともに、キャザウッドもまたローマやアテネに行き、古典期の建築を研究することで、明らかに流行を取り違えてしまっていた。「ポインターはリージェンツ・パークにセント・キャサリン病院を建てている」と、共通の友だちに言及しながら書いている。「それはゴシック様式の建物で、この様式が今の時代のはやりなんだ。われわれが学んでいたギリシアやエジプトの知識は、今では何の役にも立たない。立たないどころか、かえって有害なくらいだ。意に添わなくても、ゴシック様式を学ばなければだめだ。僕が君にできる最良のアドバイスは、君が海外にとどまってなお使える時間は、ことごとくゴシック建築の研究に費やすべきだということだ。僕が今知っていることを、もし以前に知っていれば、僕の時間はもっと違った風に費やされていただろう。君には何としても、ドイツを経由して戻ってくることを勧めたい」[26]。

　その一方でキャザウッドは、絵を描くことをけっしてあきらめていたわけではない。一八二八年と一八三一年に、ロイヤル・アカデミーでふたたび絵を展示している。今度はエジプトで描いた画集から選んだ[27]。そして、イギリスで仕事の体験をしたあとでは、建築の実践が、次の冒険へ出かける前の資金作りの手段にはなっても、それがこれから先の人生の中で、一時的な中断以上のものになることはまずないだろう。イギリスにおけるこの幕間劇は、彼のもっとも長いものとなるにちがいない。もはや彼は、古代に対して感じている魅力を、振り落とすことなどできなかった。一八三一年の暮れにイギリスを出て、数カ月のちにはチュニジアに上陸していた。そこで彼は、古代カルタゴの遺跡を探し出した。カルタゴは紀元前八〇〇年から七〇〇〇年の間に、今のチュニスの近くで、フェニキア人によって創建された。

一八三二年五月、チュニスの南西へ二日ほど旅をして、ドゥッガと呼ばれた場所で、非常に目立った大建造物を見つけた。[28] 彼にとってそれは重要な発見だったのだろう。一〇年後『アメリカ民族学会会報』に、その遺跡に関する記事を書いている。[29]「それが示しているのは、この国のどの建造物ともまったく違った建築のタイプだ」と彼は説明する。「そしてそれは他とくらべても、はるかに形式が簡素でエレガントだ」。さらに彼は詳細に述べている。「建築家の私を否応なく感動させたのは、それが持っていたプロポーションの美とハーモニー……それに、まれにみる建築上の変則性だ。つまりそれは、ギリシア芸術とエジプト芸術の混合だったのである」。彼はこの記事にデッサン、平面図、正面に彫り込まれた二つの銘文の写しを添えていた。[30] 三年前にペトラへ旅したスティーブンズのように、ドゥッガのキャザウッドが、次から次へと押し寄せる発見に夢中になっている様子は、彼の記事から明らかに窺える。この病みつきになるような感覚は、のちに二人の男が中央アメリカやメキシコで、くりかえし体験することになる、楽しすぎてやめられない興奮と同じものだった。[31]

キャザウッドが次に姿を見せるのはエジプトだった。おそらくエジプトははじめから、彼の目的とした場所だったのだろう。エジプトで彼はロバート・ヘイと合流した。一八二四年にマルタ島で会って以来、ヘイは引き続きエジプトに滞在していて、野心的なプロジェクトを立ち上げていた。それはナイル川の至る所にある、おもな神殿やモニュメントをすべて描いて記録することだ。

ヘイはナポレオンの学者たちが、中途で探索をやめてしまった場所を取り上げようとした。フランス人たちが去ってからも、さらに発見はされ続けたし、遺跡も数多く発掘されている。次の七年間を通して――一八二八年に、スコットランドで自分の用事を処理するために、いったん中断したものの――ヘイは、プロジェクトに従事する画家や専門家のチームに、自分の財産をかなり費やして、資金を提供し続けた。カイロに到着したキャザウッドは、すぐにこのプロジェクトに合流した。ヘイがキャザウッドに依頼した仕事は、ギザのピラミッドやナイル川西岸のテーベ、それにテル・エル・アマルナ、さらには他の遺跡を詳細に描くことだった。キャザウッドはまた、カイロやテーベを三六〇度にわたって眺望できる、パノラマのような風景を描くこと、そしてテーベにあったメムノンの巨像のデッサンなどの仕事に従事した。キャザウッドがエジプトで描いたデッサンの内何枚かは現存しているが、その数は少ない(32)。その後ヘイから、ナイル川の渓谷を出て、危険ではあるが、エジプトの西方に広がる砂漠のオアシスへ、旅に出かけないかという提案があった。キャザウッドはもちろん躊躇することなくこれに同意した。

長い旅へ出かけることになったのは、ヘイとキャザウッド、それにやはり画家で旅行をしていたジョージ・アレクサンダー・ホスキンスだ。ヘイはテーベの大きな墓を住まいにして、そこを行動の拠点にしていた。今では妻もエジプトで彼といっしょに暮らしている。木曜日の夜になると、きまってヘイはキャザウッドとホスキンス、それに近所にいる画家や外国の旅行者たちを招いた。そして、みんなで食事をしてはお酒を飲み交わし、会話を楽しんだ。エジプト旅行者たちの一団が醸し出す雰囲気を、ホスキンスがとらえている。

死の住まいは、けっして陽気な場面の証人にはならなかった(見て見ぬふりをした)。みんなトルコ人の衣装を身に付けているが、トルコ人の厳粛さをいつも保持しているわけではない。それにもと

テーベの神殿［キャザウッド］

は墓室だったとはいえ、このサロンが浮かれ騒ぐわれわれに、憂鬱な影を投げかけることはなかった。色が塗られた屋根の、美しい断片がまだ残っていて、それがロウソクの炎に照らされていた。ミイラの臭いはとっくの昔に、いい香りの食べ物の、心地のいい匂いによって一掃されている。古代エジプトの文明は偉大だ。が、にもかかわらず、私は友だちのヘイに問いかけてみる。彼らのディヴァン（背もたれのない長椅子）は君の持っているものより、ずっと座り心地のいいものだったのだろうか？　彼らのタバコは（あるいはそれに代わるもの。というのも、彼らはタバコを知らなかったから）どうだろう？　また料理はずっとおいしかったのだろうか？　われわれはみんな芸術が好きだった。そのために、ヨーロッパでの時間や楽しみを犠牲にして、古物の研究に身を捧げているのだし、こんな僻遠の地で調査を進めてもいる。したがって、会話がとぎれることはなかった。私はテーベの墓で過ごした

夜を、自分の生涯で、もっとも楽しい時間だったと思っている。(33)

一八三二年一〇月一三日、彼らはラクダに乗り、重武装をしてテーベを出発した。遠征隊は一八人の編成——ガイド、通訳《ドラゴマン》、召使い、ラクダ使いの一団。ホスキンスはピストルとサーベルを身に付けている。キャザウッドはすでに、七連発銃を持っていることで、いくらかこのあたりで有名になっていた。ホスキンスが書いている。「銃を目にしたアラブ人たちは、それをもっとも恐ろしい武器だと思った。銃の評判はすぐに、ナイル渓谷中に広く知れわたった」。一行は西へ数日間、広大な砂漠の広がりの中を旅した。ホスキンスは砂漠の様子を「水がなく、不毛で、人跡未踏、陰鬱で、荒廃している」と描写している。隊商が砂の巨大な吹きだまりを越えていくと、途中でおびただしいラクダの白骨を見つけた。しかしそれは、人や動物が移動した跡を示すただ一つの標識だった。焼け付くような太陽の下で、水が欠乏しはじめて危険な状態となった。だが、ようやく四日目に、砂漠の稜線を越えたとき、遠くにオアシスのナツメヤシが見えた。

みんなの顔がよろこびで活気づいた。ラクダでさえよろこびを共有しているようで、心なしか歩みが速くなった。今までの疲れが吹き飛んでしまうほど、誰もがうれしがった。しかし、ラクダ使いと召使いたちのよろこびはとりわけ大きかった。というのも彼らは、ほとんど五日の間、悪い水を飲まないようにと言われ続けてきたからだ。

一行は地元の族長たちの歓迎を受けた。このオアシスをヨーロッパ人が訪ねてきたのは七年ぶりだという。キャザウッドや仲間たちは次の数週間を、ナツメヤシの間に点在する古代の神殿をデッサンしたり、計測して過ごした。ヒエログリフやギリシア語で彫り込まれた銘文や、ローマの要塞なども記録した。また、延々と続くオアシス——それぞれのオアシスは、エル・ハルガ、ブーラーク、ブライズ、ドゥッシュなどの村々とつながっていた——の、そここに散らばっている、数多くの遺跡も調査した。そして遠征隊は、ふたたびラクダにまたがって、帰途の長旅についた。キャザウッドは銃を使わなくてはならない場面に一度も遭遇しなかった。これは明らかに銃の評判が広まったからで、そのために、困難の状況を未然に防ぐことができたのだろう。一行は出発してから一カ月以上して、ようやく、ナイル川が見渡せる砂漠の稜線に到達した。「ナイル川渓谷の西部境界を形成している、丘の頂上にやってくると」とホスキンスは書いていた。「召使いたちは銃を撃ち鳴らして、ナイル川をふたたび見ることができたよろこびを表わしていた」(34)。

エジプトに滞在した数カ月の間に、キャザウッドはアラビア語を修得した。現地の服装を身に付けるのと同じで、人の注意を必要以上に引かずに、バザーや町や古代の遺跡を歩きまわれるようにするためだ。また、遠く離れた土地にいて、同じ国の人々の間で生まれる深い絆に似たものを、彼もまた作り出していた。とくに親しくなった仲間は、イギリス人の画家のジョセフ・ボノミとフランシス・アランデールだった。ボノミは小柄な体つきをしていて、洗練された、ほとんどデリケートと言ってよい風貌をしている。ロイヤル・アカデミーで建築を学び、キャザウッドやスコールズのように、一八二二年からローマで勉強を続けていた。キャザウッドは彼にローマではじめて会った。アランデールは一八三一年に、ヘイのプロジェクトへ合流している。彼はヨーロッパを股にかけて仕事をする建築の製図技師である。

キャザウッドは結局、カイロのパシャの宮廷でエンジニアとして働くために、ヘイのもとを去った。一八三三年の中頃になると、彼はエジプトから、すっかり離れる心構えができていた。ボノミやアランデールとともに、シナイ砂漠を抜け、さらに北へ進んで、ガザを通り、エルサレムへ旅することに決めた。これは三年前にスティーブンズが、まわり道をしてペトラへ向かうために、通るのをやめたコースだ。アランデールはのちに、彼らが行なった旅の日記を刊行している。[35] 三人はカイロで数週間を費やし、旅の準備をした。食べ物、テント、カーペット、それにアラブやトルコの衣装などを購入した。ガイドとして族長を一人と、ラクダ追いを数人雇った。九頭のラクダで隊商を組み、カイロの市場を抜けて進んだ。そして一八三三年八月二九日、背後で太陽が沈みつつある中、彼らはカイロの町をあとにした。

カイロからエルサレムへ、ひと気のない岩場と砂漠を越えていく旅程には――シナイ山へしばらく立ち寄ったが――ほぼ六週間かかった。キャザウッドは途中で体調を崩したので、隊商は数日間進むのをやめ、スピードをゆるめた。が、ひとたびエルサレムに着くと、三人は早速測定や調査を行ない、教会やモスク、それに興味のある場所をデッサンして歩いた。キャザウッドはエルサレムの地図を作ろうと思った。一八カ月のちにロンドンで、彼は非常に精密な地図を刊行したのだが、それは次の二〇年間、エルサレムの標準地図とされた。スティーブンズも、一八三六年にエルサレムを訪れたときには、キャザウッドの地図を一枚手にしていた。

ヘイの影響下から脱したキャザウッドは、今では自分の才能の赴くままに、仕事に精を出した。紙の上に何を描くべきなのか、それを自分で決めることができた。いつも身に付けていたのは「強力な王の勅令」、つまりパスポートだ。これが彼を「殿下（パシャ・アリ）のために働くエンジニア」だと名指ししてくれる。このパスポートが、パシャの支配下のエルサレムへ入る扉を開けてくれた。キャザウッドはそれを利用して、エルサレムの総督とも知り合いになった。総督は彼に、いつでも好きなときに官邸の屋上へ上がってかまわないと言う。キャザウッドは屋上に上って、はるか彼方に見える地平線や、周囲に広がる建物をスケッチすることができた。このデッサンはのちに非常に貴重なものとなる。キャザウッドは近くにあった、とりわけ重要とされる建造物に強く引かれた。黄金色のドームを冠したこの聖堂は、イスラムの世界ではもっとも神聖なものの一つとされ、多くのユダヤ人たちは、それがソロモン王の神殿の跡地に立っていると信じていた。

一〇年後に記した報告の中でキャザウッドは、この建造物を何としても調査してみたいという、「やみがたい思いに駆られた」と書いている(36)。だが、イスラム教徒でない者は、聖堂の境内にさえ入ることができない。禁じられているのだ。「私は聞いたことがあるのだが」とキャザウッド。「何の気なしに、それもモスクの中に入ったわけでもなく、ただ外庭に足を踏み入れただけなのに、不運なフランクたち(「フランク」はヨーロッパのありふれた名前だ)が数人処刑されたという」。

しかし、キャザウッドにとっては、危険が大きくなればなるほど、ますます魅力が増してくる。それに彼には自信があった。第一に、冷静で、どんな困難に直面してもじたばたしない自分の性格。そして、いつも携帯している特殊な「パスポート」。さらにはエジプトの役人が着ている、「ごくありふれた」衣服。こんなものが、必要な保護のすべてを彼に与えてくれていると言うのだ。

次に起こったことは以下の通り。「ある朝、私は友だちの諫めの言葉を上の空で聞き流し、聖堂の敷地内に入っていった。とりわけ興味のない風を装って、さっさと調査をはじめた。調査で興味深いものを見つけても、それには、あまり好奇心が湧かないといったふりをして」。さて、これから堂内へ入ろうとしたとき、宗教役人のような人物が、中庭を横切ってこちらに近づいてきた。キャザウッドはとたんに気おくれがしはじめたので、できるだけ関心がなさそうにして、そそくさとその場を立ち去ってしまった。

次の日、もはや誰も引き止める者がいないので、今度は必ずいくつかデッサンを描こうと決意を固めた。カメラ・ルシダも持参した。こんなに重くてかさばった、奇妙な機械を持っていけば、おそらくたくさんの人がのぞきにくるだろう、とキャザウッドは思った。はじめに「静かな無関心」を装いながら、カメラ・ルシダをセットしたが、そのときはほとんど、周囲の人々の注意を引くことはなかった。だが、聖堂をスケッチしはじめると、徐々に多くの信徒が少し離れた所に集まってくる。そしてたがいに何かしゃべり合うと、彼らは少しずつ興奮してきた。「明らかに嵐がやってきつつあった」。やがて彼らは、キャザウッドを罵りはじめ、身振り手振りで威嚇しはじめた。「もはやここから逃げ出すのはむりだ。私は二〇〇人ほどの群衆に取り巻かれてしまった。彼らは勇気をきりきりと振り絞って、今にも私に襲いかかろうとしている——この先、私の運命がどんな風になったのか、それをみなさんに報告する必要はもはやないだろう」。

そのとき奇跡的だったのだが、総督が取り巻きを引き連れて、演台の階段に姿を見せた。群衆は総督に駆け寄ると、この「不信心者」を罰するようにと願い出た。振り返った総督はすぐに、不信心者がキャザウッドだと気がついた。

総督と私は、しばしばタバコをいっしょに吸った旧知の間柄だった。総督は私にていねいな挨拶をすると、パシャの認可を受けることなく、今、私がしようとしていることを、あえてするのはちょっとむりだろうと考えた。そこで彼はとりあえず、群衆の怒りを鎮めることに専念した。「私の友よ」と彼は群衆に話しかけた。「ごらんの通り、われわれの聖なるモスクは、手入れを怠ってぼろぼろの状態だ。そこで、おそらく、われわれの主人メフメト・アリがこの『知識人』を送ってよこし、モスクの修繕を完成させるために、その調査をさせているのだと思う。われわれ自身の手で調査ができればいいのだが、それができないのなら、できる者を雇うことは正しい。そしてそれこそが、われわれの主人の意志なのだから。私があなた方にお願いしたいのは、まずここから立ち去ることだ。さらに邪魔をして私を不機嫌にしないでほしい」。そして私の方を向きながら、総督はそこにいる群衆に聞こえるように言った。もしこの先、大胆にも彼（キャザウッド）の前に立ちふさがる者がいれば、自分はまちがいなく、手っ取り早い方法で、その者を処分することになるだろうと。

キャザウッドは次の六週間、聖堂の外部と内部のあらゆる側面をすべてデッサンした。そして「びっくりした顔をしている仲間（ボノミとアランデール）を、自分の仕事に必要なアシスタントだと言って紹介した」。モスクの名前「岩のドーム」が、この建物の主要な役割を物語っている。それはイスラムのもっとも聖なる物の一つ（石灰岩）を守ることだ。預言者ムハンマドが、天使ガブリエルとともにこの岩から昇天した、と多くのイスラム教徒たちは信じている。「イスラム教のサン・ピエトロ大聖堂だ」とアランデールはこの建物を呼んでいた。(37)

八角形の建物をキャザウッドが訪問したとき、この建物は作られてから一一〇〇年の歳月が経っていた。六八九年から六九一年にかけて建てられたもので、木とれんがと石でできていた。そののち、非常に優美な陶器製のモザイクや大理石で覆われ、表面にはコーランの文字が散りばめられた。(38) 建物の内部を見ても、外部を見ても、その壮大さにキャザウッドは感動するばかりだった。聖堂の中には、イスラム教徒以外の者は入ることができない。そのためにキャザウッドは、自分の調査やデッサンが、ヨーロッパ人によってはじめて行なわれた試みになることを知っていた。三人がどのようにして、周囲の建物を手順よく見て歩き、それをすべてデッサンしたのか、そして黄金色のドームの高さを、六分儀を使ってどのように計測したのか、そのあたりのことをアランデールは書き残している。

その後、数人のイギリス人が訪れてきたことがあった。そして、彼らと連れ立って、キャザウッドや仲間たちは、ジェリコや死海まで遠出をした。一行の中には金持ちのイギリス人貴族がいた。ウォーターフォードの侯爵で、二人の友だちと自前のヨットに乗って、地中海を経巡っているという。のちにこの侯爵が不名誉な評判を手にすることになり、キャザウッドの生涯で、ちっぽけだが手痛い役割を演じることになる。しかし、イスラエルで二人が会ったときには、侯爵や彼の友人たちは手厚い歓迎を受けた。しかし、一一月二三日には、キャザウッドはすでに聖堂の仕事へと戻っていた。

キャザウッドは、これまでに例のない調査結果を、イギリスで公にした暁には、必ずや今までの努力を人々が称賛してくれるにちがいないと思った。三二歳になって、ようやく彼は本領を発揮することができた。リーダーシップを示し、仕事に対する大きな能力を見せつけた。ほぼ二カ月を使って、彼はエルサレムの詳細な地図を作成した。町の主要なモニュメントの大半を描き入れ、空を背景に建物の輪郭を描いた。さらにひと月以上をかけて、もっとも有名な歴史建造物（岩のドーム）の構造を詳細に分析して見せた。

しかし、キャザウッドと仲間たちは、メフメト・アリの息子イブラヒム・パシャがやがてエルサレムにやってくるのを知ると、賢明にも、町から出た方がいいと決断した。彼らはのちに知ることにな

エルサレムにある「岩のドーム」の内部［キャザウッド］

るのだが、イブラヒムとほぼ同じ時期に、イギリス人旅行者が数人エルサレムに到着したという。彼らはイブラヒムに岩のドームの見学を許可してほしいと願い出た。するとイブラヒムはドームの訪問を歓迎することはする。しかし、彼らを保護することはできないと言った。そしてイブラヒムは、キャザウッドが最近ドームを調査したことを知ると、それはありえないことだと大声で叫んだ。総督とモスクの役人たちがただちに呼び出された、とキャザウッドは書いている。「それはかなりの見ものだったにちがいない」。

パレスチナ北部をうねりながら進んでひと月後、三人は一二月末にベイルートへ到着した——そしてここで、キャザウッドの生涯は予想もしなかったような、重大な展開を見せる。(39) 次の三カ月の間に、彼はガートルード・パスカラ・アボット・イ・スアレスの魅力に取り憑かれる。ガートルードは海外駐在のイギリス領事ピーター・アボットの明るい魅惑的な娘だ。(40)

アボットは中東の、著名なイギリス商人の家に生まれた。のちに彼はレバント地方や西インド会社で事務官を務めた。若い時分は彼も、大胆で冒険心に富んだ生活を送っていた。ある時期には、アメリカへ渡って、オスマン帝国との交易を働き掛けたこともある。そして、ナポレオン戦争のときには、フランス人に捕えられて監獄に入れられた。その後、一八二〇年に、ベイルートの領事に任命したあとで、どうしたわけか、アッコにいたトルコ総督の激しい怒りを買った。死の恐怖におびえた彼は、命からがら夜陰にまぎれ、妻と二人の娘を連れて小さな帆船に乗って、やっとのことでキプロス島へ逃げのびた。(41) 六〇歳となった彼は——キャザウッドが訪問してほどなく亡くなったが——、今ではベイルートで欠かすことのできない人物になっていた。西洋からやってきた旅行者のいわば守り神で、外国人の懇親会の中心的な存在だ。(42)

ガートルードの生母はスペイン人だった。彼女に何が起こったかは分からないが、アボットは再婚して、イタリアのフィレンツェ出身の後妻が、ガートルードの継母となった。少女のガートルードはその間、ベイルートで成長した。彼女とキャザウッドが出会ったとき、ガートルードは二〇歳で、彼より一五歳年下だった。「もっとも美しい、魅力的で教養に富んだ女性だ」と言われていた。ボノミは彼女を「活発な娘」と呼んでいる。(43)

結婚までの交際期間については、何一つ記録が残っていない。が、一八三四年三月一一日、アボットの家でキャザウッドとガートルードは結婚した。式を執り行なったのは、アメリカ人のパプティスト派伝道者だった。結婚後すぐに、二人はダマスカスへ旅立ち、途中でバールベックのローマ遺跡へ立ち寄った。バールベックの遺跡からはベカー高原を見渡すことができた。そこではおそらく、キャザウッドがすばらしいユピテル神殿や、その他、特筆すべき遺跡をデッサンに描いて、若い花嫁を驚嘆させていたにちがいない。だが、ハネームーンとしては、この旅行はいささか奇妙なものだった。ボノミが二人に随行していて、ときには同じテントで寝たりしている。このお膳立てが、のちのち要らぬ詮索を招いて、キャザウッドの結婚に疑いを招く材料に使われた。

二人がようやくベイルートへ戻ってきたとき、ガートルードは妊娠していた。彼らはイギリスへ向かうことに決めた。ロンドンで二人は、チャールズ・スクエアにあったキャザウッドの母親の家に転がり込んだ。そして一二月には、フレデリック・ジュニアが生まれた。(44) 結婚、イギリスへの帰還、すぐに息子が生まれたことなどが、おそらくはキャザウッドの神経にとって、耳障りだったにちがいない。もはや彼は、あてどなくさまよう画家ではなかった。今では、養わなくてはならない家族を持つ身だ。ホクストンで家族とともに住むことは、経済的にはいくぶん負担が和らぐ。が、彼はすぐに気づいたのだが、彼の膨大な画集を刊行する見通しがもはやまったく立たない。彼が行なってきた岩のドームの研究、それにバールベックやドゥッガのデッサン、さらにはエルサレムの風景を描いたものなどは、アカデミズムの注意を引きはするものの、商業的な関心はまったく呼び起こせない。何らかの利潤につながるイラスト入りの古物本は、絵だけではだめで、旅行記をいっしょに付けなくてはならない。アランデールは彼の日記を刊行した。だが、キャザウッドが文章に興味がないことは明らかだったし、とりわけ自分自身を語ることには関心がない。

お金が今では重大な関心事となった。建築の仕事に関しては、キャザウッドの広域に及んだ旅行が、同時代の仲間たちに対して、彼に大きな遅れを取らせてしまった。三六歳の彼にとって、最大の資金的な元手として残されているのは、画集と中近東について彼が集めた知識だけだった。とりあえず仕事に取り掛かったのは、エルサレムの詳細な地図を作ることだ。地図を刊行することで、たしかにいくばくかの現金を稼ぐことはできた。だが、エジプト以来彼を支援してくれた、ロバート・ヘイとの手紙のやりとりからはっきりとしてきたのは、キャザウッドの蓄えが相変わらず乏しいままだということだった。

キャザウッドがロンドンに到着してから間もなくして、ヘイがスコットランドへ戻ってきた。それとほぼ同時に二人は、エジプトでヘイが提案したプロジェクトの期間中に集めた、膨大な量の資料から、そのいくぶんかを公にする計画を練りはじめた。キャザウッドは数カ月かけて彫版工を集め、テーベの墓やモニュメントなどのデッサン――その中には遺跡の全景を描いた、大きなパノラマの折り込みもある――を準備した。しかし、キャザウッドが送った手紙に対して、ヘイの返事が徐々に少なくなっていく。そして、ヘイがこの企画に関心を失いつつあることに、キャザウッドは気がついた。

エルサレムの神殿の丘に立つ「岩のドーム」［キャザウッド］

一八三五年四月にヘイへ出した手紙には、キャザウッドの差し迫った様子が窺える。「しばらくの間、すぐにあなたから返事がもらえるとばかり思っていました。が、あなたがエジプトで持っていたエネルギーがすでに枯渇しつつあるのを知って、とても残念です。思うにこれは、あなたがスコットランドで暮らしてらして、ここロンドンの興奮から遠く離れていることから生じたものでしょう……」。ヘイは最終的にキャザウッドへ、依頼した仕事の報酬として二〇ポンドを送った。だが、キャザウッドはこれに異議を唱えて、さらに多くの金を要求した。見たところヘイは、スコットランドに所有する地所のことで、頭がいっぱいのようで、二人で立てたプロジェクトのことは、すっかり忘れてしまったようだった。[45]

ヘイとの一連のやりとりが、キャザウッドにとって、後年、スティーブンズと契約を交わす際に、教訓となったかどうかについては判断が難しい。ヘイの行動を嘆いたのは、たしかにキャザウッド一人だけではなかった。ボノミや他の者たちも、何年もの間働いた仕事をヘイがむだにしたと不満を漏らした。それほどたくさんの努力をしたのに――ときには命を危険にさらしたこともあった――、それがまったく報われていないと言うのだ。

しかし、キャザウッドはすでに動き出していた。彼は自分の画集と、ヘイの遠征中、自分が仕事をしたそのいくぶんかを、違った方法で使用してみようと思った。その方法とは、かなりの金銭上の収益が見込めるものだ。ヘイとの企画がだめになる前に、キャザウッドはすでに、エルサレムとテーベを描いたデッサンを、巨大なキャンヴァスに移して、パノラマの形にするというアイディアに許可を出していた。この巨大なパノラマは、当時、ロンドンやその他の場所で観衆を魅了させていた。さらに彼はすでに、その次の方策も考えていた。それは一年以内に、増え続ける家族――ガートルードはまた妊娠していた――をひとまとめにして、新たなスタートを、今度はアメリカで切ろうというのだ。キャザウッドはあるプランを立てていた。が、そのプランは、もっぱら独創的な興行主であるロバート・バーフォードによるものだった。

パノラマはもともとイギリスではじまったもので、一七〇〇年代の後半以降、至る所で行なわれていた。写真術の発明以前の時代には、人々は事件や現場をじかにこの目で見たい、という大きな望みを抱いていた。これは今日と同じだ。そして「パノラマ」がその人々の渇望を満たすために作り出された。パノラマは人々を遠く離れた場所へと連れていき、パリ、リオデジャネイロ、カイロ、ベルサイユの真ん中に落とした。人々はまた、今起こっている出来事を目の当たりにすることもできた。見物人はまず、三六〇度ぐるりと大きな円形の広間に入り、その真ん中に置かれた一段高い段の上に立つ。そしてゆっくりと体をまわしてうしろを向く。すると一挙に直面するのは、ワーテルローの戦場だったり、あるいはトラファルガーの海戦で、イギリスやフランスの戦艦から大砲が火を吹く場面だったり、ヨーロッパ大陸で行なわれた最新の戴冠式だったりする。それがわずか二五セントを支払うことで、すべてを見ることができた。

イギリスでパノラマを持っていたのは、ロバート・バーフォードが一人だけだったわけではない。が、彼がロンドンのレスター・スクエアに立てていたロタンダ（ドームの付いた円形の建物）が、もっとも成功を収めていた。キャザウッドのように、ロンドンへ戻ってきた画家＝旅行家たちが、海外で描いたデッサンの権利を、ロバートはすぐに買い占めた。画家＝旅行家は、のちのナショナルグラフィック協会の写真家と同等の価値があった。ロバートは提督や将軍にも近づいて、彼らと知り合いになり、巨大な戦闘を描いたキャンヴァスの詳細な部分の仕上げに役立てた。そして彼らには手数料を支払い、仕上げたキャンヴァスを展示ホールに掲げた。

バーフォードのレスター・ロタンダで開催される「エルサレムのパノラマ」の予告が最初に出たのは、一八三五年三月三一日の『タイムズ』紙だった。そこでは、パノラマのキャンヴァスが、前の年にキャザウッド氏が「現地で」――これはパノラマに真実性を持たせるために使われる常套句――描いたデッサンをもとに作られたと報じている。広間の中央の台に立って、見る者が眺める風景は、総督の官邸の屋上から見る風景だった。そこはキャザウッドが、たくさんのスケッチをした見晴らしのいい所で、ときには総督と水ギセルをいっしょに吸った場所でもあった。キャザウッドはまた、自分自身とボノミを、アラブ人の格好をした姿で、絵の前景に描いたことさえあると報道されていた。しかし、中でも『タイムズ』の批評家が一番強く引かれたのは、岩のドームだったようだ。「すばらしい建造物だ。ゴシックやギリシアの卓越した建造物に見られる美の概念と、まったく異なっているにもかかわらず、堂々として壮大な外観を見せている。それは見る者の目を奪い、称賛の声を上げさせずにはおかない」。結局、キャザウッドの研究は、すべてがすべて徒労に終わったわけではなかった。エルサレムのパノラマが成功裏に終わったために、それから三カ月と経たない内に、バーフォードは第二の、やはりキャザウッドに触発されたパノラマを、ロタンダ内のとなりの部屋ではじめた。それには、キャザウッドがテーベで描いたものをそのまま使用した。「画家の才能はこの絵によって、端的に示されている」と六月に書いたのは『リテラリー・ガゼット』紙だった。「それに絵は、この途方もない場所の巨大さとその性格を、あますところなく伝えてくれる……」[46]。キャザウッドは自分の得意分野を新たに見つけたということだ。

バーフォードがキャザウッドに、いったいどれくらいのお金を支払っていたのかについては、記録がまったく残されていない。が、一八三六年の春に、キャザウッドの家族が大西洋を渡って、ニューヨークへ移り住んだことからすると、それに十分見合ったお金が、キャザウッドに支払われていたと見てよい。その後の記録からして、おそらくキャザウッドは、巨大なエルサレムのパノラマとともに渡航したのだろう。さらにまた彼の胸には、自分のロタンダをニューヨークで立ち上げたいという夢があった。しかし、そのために必要なのは、何よりもまず仕事だった。一〇月には、ガートルードが第二子のアンを生んだ。そこで彼はふたたび、建築の仕事をはじめることになり、グリニッジ・ストリート九四番地に事務所を構えた。パートナーとなったのは、もう一人のイギリス人建築家フレデリック・ダイパーだった。

前の年にニューヨークは、その大半が大火によって破壊されていた。そのため、二人が建築の仕事を見つけるのに、それほど苦労をしなくてすんだ。ニューヨークは建築ブームのさなかだったのである。ダイパーはやがて、ウォール街の銀行を数多く設計するようになり、のちには市の高級ホテルや富豪、著名人の邸宅を設計するまでになった。[47]

キャザウッドが残した建築上の足跡は、それほど多くない。だが、彼も一八三九年には、エドワード・リビングストンの相続人たちから委託されるという名誉を得ている。エドワードは今は亡きニューヨーク市長で、ルイジアナ州の上院議員や、アンドリュー・ジャクソン大統領の下で国務長官を務めた。リビングストンの寡婦と娘は、モンゴメリー・プレイス（ニューヨーク州ダッチェス郡のハドソン川沿いに広がる広大な地所）を再設計することに決めた。そこでキャザウッドが委託されたのが、地所内に建てる温室の設計だった。彼は優美な骨組みとガラスを使って、ネオゴシック風のアーチ形をした、

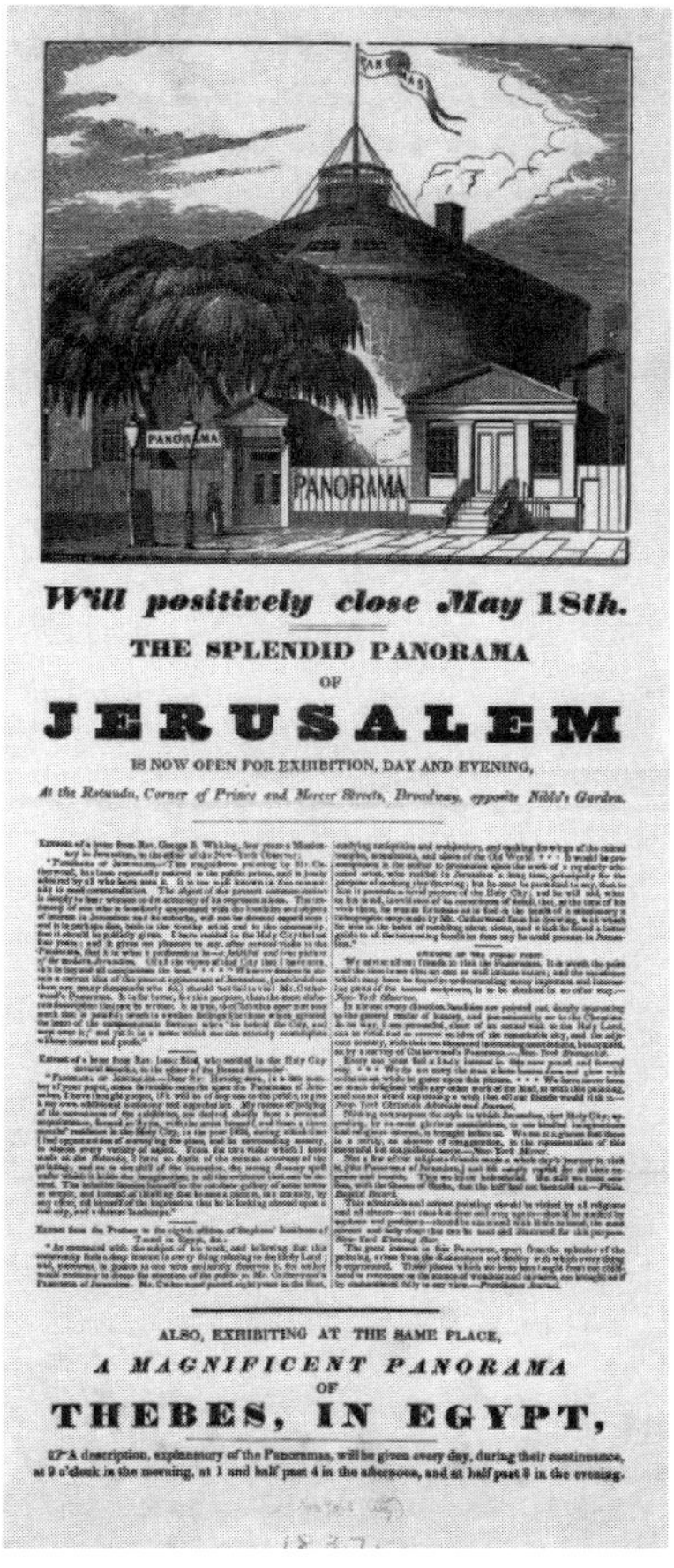

キャザウッドがニューヨークシティに作ったパノラマ。ポスターのイラストはキャザウッドによって描かれたと言われている

長さ七〇フィートの建物を作った。[48]

しかし、彼のもっとも重要なプロジェクトは、もちろん、自分自身のパノラマを掲げる展示ホールの設計である。[49]一八三七年にボストンで展示して、はたしてアメリカで、パノラマが人々に受け入れられるかどうか、彼はあらかじめその様子を探っている。ボストンで展示したのは、エルサレムのパノラマだったが、これが成功を収めた。一八三八年春、「キャザウッドのパノラマ」はプリンス・ストリートとマーサー・ストリートで、そしてすぐあとにはブロードウェイで公開された。れんがと木で作られた、堂々としたロタンダは、一万平方フィートを領した数階建ての大建造物だった。昼間の展示では天窓から光が取り入れられ、夜のショーのためには二〇〇基のガス灯がともされた。建物の建築費用に、どれくらいの金が掛かったのか、それについてははっきりとしたことは分からない。だが、キャザウッドの会計帳簿によると、費用は一万六〇〇〇ドルというけたたましい額に上ったようだ。これは当時の金としては途方もない額である。キャザウッドが保証できるのはこの金額の半分がやっとだった。ホールの実現のためにキャザウッドは、ニューヨークの書籍商で出版者でもあったジョージ・ウィリアム・ジャクソンに協力を仰いだ。ジャクソンはプロジェクトの資金を調達し、結果的には、この冒険的な企てにビジネス面で参画した。[50]おそらく、ロバート・バーフォードもまた、この企画に投資していたにちがいない。

ロタンダにおける最初の出し物は、エルサレムのパノラマだった。[51]これがロンドンで展示されたときには、すぐに功を奏して、一シーズンで一四万の入場者を集めた。だが、ニューヨークではロンドンのようなわけにはいかない。それでもかなり多くの観衆を集めた。ときには一日で三〇〇人の人々が来場した。各人はそれぞれ二五セントを支払う。これは今日で言えば六ドルに相当する。

次の一年半の間、キャザウッドには、ほとんど建築の仕事をする時間がなかった。ニューヨークの新聞にパノラマの広告を出さなくてはいけない。さらに、展覧会場で売る記念パンフレットに、パノラマの歴史的な背景を書かなくてはならない。またナイアガラの瀑布のパノラマも、制作しなくてはならなかった——おそらくそれも、キャザウッドのデッサンから作られるのだが。プロジェクトのパートナーはキャザウッドに、このキャンヴァスとエルサレムのパノラマの代金として、すべてを合わせて二〇〇〇ドル支払った。ビジネスは大成功を収めたので、一八三八年の暮れには、キャザウッドは四歳の息子フレデリック・ジュニアを連れて、イギリスへ渡った。それはバーフォードから、さらにパノラマを取り戻すためだった。その中には、テーベのキャンヴァスの他にもペルーのリマのものもあった。さらにそのあとには、ローマやニュージーランドのパノラマも作らなくてはならない。さらに加えて、展示を他の場所——ボストン、フィラデルフィア、バルティモアなど——で行なう準備をしなければならなかった。そして、この期間を通じて、キャザウッドはロタンダで、一日に四回も講演をしている。そこでは、エルサレムやテーベで彼が経験したことを話した。

こうして目がまわるような活動をしているさなかに、どこかの時点で、キャザウッドはスティーブンズに出会っていた。(52) 二人が最初に、どこでいつ出会ったのか、それを記録したものはない。だが、彼らはたしかに一八三八年のはじめに出会っている。それはスティーブンズがキャザウッドについて書いた記述が、『エジプト、アラビア・ペトラエア、聖地の旅で起きた出来事』の中にあるからだ。ハーパー兄弟はできるかぎり早く、この本の新しい版を印刷しようとしていた。そして一八三八年二月に第四版が出たのだが、この中でスティーブンズが、はじめてキャザウッドに言及している。これはちょうど、パノラマがオープンする直前のことだった。キャザウッドがイギリスから、「旧世界のおもだったモニュメントの模型とデッサンを」持って帰ってきた、とスティーブンズは書いている。そして「エルサレムのパノラマも……それはやがて、ここで公開されることが期待される」。この年の暮れに刊行された第八版では、その後、キャザウッドとの親交がさらに深まった様子が、スティーブンズのコメントの中に反映されている。スティーブンズの言葉はいっそう寛大となり、人々に新しいロタンダへ出かけて、展示を見るようにと呼びかけていた。そして、パノラマは「聖なる都市を生きいきと描き出している」と言う。さらに付け加えて、スティーブンズがエルサレムを訪れたとき、「幸運だったのは、ある伝道者の手に、キャザウッド氏の石版地図があるのを見たことだ。……地図を手にして、伝道者はいつも一人であたりを歩いていたにちがいない」。

この時点で二人がどれほど親密になっていたのか、それを判断することは難しい。だが、友情がまたたく間に結ばれたことは想像に難くない――たがいを結び付ける共通の経験を数多く持つ二人は、気の合う者同士だったからである。エジプトと聖地が、はじめに彼らを引き合わせた。そして、次の年のある時点で、たがいの関心が二人をパートナーの関係に変化させた。彼らが話をしている中で、エルサレムとテーベが、コパンとパレンケに変化するのは、たやすいことだったにちがいない。

しかし、何はともあれ、キャザウッドはまずイギリスへ戻って、バーフォードから、追加のキャンヴァスを受け取らなくてはならない。それにガートルードがふたたび妊娠していた。そして何よりもキャザウッドは、パノラマ・ビジネスの基盤を確固としたものにしておきたかった。一方、スティーブンズはいつものように、休むことなく、せっせと本を書いていた。最初の本で成功を収めたあと、彼はギリシア、トルコ、ロシア、ポーランドの旅に関する、二冊目の本を一気に書き上げた。それは二週間のうちに三回版を重ねて、ハーパー兄弟の印刷機を好調に運転させ続けた。[53]

スティーブンズとキャザウッドが、中央アメリカについて、はじめて話題に取り上げたのはいつの頃だったのか、また、それは誰のアイディアによるものなのか、などについては不明のままだ。だが、そこにはいくつかの手掛かりがある。スティーブンズはノア・O・プラットという名の伐採請負人に会っている。この男はメキシコで働いていて、チアパス州で遺跡をいくつか訪ねたと話していた。その後、一八三七年に、エジプトと聖地について書いた、スティーブンズの本が出版されてまもなく、ニューヨークの月刊誌『キッカーボッカー』が、アメリカ合衆国と中央アメリカに残る、インディアンの古い遺跡の記事をシリーズで掲載した[54]。二〇年後に、雑誌の編集者のルイス・ゲイロード・クラークが、シリーズが公にされた直後に、スティーブンズと会ったことを回想している。それはある秋の朝のことだった。スティーブンズが社に立ち寄ってくれ、彼とおしゃべりをしたことを、クラークは思い出していた。スティーブンズはクラークに、シリーズを書いた著者にどうすれば連絡が取れるかと訊いたという。「このテーマに私はとても興味を抱きました」と、スティーブンズ。「[中央アメリカ]の長い間見捨てられていた場所へ、私は半分本気で行ってみたいと思っています。そしてそれを自分の手で調べてみたい[55]」。

スティーブンズとキャザウッドが、中央アメリカについてのちに書いた本は、非常に重要なものとなったが、そのために他の者たちも、アイディアを出したのは自分だと名乗り、競って名声を得ようとした。一八三六年にニューヨークへ移り住んでいた、ロードアイランド州のジョン・ラッセル・バートレットは、スティーブンズたちが南へ遠征したのは、もともとが自分のアイディアだったと主張した。彼はパートナーとアスター・プレイスに本屋を開店し、それはのちに、ニューヨークの知識人たちが集まる有名な場所となった。彼は日記の中で、一八三八年にスティーブンズと出会ったと書いている。そのときに、バートレットはスティーブンズに、ユカタンの不可思議な遺跡について話した。彼はスティーブンズに、自分の話はきっと、エジプトやアラビア・ペトラエアについて書いた本の、補足記事になるだろうと言って、スティーブンズにユカタンの遺跡に関する本を数冊手渡した。[56]

その間に、キャザウッドとバートレットもまた、友だちになっていた。二人の関係はかなり親密なもので、キャザウッドがパノラマをさらに取り戻しにロンドンへ行っている間、ハウスト・ストリートにある彼の住まいの一部を、バートレットに使ってはどうかと持ちかけているほどだ。「昨日は会うことができずに申し訳なかった」と、バートレットが住まいを探していることを知って、キャザウッドが一八三八年一一月に、バートレットへ書き送っている。「私はおそらくチビを連れて、イギリスへ行くことになると思う。妻はあの家に一人で住みたくないと言っているので、どうだろう、妻と子供たちには応接間とベッドルームを残して、あとは君が好きなように使ってみては……」。[57]

キャザウッドがロンドンから戻ってきたあと、しばらくして、彼とスティーブンズの間で――その前に中央アメリカについて、どんな話がされていたかはともかく――話は実際の行動プランへと具体化しはじめた。このような現実的な話は、スティーブンズが、前任者のウィリアム・レゲットのあとを受けて、合衆国代理公使に任命される前のことだった。キャザウッドがのちに回想している。「合衆国公使として、あの国へ出発しかけていたレゲット氏が突然死んで、スティーブンズ氏がただちに任命されたときには、われわれの準備も、まだほとんどできていなかった。この任命が、これから遺物を探索しようとしているわれわれの、邪魔をするのではないかといくらか不安になった」。[58]

しかし、ガートルードは八カ月の身重だったし、キャザウッドには他に二人の幼い子供がいて、さらにビジネスのことも考えなくてはならない。彼が絵を描くことと引き換えに、スティーブンズが一五〇〇ドルを提供してくれると言う。だがそれは、若い妻や子供たち、それに心地よい家庭を捨てて、内戦で痛めつけられた地方の、病気が蔓延している、荒々しいジャングルへ向かう誘因にはとてもならない。しかし、誘惑は強かった。それは昔の遺跡を再発見するチャンスだったし、上品ぶって束縛されてばかりの、都会生活や家庭生活から脱出して生きるチャンスでもあった。さらにそれは、生涯のもっともエキサイティングだった時間を、ふたたび体験できるチャンスでもあった。実際、二人はこのような冒険をこれまで、意識することなく心中で準備していた。崩れ落ちそうな古代の遺跡は、彼らの存在理由《レゾンデートル》と言ってもよかった。二人はあまりにも久しく、彼ら自身から離れていた。しかしそれは、どうしてもそこに戻らざるをえない、最後の時とはならなかったのである。

　一八三九年七月八日に、エリザベス・キャザウッドが生まれた。キャザウッドが中央アメリカに出かけている間、ガートルード、新生児、それに二人の子供たちはイギリスに帰って、キャザウッドの母親と暮らすことになった。九月はじめに、ガートルードはニューヨークを離れた[59]。同じ月に、キャザウッドとスティーブンズの間で契約が取り交わされ、キャザウッド夫人には毎週二五ドルが入金されるように決められた。そして、たとえ二人がぶじに戻ることができなかったとしても、一五〇〇ドルは満額夫人に支払われることになった[60]。一八三九年一〇月三日、二人はマリアン号に乗船し、航海へと旅立った。

原注

プロローグ

（1）スティーブンズの私文書は、バークレーのカリフォルニア大学バンクロフト図書館に収蔵されている。本書で鉄道建設について述べたことの多くは、私文書の中の手紙から引き出した。その他の背景となる資料については以下のものから入手できる。Otis, F. N. (1867). *Isthmus of Panama: History of the Panama railroad; and of the Pacific Mail Steamship Company. Together with a travelers' guide and business man's hand-book for the Panama Railroad and the lines of steamships connecting it with Europe, the United States, the north and south Atlantic and Pacific coasts, China, Australia, and Japan* (New York: Harper & Brothers, 1867); J. H. Kemble and J. B. Goodman, *The Panama Route, 1848–1869* (Berkeley: University of California Press, 1943); O. Lewis and J. B. Goodman, *Sea Routes to the Gold Fields: The Migration by Water to California in 1849–1852* (New York: Knopf, 1949); J. L. Schott, *Rails Across Panama: The Story of the Building of the Panama Railroad, 1849–1855* (Indianapolis: Bobbs-Merrill, 1967); G. Mack, *The Land Divided. A History of the Panama Canal and Other Isthmian Canal Projects* (New York: Octagon Books, 1974); D. McCullough, *The Path Between the Seas: The Creation of the Panama Canal, 1870–1914* (New York: Simon & Schuster, 1977).

（2）John Lloyd Stephens Papers, 1795-1882, University of California, Berkeley, Bancroft Library.

Ⅰ　探検

1　一八三九年、南へ

（1）引用や言い換え、それにスティーブンズとキャザウッドが行なった一八三九年から一八四二年までの、中央アメリカとメキシコの旅に関する概括的な話はすべて J. L. Stephens, *Incidents of Travel in Central America, Chiapas and Yucatan* (New York: Harper & Brothers, 1841) と J. L. Stephens, *Incidents of Travel in Yucatan* (New York: Harper & Brothers, 1843) から取っている。

（2）ブラジルとして知られるようになる土地を除いて。ブラジルは一四九四年の有名なトルデシリャス条約によって、ポルトガルに与えられた。

（3）W. R. Manning and U.S. Department of State, *Diplomatic Correspondence of the United States* (Washington, DC: Carnegie Endowment for International Peace, 1932).

（4）V. W. von Hagen, *Maya Explorer: John Lloyd Stephens and the Lost Cities of Central America and Yucatan* (Norman: University of

Oklahoma Press, 1947).

(5) キャザウッドはロンドンから *Barque Union* に乗って、一八三六年六月七日にニューヨークシティに着いている。National Archives Microfilm Publication, M237, roll number 30, list number 447. スティーブンズは一八三六年五月一一日に、エジプトのアレクサンドリアに到着した。J. L. Stephens, *Incidents of Travel in Egypt, Arabia Petraea, and the Holy Land* (Norman: University of Oklahoma Press, 1970) の最終ページを見よ。彼のロンドン到着は、キャザウッドがイギリスを出発して（五月の中旬あたり）から数週間が経っていた。その頃、キャザウッドはすでにニューヨークにいる。スティーブンズは、イギリスのリバプールから *Hiberia* に乗り、一八三六年九月六日にニューヨークへ上陸した。National Archives Microfilm Publication.

(6) Architectural Publication Society, *The Dictionary of Architecture* (London: Richards, 1852).

(7) Stephens, *Incidents of Travel in Egypt, Arabia Petraea, and the Holy Land.*

(8) オリジナルの契約書は、バークレーのカリフォルニア大学バンクロフト図書館に収蔵されている、スティーブンズの私文書の中にある。

(9) 契約書は形式張った法律用語で付け加えている。「キャザウッド夫人と家族に支払われる金はすべて、上述の金額一五〇〇ドルから差し引かれること、さもなければ、上記のキャザウッドに支払われる最終決済の金額に繰り込まれて清算されることを、承知おかれますように」。

(10) 一枚だけぼんやりとしたスケッチがある。メキシコのトゥルムの遺跡で、キャザウッドが自分の姿を描いたもの。しかし、こまごまとしたディテールが描かれてなく、彼の風貌のミステリーはおおむねそのままにされている。

(11) W. M. Denevan, *The Native Population of the Americas in 1492* (Madison: University of Wisconsin Press, 1992). ジョン・ロイド（スティーブンズの母方の祖父）判事が所有していた奴隷に関する言及は、スティーブンズの父親ベンジャミン・スティーブンズ宛ての手紙にある。差出人は義理の姉妹で、用件はロイド判事の地所の支払いに関することだった。John Lloyd Stephens Collection, 1946–47, New-York Historical Society, Von Hagen Papers.

2 川上へ

(1) J. B. Lockey, *Diplomatic Futility* (Durham, N.C.: [N.p.], 1930).

(2) Manning and U.S. Department of State, *Diplomatic Correspondence of the United States.*

(3) “De Witt, Charles Gerrit, 1789—1839,” Biographical Directory of the United States Congress. Suicide referenced in Lockey, *Diplomatic Futility,* p. 281.

(4) A. M. Schlesinger, *The Age of Jackson* (Boston: Little, Brown, 1945).

3 ミロ山

(1) John Lloyd Stephens Collection, 1946–47, New-York Historical Society, Von Hagen Papers.
(2) N. Philbrick, *Sea of Glory: America's Voyage of Discovery, the U.S. Exploring Expedition, 1838–1842* (Waterville, ME: Thorndike Press, 2004).

4　パスポート

(1) R. L. Woodward, *Rafael Carrera and the Emergence of the Republic of Guatemala, 1821–1871* (Athens: University of Georgia Press, 1993).
(2) D. M. Pendergast, *Palenque: The Walker-Caddy Expedition to the Ancient Maya City, 1839–1840* (Norman: University of Oklahoma Press, 1967).
(3) Ibid. illustration after p. 32 を見よ。

5　風のような猿たち

(1) D. R. Wallace, *The Monkey's Bridge: Mysteries of Evolution in Central America* (San Francisco: Sierra Club Books, 1997).
(2) C. Hall, H. Perez Brignoli, et. al, *Historical Atlas of Central America* (Norman: University of Oklahoma Press, 2003).
(3) Philbrick, *Sea of Glory*.
(4) H. Thomas, *Conquest: Montezuma, Cortes, and the Fall of Old Mexico* (New York: Simon & Schuster, 1993).
(5) アルフレッド・クロスビーによると、ウラル山脈までのヨーロッパの人口は、当時八〇〇〇万だったと推測している。*The Columbian Voyages, the Columbian Exchange, and Their Historians* (Washington, DC: American Historical Association, 1987), p. 19 を見よ。
(6) Ibid.
(7) 今日「コロンブス交換」と呼ばれているように、インディアンの側からの見返りがなかったわけではない。彼らはヨーロッパ人たちに梅毒を感染させたと言われている。だが、この病気が一四九二年以前に、ヨーロッパに存在したかどうかについては、今もなお議論がされている。ヨーロッパで梅毒の報告が、はじめて記録されたのは一四九五年だった。
(8) C. Mann, *1491* (New York: Knopf, 2005); H. Dobyns, "An Outline of Andean Epidemic History to 1720," *Bulletin of the History of Medicine* 37 (1963): 493–515.
(9) ワイナ・カパックと後継者の死が、天然痘によるものだったかどうかについては、学者の間で今も議論がなされている。「スペインの征服」をめぐる推測の大半がそうなのだが、病気についても十分な記録が残されていない。そのために、旧世界の病気が新世界にどれほどの影響を及ぼしてきたのか、その程度について議論と反論がくりかえされている。たとえば、二〇〇一年九月一一日の世界貿易センターに向けられた攻撃以来、そしてその結果、テロリストが武器として天然痘を使う可能性について、人々の関心が高まった。そのために科学者たちは、この病気がどれほどのスピードで広まるのか、そしてそれは実際、どれくらい感染性の高い病気なのかについて議論を重ねてきた。天然痘はしばしば言われているほど感染しやすいものではない、と指摘する者もいる。またその情報を利用して、天然痘はこれまで歴史家たちが主張していたほど、アメリカにおいては、一気に人々を刈り取る死の大鎌ではなかったと主張する者もいる。しかし、こまごまとした議論をする中で、しばしば見落とされているのは、ヨーロッパ人たちが、彼らとともに携えてきたのは天然痘だけではなく、致死率の高い、多様なウイルスや病原菌だったということだ。これをまとめると、病気はたしかに破壊的な力をふるったのだろう。だが、これに加えてそこには、病気による農作や狩猟の中断がもたらす影響があった。それは世代全体に及ぶもので、その結果、生じたのが栄養不良や飢餓だった。人口統計学的な観点から見て、北アメリカに壊滅的な結果をもたらしたのは、病気一般に他ならないと主張する専門家は、今日ではほとんどいない。天然痘に関する反論の例としては Francis Brooks,: "The First Impact of Smallpox: What Was the Columbian Exchange Rate?" in *Columbus and the Consequences of 1492,* edited by A. R. Disney (Melbourne: La Trobe University, 1994) を見よ。

（10）Hall, Perez Brignoli, et al., *Historical Atlas of Central America.*

（11）U.S. Department of State, *Mediation of the Honduran-Guatemalan boundary question, held under the good offices of the Department of State, 1918–1919* (Washington, DC: U.S. Government Printing Office, 1919), pp. 62, 172.

スティーブンズ

（1）Alexander von Humboldt Digital Library, 2006.

（2）Ibid.

（3）A. v. Humboldt and J. Wilson, *Personal Narrative* (New York: Penguin Books, 1995).

（4）Ibid.

（5）Ibid.

（6）Ibid.

（7）Alexander von Humboldt Digital Library.

（8）A. v. Humboldt and A. Bonpland, *Personal narrative of travels to the equinoctial regions of the New continent during the years 1799–1804* (London: Longman Hurst Rees Orme and Brown, 1814).

（9）Humboldt and Wilson, *Personal Narrative.*

（10）ニューヨークに住むジョン・L・スティーブンズの母親クレメンスから、ニュージャージー州ミドルトンの姉妹メアリー・ヘンドリクソンへ送られた手紙が示しているのは、一八〇七年三月一一日頃、家族がニューヨークに住んでいたことだ。この手紙が書かれたとき、ジョンは一歳三カ月だった。手紙は Victor von Hagen Papers at the New-York Historical Society にある。

（11）E. G. Burrows and M. Wallace, *Gotham: A History of New York City to 1898* (New York: Oxford University Press, 1999).

(12) 実際、次の一〇年の間に、三フィート九インチの長い標石（一五四九本）が、マンハッタン島の北部へ至る、将来のすべての通りの隅に設置された。P. E. Cohen and R. T. Augustyn, *Manhattan in Maps, 1527–1995* (New York: Rizzoli International, 1997), p. 104.

(13) K. T. Jackson and D. S. Dunbar, *Empire City: New York Through the Centuries* (New York: Columbia University Press, 2002), p. 119.

(14) Burrows and Wallace, *Gotham,* pp. 333–34.

(15) ベンジャミン・スティーブンズが、一七九六年に商取引をはじめた記録が New-York Historical Society に収蔵されているスティーブンズの家族ファイルにある。Denevan, *The Native Population of the Americas in 1492.*

(16) J. L. Stephens, *Incidents of Travel in Greece, Turkey, Russia, and Poland* (NewYork: Harper & Brothers, 1854).「ボウリング・グリーンは、私が物心のついた頃の記憶と結びついている。少年時代には私の遊び場だった。ボールをひろいに行くために、何百回となくフェンスをよじ上った。自治体がわれわれの権利を妨害したあとも、しばらく少年たちの一団に混じって、同じことをくりかえしていた」（p.282）

(17) G. Wills, *Henry Adams and the Making of America* (Boston: Houghton Mifflin, 2005), pp. 223–45.

(18) Denevan, *The Native Population of the Americas in 1492.*

(19) Burrows and Wallace, *Gotham,* pp. 424–28.

(20) BANC MSS ZZ 116, John Lloyd Stephens Papers, 1795–1882, Bancroft Library, University of California, Berkeley. Hereinafter referred to as BANC MSS ZZ 16.

(21) Edgar Allan Poe Society of Baltimore, "Poe's Criticisms from *Southern Literary Messenger,*" January 1837.

(22) R. Hawks, "The Late John L. Stephens," *Putnam's Monthly Magazine of American Literature, Science and Art* 1 (1853): 64–68.

(23) Von Hagen, *Maya Explorer,* p. 14.

(24) Columbia University and W. J. Maxwell, *Catalogue of Officers and Graduates of Columbia University from the Foundation of King's College in 1754* (New York: The University, 1916).

(25) Von Hagen, *Maya Explorer,* p. 15.

(26) BANC MSS ZZ 116.

(27) John Lloyd Stephens Collection, 1946–47, New-York Historical Society, Von Hagen Papers.

(28) Hawks, "The Late John L. Stephens."

(29) Stephens, *Incidents of Travel in Greece, Turkey, Russia, and Poland.*

(30) Ibid.

(31) スティーブンズは手紙をもしかすると、直接ホフマンに手渡したのかもしれない。ホフマンはニューヨークでスティーブンズと同じサークルに属していて、旅行にもいっしょに出かけている。そのために手紙の刊行は、計画的なもので、驚きを口に出すほどのことではなかったのだろう。これについてスティーブンズは、二冊目の本 *Incidents of Travel in Greece,*

Turkey, Russia, and Poland の p.122 でコメントしている。

(32) *American Monthly Magazine,* October 1835, p. 91.

(33) J. L. Stephens, *Incidents of Travel in the Russian and Turkish Empires* (London: R. Bentley, 1839), p. 200.

(34) Ibid. P. 216.

(35) L. Kuhnke and eScholarship, *Lives at Risk: Public Health in Nineteenth-Century Egypt* (Berkeley: University of California Press, 1990).

(36) Stephens, *Incidents of Travel in Greece, Turkey, Russia, and Poland.*

(37) Stephens, *Incidents of Travel in Egypt, Arabia Petraea, and the Holy Land.*

(38) A. Keith, *Evidence of the truth of the Christian religion: Derived from the literal fulfillment of Prophecy, particularly as illustrated by the history of the Jews, and by the discoveries of recent travellers* (Edinburgh: Waugh & Innes, 1834).

(39) A. Greene, *A glance at New York: Embracing the city government, theatres, hotels, churches, mobs, monopolies, learned professions, newspapers, rogues, dandies, fires and firemen, water and other liquids, &c., &c* (New York: A. Greene, 1837), pp. 149–66.

(40) スティーブンズは第四版のまえがきで、不況の時代に言及している。「全体に関連したことで［著者に］言えることは、以前と同様、現在のような状況の世の中で、旅行の本を四度も版を重ねることは、いかにも厚かましいということだけだ」

(41) Burrows and Wallace, *Gotham,* pp. 571–617.

(42) T. L. Nichols, *Forty Years of American Life* (London: Longmans Green, 1874), p. 343.

(43) E. Exman, *The Brothers Harper: A Unique Publishing Partnership and Its Impact upon the Cultural Life of America from 1817 to 1853* (New York: Harper & Row, 1965), p. 93.

(44) Ibid., p. 93.

(45) J. A. Stevens, B. F. DeCosta, et al., The Magazine of American History withNotes and Queries (New York: A. S. Barnes), pp. 29–30.

(46) T. Weed, H. A. Weed, et al., *Life of Thurlow Weed Including His Autobiography and a Memoir* (Boston and New York: Houghton Mifflin, 1883), pp. 435–36.

(47) L. Lilly, C. S. Henry, et al., *The New-York Review* (New York: George Dearborn, 1837), pp. 351–67.

(48) *SouthernLiteraryMessenger,*August1839.

(49) W. H. Seward and F. W. Seward, *Autobiography of William H. Seward, from 1801 to 1834 with a memoir of his life, and selections from his letters from 1831 to 1846* (New York: Appleton, 1877).

(50) D. S. Dickinson, J. R. Dickinson, et al., *Speeches, Correspondence, etc., of the Late Daniel S. Dickinson of New York* (New York: Putnam, 1867).

6　廃墟

（1）J. W. Griffith, "Juan Galindo, Central American Chauvanist," *Hispanic American Historical Review* 40, no. 1 (1960): 25–52.

（2）I. Graham, I. (1963). "Juan Ga lindo, Enthusiast," *Estudios de cultura maya México* 3 (1963): 11–35. Griffith と Graham は、ガリンドが中央アメリカと政治的に、そして考古学的に関わりを持ったことについて、よく調査をして補足を加えた説明をしている。

（3）Ibid. Figure 2 の細密画を見よ。

（4）S. G. Morley, *The Inscriptions at Copan* (Washington, DC: Carnegie Institution of Washington, 1920).

（5）ヒエログリフに表音的なベースがあるのではないか、というガリンドの推測は興味深い。彼はこの推測に何ら根拠を与えていない。一〇年前に、フランスの学者ジャン＝フランソワ・シャンポリオンが、ロゼッタ・ストーンを部分的に音素で表記されたものと推測して、エジプトのヒエログリフの書き言葉を解読したことは有名だった。もしかするとガリンドも、シャンポリオンのあとを追ったのかもしれない。しかし、彼の学識には限りがあるので、シャンポリオンの表音文字という大発見は知らなかったかもしれない。というのも、ガリンドは報告の中で次のように書いているからだ。「この［マヤの］文字は象形的・表音的に音を表わしている。そしてそれは、メキシコの絵文字や、ものをただ表わしているにすぎないエジプトの象徴的なヒエログリフよりはるかにすぐれている」。次の世紀の間、碑文研究者たちは、マヤ文字が表音的な要素を持っていたという考えを執拗に否定し続けた。それはカレンダーに言及しているにすぎないと言うのだ。だが、二〇世紀の後半になってはじめて、マヤ文字が表音的な書記体系だと認められるようになった。

（6）ガリンドは年代の推測でも間違えている。たとえばコパンは一一世紀頃に創建されて、アステカと同じように、スペイン人がやってきたときにも、なお繁栄を誇っていたと彼は信じていた。

（7）D. Garcia de Palacio, E. G. Squier, et al., *Letter to the King of Spain: Being a description of the ancient provinces of Guazacapan, Izalco, Cuscatlan, and Chiqui-mula, in the Audiencia of Guatemala, with an account of the languages, customs, and religion of their aboriginal inhabitants, and a description of the ruins of Copán* (Culver City, CA: Labyrinthos, 1985).

（8）Ibid.

（9）ガリンドは正しく評価されることを強く望んだ。と同時に、アメリカで発見された遺跡を、これ以上ないほど立派に報告したことにより、パリの地理学協会から、もしかしたら金メダルがもらえるかもしれないと期待していた。

（10）Morley, *The Inscriptions at Copan*.

（11）ある計画を立てた。それは彼の父親をイギリスから呼び、ボカ・デ・トロ（現在はパナマの一部）の儲けのいい港湾長に据えようという計画だ。だが、このプロジェクトはみじめな失敗に終わった。それはただヌエバ・グラナダ（今日のコロンビア）を挑発して、軍隊を呼び込み、土地の所有を主張される結果となった。

（12）Griffith, "Juan Galindo, Central American Chauvanist."

（13）R. T. Evans, *Romancing the Maya: Mexican Antiquity in the American Imagination, 1820–1915* (Austin: University of Texas Press, 2004).

Evans はスティーブンズの、臆面もないナショナリスティックな立ち位置について考察している。それは、アメリカが考古学上の宝物の管理人になるべきだということと、ラテンアメリカ人はそれを保存するには、あまりに無知で、あまりに興味がなさすぎるということだった。
(14) J. L. Roberts, "Landscapes of Indifference: Robert Smithson and John Lloyd Stephens in Yucatán," *Art Bulletin* 82, no. 3 (2000): 544–67. Roberts はキャザウッドが直面した知覚問題と、それを彼がどのように処理したかについて詳しく考察している。

7 カレーラ

(1) W. R. Manning and U.S. Department of State, *Diplomatic Correspondence of the United States Concerning the Independence of the Latin-American Nations* (New York: Oxford University Press, 1925), vol. 2, doc. 741, pp. 22–23.
(2) M. Rodríguez, *A Palmerstonian Diplomat in Central America: Frederick Chatfield, Esq.* (Tucson: University of Arizona Press, 1964).
(3) Ibid.
(4) Graham, "Juan Galindo, Enthusiast."
(5) Rodríguez, *A Palmerstonian Diplomat in Central America.*
(6) ホセ・ラファエル・カレーラ・イ・トゥルシオスは、引き続き軍事指導者として、そして次の二五年間の内、二二年を保守的な独裁者としてグアテマラを支配した。一八五四年にはグアテマラの「終身大統領」に指名され、一八六五年に五一歳で死んだ。
(7) Pendergast, *Palenque.* ウォーカーの公式記録とキャディーの日誌は、ペンダガストの本にすべてが収録されている。

8 戦争

(1) Woodward, *Rafael Carrera and the Emergence of the Republic of Guatemala, 1821–1871.*
(2) P. F. Wollam, "The Apostle of Central American Liberalism: Francisco Morazan and His Struggle for Union" (M.A. thesis, University of California, Berkeley, 1940); Woodward, *Rafael Carrera and the Emergence of the Republic of Guate mala, 1821–1871.*
(3) Woodward, *Rafael Carrera and the Emergence of the Republic of Guatemala, 1821–1871,* p. 484.
(4) Ibid. p. 49.
(5) K. L. Miceli, "Rafael Carrera: Defender and Promoter of Peasant Interest in Guatemala, 1837–1848," *The Americas* 31, no. 1 (1944): 72–94. Woodward と Miceli は一八三七年の暴動へ至る状況について、英語でもっとも詳しい説明をしている。Woodward, *Rafael Carrera and the Emergence of the Republic of Guatemala, 1821–1871,* pp. 37–55; Miceli, "Rafael Carrera," pp. 72–75.
(6) M. L. Moorhead, "Rafael Carrera of Guatemala: His Life and Times" (Ph.D. diss., University of California, Berkeley, 1942).
(7) Ibid., p. 18.
(8) Manning and U.S. Department of State, *Diplomatic Correspondence of the United States.*

（9）H. H. Bancroft, *History of Central America* (San Francisco: A. L. Bancroft, 1882).
（10）Manning and U.S. Department of State, *Diplomatic Correspondence of the United States*.
（11）Ibid.
（12）Ibid.

9　マラリア

（1）Ibid.
（2）合衆国の国務省からスティーブンズへ、運河を開通させる実現可能性の高い場所を調査探索するように求めた、文書記録のたぐいは存在しない。彼に下された指示は曖昧さのない明確なものだった。条約の交渉を完了させること、そして公使館を閉鎖することだった。だが、運河の指示は、早い時期に中央アメリカへ派遣されていた特命使節のウィリアム・ジェファーズに伝えられていた。それはニカラグアを横断する運河の建造を、共和国とともに調査して検討するようにというものだ。チャールズ・デ・ウィットはフォーサイスに宛てた公式の報告書で、自分はこのような指示を「永続的な」命令で、これまでに受けた指示に、当然、組み込まれるべきものと考えていたと述べている。そのためにスティーブンズもまた、ニカラグアへ旅をしようと決意したときに、同じ義務感に駆られたのかもしれない。だが、彼はまた、のちにフォーサイスへ出した手紙の中で、旅行は自前で行なったと述べ、それは彼の公務とはまったく関わりがないことをほのめかしていた。にもかかわらず、スティーブンズは自分が書いた覚書や観察記録をすべて、彼が写し取った運河の測量データとともに、帰国後、ワシントンのアメリカ政府へ送っている。もちろん、その中の主要な材料は彼が本を書くときに使用した。そして、当時、このような運河のプロジェクトを考えていた、ニューヨークの友だちと連携することを、スティーブンズが決意していたのなら、ニカラグアでじかに調査した結果は、非常に貴重なものと彼も考えていたかもしれない。
（3）ジェファーソンは早くも一七八五年には、ニカラグア・ルートについて知っていた。その時点で、彼は Chevalier Bourgoyne によって書かれたフランス語の草稿を受け取っていたからだ。ジェファーソンはこの草稿を、一八一七年にアメリカ哲学協会の図書館に寄贈している。
（4）ニカラグア・ルートについては、他の国の首脳たちも同じように関心を寄せた。一八三〇年、オランダ国王は中央アメリカ連邦共和国から、サン・フアン川に沿って運河を建造する独占権を勝ち取った。が、五年後にスティーブンズの前任者デ・ウィットは、グアテマラからフォーサイス大臣に、オランダのプロジェクトが失敗に終わったことを手紙で知らせている。それに付け加えて、合衆国がこのプロジェクトを引き受ける機が、今まさに熟していると書いた。
（5）United States Congress., F. P. Blair, et al., *The Congressional Globe* (Buffalo, NY: Hein, 2007).
（6）Manning and U.S. Department of State, *Diplomatic Correspondence of the United States*.
（7）Pendergast, *Palenque*.
（8）ドン・フアンはまた一八三〇年代はじめに、ジャン＝フレデリック・ワルデックの道案内をしたことがある。その後、スティーブンズとキャザウッドの案内もした。

（9）Pendergast, *Palenque* は、キャディーの公式報告書が彼の画集に添付されるべきものとして、また、のちに彼がロンドンで科学上のプレゼンテーションを行なうときに、それを補助するものとして作られたと書いている。ウォーカーが植民地省に提出した正式な報告書に、キャディーの報告書を添付したかどうかは分からない。一方、キャディーの個人日誌（ペンダガストの本の中に収録されている）は明らかに、公にすることや、公式の報告をするために書かれたものではない。

10　目前に迫った危機

（1）Griffith, "Juan Galindo, Central American Chauvanist." スティーブンズは、ガリンドがインディアンに殺されたと報告している。「戦闘のあとで」とスティーブンズは書く。「二人の竜騎兵と召使いの小僧を連れて逃げようとした。が、インディアンの村を通り抜けようとしたときに、見つかり、ガリンドたちは全員マチェーテで殺された」Stephens's *Incidents of Travel in Central America*, vol. 1, p. 423. しかし、フレデリック・チャットフィールドは報告書で、「ガリンド大佐はホンジュラス州の、アグアンケテリケという村で撃たれた。……ボスのカバーニャス将軍の敗北後、サン・ミゲルをめざしていたが、ホンジュラス軍の一団に偶然出くわして、その場で殺されてしまった」と書いている。Graham, "Juan Galindo, Enthusiast," pp. 21–22.

（2）ガリンドは、広く世間で認められることを望んでいたが、ようやくそれがかなった。が、残念なことにそれは彼が死んだあとだった。死後、フランスから彼の発見を称えて、銀メダルが贈られた。

（3）Woodward, *Rafael Carrera and the Emergence of the Republic of Guatemala, 1821–1871*, p. 120.

（4）Bancroft, *History of Central America*, vol. 13, p. 141.

（5）この歴史的な戦闘を描いた報告は数多くある。だが、戦闘が起きてから間もない時期に、戦いの目撃者たちから話を聞いたスティーブンズは、英語で記録されたものの中で、もっとも生きいきと戦闘の状況を説明をしている。

（6）対照的にモラサンは、捕虜を丁重に扱ったことで評判を得ている。

（7）Ibid., pp. 141–2; F. Crowe, *The gospel in Central America containing a sketch of the country, physical and geographical, historical and political, moral and religious: A history of the Baptist mission in British Honduras, and of the introduction of the Bible into the Spanish American republic of Guatemala* (London: C. Gilpin, 1850), p. 147.

（8）ホセ・フランシスコ・モラサン・ケサダは、カレーラに敗れたのち、二年を経ずして亡命から、中央アメリカへ戻ってきた。そして、新たに中央アメリカを統一するために、軍隊を立ち上げようとしたが、一八四二年、コスタリカで捕まり、銃殺隊によって処刑された。四九歳で亡くなった彼の死は、中央アメリカの州を合体して共和国を作ろうとする、真剣なすべての試みにとどめを刺した。

キャザウッド

（1）フレデリック・キャザウッドの生涯の大筋は、次のようなものから浮かび上がってきた——公記録、数少ない現存の手紙類、これもめったにないが、同時代人が彼について語った言葉、彼が書いたと認められた文書、会計帳簿、スティーブンズの物語、それにきわめて重要な彼の結婚に絡んだ訴訟事件。もちろん、キャザウッドのもっとも大きな遺産は彼の芸術作品だ。が、その多くでさえ、とりわけエジプトで制作したものは失われてしまっている。

（2）http://www.british-history.ac.uk/report.aspx?compid=98247 を見よ。

（3）V. W. von Hagen, "F. Catherwood archt" (1799–1854) (New York: Oxford University Press, 1946), fn. 8, pp. 145–46. von Hagen の伝記はナサニエル・キャザウッドをまちがえて、フレデリックの父親としているが、誕生、洗礼式、教会の記録から、彼の父親と母親はジョン・ジェームズ・キャザウッドとアン・ロウであることは確かだった。フレデリック・キャザウッドの家族に関する情報は、Fiona Hodgson や Julie Redman との文通によって手に入れた。二人はキャザウッド一族の子孫で、家族の系譜を注意深く追っている。

（4）J. Aitken, John Newton: From Disgrace to Amazing Grace (Wheaton, IL: Cross- way Books, 2007), pp. 273–74.

（5）Correspondence with Fiona Hodgson and Julie Redman.

（6）J. J. Scoles, "Catherwood," The Dictionary of Architecture (London: Richards, 1852), pp. 53–92.

（7）S. Brown, *Joseph Severn: A Life: The Rewards of Friendship* (Oxford: Oxford University Press, 2009), fn. 35, p. 29.

（8）A. Graves, *The Royal Academy of Arts; A Complete Dictionary of Contributors and Their Work from Its Foundation in 1769 to 1904* (London: H. Graves, 1905), p. 14.

（9）J. Severn and G. F. Scott, *Joseph Severn: Letters and Memoirs* (Aldershot, England, and Burlington, VT: Ashgate, 2005).

（10）Von Hagen, "*F. Catherwood archt*" *(1799–1854)*.

（11）F. Salmon, "Storming the Campo Vaccino: British Architects and the Antique Buildings of Rome after Waterloo," *Architectural History* 38 (1995): 146–75.

（12）American Ethnological Society, *Transactions of the American Ethnological Society* (New York: Bartlett & Welford, 1845), p. 487.

（13）*National Academy of Design Exhibition Record 1826–1860* (New York: National Academy of Design, 1860). エトナ山が描かれた彼のテンペラ画は、生涯の早い時期のオリジナル作品として、現存している数少ないものの一つ。

（14）P. Starkey and J. Starkey, *Travellers in Egypt* (London and New York: Tauris, 1998), p. 48.

（15）H. Colvin, *A Biographical Dictionary of British Architects, 1600–1840* (New Haven, CT, and London: Yale University Press, 2008), s.v. "Scoles," p. 908.

（16）*The Annual Register, or a View of the History, Politics, and Literature of the Year1835* (London: Longman, Rees, Orme, 1836), p.202.

（17）K. Fahmy, *All the Pasha's Men: Mehmed Ali, His Army, and the Making of Modern Egypt* (Cairo and New York: American University in Cairo Press, 2002), pp. 95–96.

（18）J. Madox, *Excursions in the Holy Land, Egypt, Nubia, Syria, &c. Including a Visit to the Unfrequented District of the Haouran* (London: R.

Bentley, 1834), vol. 2, p. 28.

（19）*Times* (London), August 25, 1824. 新聞には、一八二四年四月二一日に、ゲニーの町から送られた手紙の抜粋が掲載されている。その中では、キャザウッドとヘンリー・パークとジョセフ・ジョン・スコールズが、「研究旅行」から戻ってきたこと、そして「ぶじだった」ことが報告されている。

（20）R. Herzog, "Über Henry Westcars Tagebuch einer Reise durch Ägypten und Nubien (1823–24)," *Mitteilungen des Deutschen Archäologischen Instituts, Abteilung Kairo* 24 (1969): 201–11.

（21）J. W. Grutz, "The Lost Portfolios of Robert Hay," www.saudiaramcoworld.com, March/April 2003.

（22）Starkey and Starkey, *Travellers in Egypt*, p. 131.

（23）Severn and Scott, *Joseph Severn: Letters and Memoirs*.

（24）V. W. Von Hagen, *Frederick Catherwood, archt* (New York: Oxford University Press, 1950), p. vi.

（25）Architectural Publication Society, *The Dictionary of Architecture*.

（26）*Downside Review* (Downside Abbey, Bath, England) 8 (1889): 115–16.

（27）Graves, *The Royal Academy of Arts*, p. 14.

（28）古代カルタゴ時代の名前はトゥッガ（Thugga）だった。キャザウッドはこの地域の名前をDugga としているが、現代はDugga の表記で知られている。たくさんのローマ遺跡があるために観光名所になった。

（29）*Transactions of the American Ethnological Society*, pp. 474–91.

（30）しばらくの間キャザウッドは、自分がこのモニュメントの発見者だと思い込んでいた。だが、のちに同じ碑文が二〇〇年前に、D'Arcos という名のフランス人によって、写し取られていたことを知った。

（31）チュニス在住のイギリス領事 Sir Thomas Reade は、キャザウッドの発見を知ると、銘文をファサードから切り離すように命じた。そしてそれを大英博物館へ送った。だが、この作業の過程で、霊廟の大半が破壊されてしまった。今日このモニュメントは Lybico-Punic Mausoleum と呼ばれている。二〇世紀の初頭に、フランスの考古学者 Louis Poinssot によって再建された。キャザウッドがモニュメントの基部で発掘した、彫刻が施された――「全速力で走る四頭立ての戦車を駆る御者」が彫り込まれている――六フィートほどの石は、モニュメントのてっぺんにふたたび取り付けられた。霊廟のギリシア風の柱とキャピタル（柱頭）、完全にエジプト風なアーキトレーブ（台輪）とコーニス（蛇腹）などが示している、建造物の「もっとも早い時期の、もっともプリミティブな」スタイルから推測して、キャザウッドは、この霊廟がカルタゴの創建に近い、紀元前九〇〇年頃に建てられたものとした。だが、現代の専門家たちは、その年代を紀元前三〇〇年近くに置いている。

（32）Starkey andStarkey, *Travellers in Egypt*, pp. 132–33.

（33）G. A. Hoskins, *Visit to the Great Oasis of the Libyan Desert* (London, 1837).

（34）Ibid. ホスキンスはこの旅を非常に詳細に叙述した。彼らが訪れた村々は、現在 El-Kharga, Baris, Bulaq, and Ezbet Dush として知られている。

（35）F. Arundale, *Illustrations of Jerusalem and Mount Sinai: Including the Most Interesting Sites Between Grand Cairo and Beirout* (London: H. Colburn, 1837).

（36）W. H. Bartlett, *Walks About the City and Environs of Jerusalem* (London: George Virtue, 1846). キャザウッドのコメントは pp. 161–78にある。

（37）Arundale, *Illustrations of Jerusalem and Mount Sinai*, p. 69.

（38）聖堂が建てられた時期は、中央アメリカで、マヤのパレンケやコパンが繁栄していた古典期のピークとほぼ一致していた。

（39）アランデールの日記は、ベイルートに到着した時点で終わっている。そのために、そのあとで何が起こったのか、正確には分からない。

（40）ガートルード・キャザウッドは、フレデリック・キャザウッドの遺言状に、自分の名前としてこのように記入した。

（41）U.S. Department of State, President Garfield, et al., *Message from the President of the United States, transmitting, in response to the resolution of the Senate of the 18th ultimo, a report of the secretary of state, with accompanying papers, in relation to the capitulations of the Ottoman Empire* (Washington, DC: U.S. Government Printing Office, 1881), p. 35.

（42）R. Kark, *American Consuls in the Holy Land, 1832–1914* (Detroit: Wayne State University Press, 1994), p. 85.

（43）ガートルード・アボットとフレデリック・キャザウッドの結婚式、そして、そのあとの旅行についてボノミが記した報告は、一八四一年の公判において、ボノミが行なった証言の中でふたたびくりかえされる。

（44）Correspondence with Fiona Hodgson and Julie Redman.

（45）S. Tillett, *Egypt Itself: The Career of Robert Hay, Esquire, of Linplum and Nunraw, 1799–1863* (London: SD Books, 1984), pp. 68–71.

（46）*The Literary Gazette and Journal of the Belles Lettres, Arts, Sciences, &c.* (London: W. A. Scripps, 1835), p. 380.

（47）Von Hagen, *Frederick Catherwood, archt*, pp. 43–45.

（48）A. J. Downing, *A treatise on the theory and practice of landscape gardening adapted to North America; with a view to the improvement of country residences. With remarks on rural architecture* (New York: Putnam, 1853). この論文のp.452にキャザウッドが描いた温室の絵がある。これは彼がデザインした建造物の唯一の絵だ。さらに詳しい情報を求めるむきは Downing's "Rural Essays," p. 201, and Haley's "Montgomery Place," p. 13を見よ。

（49）キャザウッドが、アメリカではじめてパノラマを作ったわけではない。一八一八年に、ニューヨークから借りたシティホール・パークの北東隅の土地で、フランスの画家 John Vanderlyn によって興行されたのはじまり。が、それは一一年後に経営が成り行かなくなった。*Bulletin of the Metropolitan Museum of Art* 7 (1912).

（50）一八三八年から一八四二年までの、パノラマの損益を記録した帳簿が、ニューヨーク歴史協会の記録保管所に保存されている。だが、帳簿を記載していた簿記係は別にして、キャザウッドとジャクソンが、帳簿に記載されている四年間に、どのようにして二人の間で、費用や収入を分担し分け合っていたのか、また興行が現実にどれほどの利益を上げていたのか、それを見極めることは、不可能とは言わないまでもきわめて難しい。ボストン、バルチモア、トロント、フィラデルフィアなど各地で興行するパノラマには、それ自体に込み入った複雑な問題があった。第一、各地で行なわれた興行で上がる収益の記録がない。それに加えて、パノラマの関連本が顧客に販売される。その収益は微々たるものかもしれないが、一見すると盛況な副取扱い商品に見える。が、ともかく、ニューヨークで行なわれた興行の会計帳簿からは、日ごとに上がる収益の生の数字を見て取ることができる。他に記載されているものとしては、ロタンダが設置された土地（Astor family が所有している）の月額借地代、出版費用、ガス料金、税金、それにキャンヴァスの賃借料などがある。

（51）キャザウッドが一八三七年に、エルサレムのパノラマをボストンで公開した証拠がある。*Christian Examiner and General Review* 23 (1842): 261.

（52）スティーブンズとキャザウッドの伝記を書いたヴィクター・ヴォルフガング・フォン・ハーゲンは、バーフォードによってエルサレムのパノラマが興行されたときに、二人はロンドンで会ったと記している。フォン・ハーゲンはこれを何度もくりかえし断言していた。だが、二人がロンドンで会ったというのは、物理的に見ても不可能なことだろう。乗客名簿から明らかなのは、スティーブンズがベイルートから、アレクサンドリアやエジプトへ旅をしているときに、キャザウッドとその家族はニューヨーク行きの船に乗っている。スティーブンズは、一八三六年九月六日にニューヨークへ着いた。だが、キャザウッドと家族は、その三カ月前の一八三六年六月七日にすでに到着している。

（53）Exman, *The Brothers Harper*, p. 121.

（54）*The Knickerbocker; or, New-York Monthly Magazine* 54 (1859).

（55）Ibid., pp. 318–19.

（56）S. E. Morison, *William Hickling Prescott, 1796–1859* (Boston: Massachusetts Historical Society, 1958).

（57）Von Hagen, *Frederick Catherwood, archt*, n. 4, pp. 152–53. フォン・ハーゲンは John R. Bartlett Correspondence, John Carter Brown Library, Brown University から引用している。この手紙の写しはまた Victor von Hagen Papers at the New-York Historical Society のファイルにもある。

（58）"Biographical Notice," in the London edition of *Incidents of Travel in Central America, Chiapas and Yucatan*, published by Catherwood in 1854.

（59）"Court of Exchequer," *Times* (London), December 11, 1841.

（60）BANC MSS ZZ 116, contract between Stephens and Catherwood

マヤ探検記　上

人類史を書きかえた偉大なる冒険

2018年4月25日　第1刷印刷
2018年5月15日　第1刷発行

著者――ウィリアム・カールセン
訳者――森夏樹

発行人――清水一人
発行所――青土社
〒101-0051　東京都千代田区神田神保町1-29　市瀬ビル
［電話］03-3291-9831（編集）　03-3294-7829（営業）
［振替］00190-7-192955

印刷・製本――シナノ印刷

装幀――菊地信義

Printed in Japan
ISBN978-4-7917-7060-1 C0098